心海图

林森 / 著

New Power
Of
Chinese Literature Series

|

中国文学新力量丛书

何平 / 主编

作家出版社

出版前言

　　选择四十五岁作为"中国文学新力量丛书"青年作家的年龄上限，不仅因为约定俗成的生理和心理年龄，也是因为精神的年轮——往上追溯，四十五岁的青年作家们正好生于改革开放初期。今天谈论这些青年作家，可能分属七〇后、八〇后、九〇后、〇〇后不同的文学代际，但他们同属"生于改革开放时代"这个大的精神代际。改革开放时代的中国式现代化实践和社会主义经验，是这些青年作家生命成长的背景和个人精神事件，也是造就他们个人"一时代文学"之"时代"。因新的世界想象、教育背景、文学资源，甚至日常生活，不同于前代人、前代作家，而孕生新时代的新兴审美可能。值得注意的是，生于改革开放时代的青年作家们，虽然从事文学创作的时间不同，但他们的文学自觉大都发生在新时代，其中更年轻的写作者的文学起步则始于新时代。因此，他们的新兴审美可能和文学探索都可以视作新时代文学的新地和实绩。这需要中国当代文学批评和研究去更充分地检视、命名和赋义。这也正是我们编辑"中国文学新力量丛书"的初衷和起点。

如果将整个青年写作放到百余年的中国新文学史观察，某种意义上，我们可以说，中国新文学史也是新青年文学史。回到中国新文学起点，五四新文学运动和文学革命的倡议者、实践者正是一群生于十九世纪末的七〇后、八〇后和九〇后们。以文学而论，他们当中的年长者鲁迅，在四十五岁之前就出版了他一生中重要的两部小说集《呐喊》和《彷徨》。不仅是鲁迅，做一张现代作家年龄和发表作品时间的对照表，几乎所有的五四新文学作家在四十五岁之前都写出了他们在中国现代文学史最重要的和有代表性的个人作品——有的是一部，有的是多部，甚至有的是全部。及至二十世纪四十年代延安解放区文学和一九四九年之后的新中国文学，也大致罗列一下，像《小二黑结婚》《暴风骤雨》《创业史》《红旗谱》《青春之歌》等作为方向和重要文学收获的经典之作，也大多数是作家四十五岁之前完成并发表和出版的。同样地，改革开放时代，大家耳熟能详的五〇后和六〇后作家，他们在四十五岁之前的个人代表作几乎也是个人创作高峰。

因此，也许不算过分地说，中国现代文学每一个阶段性的文学革命和新兴审美，都是由青年们推动并完成的。我们当然可以就这种文学现象讨论中国作家如何中年写作的问题，但首先的事实，应该是，人到中年（四十五岁），一个有文学理想的写作者，应该有具备共识度和辨识度的个人代表作。这种个人代表作说到底是潜在的和未被确认的母语文学经典的备选。因此，哪些青年作家、哪些作品被选中？新陈代谢，本身就是汉语文学经典化代际转换的必经过程。"中国文学新力量丛书"，期待能够自觉地参与到这个过程。

事实上，作家协会、文学期刊和出版机构以及文学批评聚力合力培育青年文学和新兴审美，是已经被证实行之有效的社会主义文学经验。具有代表性的是由中国作家协会、中华文学基金会发起的"21世纪文学之星丛书"。该丛书自一九九四年启动，以年卷的形式，为从未出版过个人文学专集的四十岁以下作家、批评家出版第一本书，至今已经三十年。除了"21世纪文学之星丛书"，二十世纪八十年代至新世纪，其他的青年文学丛书和书系也一直在助推和彰显着文学新力量，像"萌芽丛书"（上海文艺出版社、重庆出版社）、"希望文学丛书"（北京十月文艺出版社）、"青年文学丛书"（中国青年出版社）、"文学新星丛书"（作家出版社）、"跨世纪文丛"（长江文艺出版社，除汪曾祺等个别作家，都是当时最具影响力的青年作家）、"当代著名青年作家系列"（湖南文艺出版社）、"先锋长篇小说丛书"（花城出版社）、"新生代小说系列"（中国华侨出版社）、"新生代长篇小说文库"（长春出版社）、"新活力作家文丛"（山东文艺出版社）等。其中，作家出版社的"文学新星丛书"自一九八五年阿城的《棋王》开始，前后持续十年之久。当下文学出版版图，中信出版社的"大方"和"春潮"、译林出版社的"现场文丛"、江苏凤凰文艺出版社的"新青年"、北京十月文艺出版社的"未来文学家"以及艺文志、后浪、单读和理想国等出版机构，均致力青年文学出版，但无论是专业视野、出版规模、持续时间，还是作家组成的整体艺术水准，都有拓展的空间，亟待关心和关注青年文学的各种力量共同努力。"中国文学新力量丛书"的启动，既是培养青年文学和新兴审美的聚力合力，也是致敬并光大以"21世纪文学之星丛书"和"文学新星丛书"等为代表的青年文学丛书出版传统。而且，与助推青年写作者第一本书的"21世纪文学之星丛书"和"文学新星丛书"不同的是，"中国文学新力量丛书"的重点将放在检阅和总结生于改革开放时代的青年作家们新时代新的文学表达和新的审美经验。

青年作家是文学事业的生力军，培养中国文学新力量，是新时代文学事业的信心所在，是建设社会主义文学强国的力量所在。中国作家协会和作家出版社推出这套"中国文学新力量丛书"，就是希望以专业的审美尺度测量生于改革开放时代青年作家们的个人代表作和最新创作；希望遴选出新时代中国文学版图最有活力、最有创造性的部分，描绘新时代文学图景，萃取新时代文学精神；希望这些青年作家是新星，更是未来的文学新力量。

何平

2024年9月

目 录

心海图

一

　　高空轰鸣与气流震荡并没有让方延额头滴汗手心冒水，他已经六十八岁，超长航线又极为耗人，但归国的念头是一个超级发动机，给他提供不竭的动力。去国数十年，他以为自己再没有归来的机会了，他以为故土所有的景物都已是幻想中的虚无，可此刻，飞机正在向着念念不忘的故土而去。当飞机进入中国境内，早被忘却的熟悉感，在体内复活——身体的记忆精准、猛烈、力大无穷，远远超过精神的铭刻。归来的飞机降落在广州白云国际机场，在一九八六年，这里有中国为数不多的国际航线。离开中国已经四十三年，从机舱内往外看，他涌起的倒并非浓烈乡愁，而是深深的疑惑：山水、流云与空气，也自带口音？这些年，在英国、在美国，在某座已经忘却名字的港口城市，他也曾看到山水连绵，可怎么看，都不是中国的山和水。他仔细辨别，又没发现到底不同在哪儿。一样的高坡隆起、一样的枝叶遮蔽、一样的花草弥漫，组合出来，却不是带着方块字的山；一样的河道蜿蜒、一样的落霞铺满、一样的水珠飞溅，也只能连缀成字母词汇的水。云也是，异国的云，从不会暗示着某场午后的雨或暮晚炊烟；空气也如此，闭上眼睛，只靠鼻腔、只靠鼻腔里的味道，便能清晰地分辨出身处何处——方延觉得，这并非他独有的绝技，而是所有去国离乡者皆备的身体本能。中国改革开放后，广州去往海口的班机增加，否则他还得通过汽车，慢慢摇晃，再转轮船才能回到海南岛。运气还不错，竟然今天就有直飞海口的航班，竟然还赶得及买票登机——他不得不把这理解为冥冥中注定的幸运。他其实早做好在广州逗留几天的准备，作为一个在外漂泊数十年的人，看到的有关中国的为数不多的新闻，其中很大部分都是关于广州的——这里，毕竟是改革开放的前沿。

　　一九四九年以后，中美长期未建交，他的回乡梦越来越稀薄遥远。忽有一日，美国的报纸上铺天盖地都是尼克松访华的报道，残梦死灰复燃，可世事仍像中美之间击过来切过去的那个小小乒乓球，总没一个准信，谁也不知道那球最终的落点在哪儿——这些事还不能对任何人讲，把他的心悬着，摆来又荡去，他仍没有等到回来的机会。转眼又七年，邓小平访美了，其戴着宽边牛仔帽的照片占据了很多报纸的头版，他九日的行程在电视新闻中被一帧一帧分解、阐释。邓小平的笑意里，全是故土准备敞开胸襟的决心。方延觉得这一次不一样，他没有接受当地华人团体的邀请加入夹道欢迎的队伍，以求睹其风采，可他不断紧盯着报纸和电视，不放过任何一个细节。他知道，任何一个细微处，都可能隐藏着他能否归国还乡的信息。他不由得掌心冒汗——这紧张让他犹如再次站在那只小小的救生筏上，仰望着四周无际的汪洋，前途未卜。邓小平访美的九日里，方延都是在高度紧张中度过的——如果时间再长一些，方延觉得自己的心脏会承受不住。家人把他的一言一行看在眼中，却并不知道他内心的波澜，还不时跟他说笑。妻子倒是知心的，夜里入睡前，侧躺在他身边，不断掐捏着他的虎口，试图让他放松下来。昏黄的灯光下，她缓缓地说："我知道你在想什么，但这事哪能急？只能看看再说……"他说不出来话。她又说，"哪天回去，我跟你一起。"这是他最大的安慰了，在美国生活数十年，却拥有一个可以讲中国话的妻子，记忆中那弯折的村路、无边的杂草、不远处的海潮声，因妻子的容貌与口音才并未彻底消逝。邓小平访美给他的震荡是持久的，他不断在各类报道中看到故土渴望睁开眼睛看世界、探出手臂拥地球的努力，他一直在为返乡暗自准备。可时光之快让人咋舌，转眼又是七年，他仍旧没能动身，直到两个月前，又做了那个纠缠了他数十年的梦。

本来做这个梦的次数太多，他已经看得很淡——他站在那只孤独脆弱的救生筏上，四望全是汪洋大海，生还无望，他不知道能熬几天——但这一次又有点儿不一样，他醒来后，感觉到了某种空茫与失落。他奇怪这感觉哪来的，按理说他早习惯这个梦了，这不过是他当年的经历一遍又一遍在梦境里重放。他取出一支笔、几张纸，不断把这次的梦复原。罗列梦里所见，其实也是重返旧日：封闭的船舱、摇晃的船、忽然的爆炸声、船舰沉没、巨大的漩涡、不断滑游、救生筏……那些熟悉又陌生的往事，被一个又一个简单的词铺散开，他用最笨的方法，把它们一一和自己的情绪相印证，看到底在哪个场景出现了分岔。比对到后面，他身体一个激灵，清楚了那失落感的来源：梦的最后，他站在救生筏上往海里一瞥，在那一刻看到的，不是早已须发凌乱、海盐盖脸的自己，而是父亲。父亲在平缓的海面下仰头看着他，海面

3

的波纹加深了父亲脸上的皱纹——这是和以往的梦不同的地方。

不能再等了……他当年外出求生，父亲在最后的信里，给他留下一个巨大的谜团，数十年过去，他没有机会去查验解谜，而眼下，不能再等了。各种手续的烦琐超过想象，真正动身时已经过去两个月。本要跟他一同回来的妻子没能成行，一场急性肠胃炎让她住院了，治疗之后恢复不少，方延却坚持不再让她随行。妻子苦笑："我知道，你本就不想我一同回去。"方延并不否认，他始终觉得，这次回国返乡只是他自己的事，计划内并没有妻子和儿女。妻子说："你别忘了，我也跟海南岛有缘的，当年……我爸……我也想像我爸当年一样，到海南岛走一走的……""海南岛"三个字让他一愣，像是为了缓和他的尴尬，妻子笑了笑，"也好，你先踩踩点，往后总还是有机会的。到时，我回去跟着你再走一遍。"

方延从飞机舷窗看到了蓝色的海，那就是琼州海峡？奇怪得很，从高空可以看到海底高低不一、起伏连绵，可他当年从海口坐船去香港，贴着水面，却只看到幽深，只看到永不可测之黑蓝。过了海峡，就是海南岛了，脑子顿时空荡荡起来，之后发生的事，在他的记忆里被整段劫走。再次回过神，已到老家文昌。怎么下的飞机，怎么被接上班车，怎么就两眼全是海南岛上的绿色……他后来竟想不太起来了。出机场后，接机的是家族里的一个堂侄。接到县里侨务部门的通知后，家族里的人讨论过，年轻一辈几乎没听说过这么一个人，年纪大一些的也记忆模糊，以为方延早已死去。他们只知道他曾在香港的英国货船上营生，具体事宜并不清楚，后来那艘船的公司来过一封英文信，家里打听好久，才问到懂英语的人，信中大概说他已经出事死去，但又不是那么确定。那时，方延的父亲母亲都已过世，那封信也不被重视，没人真正在意那信里说了什么。时代兵荒马乱，又是抗日又是内战，好不容易一切尘埃落定，数十年下来，连消息都没一点儿的人，早已从家族之人的记忆里抹去，哪知忽然说要回来，族人疑惑之余亦是手足无措。文昌是侨乡，前往海外营生的人极多，华侨归来近些年已是见怪不怪。在侨务部门见到方延提交材料上的近照后，比方延大三岁的堂兄方振成搜索记忆里的残存，和证件照的眉目进行比对，他拍拍胸脯，也把自己眼角的泪拍飞："是我们家的人。"之后，安排了一位脑筋活络的年轻人在侨务部门了解相关手续，亦负责在方延回岛之日把他接回文昌的祖屋。

方延不能不搅动记忆，来和眼前的情形对照……真回来了吗？村子当然是陌生的，所有的建筑都换了一遍，可又有着隐隐约约的熟悉，因为那些房子仍修筑在原来的地基上。自己家在东北角，他凭着记忆往那个方向寻去，只找到了倒塌的屋墙、屋内长出的比人还高的杂草。这房子让他心中翻江倒海，倒掉的墙壁犹如一个重播键，不断把少年往事翻出。此时，村人从各家各户出来，散落在路边，是围观，也是在"欢迎"一个"已死之人"的归乡。方延不敢看他们的脸，那些人里，有他从未见过的年轻人，也有和他有过交集的老人。锣鼓声稀稀拉拉，有唱戏的声音夹杂其中。

——自己去香港后，父亲母亲后来的日子怎么样？

——哥哥后来是否回来过？

——这房子倒塌于哪一年的台风暴雨？

……这些难解的问题，凝结成水，冲灌他的眼睑。族里的人也围了过来，却不知道怎么开口。只有一堵墙还未倒，梁木散落，腐败朽坏，霉味凝滞。在人气散尽后，杂草从一切可以生长的缝隙冒出，占领了屋内的空地。方延在乱草中寸步难行，他细细打量，眼前时光倒流，所有的杂草缩回地下，倒塌的墙体重新立起，空荡的房内溢满争吵与欢笑。倒是有一处没有被杂草完全侵占，方延伸脚前探，移步过去，脚底坚硬，原来是数块大石平铺在院子的地面上，一些细草从石块的缝隙钻出。光滑的石块，植物无法侵占、掀翻。少年时感受过的眩晕穿山越海侵袭而来了——很多个夜里、很多个黎明之前，父亲在这里手把手教他拳脚功夫。记忆的细节刻在骨血中，当父亲逼迫他保持某一个动作不变时，眩晕便会袭来——他脑袋空空，仰望着的天也开始变换颜色。他和父亲经常站桩的位置，磨出两片轻微的凹痕，那么多年的风雨冲刷也没能磨平。他轻轻踩上去，像钥匙插入锁洞，开启了记忆的院门。

"先去祖屋吧。"堂兄方振成站在荒草之外，把他拉回现下。

方延跟着，锣鼓和地方戏的声音在变强。祖屋里阵仗齐整，他这个归人需要去完成一个仪式——告知祖先，他并未死在他乡。漂泊近半个世纪、在这个村子认识他的人所剩无几之后，他回来了，得给祖先一个交代。堂兄方振成隐约记得，四十几年前那封英文信寄回来时，没人看得懂。几个月后才问到隔壁村一个读了洋学的青年，他翻译了一下那封信，讲得也含混迷离，隐隐约约说方延已经死在海上之类——估计那小子也没把洋学真读懂。既然死了，该表示的也得表示，家族里给他立过一个空墓，请来做法事的师父以各种仪式召唤他的灵魂归来。仪式完成之后，师父并没有以往完成一件法事的放松，而是心事重重，问及原因他也是支支吾吾。很久后，才在各种传言中知晓，说是师父当时招魂，却并无感应，故而在念咒语、挥木剑、贴道符之时，也显得忐忑不安。那师父没有明着说这事，却在某次醉酒后透露了口风，说是方延葬身万里之外，感应微弱，没能把他的魂召回祖屋。此时再提及此事，方振成苦笑不已，当年那师父醉后说的"没感应"，现在看来倒也是"真话"，只是感应稀薄并非由于远隔重洋，而是方延仍然存活于人世，自然无"魂"可召。

祖屋的位置没变过，也没有大拆大建，只是在原基础上修修补补，仍散发着半个世纪前的旧气息。敲锣打鼓的、唱戏的队伍是族里请来的，他们在班主的指挥下，在庆典或葬礼上演奏着不同的曲子。香烛、纸钱的味道在祖屋里缭绕，村人从各个角落围拢过来，观看这个美国归侨。族里的男人全都聚齐了，有三十多位，这些人大多比方延小，他全不认识。少数几位比方延大的，他走上前去，盯着一张线条交错的脸，沉思半天："二叔？"

老者点点头，泪涌出。方延扶住二叔。

方延又细看旁边一位，拿捏不准："瑞爹？"

"瑞爹"摇摇头，方延这才脱口而出："江爹！"江爹抬起枯枝般的黝黑手指抹眼角，这姿势太凌厉，看上去就像自挖眼珠，方延拍拍他的背。方延能认出来的，只有四位比他年纪大的父辈；和他差不多大小或比他小一些的族里堂兄弟，方延当年离家之前当然熟悉，奈何近半个世纪的时光消磨，面目和记忆全都迷蒙。倒是有一位小辈，方延看了一眼，便说："你是财哥的崽？"这后辈喊起来："延爹，你怎么知道的？"方延笑了："你跟你爸年轻时一个模样，他当年跟我关系好。对了，你爸呢?"后辈眼圈一红："不在了。快十年了。他长年出海捕鱼，后来骨头缝跟针扎一样，痛得受不了……就……"方延伸手，捏捏他的肩，不再细问财哥到底"就……"怎么样了。

"时辰到……开始!"班主的声音不大，却有着极强的掌控力，锣鼓暂停，时不时甩出几句地方戏暖场的"演员"也停下演唱，细听指挥。班主让族人按辈分、年纪大小顺序排好，准备举行仪式。此时，场面肃静庄严，香烛的味道更让人不得不认真对待此事。可方延越想集中精神，越是心神脱缰，所有的声音都绝尘而去。为了不失礼，方延只能盯紧班主，班主鞠躬他鞠躬，班主站直他站直……他无数次想象过重返故乡的画面，却绝非眼前的光景——透露出某种说不出的荒诞。是的，荒诞。他闭上眼睛，尽力平复自己，这很难，可也得去做。

香烛、纸钱燃烧的浓烟烈气让他鼻尖颤动，也令泪珠冲破眼睑。

再回过神来，班主已带着队伍走了，族人也退出祖屋，聚集到方振成家的大院子里。那里摆了十余桌，族人以及邀请的一些村人要聚集欢宴。是该欢宴，族人欢喜一位亲人的死而复生，方延欢喜魂兮归来——这少小离家老大回，这笑问客从何处来，这半个世纪的光阴似箭箭穿心。方延在祖屋里待了许久，中间有晚辈来喊他三回，堂兄方振成也叫了两次，方延都不太应声，他确实需要一些时间消化消化。外头天色已黑，屋内纸钱早已化灰，蜡烛烧尽，线香的点点光斑犹如夏夜的萤火虫，时明时灭，喝酒、欢笑的声音传进来。不远处就是大海，夜风夹带着腥咸味，族人们欢迎他归来的酒宴如同摆在海面之上，被月亮引发的潮汐所掌控，漂浮摆荡，似梦似真。

最后一根线香熄灭，方延走出祖屋。他准备问问堂兄，父亲母亲的墓地在何处？不管离家多远，不论荒草如何嚣张，蔓延、笼罩、遮蔽了那两座土堆，又或者土堆已被时光之刃削平，未在尘世留下显眼的痕迹，他都得马上去看看。村里没有电灯亮起，手电筒还是稀罕物，也不管了，点一盏马灯或一根火把，火光会引路，把他带到荒草蔓蔓之地，把他带到荆棘草叶划破衣裤在肌肤上留下血痕之地，他要在父亲母亲的坟前，洒下三杯水酒、两行热泪、一串哭声和半个世纪的悲欣交集。

二

后来我才琢磨清楚，站桩那个动作本身并不让人难受，难受的是一动不动。无论哪个动作，凝固之后，都会让人疲惫不堪。父亲在一边死死盯着，我身体的任何一个小动作，都逃不过他目光的追捕——有时大腿根部近似抽筋，肌肉已然不归我所有，兀自颤动，他手里的棍子立刻破风而至，啪地打在颤动之处。我特别羡慕哥哥，他可以在外谋生，不用活在父亲凌厉的棍棒之下。我在定好的时辰爬起，来到院子里。黎明尚远，父亲的身子已如铁塔一般插在石块上。不远处的海风灌来，咸腥扑鼻，海浪声起伏有度，保持着跟父亲的呼吸一样的节奏。暗色中，不知道他已经站了多久，仿佛会永远站下去，那俨然是一尊石像而非活人。站桩的位置让给我之后，他开始挥舞拳脚。为了避免单纯的站桩太过枯燥，我调动耳朵，细听他拳脚带出的风声。

村子临海，父亲有时会随渔船出出海，更多的时候是一介农人。他的功夫是什么时候学来的，他从没说，只是执着地要把它教给我。我读书不多，听教书先生讲过一些侠义故事，可那毕竟是古代故事，更何况在石块上站桩、挥舞手脚，和那些传说中荡气回肠的故事又有什么关系？我也听过父亲一些事——他青年时即在海南岛上四处游荡，哪里有人习武，他便在哪里教授，有时一待就是一年半载，把自己活得像个古时人物。祖父过世后，田地荒芜，门庭寥落，他被族人多次数落，才回来结了婚。婚后，他每年仍出几回远门，半个月二十天，他背上衣物就消失了；事毕归来，也不说自哪儿而回。

大哥很早便跟随村里的一位叔叔去了马来西亚，下南洋去了。这在村里不是什么稀罕事，在周边村子也常见，树挪死人挪活，人们总把往外走看作有出息。大哥在马来西亚做什么，我不知道，据说是那位叔叔有个什么厂子，他在里头当工人；又说他在当地给人家割胶……没个准。时不时有钱、物从国外寄回来，一般是村人回来探亲访友，顺便带回一大批同乡的钱、物和报平安的家书。在我出去跑船前，大哥回来过两次，同样也担负着很多人的重托，就像一个送财童子或钦差大臣，被很多人围看，也被很多希望所包裹。人们打听家人在国外的境况，也好奇异域的风土。哥哥衣崭新、人笔挺，显然是回来前专门量身定制的，再加上发型考究、表情沉稳，讲话字斟句酌，一副见过世面的样子——见过世面不都这样吗？他在家那些天，家里来了不少人，或来取亲友捎带回的钱、物与平安书，或是让他帮忙带一封信出去；也有的两掌摩擦，半天不好意思开口，待了许久，终于开口，是想问大哥有没有门路把他也带出去。

向来石头一般的父亲，在家里人声喧闹的时候，也有了难得一见的笑意。是大哥的"出息"，让父亲有了某种"光荣"？后来想想，或许他本就是个爱热闹之人，很多年里，他行走江湖，曾有许多弟子围着他喊"师父"，那是他最神清气爽的岁月。家里的人来人往，让他想起了曾经的自己——那些岁月，在我们的认知之外。二姐在大哥下南洋两年后也嫁人了，我们家就更安静了，父亲的脸更是难见一丝笑意。仰仗哥哥自己或托别人捎回的钱、物，我在离家前读了几年书。

　　读书的地方在"望海堂"，是附近多个村子共同出资修建的一间屋子，请了一位先生，教适龄孩童读书。到了我跟着读书的时候，也还是摇头晃脑地"之乎者也"。先生时常用棍棒敲击桌子，痛骂人心败坏、国将不国。大多数情况下先生是正常的，也有的时候，他赤红双眼，对着面前的空无狂喷一些我们听不懂的话——他的话太奇怪，平仄对仗、语调铿锵、音节有序，是某种经文或咒语？又或者是别国的话？在此时，躲着就对了，若撞到他面前，骂声劈头盖脸算好的，有时还会挥戒尺朝你的手心打来。更疼的是打手背，手背肉少皮薄，戒尺和骨头的撞击疼死人。每次惩罚完学生，先生也会陷入悲伤沮丧，走出望海堂的门口，朝北而望，念起诗来：

　　　　北往长思闻喜县，南来怕入买愁村。
　　　　崎岖万里天涯路，野草荒烟正断魂。

　　有时又变成：

草色芊绵，雨点阑斑。糁飞花、还是春残。天涯万里，海上三年。试倚危楼，将远恨，卷帘看。

　　举头见日，不见长安。谩凝睇、老泪凄然。山禽飞去，榕叶生寒。到黄昏也，独自个，尚凭栏。

　　他念这些诗词之时，神情凄怆怪异，且重复一遍又一遍，以至于我很多年后仍然记得。他的脖子不断拉长，拔高一些、更高一些、再高一些，快要把他的头挂到云上，以让目光穿山越海，抵达更北的北方。有时从望海堂归家，父亲问我："先生又训人了？"我点点头，手掌缩回衣袖，怕父亲看到掌心或掌背又红又烫的印记。我问："你咋知道？"父亲说："好远就能听到他在望海堂里叫……唉，你们先生，心里也苦。"在某些觉得先生心里苦的夜里，父亲会摇晃一下酒坛子，听里头还剩多少……他捧着那把酒气，在海风纵横中，去望海堂找先生对饮。父亲是为数不多能和先生说上话的人——村里头像父亲一样在江湖行走过、有点儿见识的人，不多。父亲去找先生，两个人会说什么呢？他们会滔滔不绝地交谈，还是只顾默默饮酒？他们用什么下酒呢？

　　先生在望海堂教学五年多。

　　一九三二年冬，海风骤寒，望海堂里紧闭门窗，也没法挡住那无孔不入的风针。先生的脾气也给冻没了，授课变得无比耐心，没有无端的怒火，也没有自顾自地念诗，谈起自己的火暴脾气，他甚至有些自责。他的转变，让我们更加忐忑，怕是他另一种暴怒的前奏。但他的怒气没有再次引燃，反倒他把所有知识都教给我们的急迫。一日，他告知我们要出门几日，我们都心中窃喜。他次日就离开了，我们都为这临时假期欢喜，却没料想，这假期也太长了。快一个月后，伙伴们见面都尽量不谈论这事，但心里都清楚，先生可能不会回来了。伙伴们看到望海堂就绕着走，那里成了空荡荡的所在。

我却喜欢那间房空空的模样，常一个人在那院子里待着，不远处便是大海，潮汐起落，海风夹带着水汽和咸腥袭来，整个世界都空了。院门处，可见海潮一会儿涨粗，一会儿缩细成一根线，人在那时总会忍不住想，海的远处是什么？更远处是什么？跨过海的尽头呢？先生是跨过了海，返回让他不再感觉窝火、莫名暴怒的北方去了吗？我有几次问父亲，父亲没作答，可从他眼神的凝滞不变又风起云涌中，我觉得他清楚先生的去处。

先生离开一个多月后，有一回，父亲按住我的肩头："过两天，你跟我出一趟门。"我窃喜："出门？"父亲说："你十五岁了，是该跟我出去走一走了。"我说："去多久？"父亲说："可能个把月，也可能两三个月，说不准。"我说："要是先生回来了呢？我还要不要去学堂？"父亲沉吟许久："先生不会回来了……"他停顿了好一阵，说，"跟你说也无妨！你先生，留过洋的，去过东洋。前些年参加革命，后来各种派系之争，他灰头土脸，躲到我们这里来，一是逃命，二是心灰意冷。在古时啊，我们海南岛，荒蛮之地，有些高官犯了事，皇上看不顺眼，就会把他们流贬到这里。当然了，你先生是主动来的。去年，日本人在东北闹事，九一八事变……这一次，他离开了，大约是要去做什么，说不好命都要丢了，不会再回来了……这乱世，亏还有他们这样的人。你先生躲到这儿来，一肚子火没处撒，难免会把气出在你们身上，你们啊……不懂……"父亲这话，讲了跟没讲一样，先生的下落仍是一片混沌，但我知道不能多问，这世道，年少如我，听闻"革命"两个字，也明白那是不能探听的禁区。

除了衣物，父亲还带上了一根黑油油的木棍，那是他的心爱之物，平常摸都不给我摸，而他在院子里练功时则时常挥舞。那是一根好木头，韧性强，硬得铁一般，拿刀具敲击，响金铁之声。他还递给我一柄小小的匕首，裹在鞘里："你贴身带着，关键时刻可防身。"我说："还要带这个？"父亲笑笑："世道乱，盗贼多，谁知道会遇到什么人。"母亲对我这次出门十分忐忑，牵来扯去泣泪多。父亲说："我带他练练胆，倒是你，一个人在家，夜里门要堵死些。"父亲把木棍在练功的大石上敲击几下，当当声里，他说了声"走了"。母亲要送我们出村，父亲也不回头，右手掌在右肩膀上方摇几次，让母亲回去。经过望海堂的时候，我有些恍惚，好像听到里头传来了读书声，我说："爸，是不是先生回来了？"父亲好一会儿才从鼻孔里挤出几个字："你耳朵鼓风了？"

步行前往海口的路上，父亲说了我们此行的目的，我们是要去陪一位先生"逛逛海南岛"。父亲练武多年，干过多年押镖送物的活儿，足迹遍布整个海南岛。别人愿意找他带路，固然是因为他对各地的熟悉，更因为他有些拳脚功夫，在这乱世，遇到盗贼拦路，也能帮得上忙。这一次，父亲要给一位田先生带路，至于具体路线，还不清楚。父亲说："你现在还小，以后会懂得，为什么这一次要带你出来。"我无心听父亲的话，一直沉浸在将要去海口的兴奋里——那个热闹、繁华的传说之地，那座海南岛上最大的城池，总要去见见的。早晨出门，一直到天色变黑，我们才进城。父亲也不流连，带着我穿过一条繁华的街巷，来到了一家侨安旅馆，报上名字后，即可入住。邀请父亲带路的人，已经提前安排好了一切。那是我第一次出远门、第一次住旅馆，从三楼的窗口能望到北边的一片沙滩，不远处有一座咖啡色的钟楼，再过去便是海了。

当天晚上，我们在侨安旅馆见到了田先生。先是响起了敲门声，父亲开门，进来一个身材矮小之人，胡子稀疏，戴黑框眼镜。那人说："这是方师傅?"父亲说："您是?"来人说："在下田祝澜……"父亲疑惑道："您……日本人?"田先生一愣道："标准的中国人……哈哈哈，这一路，有不少人把我当成日本人，在丽水、在缙云、在建阳、在福州、在三水，都有人把我当成日本人，这是第六次了……"父亲说："我还以为……若是日本人，这活儿就不接了……"田先生大奇："方师傅对日本人有看法?"父亲说："日本人对我们中国虎视眈眈，也不是一日两日了。去年，东北，九一八……"田先生竖起右手大拇指，可能感觉还不足以表达心情，他干脆伸出双手，拍拍父亲的肩膀。父亲回过神，把我一拉："这是我家小子，我这回把他带上，想让他开开眼界。另外我年纪大了，精力不比以前，他也能帮帮手。先生放心，这一趟，他的吃住，不劳烦先生……"田先生点点头："年轻人，是要走走看看。没关系，这一趟有考察的支出，他跟我们同吃同住就是。"父亲扯扯我的衣袖，我向前，作揖："田先生……"田先生说："后面我们都在一块儿呢，你们今天走了一天，先休息休息，已经交代旅馆一会儿送餐过来。"

田先生说完就转身离开了。

父亲的脸色越来越阴沉。

我说："爸……您……"父亲沉吟许久，说："刚刚见到田先生，像个日本人，我恰好想起，十年以前，有人辗转找到我，让我带路环游海南岛，后来才知道那是一个懂中国话的日本人，叫后藤再三。当时也是不懂世事，那日本人只说他在旅行。他那一趟，拍了不少照片，也采集了一些动植物标本，带着考察报告回去。我一直很后悔，怕自己无意中做错了事。去年九月，日本人在东北闹事，发生了九一八事变，我最近不时想起那件旧事，生怕自己真的做错了。"我说："爸，错在哪儿呢？"父亲说："你还小，不懂，这种事，一步都不能走错——即使是无心的。现在日本人对中国馋得很……那件事之后，前几年，又有个法国人来，我还记得，叫什么'萨维纳'的，也托人找到我，我不愿再接这种活儿，推掉了。这事，你藏在心里就是，不能和任何人说起。爸告诉你，也是相信你，总要慢慢面对这些事。"我只能点点头。夕阳收起了所有的光，房间昏暗起来，从窗口望出去，却看到不远处的钟楼上亮着光，周边街巷点起了灯火，父亲的脸消隐在半明半暗中。他喃喃自语："爸不是读书人，不懂大道理，但总觉得，我们的地方，日本人、法国人一字一图记下来，我们自己人却不管、不理、不了解，对不起祖宗啊……"怎么又跟祖宗扯到一块儿了？我不知父亲浩渺的心事所从何来，幸好，很快有人把餐食送到房间，那扑面而来的香气，让父亲的精神提振了起来。

我没想到父亲竟会骑脚踏车。这是奢侈之物，我此前都没见过，而父亲是什么时候学会的呢？我看着父亲，像在看一位陌生人，他有着我不知晓的过去。田先生这番环游海南岛，是政府出资让其考察，沿途的部门都给他以方便，其中包括安排了两辆脚踏车，田先生自己骑一辆，另一辆给父亲骑。出发前，田先生先去了旅店附近的一家"海南书局"，把一本校订完毕的著作《调查撮要表》交付印刷，之后我们便往南行。田先生的车后座上捆绑着一些行李，我坐在父亲的车后座，看着父亲用力踩着脚蹬——风刮到脸上，沿途我全不熟悉。很多年之后，对于这一次出行，我所记无多，但父亲在前面卖力，而我在后座上成了父亲的负担这一幕，却印象深刻。饶是如此，父亲的车仍在田先生的前面，他要负责带路。

每到一地，田先生便提着公文，找到公务人员，让他们帮忙寻当地的能人。田先生手握纸笔，问询此处的人口、物产、风俗等，他边问边记录。一般来讲，当地的公务人员还会招待一顿吃喝。此时最为轻松，父亲要么上前给田先生和公务人员之间做个引荐什么的，要么坐下休息；而我，则推着父亲骑的那辆脚踏车，练习骑行……几日之后，我也学会了，有时会在途中和父亲换换手，让他坐到后车座去。田先生有一张地图，每到一地后，便在地图上画一个圈，并和上一站贯穿起来，这就是我们一路以来的轨迹了。我并不懂田先生的问询、记录到底有什么用，起初还觉得惊奇，渐渐却感到无聊起来，这是在做什么呢？田先生说要写下他的海南岛旅行记。

我没有田先生的大志，只觉得旅途寂寞。虽是沿着较为平坦的官路前行，脚踏车仍是一路颠簸。走村串寨、过山涉水，海南岛的山川一一在我面前亮出它们的面孔。我不知朝向、不懂地界，总觉得三个人是在这无边的路途上惊慌失措地乱逛。但一切都没乱，每晚田先生都会和父亲商议次日的计划，准备抵达哪里、歇脚哪里。父亲不需看田先生那张地图，说到某一地，他皆能如数家珍般一一道来，哪里的路不适合走、哪里有盗贼盘踞，他一清二楚，会提前让田先生绕道。陷入海南岛巨大的中心后，田先生便不得不仰赖父亲，不得不仰赖父亲心中的另一张地图。因有考察的需要，行程并不快，但一日下来，仍会疲惫不堪。我们有时在一些圩镇上的驿馆过夜，有时借宿农家，有时则只能露宿野外——父亲会捡来大堆木柴，点起熊熊篝火。即便是这样，父亲也没忘记在睡前练练拳、舞舞棍，并督促我也练习，他还强迫我与他一同站桩、打坐。他跟我说起这两者的妙用，却总词不达意，最后只能说："多练练总没错。"

田先生每日的记录任务极为繁重，一到歇息处，就顾不得其他，只是奋笔疾书，把一路所见所闻先记下。父亲的脸，在篝火的映照下明灭未定，可以看出，他很享受这种在路上的生活。从父亲一路上对各村镇的熟悉程度，我知道，他曾在这些山山水水间行走过很多的光阴。夜太过安静，盘腿打坐的父亲一动不动，不像是这个世界的人。田先生在完成一天的任务后，有时也会跟我聊几句，他说得最多的是：少年人，不要只是待在这个岛上，你要去看看世界——见到世界了，才知道眼前的这个岛是什么样的。

这次出行，我更多的是感到疲累与寂寞，所记得的事情并不多，除了两件事。

其一，是途中的一次奇遇。出发的第五天，到了海南岛中部的一座高山，行走愈加艰难，海拔升高，呼吸变得急促，而山路两侧，树木直插入云——云雾在枝叶间聚而又散。田先生已经腿脚不太利索，他提出歇息一会儿，父亲却咬紧牙关："这里不适合停留，下个歇脚处还远，得继续赶路。"大多数时候，父亲尽量配合田先生的安排，而这回，他把话说得斩钉截铁，我们只好跟着走。我推着一辆车，父亲推着田先生那辆，急促地走在前头。正当我们濒临崩溃之际，忽然听到林木间传来数声奇怪的叫声，竟然听不出那是什么声音，有点儿像是鸟叫，可声音并不零碎，而是极其连贯有规律。这声音先在左侧响起，一会儿后右侧也有了，此起彼伏。父亲停下，转身，脸色已变，他把车的脚架支下，面色冷峻地说："你们在这里歇着，不管发生什么都不要乱动，等我回来。"他左手拇指、食指捏住下唇，一吸气，发出几声尖啸，和林中传来的声音竟然很像，像是传递了某种信息。不一会儿，林中的声音再次响起。父亲再次发出尖啸，之后回头说："别乱走，就在这儿等着，我回来再说。"他挺身往右边的林中去了。我和田先生面面相觑，想开口说什么，却又感到说什么都不对。此刻的山林诡异无比，腐烂的枝叶冒涌出浓烈的气息，我们都觉得头有些昏沉。静坐下来后，各种声音出现了：风吹木叶、虫蝇振翅、山鸟鸣啼……田先生焦躁不安，一会儿站起，一会儿坐下。他从包袱里翻出一本书，读几行便又合上，一会儿又翻开。为了静心，我只能盘腿坐下，闭眼安神，但妄念如跑马，奔袭不歇。不知过了多久，我睁开眼睛，夕阳已到，金黄色把山林染得无比辉煌，我心有所感，心想父亲很快就要回来了。没一会儿，就看到父亲拖着一条长长的影子走近。田先生几乎是弹射而起："方师傅，发生了什么？"父亲满身疲倦，还散发着些酒气，他淡淡地说："先赶路，到歇脚处再说。"他推起脚踏车，状若飞奔，我们只能跟着。很快，山路全黑了，幸好我们已临近山脚。在山下又走了近两个小时，才看到火光，在一个圩镇歇下。看到火光的那一刻，父亲步子没停，只是甩出一句话："今天，遇到盗贼了。"这之后，父亲再没跟我说起盗贼之事。田先生则围着父亲问了许久，父亲让他答应，不能把这些事写到他的行记里。田先生答应了，父亲压低声音说了一会儿，而他说出的故事是什么样的，于我却是一个谜。之后好几天，田先生多次在我面前竖起拇指："你父亲……这个！厉害，这次来，我找对人了，否则，说不定有来无回了……"可他也没有在我面前透露任何父亲如何平息盗贼的细节。

其二，到了海南岛中部稍稍往南一些后，田先生被一场急病击倒了。此前两三日，阴雨不绝。田先生戴着眼镜，雨一下，路就看不太清楚，我们走走停停，进度极为缓慢。父亲和我对海南岛的天气早已习惯，而对于田先生来说，这雨便成了刺入毛孔的寒针，他的喷嚏止不住，人也漏气般整个扁了下去，眼窝深陷，颧骨凸出。父亲着实比田先生紧张，提议返回海口就医。田先生有些不甘："着急啊，这才走了不到一小半，就得……"父亲说："先生初到岛上，不习这边水土，又一路奔波，难免撑不住。我们要不歇息两天，若好了，便继续剩下行程；若不行，便返回海口？"田先生犹豫许久，也只能这样。当地的政府部门看了田先生携带的公文，极为重视，除了安排住宿，也找来医生，给田先生打了一种叫"金鸡纳霜"的药。我们滞留当地，等待田先生恢复。闲极无聊，我便骑着脚踏车闲逛，引来阵阵注目。父亲则在某日一大早，去拜访一位当地朋友，夜里才回，递给田先生一张红纸符咒，说他那当地友人是有些神通的，他去给田先生讨了一张护身符回来，烧成灰泡水服下，可治病。田先生嘴唇发紫："这东西要有用，那大夫不是多余了？"父亲说："试试看呗。"田先生摇头苦笑。又一日，医生来看过田先生后，摇头不止，说其身子更热，病加重了，久留恐怕不利，应尽早返回海口去大医院看看。恰好这日，有汽车途经此地，目的地正是海口，经过一番思量，我们终是把脚踏车也塞到了汽车上。抵海口后，父亲对田先生说："你休养好，什么时候需要，我再来。"

我与父亲返回村里，几天后，便是春节……那也是我在故乡过的最后一个春节。细细想来，这趟出去，并没有见到多少奇事，但我觉得自己整个人都变了，和伙伴们再没什么话可说。一九三三年的春节，天气萧瑟，寒凉入心。初四那天，父亲一早出去了，午间回来，脸上眼泪纵横，没等我和母亲发问，他已经忍不住："你们望海堂的先生，没了……没了……"说着，他把一封信递给我，我伸手去接，他又猛然抽回，走到春节期间堂前一直点着的油灯上引燃了。火光明灭，他的脸又红又黑。

那封信便成了永远的谜。是什么人给父亲写的信？或者，那是先生临死前的诀别书？父亲除了是能和先生说得上几句话的人，会不会也是他某种意义上的"同道"甚至"同志"？之后几天，父亲一直没回过神来，深陷于友人"没了"的哀伤。年初八那日，他才提起精神，因为田先生已经从病中恢复，托人叫他，继续环海南岛，续那未完成的行旅。这一次，父亲没有带上我，木棍在他手上舞出几圈棍花，风声呼呼，他的身子从棍影里消失了。

没有我在，他和田先生每人一辆脚踏车，行程会快得多吧？

三

县里对方延这位美国华侨极为重视，安排一位相关部门的工作人员专门与他对接，也没理会他的想法，拉着他两天内跑了全县五六个点，时不时问他："方先生，感觉怎么样？""方先生，这里不满意，我们去看看下个点……"没法直接拒绝的结果，是方延看了流经县里的河，也看了县里的山，更被拉去海边，在茂密的椰林里看了绿叶摇摆起伏。那一日下午，他知道不把话挑明不行了。方延沉吟许久，说："我这一次回来，并没有投资兴业的打算，只是四十多年没回来了，返乡认认亲、扫扫墓……"见那陪同者因尴尬而凝固的表情，方延笑了笑，"不过，我也有点儿心愿，想请县里帮个忙……"方延顿了顿，等情绪酝酿得差不多了，又说，"我不是生意人，这一次确实不是为生意而回来。我知道，一个地方要发展，首先得把教育办好。我手头也不宽裕，但也想给县中学捐点儿钱，具体用于盖间课室或是资助一些困难学生。"那陪同者握紧方延的手："教育最重要，教育最重要，我一定跟领导汇报，把这笔捐款用到最需要的地方……"县里到县中学了解之后，说有教室在前两年的一场台风中损毁严重，学生目前都在危房中上课，亟须修缮。还反馈说，修缮后，考虑以"方延"之名给教学楼命名——方延心中苦笑，这是赶鸭子上架、挖坑等我跳啊，我哪有那么多钱？方延给县里回复，如果一定要冠个名，他希望叫"望海堂"。

方延再三推辞，县里还是要举行一个仪式，让方延跟学生们讲一讲，鼓励鼓励他们。当然，最好提前有个讲话稿，大家一起帮忙斟酌斟酌。坐在主席台上，方延有点儿惶恐，可他不能把这些情绪表现出来。举行了一个在方延强烈要求务必简短的捐赠仪式后，他对那些学生讲了讲自己的事。有那么一瞬间，他顿然出神，自己怎么就坐在这个地方，要对着学生说话了？他嗓子清了六七回，才把情绪压住，照着稿子念道："离开海南，是被迫的。更想不到一走之后，那么多年没机会回来，直到这四十三年之后……"

……

　　演讲反馈怎么样，他已经无心去了解了，他唯一记得的，是这期间很多次掌声响起。掌声并没有让他悔意消退——事实上，开讲后，他就更后悔了。无论如何，这也是把潜藏着的旧事再次揭开，那种撕裂之痛仍在。别人把这些当成故事来听，而对他来说，却是刻在骨血中的梦魇。其中有掌声、有惊叫、有一张张屏住呼吸的紧张的脸，也有结束演讲后，不知道谁伸过来的带着安抚之意的手……他只觉得疲惫，别人再说什么，他都不再细听，匆匆离开学校，返回村里。

　　在美国多年，要说已完全适应了那里的生活，也谈不上，可毕竟那么多年的时光打磨，身体本能上已更习惯那里的一切。想到这一点，他有些惊慌，这惊慌来自他感觉到当下的自己，似乎更适合那个远隔重洋的家，而不是眼前的这片故土——这算不算另一种意义上的背叛？妻子的脸浮现，若是同意她一起回来，自己有个说话的伴儿，心情也不至于如此翻江倒海。

　　不知不觉间，方延又来到了父母的坟墓旁。坟墓上的杂草，在他回来后，已清理干净。他让堂兄找石匠刻了一块墓碑，也立了起来。一切都是新的，石碑上的字迹转折锐利，红漆把字涂染得鲜艳刺眼，坟墓边还有两日前石碑立起时焚烧的纸钱与香烛，好像坟墓里的人也才离去不久。在米酒一点一点的催发之下，堂兄方振成缓缓说起，眼前立着两座坟，可埋葬着的却只有方延的母亲。不知道是酒让记忆模糊，还是确实时间太久，堂兄也说不清具体时间，只记得大概在方延离家去香港谋生六七年后，日本人入侵到海南岛。日本人来找过方延的父亲，他躲避未见，后来为避免祸及族人，他去见了日本人，从此再没回来过。方延的母亲在他父亲离家后一年就过世了，她没交代别的事，只是跟族里人说，在她的坟墓旁，给方延的父亲也立一个墓。代替方延父亲的肉身下葬的一些遗物，已被方延母亲提前收拾在一个盒子里。方延的母亲过世后，房子彻底空了，在南洋的哥哥没回来过，也未寄回一封信，嫁出去的二姐偶尔回家，也只能看着屋内结满蜘蛛网而默默垂泪。那两座坟，族里人想起时，就简单地锄锄草、添添土，更多的时候，则湮没在荒草与杂树丛中。那天堂兄方振成带他来此，对着荒坡上起伏的土堆恍惚犹疑不敢确认，来回踱步了半个小时，最后还是把年纪更大的二叔喊来，才确定了墓的位置所在。

他还得悄悄打听她的下落——在他心中，不能把名字叫出来，他想起来时，只能喊"她"。数十年过去，关于她的记忆早已湮没。当年离家前，母亲给他定了一门亲事，姑娘是隔壁村的，两人并未在正式场合见面，但已经按照村俗送了八字。父亲是见过世面的人，又常常和望海堂的先生夜谈，有了不少新思想，强烈反对母亲的做法。母亲淡淡地说："你反正要把小孩往外送，那还不如早些定下来，择日完婚，他就算外出谋生，也留个孙子给我们带带。"父亲则说："正是因为我们要把小孩往外送，才不能耽误了别人家的女儿。"两人争执不下，问方延自己的想法——他哪有想法，他少年心性，根本没往那边想。最后母亲把礼往隔壁村一送，这事就定了。方延私下跑到隔壁村好几回，想偷偷看自己"对象"的模样。他蹲守暗处，远眺静待，却在那女子的身影出现时落荒而逃。方延的心被搅动了，很多个夜里，那并不清晰的脸，是盖在他梦里的印章。

没过多久，父亲通过田祝澜先生给方延在香港谋得一份差事，方延就离开海南岛了。母亲本来很想在他离去前，把他的婚事给操办了，方延拒绝了，说他没准备好。父亲也说，外出历练历练，过两年再结婚也不迟，两人都还年纪小。当时没人会想到，这一离开就是数十年。方延在船上服务，随船出海，望着舱外的海浪，并不知道航行到哪儿。偶有假期，寥寥数天，也没法从香港赶回，一年一年的，就这样消磨着。这期间，父亲在来信中也提到了他与她的事。方延心绪惆怅，出来谋生，万事难定，他一咬牙，回信让父亲去退了婚约，以免耽误人家。后来收到家信，说她不肯退，宁愿等。方延惆怅更盛，也没法排遣。他如何能想到，世事跌宕起伏，自己后来历经九死一生，在海外苟活了下来，家国遥望，哪里还能回到当年？在美国结婚前，他跟未婚妻谈过老家的人事，她苦笑："看来，不管怎么算，我只能是小老婆！"

这一次回来，他想到了她，问询打听，也并非难事。据说她后来还是嫁了人——这是方延唯一的安慰。若她真的在漫长的岁月中孤身一人，成为附近村子并不罕见的"守望妇"，终日牵肠挂肚，等待自己的归来，他该何等自责？她后来嫁的是一位渔家人，育有三男一女，丈夫长年出海，终丧生于一场风暴。而她也在后来的一场台风中消失无痕，周边的人都传说她已经随风寻找她的丈夫去了。又有不少神道道的传言，说她消失后的很多年里，一些患病者或阴气重的人，总会见到她来去不定的魂儿，那魂儿有着要问询什么又不知如何开口的羞怯和犹疑。她如此飘浮直到消失于一阵没来由的风。方延倒盼望能真的见上一见——如果有这机会，他一定不会像少年时那样闪闪躲躲，而是会迎上去，细细端详她化为虚幻的脸，端详时间在每一个角落毫无遗落的刻画。她的脸最终会被雕成老迈还是依然年少呢？

四

那是一个后半夜，我从睡梦中猛然惊醒，妻子在一旁鼻息平静。或许，这是她装出来的，为避免我因为惊醒她而愧疚，她只能保持着"和缓"的睡姿。我也不能去点破她，这是一种默契的表演，守护着各自的记忆。我推门而出，看到院外夜空深蓝、群星静默，自己所经历的残破、零碎、无逻辑的旧事，都在夜风中涌来，瞬间扭成一体。是的，事情发生在眼前，而我们永远不知道发生了什么，只有到了很多年后，用记忆的碎片拼接、组合，才能看到其破败的身躯瘦骨嶙峋，支撑着历史的骨架。我，也只能在逃生后的很多年里，在一些报刊上的文章中，才逐渐拎起了一条残破的故事线，而最开始的线头，是田祝澜先生的一封介绍信。

那是我去香港时，身上最重要的物件。

在海南岛环游之后，田先生收获颇为丰厚，他在给父亲的信中说，他的《海南岛行记》一书已经在整理，等正式刊行后，会寄一本给父亲"指正"，感谢他这一路上的帮助。我好奇的却是，父亲会不会被他写到这本书里去呢？我会不会也被他写进去呢？我会被写成什么样呢？田先生和父亲往来了几封信，有的我看过，有的父亲没给我看。有一天，父亲脸色苍白地说："田先生的介绍信来了。我让他帮你寻一份工，他问询妥当了，你收拾收拾，月内到香港去。"在这乱世，谋一份工并不容易，但母亲还是眼圈瞬时泛红："要去香港？他一个人？要不要让他跟他哥哥一块儿去南洋？两兄弟，也有个照应……"父亲脸上的苍白缓缓褪去，神情严峻，决然道："鸡蛋不能放在同一个篮子里。"母亲不再吭声，忙家务去了。

父亲拍拍我的肩膀："知道为什么想让你到香港去吗？"我摇摇头。父亲说："你还记得上回带你到海口，跟你提到过，我当年曾带着一个日本人后藤再三游海南的事吗？"我点点头。父亲说："九一八后，日本人已经占了东北，他们跟中国之间摩擦日重，人家打上门来，我们也不能等死，这仗肯定得打。若是有一天日本人来到海南岛，战火一起，免不了要上战场，枪炮不长眼。香港如今毕竟是英国人治下，还能躲一躲。另外，当年那日本人回去后，免不了也像田先生一样，写出一两本书来，海南岛的资源在哪儿、路怎么走、怎么个进攻法，搞不好都研究得一清二楚了——爸爸常为这事后悔，当年虽是无心，但已经埋下祸根。但愿是我多想了！要是有一天，日本人侵琼来了，他们会不会还派人来找我这个当年的'向导'帮他们做事？真找上了，不答应，死；答应，不就当了汉奸？就算日本人不来找我，毕竟当年我带着日本人考察过海南，这事情抹不掉，战火一起，我们海南人也放不过我。你爸老了，倒不怕丢命，可你不一样，往外走，先活下来再说。窝在海南岛，就算你活了下来，如有人以我当年之事给你扣一顶'卖国贼儿子'的帽子，你哪里还能抬起头做人？"父亲把事想得那么深远，一层一层，全在我的理解范围之外。父亲把手掌再次放到我的肩膀上，掌心温热传来，他笑了："你也可以把这话当作醉话，希望是我多想了。但你得记住，决不能跟任何人提起。另外，我教你的功夫，闲暇时得多练习，在外头，有身好功夫，才能防身。静坐更要常练……"

　　由于怕丢了，母亲把那封信用布袋包好，再把布袋缝在我的裤子内侧。我把那封信抄了一遍，带在身上，不时翻出来默记，字字句句皆牢刻于心，以备出现极端情况时——比如把裤子弄丢了——还能知道到了香港后去哪儿、找谁。父亲把我送到海口，我登上了远航的船。那是一九三四年，我十六岁，不知前头等着我的是什么，挥手作别时我也想不到那是见父亲的最后一面——岸上的父亲腰杆笔挺，和他时时挥舞的木棍一般直，好像他已经扎在岸边很多年，还要继续扎下去，任何风暴也吹不歪。喧闹拥挤的船舱里异味萦绕，幸好我家在海边，虽没有远航经验，总还跟着渔船出去过，不像很多初次登船的，在客轮的摇摆中上吐下泻，呕出绿乎乎的胆汁。别人呕出的气味有传染性，诱发我呕吐的欲望，最后我也是把魂儿都吐干了。

　　田先生介绍我到一家航运公司去工作。

　　我自维多利亚港登岸后，问了几个人，便寻到了信中提到的那家航运公司在港口的一个办事点。负责人眼神迷离，支支吾吾，我说找田华先生。大约两个小时后，我见到了田先生信里提到的田华。田华估计比我大个十来岁，浑身发着油光，犹如刷了一层黑漆，眼睛一直眯着——后来我才知道，那是长年被海风灌吹的结果。我借了把剪刀，拉开裤子，剪下缝在内里的那个布包，取出介绍信递过去。田华接过信，扫了两眼，确认无误后，仍免不了发出牢骚："澜叔怎么专门给我找麻烦……你多少岁了?"

"十六。"

"你这么瘦,能干活儿?"

"我有力气。"

他猛地握紧我的手,奋力一捏,我觉得痛,忍住没哼声。

"过来的船上,你吐了?"

"没有。"

"我闻到馊味了。"

"其他人吐的,味裹我身上了。"

"好小子,嘴硬,以后出远航,有你好受的。"这事也就定了下来。田华带我到一个路边摊吃了碗面,问了我几句如何与他叔叔田祝澜认识的。我无师自通,夸大了田祝澜先生考察时遇到的危险,我把那次"遇到山贼",我和父亲是如何凭借功夫救了他说得天花乱坠;也把田先生后来病得快要死掉,父亲又是如何想办法把他送往海口就医说得添油加醋、跌宕起伏。田华愣了一会儿:"怎么没听澜叔提起过……"

"你多久没见到他了?"

"也是……既是我叔的恩人,以后船上有事,记得找我。"

填了表格后,我就成了远峰号上的一名船员。在海南岛的村里,我见过不少回来探亲的南洋客,我的哥哥就是其中一位,他们有时说起在外生活,多是人在异地的艰难。可即便如此,在短暂的停留后,他们仍旧会离开。村里贫瘠的土地,给不了他们想要的生活。而这些归来客说得越是辛苦,村人就越是向往,并认为那辛苦里蕴藏着无数的希望。田华介绍远峰号上的情况:船上有一个华人工头,船上白人的命令,都通过这个懂英语的工头传达，船上的华人都要听他指挥。饮食部门的人，有不少来自海南岛——对那些海南岛来的老员工，有乡情乡音的牵扯，反而更不能怠慢。我必须每天早上四点多就起床，把客舱的休息室打扫干净，再到底舱把需要的供应品摆好。一天里没有固定休息时间，只要有安排，就得干。三餐里，早餐午餐华人船员只能吃客人的剩饭；晚餐可以不吃剩饭了，但得等到十点半以后。晚上十一点后，船上的大部分人都睡去了，我们才能上床休息。

日后想起，还没来得及看一看香港热闹的街巷，也没顾得上把这些新的信息消化，远峰号已经起航。我跟饮食部的老员工打听这一趟是去哪儿时，几个人的目光顿时阴冷起来。好一会儿，一个人才好心提醒："在船上，这不是你该打听的，这不属于你的工作。"而负责带我的一个老船员，直接一巴掌就扇过来了。这艘船能容纳一百多人，具体多少，我一直没真正弄清楚过。供客人使用的客舱、餐厅、休闲室，供高级船员使用的舱房、饭厅、厨房，都是我服务的地方。出海之后，就算是这样的大船，也随时处于摇摆中，船舱内各种气味混杂，让人恶心呕吐——而这，是船上最不值得一说的事。吐完了，漱漱口，还得爬起来，捂着疼痛的胸口，该干吗干吗。得闲时刻，想到家里，只能钻进被子里头哭。船员见怪不怪，没人安慰，更多是取笑："多哭几次就好了。"

第一次出航，我就在一张纸上画直线，每过一天画一横，好让自己知道已经离开了多久，大概还有多久能回来。同宿舍的船员发现了，笑说："在这活一天算一天的海上，事事都记着，多累。脑袋装太多东西，总有一天被压到海底去。"工作时间更长更辛苦，可华人船员的工资，还不及白人船员的三分之一。私下偶发牢骚，隔壁床立即伸出铁一般的手掌，堵死我的嘴："你想死？还想要公平？远峰号算好的，很多人在别的船上，还得时时挨打——世界就这样，我们就是低人一等……"我挤出一句："我说的是海南话，不会有人……"隔壁床又压低声音，眼睛往四周绕圈："你知道哪张嘴会漏风？"相处久了后，发现饮食部门的海南船员还算比较团结。在那个拥挤的船舱里，说起海南岛，每个人都有一肚子的故事，都想着有一日能回到海南——可往船舱外一瞧，四处是蔚蓝的汪洋，谁也说不清船到底行驶在哪个位置、海南岛又在哪个方向，何时才能回去呢？

那单调的蓝，让人陷入虚妄。我的邻床悄悄讲，此前他曾亲眼见一位船员，在一次漫长的航行中逐渐丧失神志。一日，他见那船员站在船沿盯着水面，他喊几次也没听到回应，正欲上前探个究竟，那船员猛地一纵身，直扎入海，根本来不及抢救。邻床因亲见这事，也留下阴影，一直回想那船员跳海前到底盯着水面看什么。邻床低声说："我也是很久后才明白，你不能一直盯着水面看，看多了，你想见到的、你害怕的，全都会在那里出现。看多了，谁都忍不住要往水里跳。"想了好一会儿，他再次强调，"你是新手，真的不要盯着水面看……"他越是这样强调，我越是想看看水面。有好几回，我盯着那永远动荡的深蓝色看，那里幽深莫名，涌出一股强大的吸附力，某个漩涡会让你头晕目眩，涌起扎入水中的冲动。船上有纪律，邻床提到的那些事，不能公开谈论，否则便被视作传播恐惧，会有很严厉的处罚。但各种流言无法止息，有时登岸，不同船的船员遇到，也会交流此类信息。有人讲得神乎其神，说某船出海，每到午夜，往船尾处望去，便可看到某死去的船员通体荧光踏浪尾随；又说某船曾暗携一犬，在一次远航时掉入水中，之后不止一个船员常于船舱内听闻吠叫，得喊其小名三遍方才停歇。为了避免出现意外，管理上便把船员进行分组，互相监督，一旦有人情绪异常，同组的人便有上报与监看的义务。

船上等级分明，华人船员低人好几等，据说以前也争取过。数十年来，华人船员多次抗争，反对种族歧视、争取提高薪水、改善工作条件，到最后，也就是热闹一下泄泄气，哪能改变什么呢？那年月，华工在不少国家都备受歧视——没办法，这并非某个人或一群人能改变的，这是一个民族羸弱的必然结果。还有老船员回忆，十几年前，香港的船员因待遇太差，曾集体罢工闹事，他还记得集体冲上街头时的热血沸腾，可等热闹过去，面对的不还是一切如旧？那老船员眼角颤动："你们年轻，不清楚，目前的条件还是改善过的，在以前，更……唉……再说，这几年，连老美都经济大萧条，冲击太大，各国吃了上顿没下顿，到处又战火纷飞，不是这个国家打就是那个国家乱，这日子啊……唉……"为减少成本，船务公司清掉了大批船员，尤其是那些资格老、薪酬高的船员，尽量用最少的人手，也尽量用最年轻的新手，因此老船员们都怕哪一天被裁掉。我一个初出茅庐的小子，更是只能听着，父亲无论如何都要把我"赶"出来，不就是为了让我活着嘛……活着，就行了。

父亲教给我的打坐，能帮我在高强度的重压下缓过来。忙碌的间隙，有那么一小会儿，悄然地坐下来，闭上双眼，凝神静气，让各类妄念远离自己。这是最难的，妄念非但不走，还犹如海浪一般连绵不绝——也无所谓，只要有那么一刻能静坐，摒弃眼前逼仄的船舱，淤堵在胸的憋闷便会缓缓散开，人重新活了过来。有时船员奇怪我为什么那么呆坐着。我回答，闭目养神。静坐之后，有时觉得船外的浪完全消失了，船上的人也消失了，甚至船也消失了，唯有我飘然于这个世界上；有时，则听到海浪声极为清晰，甚至能听到每一朵浪花溅起的颤动、巨鲸在海底的潜游……起身后，被异味围裹的闷热船舱，也就没那么难以忍受了。

无论环境多恶劣，人总会逼迫自己去适应。随着一次次远航，随着远峰号在各个国家的各个港口停靠，我的世界大了，我见到的人多了。难得回到香港的时候，我也会在这座城里走一走，给海南岛老家寄一封信。长时间的航行，把生猛的船员们憋得要爆开，一旦有机会登岸，他们总是抓紧一切时间去找姑娘们。每个港口附近，都会有很多烟花地，船员们不用打听，只用鼻尖的闻嗅就能寻到那些隐秘的场所。他们大呼小叫，潮水一般荡上岸，劈为很多支流，散在细碎的沟壑里。他们冲下船时，手臂与额头上都青筋暴起，双目经过长期的海上晃荡，布满血丝；等到他们重返船上时，则散发着劣酒的臭味和某种让人妒忌的心满意足。有时他们也会抓住我的手臂往某个角落拖，我口齿结巴："……不……我不……去！"趁他们手劲松懈，我手腕一滑，往后缩回甲板上。他们哄然大笑："小鸡崽，不懂事！"我站在甲板上，闻着异国港口的咸腥味，怅然于自己怎么就到了这里。我比我的所有先祖走得都要远，可，我怎么就站在了这么个地方呢？

也有挣脱不了的时候，我被几只手臂架着，他们发誓让我"尝尝鲜"，任由我的鞋在地上拖出时而清晰时而模糊的曲线。拐了两个弯，钻进一间人声鼎沸的房子，鼻腔顿时被猛烈的酒味和更猛烈的香水味所充斥，一下子来到了女人的汪洋大海中。十几个外国女人站成一排，嬉笑不止，船员里懂几句外语的，叽里咕噜加指手画脚，他话没说完，已经有好几个女的盯着我笑，笑得身上的肉也颤动起来。同来的船员刚说完，一个高大的女子已伸出手，把我脖颈一握，就拎到一个仅遮挡着一块布帘的隔间里。她干脆利落，肥胖的身躯压过来，我已不能呼吸，她趁机扯下我的裤子。我双腿一凉，从"毒雾"中回过神来，双脚一踢。她叫喊着，我也听不懂，把裤子一提，飞一般逃离，把其他还在挑肥拣瘦的船员留在那呼天喊地的房间里。我慌不择路，幸好离船近，我逃回船舱，浑身颤抖。

船舱彻底安静下来，这一趟，远峰号要在这个港口休整三日。整艘船好像只剩下了我一个人，空，独占所有的空。我好像看到了那个姑娘——她和我有了婚约，而我尚未好好看过她一次，只记得她模糊的脸。她的脸还和刚刚压到我身上的那肥胖白人女子的脸重叠在一起，我又再次陷入那如影随形的怅然：我，怎么就到了这里？

我想在船上多学一点儿航海的知识，可这个心思不能透露，作为华人船工，有这想法都已经是越界和犯忌。我们只能当侍应生，当厨师、司炉工或油漆工，而高级船员、外国佬的助手，我们是没资格当的，更别说熟知航线、驾驶航船。船回香港，难得登岸，却并不能闲下来。偶有闲暇，恨不得全用来昏睡。有时从宿舍中爬起，看到房间空无一人，一种可怕的慌乱感冒出来，特别想家。此时，当然没法马上返回海南岛，我们得随时待命登船。实在乡情难抑，只能写一封家信。而父亲从老家寄来的信件，每一封都在强调，日本人对中国的动作越来越猛，世道越来越乱，千万别回去。父亲甚至在信里开玩笑一般说，若非年纪大了，他也想出去闯一闯。父亲的信，一次次浇灭我回家的热情，他说老家就剩他和母亲，怎么都能活得下去。有一回，公司提前通知有十来天的假期，我翻出父亲最近的来信，也没能把心里的渴望给浇灭，便立即做回乡的准备，可最终并未成行——一场席卷而来的台风扯住了腿脚。怪不得航运公司会放假，原来是那么大的一场台风突袭而来。台风肆虐时，我干脆申请守在船上。船就停在港口，该抛下的锚也全抛下了，可那场台风，仍旧要把船卷上天一般，摇摆晃荡，让人头昏。我没有躲在船舱，而是跑到甲板上，对着狂风暴雨怒喊。风雨肆虐了两天，我也疯了一般在船上嘶吼了两天。

　　我想学辨别方向、驾驶航船、熟识风与海水流向的技能，可远峰号上等级森严，我不能改变肤色和血统，只能在厨房张罗、在船舱收拾，当一个永远的下人。我很快就和其他船员一样，在憋闷的船舱内待久了，就需要一个发泄口，每到一处港口，我也开始跟着老船员们去寻找烈酒和女人。从那些女人摇晃的身上回到摇晃的船上，我也会羞愧，想起越来越模糊的那个"她"，不知自己怎么就堕落了。可愧疚没有持续多久，船抵达下一个港口的时候，仍旧压制不住内心的魔鬼。在远峰号上工作了四年多之后的一九三八年年底，虽然相比白人船员，地位极低，收入也不算高，但出海毕竟是特殊工种，收入比岸上的大多数工作要多些，又没处花钱，我也有了些积蓄。

　　我不愿长久在船上当下等人，合约到期后，我没有告知家里，便决定不再续签远峰号的工作。我想学一门手艺，就到一家技工学校报了名，学习修理发动机——我知道不能坐吃山空，也干点儿杂活。一九三七年的"七七事变"后，中日终于全面开战了——父亲一直的担心成了现实。父亲频繁来信，叮嘱我掐死返乡的念头。香港的各家报纸上，也整天报道各地的战况，抗战极为惨烈。香港人也惶恐不安，好多人都在忧虑，如果日本人逐渐南下，香港的日子还能维持多久？英国人能不能守住他们的这块"殖民地"？那时的我极为苦闷，纵情酒色，在那些交错的街巷中游荡，有种过一日算一日的绝望感。偶尔想起老家那一张雾色般的脸，刺痛感已变得极淡。在一九三九年秋，我在一个当船员时常流连的酒馆偶遇了田华。两杯酒下肚，聊了各自状况，我谈及辞掉了远峰号的工作，他则对时局忧虑重重："日本人四处作乱，香港是一块肥肉，他们怎么可能只闻闻味道而不吃？"

"日本人会来香港？"

"肯定。不是连海南岛都去了？绕过了香港，是因为得考虑一下英国人。他们只在犹豫要怎么吃，但肯定是要吃的。"

耳边响起了炮火声。这是一个要炸毁一切的时代，全世界都鸡飞狗跳，还没有一点儿凉意的香港，也有了萧瑟之感。田华望着酒馆里喧闹的人群和外头拥挤的街道，说："日本人要攻进来，这好日子就没了，整座城都要倒掉。"我心慌起来："那怎么办？"田华说："还能怎么办？要么在战场上见，要么躲。照我看，还是得上船，到时城里枪响，船在海上，还安全些。"我说："可我已经……"田华说："有商船正在招人，你要想去，我帮你联系。"我不及细想，点头答应，静等消息。

此后不久，我接到了父亲的一封信。父亲在信里说，自一九三九年二月以来，日本人入侵了海南岛，战乱四起，此刻万不可冒险返乡，以免无谓丧命。父亲还在信中说，母亲已经病逝，他已经将她安葬……怎么，我还未有机会让母亲过上好日子，还没让她展露难得的笑意，她……竟然……我没法再读信的后面部分，恨不得立即跳入海中，朝海南岛游去。不知多久之后，我浮肿的眼再次看向父亲的信……他有了下一步打算——我在香港谋生、母亲的病逝，让他实行这个计划的时候没有了后顾之忧。父亲在信的最后，叮嘱我把信读完后立即烧掉，以免留下祸患。我哪舍得烧，老家寄来的每一封家书，我都裹着多层布，放在一个铝制饼干盒里，喂养我那些辗转难眠之夜。我在一个无人之所点了火，犹豫许久，也没能把那封信丢进火里——对我而言，要烧掉的不是信，而是母亲、父亲和海南岛。父亲在信中堵死了我的回乡之路，我读了一遍又一遍，直到可以把内容背下来。

日本人的炮火已在三尺外，我希望快些上船，觉得茫茫大海上，倒有难得的太平。可我消息闭塞，没想到海上也成了战场。那时第二次世界大战正酣，一九三九年九月，英国对德国宣战后，德国便在海上攻击同盟国和中立国的商船，英国的海上贸易损失惨重。人员不断折损，需要大量补充新海员，英国的多艘商船都在招募船员。中国海员的收入，也比此前要高得多，毕竟葬身海底的可能性增大了，可我并不清楚这一切。当田华到猪笼一般的出租屋找到我，递给我一张表格，吹嘘这艘船收入有多高之类时，我不假思索就签了合同，成了费尔曼号的侍应生。上了船我才逐渐了解到，费尔曼号隶属的商船队，直接由英国政府管辖，根据他们的需求和盟军的要求来确定航线与出航计划，往英国的海外部队运送军火，再往英国运回本土所需要的各种原料。

除了五十名船员，费尔曼号还配备了十余名随船炮手。上船后，我有过疑惑，是不是被田华给"卖"了？他是不是为了中介费，把我当送死之人推给了费尔曼号？海浪翻滚，费尔曼号乘风远航，我已经没法揪住田华的胸口质问。我更没办法反悔，合同上摁了手印，三年的劳务合同。

听说这艘商船有可能会遭遇战事，我还涌起一点点不合时宜的兴奋与窃喜。我想到了父亲的那封信。在那封信里，年迈的父亲还豪气干云、奋不顾身地去战死，我作为一名船员——即使只是一个侍应生——又何惧与那些德国人在海上一战呢？来吧，德国佬；来吧，希特勒的爪牙们……只要拼过，丧生在炮弹下，总比坐等日本人杀到香港无辜丧命好。在费尔曼号的船舱内，我不时抚摸着那个铝制饼干盒，想和所有人分享父亲的勇敢，可我一个字也不能说，我吞下所有的秘密——表面上若无其事，肚腹内风云四起。费尔曼号上的英国船员对中国海员比远峰号多了几分尊重，因为在此时，我们还愿意和他们一起出航，从某种程度上说，我们就不仅仅是侍应生，也是同生共死的战友。

有了父亲那封被我藏入铝制饼干盒的信，在费尔曼号上的心态和远峰号是不一样的，我总觉得，父亲与故乡离我近了，海上的颠簸再漫长，孤寂得只能望着船外风浪的日子再漫长，也没有那么难熬了。不时传来的全世界战场上的消息，打发着我们的单调时光。船上偶尔也会播放一些英文广播，我慢慢地可以听懂一些，也会零星说几句，有时揪住一些老船员，多磨几回，他们也愿意教教我。他们跑船跑了大半辈子，心里装满人生的惊涛骇浪，只要有机会，都憋不住，没有劣酒催迫，也哗啦啦倾倒——倒出欢笑与泪水，也倒出拍打肩膀与称兄道弟。

费尔曼号所航行的大西洋运输线，维系着英国的命脉，英国超过一半的战略原料和粮食依赖进口，而目前这条运输线上，德国的战舰已经虎视眈眈。费尔曼号曾多次从敌军的虎口脱险。有一回，费尔曼号在英国小港口怀特黑文港停靠，这一回所装运的是什么，我们普通船员无法得知，只是通知我们，不能上岸瞎折腾，得随时待命——有一个船员憋得太久，眼睛喷火，船一靠岸便闻着味道朝某个地方冲过去，后来差点儿被解聘。一个又一个大木箱往船上装载时，正是傍晚，霞光正好，每个人都觉得这是如往常般祥和的一天。突然，港口周围海面响起轰炸声，鱼雷击中港口的防波堤，顿时人人慌乱，震荡的波浪推得费尔曼号摇晃不止，木箱四处滑动，砸伤了船员，我的双臂也擦伤了。未等回过神来，防波堤的另一侧也响起爆炸声。幸好这两声之后再无声息。我们屏住呼吸，总觉得还会有爆炸声响起。后来听说，那两颗鱼雷的目标本就是费尔曼号，幸好准头有偏，我们才躲过一劫。而鱼雷是从何处射出的，一直是个谜，难道说，希特勒的船已经潜近英国的港口？在忐忑中闪躲了两天，公司安排同一天从港口朝不同方向开出多条船，用于迷惑对手。可总有人遭殃，在费尔曼号行到半途的时候，就接收到了消息，有一艘开往其他方向的船已被击沉，还有一艘已经联系不上，估计也凶多吉少。我们走到费尔曼号的甲板上，朝怀特黑文港的方向望去，哀伤且无能为力。相比于大西洋运输线上的危机四伏，这些都算是小儿科，因为靠着港口，还来得及逃生、躲避，而那些航行在大西洋上的商船，没有靠岸的便利，没法得到空中的掩护，不出事则罢，一出事便是葬身海底。德国的潜艇深藏水中，没有人知道它们什么时候冒头，一旦看到它们鲨鱼般的背鳍，已到了临死之前。

即便海上已经如此危险，我也没有了退路，因为连香港也已沦陷。一九四一年年底，太平洋战争爆发后，日本突然就空袭了香港，驻港英军迅速溃败，仅抵抗了十八天，在圣诞节当日的傍晚，港督杨慕琦宣布投降。而在日军进入香港的一年多以前，英国已经开始撤侨，那些血统纯粹的欧洲人，乘坐高级邮轮撤往澳洲；欧亚混血的，只能被送到马尼拉；香港的本土中国人，则彻底落入日本人之手。英国的提前撤侨，是其准备放弃抵抗的迹象，香港已经被英国首相丘吉尔在那个黑色圣诞节"卖"给了日本人——是的，香港毕竟不是英国的本土，他们才不会为此玉石俱焚。在船上听到香港沦陷的消息时，我知道自己已经无处可去，这个世界，只有费尔曼号是我的容身之所了。我还想起了田华，他是不是卖了我已经不重要，此时，他又在哪儿？他还活着吗？他是在沦陷的香港，还是也上了一艘船，成为一个在汪洋之上移动的"流民"？我只是一个蝼蚁小民，可时势逼迫我不得不去想：这个四处大战的世界，哪里还有一块和平的土地，能让人安稳地把日子过下去？转动船上的地球仪，或者盯一眼贴在船舱内侧的世界地图，没有一个角落不响着轰炸声，人类恨不得把栖身的这个地球炸得稀巴烂。费尔曼号所属的船务公司，在我的合约履行到三分之二的时候提出续约五年，我没有任何犹豫……我还能去哪里呢？我还能干吗呢？

继续在水上漂荡吧。

救命稻草般的费尔曼号，也是脆弱的。一九四二年年底，费尔曼号从南非德班港出发，这个港口是一八二四年在英国殖民之下建立的，拥有整个非洲最大的船舶吞吐量。费尔曼号前往荷兰殖民地荷属圭亚那的一个港口，一离开浅海，船犹如一粒微尘在汪洋中漂浮，你会觉得，船既没法抵达目的地，也没法返回出发地，会恒久地漂在这蓝色的中央。若非船身划开的水面有波浪在滚动，你会感觉船是静止的。

我打发漫长航行的方法，是抚摸着饼干盒里那些可以背出来的家书，回想海南岛上的时光。费尔曼号出航的十二、十三还是十四天的时候——是的，我已经不太记日子了，不再像在远峰号上那样，每天画一道线。那是午时之前，费尔曼号航行如常，我正躺在床位上——这舱房在费尔曼号机房上头，是船上最吵的一个"震源"，机房里的轰鸣与震动，让这里没法真正安静下来。因尚未载货，船吃水不深，速度极快，按照安排，船上的人正在准备换班。我听到同舱的轮机长的勤务员已到机房去了，大家都在按部就班。

这就是一切如常的一日。

轰——船身震动、倾斜，摇晃不止，我一个打挺从床上跳起。巨大的炸响声伴随着水柱在船舷外溅射，各种叫喊声响起，警报声、各种设备的撞击声交织在一块儿。我还没来得及站稳，又是轰的一声爆炸，我被甩开了。若非我跟父亲练过一些功夫，在摔倒时及时做了防护，搞不好已经在船舱上撞晕过去。这是深海，费尔曼号不可能撞上什么，那爆炸声也绝非寻常撞击发出来的……本能的反应是：肯定是潜在暗处的"德国鲨鱼"露出了嗜血的利牙，朝我们发射了鱼雷！船上有固定的演习时间，有些动作已经成为身体的本能，平时练功的优势体现了出来，我以自己都想象不到的速度，本能地抓住救生衣套在身上。

中了鱼雷之后，费尔曼号虽然没有直接裂成几段，但船身爆炸，火光冲天，浓烟滚滚，能把人熏晕过去。海水灌进船舱，船舱在海水灌注的巨大力量下，震动不止。幸亏我的舱房在机房的上头，位置较高，那些在舱底工作的，就算没被鱼雷直接击中，也已被灌入的海水直接吞没。我往外跑，和一些奔逃的船员撞到一起。来到了甲板上，我抓住船舷。浓黑的烟雾从碎裂的玻璃窗翻滚上来，困在下头的人发出凄厉的惨叫。一九四二年的上半年，大西洋航线上被德军击垮了数百艘船的传闻所带来的恐惧，都不及眼前的轰然炸响令人心惊。我想，再响一声、再来一颗鱼雷，一切就都结束了，可第三声轰炸没有再响起。好一会儿我才想明白，并非德军仁慈，而是法西斯在细品猎物的哀号。

还能跑动的船员，跟跄着跑到甲板上。船身上不时飞溅的什么东西击倒他们，只能挣扎着再站起，哇哇大叫。船身被鱼雷击中的地方，涌出一股股黑油，那是船的力量之源，是费尔曼号的血液。这黑色的血迅速被火焰点燃，来不及燃烧的，则流到了海面上。水面蒙上一层黑膜，油膜逐渐扩散。事发太过突然，由于惯性，费尔曼号还在往前冲，但后半截船身已经不断下沉，船尾泡在水中，船头斜竖起来，若非攥紧护栏，人会往下滑。船上没固定死的东西，则不断滑落，发出杂乱的声响。反应快的船员，正在驾驶室旁边解救生艇。船下沉的速度更快了，没任何犹豫的时间，我奋力往海面上跳。船下沉的漩涡几乎能吸入一切。随着漩涡沉入水中的时候，船身上甩出的各种碎片和"垃圾"不断撞击到身上，还没来得及感受那种疼，我就昏了过去。

不知道过了多久，十分钟？二十分钟？我无从判断。从某种窒息中缓过来后，我只觉得冷。我怎么没有被费尔曼号沉没的漩涡带进海水的坟墓？或许是我被甩开了？又或许，本来拽下去了，但漩涡缓和后，我又被救生衣扯上了水面？浸泡在海水之中，寒意袭来，身上被撞击的地方也在此刻扩散出彻骨的疼痛。救生衣让我即使没有划行也能浮在水面之上，我的眼睛离水面并不高，只能以极低的角度看到空荡荡的海面。接近一万吨的费尔曼号已经消失，而我离其沉没的位置已有数十米远——那团从船上溢出的黑油，离我有数十米。黑油不断扩散，变得稀薄，黑色成了灰色，又把太阳光反射出各种色彩。船上甩下来的一些较轻的东西，在黑油覆盖的那片区域随波荡漾：有破碎的木板，有变形的木箱，也有死去的船员。没来得及穿救生衣的已经随着漩涡掉入深海，穿着救生衣的都是一具具尸体，裹着黑油，甚至被烧成黑乎乎的一团。我头上脸上黏着的黑油，在中午阳光的暴晒下极为炎热，而没法抽离水面的身体，则冷刺入骨。除了靠天空的太阳还能稍微辨别一下方向，人根本没办法在四望皆蓝里找到一个可以去的方向——你没办法知道，往哪边可以离岸更近些。

我羡慕那些先我死去的人，可以不用跟我一样面对这一刻。我奋力往水里潜，想让自己溺死，但救生衣的浮力又把我拽了上来。我喘着粗气，好久后才平复下来……我朝一块木板划去，抓住后，翻爬两次，趴在木板上，让自己省力地漂浮起来，也让身体不那么冷。就在这时，我听到了呼喊声。声音支离破碎，又是英语，我听不太懂。在木板上转了几圈，才发现一百多米外有一只从费尔曼号上掉落的救生筏，上面坐着三位船员，声音就是他们发出来的。他们的声音近乎绝望，在嘶吼，又夹杂着呜咽，远远看去，他们像在扭打，又像是在相拥。我也喊起来："Help! Help!"可这声音，在海风、海浪的夹击里，能不能传出去呢？我加快蹬腿的速度，想快些赶过去。

进一米退三米，波浪把我往后推。浪越来越大，荡起的海水劈头盖脸砸过来，往我的口鼻灌。我不得不停下来，看着这忽然而来的大浪。我猛地看到，在救生筏更远处，海面上慢慢浮起一根细长的东西，海浪正是从细长的东西那里奔涌过来的。细长的东西继续升高，那是潜艇的望远镜——一艘巨大的潜艇浮出水面，由于长期浸泡在水中，它颜色深黑，加上背光，犹如一头海怪，带着摧毁海上一切的压迫感。露出水面的潜艇，没有给三个船友喘息的机会，一处机枪口嗒嗒嗒一阵扫射，三人没来得及反应，连惨叫也没发出，已被击中，掉入海中。潜艇缓缓下沉，缩回它细丝般的望远镜，退到海水深处。潜艇下潜带来的波纹归于平静，整片海面只剩下那种恒久不灭的轻微荡漾，那种死寂般的荡漾。没有意外了，现在，我是费尔曼号唯一的幸存者了。

　　我想到潜艇上的望远镜，想到望远镜的那头站着一个观测的德国兵，军官站在一旁，而那个观测的士兵，在看到我挣扎的时候，回头跟他们说了什么，他们哄然大笑，被围在中间的军官缓缓摆手，让潜艇下潜——正是这想象出来的画面，让我没有立刻去死。你们不是认为射击我会浪费几颗子弹吗？那好，我就熬着，熬一会儿是一会儿，熬破你们的期待。这想象所带来的动力，催促我抓紧木板，朝三个船友刚刚死去的那只救生筏游去。我很清楚，如果找不到一个可靠的栖身处，我肯定没法活着见到明天的太阳。目标定下之后，才发现在海上所有的目测都是误测，我以为距离不过一百米，真正游起来，手脚都要累断掉，身体越来越冷。我体内的能量积蓄已经全都耗尽，一旦游动起来，我就疲乏得要呕吐，可还得游。等我真正爬上那只在海浪中看起来时远时近的救生筏时，已经接近傍晚，这一刻，残光尚未散去，海面被某种阴森森所笼罩。靠近救生筏的时候，看到那三具船友的尸体，我想过去看看他们的脸。我游近了，伸手抓住一具尸体，一股血液混合海水的腥味袭来，我又要呕吐，可肚子里已经没有什么可以吐了。

让救生筏浮起来的是六个防漏桶，三个一组，并成两排，组成一个近乎边长三米的正方形，防漏桶上焊有大金属扣，粗大的绳子套过去，把它们连成一个整体；两排防漏桶上，铺着三米长一米宽的木板，形成两排"甲板"，两排"甲板"中间，还有一处三米长一米宽半米厚的凹陷，底下有钢条焊死，把防漏桶拼成一个整体；钢条上也铺有木板，用于栖身，要比坐在"甲板"上安全，这凹陷处底下也铺着木板。当然，这并非是救生艇，几个防漏桶外并没有包裹船身，海水随时荡到凹陷处的木板上。无论如何，我可以歇息一会儿了。这一番逃生后，被撞击处的疼痛，在此时爆发出来，手臂、大腿，都有撞伤和擦伤，经过海水的浸泡，伤处颜色变得很怪异。

平复一下心情后，我在暮色降临前观察起这只救生筏。"甲板"和防漏桶之间有夹层。一侧的夹层是一个铁桶，桶是深绿色的，用黄色英文涂着"WATER"——是以防不测用的淡水。铁桶的盖子旁，还挂着一个金属钥匙。我取下钥匙，找到孔洞，一插一扭，盖子打开了，里头正是淡水。刚准备伸出手捧一点儿来饮用，才发现手上全是油污，我只能在身上擦拭擦拭，再在海水里洗一洗。不知道是呕吐过度还是这水因封存太久而有异味，但此刻已经顾不得了，这就是能续命的圣水。翻看另一侧的夹层，揭开金属容器的盖子后，一边放着四只手臂粗的圆筒，包裹着防水纸，这东西虽没用过，但在船上多年，也见多了，这是信号弹；另有一个小一些的，也裹在防水纸里，揭开一看，是手电筒……这些都不是我最急需的，我需要找到食物。果然有，是罐头。我长长舒了一口气，也顾不上数有多少，至少，我暂时不用忍受饥饿了。

取出一瓶罐头吃掉，我根本不知道吃的是什么，可能是压缩饼干，也可能是肉罐头。味道不重要，我也无心辨认。夜色渐起，周围变得深黑，几乎方米的救生筏漂荡在海上，天知道能不能熬过今晚。木然地吃着罐头里的东西，想起费尔曼号上的晚餐，竟觉得十分遥远——在费尔曼号上，晚餐后是一天里最闲暇的时间，所有的按部就班，在此时都变得松懈，即使尖刻的船长、大副，也开起玩笑，他们甚至会跟你碰杯。在那时，船上虽不能说是灯火辉煌，却也是大海上一座移动的宫殿。而这一刻，所有船员已经跟费尔曼号一起永远留在这一片海域，唯有我一个故乡远在万水千山外的中国人，坐在这浮萍般的救生筏上。

救生筏并不平稳，海浪高时，会把它甩起来，而我只能蹲坐在中间的凹陷处，以免被甩到水中。仰望夜空，能看到一些零碎的星光，但太遥远、太细小了，周围是巨大的黑。我想到了手电筒，可我知道，那是应急用的，什么时候遇到路过的船只，它也许能救我一命。太阳在白天把一些海水蒸发，到了夜里，这些水汽飘在海面上，有着刺入骨髓的冷。我脱下长裤，把一只裤腿在左手腕上打个结，另一只裤腿绑到救生筏的一块木板上，防止浪大时被甩到海里。那是一个怎样的长夜啊，时而冰寒刺骨，时而酷热难当，我靠在木板上，在这冷热交织里心潮澎湃，没法睡去。我一会儿希望突然袭来一个浪，把我彻底吞噬；一会儿又心想，什么时候来只鲨鱼或巨鲸，让我结束这无边无际的心潮起伏。

不知道过了多久，天亮了。我解开绑在手腕处的裤腿，在救生筏上站起来，让筋骨松一松。身体蜷曲了一晚，我得让它醒过来。站到一侧，救生筏就不稳，一边高一边低。我要么站在凹陷处，处于救生筏的中央；要么把两腿分开，劈腿站在两侧的"甲板"上。我得想一想，今天能做些什么。太阳刚出来不久，可日光将会变得越来越强，几乎能把人剥掉一层皮，我总不能在日头最盛的时候一直泡在海水里。

我翻看金属储物箱，从里头翻出几捆帆布来，每一捆都卷在一根木棍上。这帆布有什么用？我查看救生筏，发现救生筏的四周都在铁桶上焊有插孔，大小正好和木棍的一头一致，也就是说，这些木棍可以立在救生筏周围，以帆布围裹，对救生筏形成保护，既防晒，也防止风浪大时把人甩到海里去。日头越来越高，天气越来越热，我已经快被晒晕，只能喝几口淡水缓一缓。把长棍插入插孔，下头还有卡扣扣住，帆布上的挂孔，也正好可以把帆布挂上，这样就把整个救生筏裹了起来。还有两三捆帆布，或许是备用的，我拿出一块，挂到顶部来遮阳；另有一块，我想办法悬挂于救生筏的凹陷处。说来并不难，但安装的过程中，只要我压在救生筏的一侧，救生筏便会摇晃，再加上海浪从未有一瞬的止息，有好几回，我几乎要滚到海水中。到了中午，才把帆布基本安装好，可以让我在这救生筏上暂时躲避一下烈日的暴晒。海面毫无遮挡，阳光直逼而来，悬挂的帆布并不能完全遮阳，但比直接照射要好受得多了。实在受不了时，我只能扶住救生筏，下水泡一泡再爬上来——这降温法，无异于饮鸩止渴。

为了保持自己的时间感，我用那个罐头盖子的锋利边缘，在木板上画"正"字。这是第二天了，我画了一横，接着一竖。日头悬到中天，我再次取出一些食物来吃。我估算，以目前的水和食物的量，正常饮食恐怕撑不了三周；要是省着点儿用，仅维持活着的状态，可以再多熬个十来天。淡水的来源，只能依靠老天下雨补充；而食物，似乎可以想想办法，毕竟，大海中最不缺少的就是鱼。

被海水浸泡又不断被海风吹拂的身体，黏糊糊、瘙痒，一伸手去抓，就再也停不下，缩回手指，瘙痒会疯狂反击。可又不能一直挠抓，否则肌肤见血导致发炎，我的日子恐怕更加难过。可瘙痒就是这样，手指安抚一下，它们就安静了，越是硬撑着、忍着，它们就越疯狂进攻。除了在救生筏上练练拳脚功夫，我也会时不时静坐，这是保存体力、减少消耗食物和淡水的最好办法。有时，看到哪片海面上有乌云遮盖，我便试图让救生筏漂过去，希望雨水能落下来，但很少能赶上。要么赶过去，云却散了；要么，那看起来很近的云，远得超乎想象。

我只能把目光放到救生筏上，看看有什么工具是可以利用的。在金属箱里捆绑固定帆布的那根绳索，我准备用来代替裤子，连接我和救生筏，以免风高浪急时，我被甩离救生筏。费尔曼号是货轮，没有什么客人需要面对，但因为高级船员们都是英国佬，各种仪式烦琐得很，我当侍应生，制服得收拾得整整齐齐，点头哈腰更是少不得。此时我一个人在救生筏上，没有了这些约束，不穿裤子也没什么难看的，可白天强烈的日光晒下来，裸露的大腿会被晒得脱皮、红肿；到了夜里，水汽弥漫的海面又变得寒凉刺骨，没有一条裤子防护，熬不下去。

我没有学过洋流知识，船上的高级船员也不可能教我，我搞不懂救生筏最终会随着这片海水流向哪里。或许，当人们发现这只救生筏的时候，我早已不在了吧？又或许，直到这只救生筏彻底沉没海底，也不会被人发现！有一次，我从帆布的缝隙中往外一瞧，猛然看到了高楼重叠，莫非漂到哪个海岸边了？我几乎是弹射起来，把头探到帆布外一看，哪里有什么高楼，仍是茫茫大海——幻觉已经出现，我苦笑不已。出海的人都知道：看到海市蜃楼的人，很快便会丧生海底。

　　海上水汽充沛，雨水也频繁。第五天，我就遇到了一阵急雨，哗啦啦劈头盖脸而来，庆幸并没有伴随着狂风，头顶的帆布很快被积累的雨水压凹，我一顶，把雨水顶出去了。掀开头顶的帆布，我脱下衣裤，让雨水劈头盖脸打下来。我在雨水中呼叫，我喊给自己听。雨水冲刷身体，我感到前所未有的清爽，费尔曼号沉没所带来的积郁也消散了一些。我还用双手捧着雨水，狠狠地喝了几口——这是五天来我喝过的最干净、最没有异味的水，我还刷洗了一下围裹着救生筏的帆布。等我回过神来，意识到应该接一些雨水补充到水箱里之时，雨已经停了。

　　这天夜里，天出奇地黑，我不自觉地毛骨悚然。我已经不得不适应大海的无边无际了，可这黑仍然让我感到恐惧——一种单纯的黑带来的恐惧，一种没有任何光线的恐惧。我忍不住掏出手电筒打开，一束光猛地亮起，眼睛受到刺激，泪水瞬间就要冲出来。我把手电筒的光对准海面，没一会儿，竟真有一些游鱼过来，甚至奋力一挺，跃出水面，朝手电筒的发光处撞过来。我本能的反应是往旁边躲。跃上来的鱼，被救生筏围裹着的帆布给挡回水里去了。我立即把手电筒关闭，冒着黑摸索了好久，掀开其中一个方向的帆布，喘了口气后，再次打开手电筒。一会儿，游鱼又过来了，它们朝光跃起，但力道有限，才跃出水面便落了下去。手电筒的光再次射向水面，不一会儿，又有鱼跃过来，却并没有直接冲到救生筏上，它们好像猜透了我的心思，一次次跃起，却并不往救生筏上跳。

费尔曼号失事后，我在救生筏上没有真正睡过。有时脑袋充气一般涨起来，脖子都要支撑不住了，可即便困成这样，即便水面平缓，甚至是微风习习、暮色渐起的傍晚，我也没法进入真正的睡眠，脑子里的念头始终万马奔腾。在救生筏上，身体并没有什么劳作，但也并未真正休息。对于它来说，只要人是醒着的，那就是"劳作"；只有睡去，才是真正的"休息"。认识到这一点之后，我有了更深的睡眠焦虑，想逼迫自己入睡，可越是这样，越是没法睡着。为了让身体得到休息，我还是得用上父亲教我的打坐。真正摁住那四起的念头，是没法做到的，那就任由其四处乱窜吧。很奇怪，当我完全放任，让躁动的妄念蹦来跳去，它们反而在没有压制的情况下变弱。有那么一些瞬间，我感觉救生筏消失了，救生筏之外的海也消失了，我进入到一种无比澄明之境……在那里，我没有恐惧、没有欢喜，也没有了对故乡、对父亲母亲的牵挂，一切都空了；那片浩大无边的海，并不在我的身体之外，而是在我的心里。这种澄明的感觉，出现的时间极短促，电光石火之间便已消逝，我仍然回到眼前的救生筏上。

第八天的时候，遇到了一场不小的风雨，我再次在雨水中狂欢。雨水在帆布上累积成一汪汪，我用空罐头盒子往水箱里灌。装满之后，我还不甘心，把那些空罐头盒也装满，当然，救生筏的每一次摇晃，水都会洒出去大部分——也不管了，剩一点儿算一点儿。接着，我不断用双手接水喝，一直喝到反胃，实在咽不下了才停。跟雨一起来的，是风，它把救生筏吹得晃荡不止，我就算扶住围裹帆布的木棍，也没法站直。我不怕，一根绳子把我和救生筏连接在一起，就算死，我也要死在这只救生筏上，我不想被压入幽深的海底。风雨过后，是一片辉煌的晚霞，整个天空被染成灿烂的橙红色。我出海多年，看过太多次海上的朝阳与落日，可从未有哪一次天空可以辉煌成这个模样。我不是读书人，更不懂写诗或唱歌，可那一刻，我竟然涌起难以说清的冲动——我很想念出两句诗、唱出几句歌，来赞颂眼前的一切。我甚至在那一瞬想到，若是有神、有上帝，他肯定能以俯瞰的目光，看到这辉煌天空下，海面刷着一层金漆，一只救生筏上，一个衣衫破碎的人在随波浮沉，驶向未知。他一定会把我当作他最忠实的信徒。也就是在这霞光万丈中，我看到了航船。起初，我还以为是幻觉，还以为这辉煌背后是海市蜃楼的登场。我狠狠扇了自己两巴掌以证真实，疼痛过后，那个在救生筏右前方的巴掌大的黑影，仍在海面上缓缓移动。我无法用肉眼判断距离有多远，但我可以肯定，如果这艘船朝我驶来，几分钟就能遇上。我用尽全力喊道："Help！Help！Help！"喊几声后，我才想起金属箱里还有四发信号弹。

信号弹在半空炸响，大团浓雾冒出。等了好一会儿，我看到那艘船并没有改变方向。我立即来第二发，可老天开我的玩笑，这一发毫无反应，这发信号弹竟是坏的。来不及犹豫，我再次拿出一发，对着那艘船的方向射出，辉煌的天空立刻浓烟滚滚。我忐忑地望着，好一会儿之后，我感觉那艘船不再移动了；再一会儿，那艘船在我的视线中逐渐变大。我兴奋地喊叫，还打开手电筒，朝那艘船摇晃。船越来越近，我看到了船身上的字母——

USA，船上悬挂的是蓝红白的星条旗。我很确定，那艘船上的人看到我了，我不断地朝那艘船挥手……可是，船停住了。我焦急起来，想发出最后一发信号弹，却又想给自己留着。我确定船上的人能听到我的声音，可它没有再次向我驶来。我想立即跳下水，朝那艘船游去。那艘船没有要搭救我的打算，它掉转航向，再次在我的眼中变小了。他们……怎么能？我绝望地望着那艘船逐渐远去，天边的辉煌之色逐渐暗淡，陷入黑灰——那绚烂晚霞，并非上帝的赏赐，而是无情的嘲弄，他撩起我的希望又狠狠地掐死。

经过雨水的补给，淡水还能坚持一段时间，可食物却只消耗不增加，不管怎么省着吃，也要耗光了。胡须已经冒出，身子愈加消瘦，此前由于练武还算强健的手脚，已可以轻易地摸到骨头。摧毁我的，除了淡水、食物、碧海，还有内心的不甘。当我在救生筏上画完第四个"正"字时，总算找到了钓钩。手电筒的电量越来越弱，我无意中拧开手电筒的尾部，发现了一圈顶住电池的弹簧，立即兴奋起来。这弹簧拆下来，稍微调整，就可以做成鱼钩。有了鱼钩，接下来则是钓线。我把目光望向连接我手腕和救生筏的那根绳子。我把绳子解开，抽出多根细线，再把绳子系回去。还得找鱼饵——罐头里的东西恐怕都不行，没法挂到钩上，还未入水，已然散开。救生筏下常常围绕着一些鱼，原来经过这二十天的浸泡，底下的防漏桶上已经附着了藤壶以及各种贝壳，那些鱼，就是被这些附着物吸引来的。我立即取出一片罐头盖，跳入水中，铲刮藤壶，它们的肉正好可以挂到鱼钩上。藤壶壳剥开的瞬间，我闻到了那种带着咸腥味的气息，忍不住吸了几颗，清凉的肉滑入喉咙。我不惯生食，可已被压缩食品逼到极致，竟觉得这是无上的美味。钓鱼最忌急躁，而我有的是时间——我唯一有的，就是时间了。我陆续钓上了三条鱼，都不大，也就三四指宽，但这只是开始。锋利的罐头盖再次出马，化身为刀，刮鳞、切肉，我吃到了肉。吃不完的，杀好悬挂在救生筏上，让烈日晒、让海风吹，很快就成了鱼干。捕到了鱼，我也会用一些鱼肉当鱼饵，用以再次钓鱼——我总算有了一个可靠的食物来源。

在此后的第四十天、第八十六天，我还有两次获救的机会，可仍然没人对我施以援手。第四十天的时候，是一个早上，一架直升机从不远处飞过。有直升机，至少说明附近不远处有大船，我发射了最后一发信号弹。我不确定那架直升机有没有看到我，它沿着自己的方向轰鸣着离开了。第八十六天的一个午后，黑云压来，海风汹涌，暴雨将至。又有一架直升机过来，经过前两次的打击，我已经对救援不抱任何希望，我也没有信号弹可发射了，只能呆呆地望着。很显然，飞机发现了我，并且，它在试图靠近我。它飞过来，从救生筏上空掠过，但不知道是暴雨来临前海风太大还是什么原因，飞机绕了救生筏几圈后，又飞走了。

某一夜，月光盈满，海面荡漾着乳白色，可以看到很多画面。可眼前空荡荡，我能看什么呢？什么都没有……等等，那是什么？远处的海面上凸起一团黑影，那是什么？我双手划动着，想朝那黑影而去。那浮起的黑影是什么？一座岛、一条船、一只巨型大鱼的脊背？不清楚，也不知道距离有多远。我只是想朝那个黑影移动，我甚至跳下水，双手扶住救生筏，双脚蹬水，以拉近和黑影的距离。当我累得再也蹬不动时，也不知道救生筏到底移动了多远，我抬头再次看那黑影……可，什么都没有，黑影消失了，或者说，它从没存在过。我爬上救生筏，浑身疲乏地躺着，还不甘心，闭上眼睛，然后猛然睁开，看那黑影会不会再出现……反复数次，都没有，没有黑影——没有一座岛、一条船或一只巨大的鱼。

我尽量让自己的生活变得规律，清晨正常起来，进食、饮水也尽量定时，早上一次，傍晚一次，让身体在极限条件下保持运动机能。其他时间则花在寻找食物也就是钓鱼上。钓上一条就够我支撑一两天，鱼血再腥也不舍得浪费。只要天气没有极端到持续一两个月不下雨，我就还是有机会补充到淡水。我甚至想，只要救生筏不散架，我可以一直活下去。头发与胡须像施了肥，以前所未有的速度生长，海风吹拂之下，每一根须发都硬得犹如钢针，摸上去能把手掌扎出血印。又过了些日子，须发更是裹满了盐分，盘根错节，结成硬邦邦的一块。脸与脖子被风中的海盐一层一层涂抹，摸上去黏糊糊，变硬之后，几乎可以从脸上揭下一层海盐面具。

最难对抗的不是饥和渴，而是月光，尤其是那次月夜里遭遇那团虚幻黑影之后，每个月夜都特别伤人。月圆了，便知道是中国历法里每个月的正中间，月色把海面刷上一层乳白，连绵的波光一直闪烁。在这海上，每个月色盈满的夜，我都被深深刺痛。让人抓狂的思念，在这样的夜里泛滥，好几次，我在海里看到很多熟悉之人的面孔，他们在海水的深处雀跃、欢腾，我很想加入他们。我真的往海里跳了，陷入海水里的挣扎又让我清醒过来。若不是那根绑在手腕上的绳子，我已经在月夜里溺亡。月光还会勾带出身体的欲望，是的，我跟着那些老船员，在某些港口的烟花柳巷里享受过身体的快感……当月色盈满，体内的欲念也如大海之潮，被那遥远的引力所左右。在救生筏上，我不会主动寻死——即使是风雨大作，我也要与之搏斗——却好几次几乎丧生于月光，丧生于它的柔媚，丧生于它柔媚背后的决然一击。

除了朝阳、落霞、月色以及虚无缥缈的海市蜃楼，我也见过一群海豚互相追逐，从不远处跃出海面，随即落入水中，又再次跃起……我的第一个念头是捕捉一条海豚当食物，那足够我支撑很久很久。即使遇到巨鲸或群鲨，我的恐惧也有边界，它具体可感，不像心无所附时的巨大虚无感。它们的出现，说明这片海不是死寂一片，在我的不远处，生存着无数生物，我并不寂寞。那种天地之间只存我一个的死寂，才是最为可怕的孤独。

只要雨水能及时降临，我觉得自己可以永远活下去，现在已经没什么能把我打垮了。在第一百零二天的时候，一场突然到来的风雨，让我的水箱得到了补充，而我多日里钓上来挂着晒干的鱼，则由于收拾不及时被打掉了大半。当时我根本没想到，这场风雨后，会迎来漫长的枯雨期——或许雨并不枯，而是我的好运气已经用完。当水箱存量不足三分之一的时候，我慌了；还剩下不到十分之一的时候，雨仍然没来。附着在防漏桶上的藤壶，大多已经被我抠下来了，藤壶的汁水也带着咸味，不是淡水，可这几乎是唯一的"淡水"来源了。在第一百三十五天的时候，箱里的水已基本上耗尽——说基本上，是因为还留着几滴，保存着我最后的希望。我喉咙冒火，整个人也只剩下皮包骨，头发和胡须更长了，如一具须发飞舞的骷髅。第一百三十九天，我把最后几滴水喝完了——再不喝，我就得立即死。我亲手掐死最后的希望。

我纯粹是靠意念在熬着。德国佬想让我死——那我不能死；商船和飞机见死不救，想让我死——那我不能死；日本人侵入了整个中国，我有家不能回——那我不能死；父亲在一封封信中告诫我，要活着——那我不能死；我还有婚约尚未履行——那我不能死；我还得找到昔日的船员伙伴，和他们一起到港口去狂欢——那我不能死；我既然已经在救生筏上漂了一百四十天，我肯定还能活着——那我不能死……我几乎站不起来了，钓鱼也成了奢望，一直保留未动的最后两盒罐头，我有没有力气打开都成了问题。我不断用幻想来填充难熬的每一秒。

我终于看到了丰沛的光明，闪耀在幽深洞穴的尽头，我需要走过这黑暗之海，抵达那无上的光。虚弱的我，看到了木帆船，我没法判断那船有多大、有多远。它是来度我的吗？或许，我回到了海边的故乡？我没力气呼喊，我也不想呼喊，眼前这片没有那么蓝、有些浑浊的海域，在我眼中如此不真实，这肯定是海市蜃楼，是我的幻觉，是我临死之所见、之所想。可那木帆船还在逐渐向我靠近，船上有人，那是普通的渔船，船员是什么国家的人，我不知道。我终于用尽所有的力气，好像喊出来了，却又没发出任何声音。帆船上的渔民好像过来了，又好像一动没动；他们好像在交头接耳，又好像一言不发。我知道，画了二十八个"正"字后，我越过无边的苦海，逃过了死神的追杀。

……

五

望海堂只剩下半截地基，显示着那里曾存有过一栋建筑。这座老房子损毁于二十世纪七十年代初期的一场大台风。它本是中华人民共和国成立前多个村子共同修建的私塾学堂，台风摧毁前已经荒废多年。望海堂的倒塌，也让不少人的记忆被抹除，他们不再记得，周边的子弟曾在那里读过几年书。方延后来定居美国，午夜梦回，有些声音在耳边缭绕："崎岖万里天涯路，野草荒烟正断魂。""天涯万里，海上三年。"都是当初望海堂的先生常念的句子，方延少年时不解其中意，随着年纪渐长、阅历渐多，他逐渐了解到这都是古时流贬海南岛的罪臣写下的。他们关山万里到了海南岛之后，都有难以再返中原的绝望感。他更知道，和古人相比，他被流放得更远。他去美国的大型图书馆，在那里的中文区翻寻旧报纸，想找到一些关于望海堂先生的消息。根据先生的姓名，若真是对中国革命有贡献，当年上海、北京的一些报纸或许会刊登相关消息。他并非历史研究者，更非索引专家，哪能随意翻寻，就能在某张旧报纸的某个角落"碰巧"找到某个人的讯息呢？更何况，那先生真名为何、化名叫啥，也难说得很。

方延总是抑制不住想象先生最后的时光：北上之后，他积极投身革命。或许，他从事的是有些隐秘的战线。在那些生死搏杀中，他见到了人性的坚贞与背叛、见到了光辉与黑暗，他最后的死，义无反顾又无比悲凉。又或许，他是某个先锋队的队员，冲杀在战场的最前面，他会吟诵着各种慷慨的诗句，鼓动队员们的士气，和敌人同归于尽。他是在准备赴死的最后一刻，给方延的父亲写出那封信的吗？那封信，是不是也鼓动了方延的父亲后来做出了同样的事？方延甚至会想，后来人在历史书上看到的某些著名事件，背后会不会就站着曾在他故乡的海边待过的这位先生？

这些想象，总是让方延的夜变得无比漫长。他有时会冒出奇怪的想法，在海上漂荡的一百四十天，会不会反而是他内心最

"简单"的日子？那时，时时刻刻面临死亡，想的只有怎么活下去，任何其他念头都得靠边站。人在那时反而简单，也更容易逼出生命的某些潜能——至少，坐在那只从未有一刻静止的救生筏上，有好几回，他有了入定之感。不管是霞光铺满的傍晚，还是无星无月的暗夜，他都体验过那种极致的宁静。他没法讲清那是什么感觉，只是觉得，所有苦难和即将到来的死亡，并没有那么可怕。而那，正是父亲一直叮嘱他的，无论在什么样的境遇下，都不能把功夫落下，它们在关键时刻可以救命。

父亲是早已参透了命运的秘密吗？

方延从望海堂的断墙走出，直抵海边，不过三百米，大海距离村子远比记忆中要近。根据堂兄方振成的说法，当年所有人都绕开不提的望海堂，近两年反而成了香饽饽，当年出资修建过学堂的村子，都争着把这块地基划归自己。每个村都能列举出很多证据，来证明这块地的归属，有些村子还因此发生了械斗。方延在海边站了许久，数十年来，哥哥没回来过，也不再有家书口信，其在南洋的行踪已经不可考；他的姐姐，感慨娘家凋敝、旁人话多，每次回来都听到"绝户"之类的风言风语，心里触痛，病逝前好几年便已不在娘家村子露脸；方延自己以后身葬异国，几乎也是板上钉钉的事了。计划中的探亲之旅已接近尾声。一场家族内的酒席之后，当着族人的面，借着酒劲，方延指着那少年时期的家，说："我想把倒掉这间房的宅基地拿出来，交给我们族里处理。我爸我妈早已不在，我哥哥那么多年没任何消息，我现在成了'美国人'了——这话好像不太好听，我总是流着中国人的血、流着我们海南人的血——但要说我会回来把这块地用起来，几乎不太可能……我若还有那么一两次回来看看的机会就很好了。所以，这一次，在走之前，我想把这问题给解决了，不能把它变成一个遗留，造成以后的争来斗去、亲人反目。"

"我知道村里的习俗，谁家的房子也没人敢去占，怕人家的祖先还荡在那里，即使给你住了也不吉利。但一旦到了地不够用的那一天，那可就是……所以，我甩手走了，就是给族里埋了一颗雷，不清楚什么时候会爆。"方延自口袋掏出一张纸，"我写了一张委托书，现在当着大家的面，把这块地的处置权全权委托给堂兄方振成。振成哥在我们家族里有威望，做事正直，我想，他一定能把这事处理好。"方延把摁着红色手印的委托书，交到方振成的手中。方振成苦笑不已："你这不是给我挖坑吗？"方延说："是坑也得跳，免得以后你死我活，兄弟成仇人……"方振成只好挺挺胸脯："首先，感谢阿延的信任，把这么重要的事委托给我。大家都看在眼里，这房子倒塌多年了，任它烂在那里，人家觉得坏了风水，以为我们方家这一支要绝户了。现在阿延主动提出来，那就容我们族里的户主商量商量，给出个方案，最后我来拍板。是划分给族里居住条件最困难的，还是留着当作族里的公共用地，再商量看看。现在委托书当着大家的面交给了我，以后我拍板时，大家就不要争来争去。反正，至少我可以做到不占任何一点儿便宜。"或许是酒后，大家满腔热情，都跟着鼓掌与呼喊，没有反对的声音。

方延算是卸下了最重的一个负担。待方振成讲完坐下，方延又递过去一张纸条，说："还有一件事，可能得慢慢来。前两天，你说我们方家的族谱，已经是十几年前修的了，按照以前的记录，我这一脉到我这里可就断了。现在情况有变，我又活了过来，还有了后，我把儿孙名字都写在这里，哪一天族谱重修，可得帮我把这一脉续上，也算我们方家人在海外开枝散叶。"说着说着，方延眼睛已然泛红，族谱重修，非一人一户之事，牵涉深广，他能不能有机会在海外翻看那犹如链条一般绵延的族谱，已是未知数。方振成拍拍胸口，仰头灌了一口米酒，说："你说说，你在海上漂了那么久，是怎么活下来的？又是怎么成了美国人的？"方延心头一紧，不知如何说起。

……救起方延的，是一艘巴西的渔船。渔船返航，数日后回到巴西的北仑港。方延缺水少粮，身体已经逼近极限，陷入深度的安静，感觉到了祥和。重新有记忆时，已经在渔船上了，多个渔民围着他转，口中叽里咕噜，说的并非英语。后来才知道，那是巴西人说的葡萄牙语。交流只能用手比画，幸好比画喝水、吃东西，全世界通用。那些渔民见他长发披肩、胡须浓密，身体瘦小到几乎只剩下竹竿般的骨头，知道他已然在海上漂了太久，都好奇他到底经历了什么，尤其是发现他有一副东方面孔之后。

在渔船上，方延的情绪波动极大，他有时长时间地静默，有时又狂躁起来，在船舷边眺望，不知道在期待海里出现什么。渔民们的归航登岸之心，比方延还要急迫，他们太想第一时间找到能与方延交谈之人，好了解这背后的故事。登岸之后，北仑港接到渔船的消息，找来了一位懂英语的巴西官员，前来询问，发现方延并不懂多少英语，零星的几句常用语之外说不出个所以来。当然，倒也问出了他来自"China"。方延被安排在港口不远的一个医院观察治疗。几天后，巴西那边竟然找来了一位华人，祖籍福建。听到熟悉的中国话，见到熟悉的面孔，方延泪水决堤。方延把经历一五一十说出，那位华人还找来了一张世界地图，按方延所说的费尔曼号出发地与目的地，盯着那片放大之后近乎无边无际的海域，无法想象有人能在那种情况下存活了一百多天。

消息传开，很快巴西的英国领事也来了。费尔曼号几乎悄无声息地失联，现在听说是遇到潜艇的袭击，而且还有人存活了下来，英国方面也极为重视。在英国领事的安排下，曲折辗转，他飞往伦敦。一路上，还安排了不知道是什么方面的人对他进行采访，方延讲得迷迷糊糊，翻译和记录的人也未必多认真。方延不知道自己的事迹，会以什么面目被转述。接受采访时，他最心烦的一点就是，当他平和而坚定地说出一切的时候，那些西方记者总是满脸质疑，不相信一个中国人能在海上存活那么久。方延知道，那纯粹是人种上的不对等、是肤色上的歧视，不是他打赌发誓就能改变的。

他只觉得累。

到英国后，英国国王乔治六世接见过他，把他的不屈求生和与费尔曼号的合同，当作英国的民族精神加以宣扬；乔治六世还给他颁发了一枚英帝国奖章……他特别恍惚，我一个中国人，怎么成为英国精神了？方延读不懂英文，后来才知道，英国的报纸把他塑造成从希特勒的攻击下逃出生天的英国勇士。希特勒吹嘘他强大的海上军队是无所不能的，可英国船上的一位船员，却以超凡的勇气和意志，冲破法西斯的恐怖死途——在正面战场上，世界人民也会最终击垮那邪恶的力量，在战争之海寻出一条坦荡的归乡路。再后来，出于对英国报道的回击，德国的一家报纸以嘲讽的语气说英国已经苟延残喘，只能靠着一个虚构人物来建立虚假的信心，这种虚假，最终将倒塌在德国的铁蹄之下。悲哀的是，即便有了各种嘉奖，英国方面并未考虑给方延一个身份——他们需要他的经历，不需要他这个人。

有一次，一位前来探访他的华人带来了国内的一堆报纸，《申报》《大公报》《南华报》《甘肃民国日报》《滇西日报》《淮上日报》《国际新闻周报》等，上面都有关于他的事迹的报道。他随手翻开一张，标题写着《一中国籍船员获英帝国奖章》，内容是："（中央社伦敦十三日路透电）南大西洋英澳某船务公司的华籍海员方延于其所乘船只遭敌鱼雷击中后，改乘小船漂流一百四十余天之久……"后面他没细看，随手一翻，很明显，国内正忙于抗战，消息也不畅，关于他的报道，可谓各种各样的都有。有的报纸根据英文报道音译他的名字，却还译错了，德国人没说错，他在故国的确成了一个虚构的人。递给他报纸的那位华人说，他求生的事传回国内，在抗日战争吃紧之时，其求生的铮铮铁骨，鼓舞了不少人的抗日热情。方延在那一瞬，想起望海堂的先生、想起父亲，想起父亲那封沉入海底的信。自己算不算以海上求生的方式参与了"抗日"？英国的华人团体派人问询方延今后的打算："今后，你想去哪里？"方延愣了，是的，去哪儿呢？其时，中国境内的抗日战争正处于胶着状态，日本人来到海南后，其行径极为骇人，父亲更早以一封信断了他的归乡之念，他没法在此时回去。那位华人说："要不，想想办法，你到美国去？"方延想起美国船的见死不救，让他感受到了刺骨的冷漠与歧视，可在这个战事四起的世界，他没法拒绝这样的提议。

经过该华人团体的斡旋，美国的中国领事馆想办法为他办了一张"临时旅游者"签证，他据此可在美国打工为生，可美国一八八二年就实行的《排华法案》使得他入籍美国的可能性比他从海上逃生的可能性还小。在美国打工期间，美国海军邀请他去讲述在海上的种种细节，以提升海军士兵的求生技能。那些美国大兵喝彩不止、鼓掌不绝，赞叹他故事讲得好，可眼里满是不相信。他不愿意去讲，又难以拒绝，那是收入，也有机会结识一些人，他不得不逼迫自己，一遍遍回想那段刻入骨髓的经历。他讲了很多，但隐藏得更多。比如说，他没法讲月光下的失控与癫狂，没法讲身体在极限状态下的幻象，没法讲内心深处的细微变化。一九四三年，在美国实行了超过半个世纪的《排华法案》废除，但实际上每年允许入籍的华人名额极为有限。方延经历特殊，又结识了一些手眼通天之人，但也是经过快十年的折腾，才获得了合法身份。其间的种种甘苦，方延后来不愿再回想。

在这期间，唯一的安慰是一九五二年年底，他遇到了后来的妻子。在一次唐人街的华人聚会上，主事之人介绍来宾的时候，不免又把他的经历拿出来渲染了一番，引来阵阵惊叹和欢呼。在熙熙攘攘的敬酒人里，他竟然碰到了一位意料之外的熟人——田华。端着酒杯的田华沧桑无比，方延愣了许久，不知是悲是喜，或者说又悲又喜。此前任由别人怎么碰杯也仅仅是一抿的方延，仰头一灌："是你？"田华说："你在纽约的华人圈里名声很大啊。听说这一次聚会你要来，我专门赶过来，真见到你了。他乡遇故知啊。"方延百感交集，冒出一句："你来见我，还要再卖我一次？"田华脸色尴尬，端着酒杯无所适从，好久之后，他说："你这么看我？假设一下，如果你不上船，留在香港，谁知道现在情况怎么样呢？我也是在香港沦陷前才逃出来，晚一步就得死。"他明知八面玲珑的田华是在为当年把他卖到英国的"死亡商船"

而辩解，但也无话可说，或许因为田华已经是他早些年结识的唯一一个熟人了吧，他狠不起心来。沉默许久，方延说："都过去了，都过去了。喝酒，喝酒。"

此后，田华找过方延几次，知道他已三十四岁，可这些年生活漂泊，一直是孤身一人。听说方延拿到了正式身份，田华数次说起要给他介绍个女人。方延一直笑而不语，他想起了老家和他有婚约的女子，十几年了，他记忆中那浮皮潦草的几次暗中远望，印象早已稀薄。甚至，连故乡的模样也在淡忘，更恐怖的是父亲母亲的模样也淡忘了。田华穷追不舍，要给他介绍的兴头一直不减，他只好把这心事说了出来。田华哈哈大笑："我当什么事，村里那种婚约，你以为你守了十几年，人家也守着？"见方延脸色淡然，田华又说，"就算你等着她，她也等着你……但你真觉得你们还有可能？中华人民共和国成立三年了，美国还未跟其建交，你现在是美国人，你如何回去？"这话一出，方延神色大变。田华长叹一口气："世事无常，我们有生之年，还能不能活着回国看看都不好说，难道你要一辈子孤家寡人？"方延的脸一阵红一阵黑。田华趁势追击道："不瞒你说，若不是你方延得到了正式身份，我不会把这个女子介绍给你。说得直接点儿，我把她介绍给你，你们成婚后，她也有机会得到美国的身份。你别这么看我，好像我又在干当年那贩卖人的生意，事实上，若不是相信你的人品，我也不会把她介绍给你。她也是我们田家人，我可不能送羊入虎口。"方延仍是沉默，田华接着说，"你知道她是谁吗？她是我叔叔田祝澜的女儿，我的堂妹。"听到"田祝澜"三个字的时候，方延浑身激荡。田祝澜？他的女儿？她怎么也到了美国？

64

田华见他神情有变，知道搬出田祝澜有了效果，继续道："我这堂妹叫田瑛，在香港沦陷前跟我一起逃了出来。她当初也是去香港找我的。当时，我们老家早就陷入战火，她从老家辗转逃出，还带着我叔叔的一些著作手稿。那些手稿是我叔叔一辈子的心血，他担心会在战火中成为灰烬，让她带着先去香港找我，以后到了太平年月，再想办法出版。他不能让他多年行走在土地上的考察心血，落入日本人手中或者被毁掉。田瑛在你上费尔曼号前就到了香港——你看，当时我没有把她介绍给你，我知道你们海员居无定所，每到一处港口就乱搞。可现在不一样了。我和她也辗转多年才到了美国，我留在这里没问题，可田瑛如果没法解决身份问题，长久下去总不是办法。退一万步讲，我要帮她找个人也并不难，但我总觉得，你们可以先见面看看，或许你俩有缘分呢？当年澜叔到海南岛考察，有赖你们父子一路保护，遍行山川河谷海岸。他写下的那本《海南岛行记》的手稿，田瑛也带出来了，你就算只是认识一下田瑛，看看她父亲那本跟你、跟你父亲关系极大的书上有没有写到你们，也很好啊。我有时想，你若跟田瑛在海外成为一对，何尝不是乱世里老天眷顾的奇缘呢？"田华这一番话，几乎每个点都击打在方延的穴位上。方延本来以为自己早已跟故国、故土、故人全无联系，独自在他国求生，而此时，田华却说一切并未断绝，他仍旧和所有熟悉的记忆彼此交错。他不能不心神激荡。

方延后来和田瑛见面了。再后来，他在她带出来的《海南岛行记》手稿中，看到了少年的自己，也看到了父亲和他的那根黑油油的木棍。这部手稿在正式讲述的开始，有一段引言：

列强觊觎中华久矣，我国海岛屡被侵占，库页、台湾等，已在他国手中；尚属中华管辖之岛屿，不过海南、舟山、东沙西沙群岛耳，这其中，海南至为重要。琼岛地广人多，物产丰茂，明太祖即称其为"南溟奇甸"也……然其孤立极南之海，国人不知其风土情形。近年，美法日等国，不时遣人登海南岛，探究其岛势概况。日本有人于书中写道："……美国将传教士、探险者派送至此，大做准备，但我日本至今未对海南岛有任何探察……"美之"大做准备"、日之唯恐掉队，其心其图自不必言，然我国人浑然不察，念及海南他日恐沦丧他人之手，吾心痛矣。余决心遍览海南，明其究竟，记下一路之行，供国人日后参考……

方延心中大恸，引言里的话，让他把田祝澜、望海堂的先生和父亲三人的脸叠合一起，那一瞬间，他分不清三人谁是谁，也分不清他们是三个人还是一个人。父亲当年和先生深夜饮酒，和田祝澜在野外深夜的篝火边对谈，他们谈了些什么？谈世道之乱？谈家国之心？谈国家境况如此的心之不甘？方延心中又是羞愧又是自傲：羞愧于自己没法跟这三位父辈一样，在国土沦丧之际身处前线尽绵薄之力；自傲于自己深海不竭求生，也曾鼓舞过前线将士。方延神魂激荡，再看眼前的田瑛，便不再是陌生人，而是共度生死的至交。方延嘴角颤抖，把自己在老家曾有过婚约告诉了田瑛，田瑛说："我知道的，堂哥告诉我了……看来，不管怎么算，我只能是小老婆！"

数十年时光恍如隔世，此刻，方延再次坐在老家的土地上，堂兄方振成的发问，他没法回答，只能借着口中的酒，一点儿一点儿浇灌。本来这一次，妻子也想跟他一道回来的，她甚至开玩笑一般说，让他带着她重走一遍他们父辈当年走过的路程。方延最后还是决定自己先回来，年纪渐长的他，事事小心翼翼，觉得要先探探路——毕竟隔绝了快半个世纪，很多陌生需要慢慢消化和理解。

方延委托县里给介绍了一位县志办的主任。方延的目标很明确，希望那位熟悉县志的主任，帮他找一找相关的消息。方延提出的大概线索是这样的：一九三九年七月，海南岛上关于一队侵华日军离奇死亡的记录。不一定是本县的县志，周边所有的县志都找一找。县里的县志办，亦有其他周边市县的县志存档，有了具体的日期和方向，查找起来工作量倒也不算太大。两天半以后，那位县志办主任托人送了一张纸条过来，是从相邻的D县县志上查找到的一条信息。县志办主任的字并不工整，歪斜地抄着如下一段：

　　一九三九年七月底，本县××岭，侵琼日军遭遇大挫折。此岭本为日军的一个重要据点，他们已在此盘桓久矣，日军认为此岭有重要矿藏，准备在占领海南全岛之后，全力开掘。日军在此无恶不作，周边曾有两个村子被屠，惨不忍睹。日军的专家，已经在此勘探，拟作开采计划。七月底某日，此处日军据点却在一夜之间折损二十多人。日军的死伤源自数声爆炸，周边村民后来回忆，有说听到四声爆炸，也有说听到六声的。此据点日军在夜里睡眠时间遇袭，遭遇重创，只余一些哨兵得以逃窜。此次轰炸的原因一直未详。

收到手抄的纸条后，天色已黑，方延在暗中静坐了许久，没有人知道他在想什么。第二天一大早，他拉上堂兄方振成，找县里安排了一辆三轮摩托车，让熟悉路的人带着，匆匆前往D县的××岭。此时的路，要比当年跟父亲、田祝澜骑自行车的境况好多了，可仍然是颠簸的土路。曲曲折折快到中午时，进入了一座山岭，方延心中一震，眼前的景象似乎有点儿熟悉，但一晃眼，熟悉感就消失了。方延心想，这里是否就是当年父亲、自己和岳父田祝澜的途经之地？当年是不是就在这里遇到山贼，父亲让自己和田先生静坐，等着他去处理好一切？那是多少年前的事了……一眼望去，山林都差不多，哪有不像的？方延问驱车的司机："这里是××岭吗？"那人摇摇头："差不多了，翻过这个岭，前面那个山头就是。"

抵达××岭后，问询了周边两个村子，也没法确定当年县志上日本人被轰炸的确切位置，时间久远，抹杀了一切痕迹。后来，终于有个颤颤巍巍的老者，指着村东头数百米的一块空地，说："当年炸死日本人的地方，大概就在这里。"再问，老者又说："这个位置，当年是村里的一座祠堂，日本人来后，把这里占了，作为办公的场所，机枪弹药都放在里头，很多人也都吃住在里头。后来的爆炸，把这祠堂都炸平了。再后来，村里的族人觉得此地被日本人侵占过，深感耻辱，重修的祠堂不能在原址上建，迁到了别处，这里就空了下来。"方延又问："那些日本人被炸死后，埋哪儿了？"那老人沉思了好久，一直想不起来，他说：

"出事那晚，我并不在村里，逃命在外，很久之后才回来的，记不太清，有说埋在山里一个凹地的，有说在那边坡下挖了个坑的，清楚的人，可不太有了……你问这个干吗？"

老者的发问，也是堂兄方振成的疑惑："阿延，匆匆赶来这里，是要干什么？"

方延在那片空地上，用手挖了两捧土，装到口袋里，不知道该怎么回答。他对开车的那位司机说："我们回去吧。"那人莫名其妙被安排了这么一个活儿，特别不高兴。他盯了一眼方延，见他满脸严肃悲伤，不像是没事找事的人。三轮摩托在路上摇晃，几乎颠出了方延的泪水，他说："振成哥，当初我爸，可能就是死在那个地方。"方振成大吃一惊："什么？"方振成当年只知道，方延的父亲在某一天忽然就离家了，再未回来，而在离家之前，侵琼的日本人曾派人来找他。方延的父亲离家一年多以后，他的母亲也过世了。他母亲临终前拿出了他父亲的一些旧物，让立一座坟；而她的坟，则立在旁边。可此刻方延在这么奇怪的举动之后，宣布他父亲的死亡之地可能就在那里，令方振成惊骇又不解。

方延也在梳理自己的心绪，看怎么跟堂兄把话说清。当年方延去香港之后，一直和父亲保持通信，多是一些家长里短的问候。而一九三九年七月底收到的父亲在月初写的那封信，却完全不一样。那封信，父亲让他看完即烧掉，可他一直没烧，而是带在身边，被层层包裹后，存放于一个铝制饼干盒内，再后来随着费尔曼号一起沉入海底了。那封不长的信，他看过多次，已经会背了，随年龄渐长，他怕忘掉，又把那封信默写了下来：

方延吾儿：

　　归琼念头，请速速打消。倭寇入琼，烧杀抢掠，此刻回来，无异送死。更何况，你母亲已于十天前病逝，父亲已将其下葬。而我，也将去办一件同归于尽之事，没法再回来了，你即便归家，也再没法见到。当年无知，曾带着日本人环游琼岛，海南岛上之矿藏资源，恐尽被日本人记录在案。一想到那年之行，可能方便日寇在海南的劫掠，心中便悔恨莫及。这一次，日寇派人找到我，再次让我带路寻矿，这却正是为父等待已久的赎罪之机。你哥哥去了南洋，你去了香港，我方家的血脉也算是未绝，父亲再去做这事，也就义无反顾了。当年，望海堂你的先生北上，为革命捐躯，父亲不懂革命之理，却还有一点点中国人的血性。他们来找我，那就让他们有来无回。

　　诸事顺遂。此信阅后即焚，以免埋留祸根。

　　　　　　　　　　　　　　　　　　　　父 绝笔

　　　　　　　　　　　　　　　　一九三九年七月三日

　　父亲在信中说母亲已然病逝，而他又准备赴死，方延便断了回乡后路，一直往前冲。在四十多年后的这趟归乡之旅中，方延才知道，父亲写信时母亲仍活着，而且是在父亲失踪一年多以后才过世的。也就是说，为了堵死他的归乡路，父亲在信中骗了他，虚构了母亲之死。回来的这些天，他去父亲母亲的坟墓看过四回，每一回，他最心痛的当然都是母亲。当年父亲决意赴死，肯定和她有过商量。父亲果然一去不回。在她生命最后的那一年多里，日本人仍旧在海南岛上毁灭着一切，危险时时逼近，而她作为一个孤苦的女人，丈夫消失，大儿子在南洋毫无联系，小儿子在香港没了音信，虽然外嫁的二女儿有时会回来看看，但她已经家里无"人"，再无期盼。她的心气全被折损，最后只能病垮，在那乱世里，被族人草草安葬。

他的这些猜测，如何跟堂兄开口？

三轮摩托在山路上晃荡，方振成一直等着方延开口，方延却闭上了双眼，抿紧了嘴角。没有人知道，这一刻的方延回到了那一年，父亲第一次带他出远门，他坐在自行车的后座，由父亲载着，颠簸晃荡，行走山川。午后，日光仍然强烈，但树叶遮蔽的山路上，凉风浩荡，草木所散发出来的浓郁气息，充斥着方延的鼻腔。在这一刻，方延特别想念妻子田瑛。他很后悔没有带她一起回来，她回来了，两人便能一起重走父亲为田祝澜"规划"的那条路。

方延的探亲之旅即将结束，他将在后天一早启程离乡，经历漫长的国际航班，回到妻子身旁。这一刻，闭目养神的方延又在颠簸的山路上入定了一般，方振成怕他摇晃摔下车，忍不住伸手去扶。方延觉得，过往所有的时光在同一个瞬间袭来，又从他的身体穿过。这一刻，他刚呱呱坠地，转瞬又已是垂暮老者；他既在望海堂学诗，又在某港口登船；他既骑着自行车，又坐在摩托车上；他既在闷热的船舱中，又漂荡在风吹日晒的救生筏上；他既酒足饭饱，又饥渴难耐；他拥有一切，又一无所有……

摩托车缓缓下山，方延感觉心中所有的激荡、所有的边界全都消失了，他的心外没有山、没有海、没有万物、没有"没有"……他如此宁静，时间逆流，他自老而幼，返回母亲的肚腹，返回万物的初始。

　　附记：海南有文昌籍先贤某某，少年赴香港，供职于英国人船上，后货船遇袭，其于海上漂浮一百多天，艰难求生，其事甚奇，国外亦有采写资料留存。然在海南甚或文昌，知其人其事者甚少。近年，海南省内文史部门有意整理其事迹，吾得阅散乱资料一二，心有所动，借其求生事，多加演绎，遂成此篇。

小　镇

一

　　小镇的街过于窄小，以至于在街北沿放个屁，南边的人就捂紧鼻子互相猜疑。这贯穿小镇东西的街，自然也不长，街头有人拍打小孩的屁股，街尾就有人笑着自语："还要再打重一点。"由于街道太窄，每有两辆车迎面，司机就开始扔掉烟头，凝神握紧方向盘，车技不过关的，还得先停下，让对面的车先过。有人把街道称为"七步街"，这是短脚碎步者的叫法，步子大的，横跨不过五步。镇子是三百多年的老镇了，却没有什么值得镇上的人在茶馆吹嘘时自得自满的古建筑——这是镇上人的遗憾。某一年，全省在搞一个文化乡镇的普查，镇领导信心满满，把镇名"瑞溪"报了上去。很快来了一个文化普查团，顺着小镇的鸡肠小街钻了几圈，相机闪不停，戴着厚厚眼镜的老专家直摇头，感慨说："要是有些老房子就好了，可惜，可惜，只有这下酒的牛肉干，总显得单薄。"经过一番权衡，镇上出产的牛肉干的香味也总算征服了一部分专家的味蕾，瑞溪镇象征性地获得了一个聊以自我安慰的"特色乡镇"称号。

老潘在镇上活了几十年，他有老房子在乡下，但镇上相对悠闲，只要不是旧历年节，他还是愿意沉在街角的茶馆里。他对镇子一如对自己的身子那么了解，什么地方结疤什么地方流脓一清二楚，不过有时他也很恍惚，镇子说是日日改变吧却好像又日日没变，恍然之间他就头发胡须全花白了。小镇的活力是越来越甚，那些茶馆里的电视机都播放着香港传来的武打片，打杀声在每个角落传扬。老潘和镇上那些经常花五毛钱在茶馆坐一天喝掉两缸水的老头一样，早对武打片看出了经验，只要主人公被对手打得鼻青脸肿，他就扔出一句："看来主人公该掉下山崖了。"武打片的情节和五毛钱一杯的绿茶，是镇上持续好多年没变的东西。

老潘越长越像一只羊，脸变得尖尖细细，下巴垂着胡须，好像一张嘴，随时都会发出"咩咩咩"。镇上人对此有两个说法，一说他和羊亲近了一辈子，面相融合了，和夫妻相一个道理；又有人说其实是因他宰杀羊太多，现世报来了。镇上人都好吃，嘴巴又刁，在镇上开饭馆若没有独门厨艺，那是门庭冷落人声稀，蚊子都不愿光顾。而嘴巴最刁的人也知道，镇上最鲜嫩的羊肉都出自老潘的手。老潘不当厨，而是给镇上的饭馆和办喜事的人家提供杀好洗净的新鲜羊肉。他封刀多年，年岁在他脸上割刻的痕迹比他割过的羊还多，他再拿着刀就像摸着漏电的插头，浑身发抖。接他班的是他的儿子潘江，潘江老实肯学，把父亲的刀法算继承得七七八八了，可那些老资格的吃客依然别的说法："潘江嘛，还不行，和老潘比，差得太多了。潘江太柴头了，下刀没他父亲狠，放血太慢，肉都变味了，老潘的刀子进去再拔出，刀面还是光亮的，血都不沾，血是往外射成一条线的。那种羊的肉，才最鲜。"但主刀的毕竟已经是潘江，老潘刀法下的神奇羊肉，只活在某些人的回忆中。

潘江两个儿子都在镇中学读书，这两个连放屁都是膻味的小子都是自诩天才的家伙。老潘封刀后引为自豪的有两件事，一件是他杀羊的手艺，另一件就是他有两个慧冠小镇的孙子。老潘很自得他给两个孙子取的名字：潘宏万、潘宏亿。万和亿都是大数字，老潘看来，大的，就是好的，大羊不就比羊羔值钱？两个孙子读书也颇为争气，为老潘增添了极大面子。那一年，镇上的一帮杀猪佬开风气之先，集合了一帮镇上退休的知名老师，在小镇新街租了几间房，开办了全县第一个私立学校，名叫"瑞溪新街私立小学"，开始招生授课。其时私立学校还是新鲜事物，多数家长还在心存疑虑，老潘却一拍手，把潘宏亿从瑞溪镇中心小学转到了新街私立小学，成了那学校的第一届学生。初时，潘宏亿成绩惊人，在全国数学奥林匹克竞赛中屡次获奖，使得私立小学的名气迅速超过中心小学，一批成绩优异的学生蜂拥到私立小学就读。升得快掉得也重，小学毕业考试中，新街私立小学一败涂地，没有人上省重点，县重点倒是上了三个，却还不及中心小学的零头，一直成绩优异的潘宏亿只上了镇中学。潘宏亿读初一那年，潘宏万到县中学读高中。那些年正逢啤酒机、麻将九、金钱葫芦之类的赌博盛行，潘宏亿很快在这股风气中寻找到课本外的乐趣，集结了一帮镇上的混混，成为一方小祸害。和别人在茶馆里说起孙子的事，老潘后悔又痛心："别提那放尿不上壁的贼子。他要是羊，我就一刀把他放血了。"外人见他用"放尿不上壁"形容潘宏亿没出息，也附和着叫："可惜！可惜！"嘴角却掩不住窃喜。老潘聊以自我安慰的是，还好潘宏万倒在学校很老实，成绩不高，却也在中上。

潘江嘴巴如石头，话没两句顺，哪里管得了潘宏亿？潘江的老婆陈梅姑倒是个横扫整条街的厉害角色，得了个外号叫"扫街路的"，近两年身体急剧败坏，大小病患不断，中药从没断过，她对整条街的宣战也放弃了。她曾有极大的精力管教小儿子，但潘宏亿继承了她的伶俐口齿，她说一句，收到的回复有二十句，句句刁钻难懂，直抵事情死结，每每引得她咳嗽不止胸口闷疼，她多次在床头对潘江说："那个死路头的，不会有一天被人打死在路头吧？我都病得要死了，他还气我。你说说他啊，说不过，你就打，我不心疼的，再这样，我会气死。"潘江嘿嘿一笑，没多话。她胸口的闷疼又渐渐上来。

潘宏万成了榜样，家里罚不了小的，就奖励大的，其时还是一九九七年，潘宏万在县城中学寄宿的月花费已经有五百块——这在当时不是一笔小钱。刚开始潘宏万拿着钱只觉世界末日来了，这么多钱怎么花？渐渐地，他大手大脚起来，五百块之外他还继续让潘江给他寄钱。现在镇上杀羊的生意也还过得去，赚得不多，却也不少，潘江不想放任儿子胡来，想方设法把钱捂握得紧，可他的木头脑瓜和潘宏万一较量，立即落了下风。潘宏万打着学校收赞助费、补课费、书本费、校服费等借口，让潘江乖乖地掏钱出来。近乎变相的纵容让潘宏万在学校也开始乱来，学习一落千丈，他成了县中学一个小帮派的头目，手下的小弟二十多个，一群人横行在校园里，威风八面。县实验中学一个男生追了他小弟喜欢的一个女生，他就带着十来个人把实验中学那小子打得落荒而逃，还顺便捡了那小子掉落的两颗门牙送给小弟当礼物。

潘宏万出事是在他高二下学期。那天老潘正在向群茶馆和黑手义为香港武打片的情节争得面红耳赤，焦点是"主人公手中的那武器是刀还是剑"，老潘理据十足，眼看黑手义即将败阵，陈梅姑就哭丧着脸跑了进来。她脚步收不住，撞上四方桌，一个茶杯啪地落地，碎成四大块，茶水四溅，她说："出事了，回去看看，出事了。"她心急火燎，折跑回家。老潘脸一沉，背着双手慢慢吞吞跟在陈梅姑身后。黑手义摇摇头，招呼向群茶馆的老板过来，照价赔了碎杯子。老潘家门前围满了人，潘江正和一个妇女论理，他本就木讷，在那妇女口水机关枪的扫射中，毫无还口的份儿，脸涨成猪肝色，嘴巴张了合合了张，一个字吐不出。陈梅姑挺在丈夫面前，往日扫荡整条街的话喷个不停，却因嗓门儿没那个妇女大，落了下风，回骂一阵就捂着闷疼的胸口呻吟叫疼。

老潘一言不发听那女人说了半筒烟的工夫，听清了大概。原来潘宏万不但成了校园帮派的小头目，也和女同学玩上了，防护工作没做好，把那女同学的肚子搞大了。起先那女同学用宽松的衣服遮掩着，可肚子越长越明显，如何勒紧腰带也是白费劲，同学之间就传开了，她逃回家闭门不出，父母追问起来，她唯唯诺诺，说是潘宏万的杰作。女同学的父母带着刀杀到县中学，追得潘宏万越过校墙而逃。有好事者给报纸爆了料，某记者带着"高中女生大了肚子为哪般"的疑问深入校园采访，被校领导塞了红包才压住。潘宏万在县中学一直都是风头浪尖上的人物，现在更引领着话题潮流。潘宏万怕事，逃出学校后，就躲避到某个角落没再回。由于对学校风气影响极坏，女同学已被勒令退学，身心前途都深受伤害，她母亲就闹到了老潘家来。女同学母亲的意思是，要让老潘家赔偿五千块，这钱用于她女儿打胎和补偿身体的损失。

千般不是指向潘宏万，潘江着急与愧疚交织，更说不出话，手脚比画，像个哑巴。见到老潘，他总算挤出一句："兄，你讲句话，你讲句话。"这一带人口头上都把"父亲"叫"兄"，有着把古语"长兄为父"反过来说的怪异。

女同学的母亲披头散发形神如鬼，她哪还顾得了形象，以凶厉的目光瞪着老潘，做好应变的准备，无论老潘说出什么话，立即把责任推到潘宏万身上，争取那份赔偿费。老潘的话还是慢悠悠地："要真是我家那贼子做的事，五千就五千，赔。赔。"潘江眼睛发圆，他本想让能说会道的父亲说些挽回的话，他怎么一开口就应承了？女同学的母亲也语塞，她心中计划好万千话语，无论老潘什么道理，她都能立即驳回，唯独没料到老潘一句话就应承下来，反堵死了她的嘴，尴尬在那边。陈梅姑打破僵局："你吃茶吃败了脑子了？赔五千？赔五千给她？去哪儿要那么多钱？我的命怎么这么苦啊？病死我好了，让我生着受苦，让我去哪儿找钱赔？谁知道是不是她女儿见到我家宏万有钱大方，想办法骗宏万的呢？裤子还是她先脱的吧！赔钱？赔什么钱？死都不赔！要我的命去好了。"她的哭闹，引得围观的人更多。

老潘怒瞪陈梅姑，她还要说什么，潘江已经塞住她的嘴，她挣扎两下表示一下反抗，不再吭声。老潘手一招："先进来喝口水，慢慢商量，小孩子不识事，难道我们大人也神经病一样闹得人人都知？给多嘴的人传去了，对你女儿也不好，这又不是多光荣的事。先进来，慢慢讲。"女同学的母亲犹豫一会儿，跟着进去了。

围观者见热闹没了，眉飞色舞嘀咕着，散开了……

后来关于怎么解决这件事的传言，老潘自己就在茶馆听过六个不同的版本。在茶客津津乐道之时，他随时有拍桌站起说出真相的冲动，一想到这样的事只会越描越黑，他本人说话，便是误导的假话，每个人心中都有一套自以为是的真实，就任由人家乱传。其实老潘只是让那女人坐下平平气，让她把情况从头到尾再叙一遍，他慢声慢气地商量："能不能少点？五千……这个数，也太大了！"老潘的和气早把那女人的气消了大半，她只好不断回想女儿浑圆的肚子，好让自己的心能继续狠着，她说："四千五，四千五，最少的数了，给不了，我就去打官司，告他强奸。"陈梅姑脸色刷白，靠着墙壁才没倒。老潘若无其事："就四千五，马上给你。"他回房把存折给潘江，潘江翻开一看："兄，数不够。"老潘说："有多少领多少，不齐的你去找黑手爹，说我找他借的。"潘江把厚厚一扎钱递过去时，陈梅姑把头扭一边。那女人手抖了抖："其实，两个小孩都有错，我也不想……"老潘摇手："小孩不懂事，事这样就这样了，不要为难他们。"

把女人打发走后，陈梅姑先是埋怨老潘，后来想到潘宏万还躲藏着没出现，就闹开来，声音越来越大。潘江安慰："事都发生了，哭也没用。"陈梅姑说："我想闹啊？你可有钱了，一出手就四千五，当面被人家拿走了四千五，我儿子死在哪个角落，谁知道呢？"她指着老潘："你吃饱了，闲着吃茶好了，回来掏钱真大方啊，我嫁过来二十年了，也没见过一千块一起过，我哪天穿过新衣服了？今天倒是把家底都翻出来送人了。我儿子是不是被打死了都不知道啊！"老潘不愿多说，以他多年的经验，和讲话不脱壳的女人吵架，是赢不了的，当年他老婆还活着时，若是她多骂几句，他从不还口，老婆死后，他就更不和女人多说了。陈梅姑的话越来越难听，她也不觉胸口闷疼了，听她意思，倒是老潘弄大了女学生肚子，潘宏万只是替罪羊。老潘脸色极度难看，潘江拉扯陈梅姑，她尖叫："都这样了，还不让我说？你想我死？你想我闷着，气到死？我儿子真的是不见形影嘛！"

老潘一掌击打在八仙桌上，陈梅姑嘴巴闭上了。

老潘说："那死路头的三日不回家，我把头割下给你当凳子。"转身走出家门。

那天，他没回家吃晚饭，他到了黑手义的小饭馆焖小锅羊肉下番薯酒。黑手义也过来，和他对喝了两杯。老潘说："今天阿江借了你多少钱？"黑手义摇手："别讲没味的话，才七百，什么时候有什么时候还，我还不缺那点钱。"黑手义又倒了半斤酒出来："今天我请你喝，爱喝多少喝多少。"他听了镇上的传闻，也从老潘的脸色中看到异于往日的神情。黑手义说："老潘啊！年轻人有年轻人的活法，你少管，年轻人也跟我们这些半截入棺材的人做事一样，还有什么味？你都多少岁了？我们什么没见过，你闲着，爱吃茶吃茶，爱饮酒饮酒，管那么多做什么？要被小孩的事塞死，不成了笑话？"老潘说："也是，也是。"有一个食客进来，黑手义给老潘倒满酒，就站起招呼去了。老潘有些发晕："去你的，去做你的生意。"随着年纪渐增，老潘酒量已大不如前，年轻时大碗酒大块肉的日子早过去了，现在一沾酒就眼睛昏花。小镇的晚上，有灯光的地方不多，但他在镇上几十年，闭着眼睛也找得到回家的路，隔天一集的小镇在集日的白天很热闹，夜里则只有一些零星的灯火从门缝窗口透露出来，让夜显得更黑。

最后是潘江来扶着老潘回去的。老潘迷糊的眼看不清街上的情形，却清楚走到哪儿了、哪儿有一棵树、哪里会听到狗吠、哪一家的灯黄中带红……他清楚，都清楚。他一言不发，任由儿子扶着。由于小时遭逢旧社会，他没读过什么书；潘江上学时倒是用功，不过一块木头再用功也是木头；两个孙子是够聪明了，却又聪明过了头，能否读进书还是小事，以后当贼子还是老实人，才是他所牵念的。今天那女人闹到家里，他何尝不痛心难受？但又能如何？他老潘家或许注定不能出一个读书人，注定是磨刀放血的命……他越想，眼睛越模糊不清，一层塑料袋子蒙住眼珠似的。潘江见他不说话，知道父亲的牛脾气又犯了，扶着他肩头的手只好握紧了些。

潘宏万两天后就灰头土脸回到家里来。潘江举着杀羊刀要冲过去捅他，陈梅姑把潘宏万拉到自己身后，挺着胸替他挡刀。老潘沉声喝道："你真把他当羊了？真刺死了，你还能再生一个？"潘江把刀一丢，赤手空拳扑过去抽得潘宏万惨叫连连，陈梅姑喃喃自语："我都这样了，还整天怄气，真死了还干净。"潘宏亿在旁边看得心花怒放，嘻嘻笑着："妈，你不是一直说哥是人才吗？还叫我学他，我是不是也要回学校找个女同学弄大肚子才是你的好儿子啊？"潘宏万眼睛喷火，恨不得咬弟弟两口才解恨。倒是潘江立即给潘宏万报了仇，他转身一拳击倒潘宏亿："你就是好货？你就是好货？"拳头雨点般落下。陈梅姑又说："我怎么不死了呢?"

潘宏亿足够狠硬，咬着牙，一声不吭，任由拳头落下。

老潘说："别打了。别打了。"潘江停手，木然地扭扭脖子，捡起刀子走进后院。一会儿后，后院传来人声似的羊的嘶叫。老潘招手把潘宏万叫到自己房间，淡淡地说："你这么多年的书白念了，再纵容你，还不知道会变成什么样。估计你以后也没法读书了。像你这样的祸害，本是死一个少一个的，只会败坏我们家的名声，以后做人做鬼你自己决定，只是以后做坏事被抓到时，别说是我的孙子。就这样吧，以后你想做什么就做什么，随你便。"潘宏万本想辩解两句，说出他心中憋着的委屈，再一想，既然钱都赔了，罪名也认定了，多说反而变成塞住屁眼硬争，他心灰意懒："不读就不读。"他也早从同学口中听说了，学校已经贴出大白公告，开除了他的学籍。

退学后的很长一段时间内，潘宏万就处于无所事事的状态——这也是镇上大多青年的状态，神情萎靡，方向不清，想他妈的豁出去了大干一票，比如说把镇上的农业银行给抢了，比如说偷点钱去小镇东边的永发镇嫖一场之类的，又胆子不够，只得把幻想放在心里自慰，做一些打群架勒索小学生零花钱等小坏事打发时间。三个月后，老潘询问潘宏万今后的打算，他一问三不知，他连自己在这三个月中打了几场架都说不清。老潘说："我和你爸商量过了，你这样混下去，死路一条，你也没多少年好混了，你也要想想该做什么来喂你的嘴巴。"潘宏万仍旧双目茫然。老潘说："我的意见是，如果你同意，就买一辆面包车来载客，从永发镇经过我们瑞溪，到西北的县城，每天跑四五个单程就行。你想一想吧。要想清楚，家里已经赔了一大笔钱了，要买车，是要借钱的，要是买来你不好好做事，那是拿钱砸水，不如不买，你帮你爸杀羊算了。"

潘宏万闷下头，好一会儿才抬起："我怀疑那同学怀的小孩真的不是我的，虽然我跟她过，但我怀疑真不是，我……"老潘冷冷地说："都过去了，别提那丑事。你想想要不要学车的事吧。"潘宏万想了两天，答应去学车。老潘找了一个熟人，安排潘宏万去县城学车，年轻人上手快，没多久他就能大车上路了，花了些钱拿到了驾照。老潘四处筹钱，买回一辆二手的面包车，潘宏万的载客生涯就开始了，他找到新目标似的，勤奋肯干，每天可以跑八个单程。镇上好多人见到老潘，都夸他有脑子，给孙子想了个这么好的门路，老潘说："借钱买的，借钱买的，不知何时能还清呢！"他眼睛眯起来，没有变化的表情顿然间染了笑意。潘宏亿有时间也跟着大哥学开车，居然被他学得有模有样，一般的路都能跑了，有时周末他就跟在车上，替潘宏万换换手，潘宏亿觉得面包车溅起一路烟尘的样子，比带着一群人去火并还要拉风。

当时还没有大的客运公司介入这段路线，潘宏万的收入也算可以，一段时间后，他手中积了点钱，问潘江说他想买辆摩托车。潘江摇头："有什么用？"潘宏万压低声音："出入方便啊！这是我一个同学介绍的，那辆车还很新，是别人偷出来，已经转手过的，又新又便宜，就算自己不用，我们再转手，也可以赚钱。"潘江说："人家偷的车，不能买，会惹麻烦的。"潘宏万说："不会不会，那完全是新车，又没有记号。而且那是金江落漆三卖的，他跟我熟才介绍给我，要不是熟人，他也不会这么便宜就出手。"潘江有些心动，却还在犹豫。潘宏万又说："买辆摩托车，你到下面村联系买羊，给人家送羊，就方便多了，不比你骑着单车好？"潘江说："你先去问清楚，要是查得严，麻烦就别惹了。"潘宏万眉开眼笑，连说"好好好"。

潘江跟着潘宏万去交了钱，摩托车当天就拿了回来。

老潘责骂了潘江一顿，说小孩不懂事，你都多少岁了，还开玩笑啊？买偷来的车？

老潘也不敢放大声音，怕邻居听见了，往外传。生米成了熟饭，也没有再往外转手的必要了。

潘江平常出入，都骑着这车，果真要比自行车方便得多。潘宏万经常笑嘻嘻地说："若不是我，能买到这么好的车？"

用摩托车最多的，还是潘宏万。他经常在晚上骑着摩托车，从小小的街道呼啸而过，留下带着因为回音而震耳的高声轰鸣，朝永发镇而去。他的车尾经常坐着一个姑娘，长头发被吹得直直向后。永发镇建了一个叫"椰风"的大型饮料厂，把广告做得跟每年八月的台风一样大，那些年"椰风，椰风挡不住"的广告词在全国猛吹，还请来香港明星黎明代言了广告。在黎明鼻子堵塞似的歌声"有情天地，有缘相聚，心中那盏灯……"反复播放后，永发镇便被带动了，繁华程度一度超过县城，玩乐花样极多，各乡镇蠢蠢欲动的男人"有缘相聚"在这"有情天地"，眼中的光比发廊门口射出的粉红灯还要亮。不仅年轻人爱往那里跑，很多自觉雄风犹在宝刀不老的老头，手上捏了点钱，有时也是要去看看新尝尝鲜的。

老潘觉得自己真是老了，老得连去永发的欲望都不再有。年轻人的活法和当初的指腹为婚早不一样了，看到孙子一到天黑就推车出门，老潘又羡慕又绝望，他努力回想自己过世的老伴，一点印象也无。他记得和老伴也算是同生共死过的，在那个疯狂的年代，他与她。他还隐约记得老伴因为某件事舍命救过他，但具体什么事，却真的全忘了，甚至，老伴的脸都模糊了，想不起了，只有一团黑影。

黑手义见老潘神情落寞，小店里也没人，就陪他边喝边聊。老潘本想问问黑手义是不是记得自己老伴救过自己——黑手义是几十年的老相识了，自己的一切，他都知道——转念一想，他又不问了，自己心底都残留不多的东西，别人怎么可能还记得？就算他真记得，自己好意思问出口？黑手义见他言语吞吐表情矛盾，也不多问，只说："喝酒，喝酒。"几杯酒下去，黑手义说起镇中学角落的那间日本人留下的炮楼，说年少时小日本投降了，那留下的炮楼成了诡异的去处，经常闹鬼，老潘还约他一起夜闯过。老潘来了劲头："是的，是的，有过这事。不过最后怎么样了？我忘了。"黑手义大笑："闯进去不久，你就说有什么在拍你的右肩膀，说得浑身发颤，我转身就往楼外跑，你在后面跟着尖叫，也跑出来，像是有黑影跟在身后。谁知道几天后你说，那是你假装来吓我的，我因此失望好久。你知道，我多想亲眼见见鬼，就算是日本的鬼，也好的，可惜没见着。"

老潘眼睛眯成一条线，迷惑不已："有过这事？"

"连这你都忘了？你说你故意吓我时，我打了你一拳，把你左眼都捶黑了。"

老潘摸摸自己左眼，没有任何印象。

他费了好大劲，脑子一团灰，只乱想，为什么那炮楼一直留在校园里没拆呢？现在好像有个音乐老师在里面堆放了柴火，那老师也是，在里面放柴火，烧火会吉利吗？能把饭菜煮熟？

老潘想了好久，悠悠地问："黑手，你还记得我老婆长什么样吗？我就算看着她的像，也不怎么记得了！"

二

"只要不吸毒就是好青年"——这是镇上流行的评判标准。白粉从二十世纪九十年代流入镇子后，家破人亡屡见不鲜。镇上人看来，赌博输钱，小事一桩；去永发，睁只眼闭只眼就是了，反正也有腻的时候；青年人聚众打架，那也正常嘛，只要不拿刀砍，鼻青脸肿了，擦擦药就好；但，若是吸毒，就万劫不复了。老潘自我安慰的是，两个孙子虽处于叛逆的年纪，坏事做了不少，却总算没有沾染过白粉，因此一听说潘宏亿吸毒了，他脑子顿时空茫茫，没有如听轰雷，只是淡淡地，就什么都空了，步子浮飘，整个人像飞起来。当时他正在一个茶馆喝茶，就走进来一个潘宏亿的同学，坐在了他的对面。老潘对潘宏亿这同学是熟悉的，那是潘宏亿的小学同学，还经常来老潘家玩，叫张小峰。老潘说："啊！是阿峰啊，要吃茶吃包，点啊！"张小峰摇摇头："不吃。有件事本来跟我无关的，我也不该说，但我想，我不该瞒着你，我怕宏亿再这么下去，骨都找不到。老潘爹，你的孙子，潘宏亿，他吸毒了，我不骗你。我不止一次见到他和一伙人，把同学赶出教室后，关着门窗，就吸了，在教室里面就吸。"

老潘摇晃着走出去，张小峰嘴角翘起，看着老潘，想劝些话，又说不出，眼角掩不住忧伤——他是在为自己的同学心痛！张小峰不敢多看，匆匆跑了。

黑手义在店门口叫"老潘，老潘"，没有回应。老潘觉得自己的骨头都是酸疼的，走到家门口，潘江在院子里杀羊，咩咩咩地惨叫，像小孩声，在回荡。潘江没感到异样，叫老潘过去刮一刮羊毛。老潘拿着尖刀，已经泡过热水的羊毛迅速地掉落，一撮一撮黏在一起，羊身很快光溜。待潘江察觉到老潘眼神涣散心不在焉，手中刀也滑破了羊皮，光滑的皮面上刀痕纵横，裂绽得很难看，潘江叫道："兄，你做什么？"老潘惊觉，把刀放下，把张小峰的话说了一遍，潘江也愣了，两父子相对着，任由另外两三头羊没收拾。

不知多久后，潘宏亿进来院子，潘江回过神，朝他冲去。老潘也惊颤，大叫一声："停下，停下，你停下！"潘江手一颤，刀掉地上，但他没停下，一拳击打在潘宏亿左脸，潘宏亿没来得及叫便倒在地上。潘江随手一捞，抓到一条绑羊的绳子，扑过去就把潘宏亿捆绑起来，捆了一根绳子还不够，潘江又找来四五根，潘宏亿像蚕蛹。潘宏亿挣扎不止："你疯了，你走神了，一见我就打就杀。"潘江手一甩，"啪"的巴掌声响，话堵着，出不了。老潘说："棺材板都钉响了，你还不认你做过什么。"

"我做过什么了？"

"做什么没做什么，把你绑几个小时就知道了。"

刚开始他还故作镇定，过一会儿，他想起什么来，内心发虚，脸色刷白。陈梅姑回来，见三人闹成一团，哭声乍起。老潘回头高喊："要哭，到外面去哭，不然就找块布塞住你的嘴。"陈梅姑要给潘宏亿松绑，被潘江扫了两巴掌，她没捂着脸颊，反捂着胸口，喊："真疼，真疼。"老潘说："做什么不好，你偏偏要吃那种东西，你偏要去碰这死路一条的东西。"闹了一阵，天已黑了，院子里的灯亮起来，飞蛾围着电灯又撞又飞。潘宏亿咬紧牙："你听谁说什么了？我做错什么了？"潘江举起拳头又要打，陈梅姑死死拽住："你是鬼上身了，干吗打我儿子？"潘江说："你的好儿子吃白粉了，你知道不？他吃白粉了。"潘宏亿不再挣扎，面色死灰，一直试图掩盖的，再也掩盖不住，汗水冒个不停。陈梅姑一口气上不来，眩晕过去，潘江又拉又扯，推拿好久，她才缓过神来，拖着脚步回房，口中喃喃自语。这时潘宏万也出车回来，问清楚情况，他居然十分冷静，淡淡地说："是怎么样的，绑几个小时就知道了，看看会不会发作就知道了。"潘宏亿牙齿咬着嘴唇，不断甩头。

一家人都吃不下，老潘端着碗给潘宏亿喂，潘宏亿嘴巴上了锁，只说："绑着我，我不如死了。"

潘宏万冷冷道："真吸了，你想死还不容易？"

晚上八时，要羊肉的人陆续上门，潘江让他们待在前堂，把羊肉分好，也无心结账，说下次一块儿结，把人打发了。全家人都在等，院子里平时很少亮到半夜的灯洒出一些惨白。潘宏亿脸色越来越难看，起初他极力忍住，再一会儿，嘴唇颤抖发青，冷汗一直没停，他浑身抖动，在绳子的捆绑中，抖动还是不止。他们终于等到了那让人绝望的答案。潘宏亿毒瘾发作，理智已失，破口号叫，让把他放开。他喊起来："我书包的烟盒里还有，快给我一点，快给我拿来，我要死了，给我抽一点！"潘宏万果然从他书包里翻出一个烟盒，烟盒里用锡箔纸包着两小包。潘宏亿尖叫："拿来，拿来，快拿来，我快死了，快拿来！"两串鼻涕长长滴下，他一抽一抽，像是垂危的人。陈梅姑心软，说："兄，要不要……"老潘给她狠狠一瞪，从潘宏万手中夺过两个小包，随手一甩，扔进烧水杀羊的火炉中，里面还有一些红热的炭灰，一股小小烟气冒出，潘宏亿绝望不已，哭吼颤抖，声音传得老远。老潘说："宏万，去叫你姐夫来，快点。"潘宏万推出摩托车，呼啸而去。

老潘所说的，是潘宏万堂姐的老公，叫李堂清，早先在一个医学院读书，毕业后，进不了大医院，辗转了几个大城市，工作换了十来个，都和专业没什么关系。到最后他担心再混下去，估计连感冒药都不会开了，一咬牙，回到村子里开了个诊所，替附近一带村民看些发烧感冒之类的小病，倒也渐渐地弄出了名堂，收入不少，在村里盖起了两层小楼，成了让别人眼红的小康之家。半个小时后，李堂清骑着自己的摩托，跟在潘宏万的车后，过来了。他让陈梅姑烧热水，用毛巾给潘宏亿抹净脸，潘宏亿蹦跶了那么久，嗓子已哑，嘴巴微微张合，只有喘气声，可他的颤抖是不受控制的，一直没停。李堂清调着药水："白粉染上了，什么药都没用，现在他发作，只能给他打些镇静剂，让他稍微安静下来。"他让潘江松绑，潘江犹豫不前，李堂清说："松吧！按住他，他跑不了。"几个人按住，拉下他裤子，摆弄了半个小时，才把药注射完。

喝下温水后，潘宏亿安静了好多，李堂清又趁机给挂上点滴液，都是安神定身的。李堂清问："看你样子，吸毒还不深，多久了？"

潘宏亿嘴唇还是紧闭，不愿说一句话。

点滴滴到一半的时候，潘宏亿说："曾德华给我烟抽，他在烟里放了这东西，刚开始我并不在意，只以为那烟很好抽，等我发觉的时候，他说是白粉，他还教我在锡箔纸上抽，我受不了那滋味的诱惑，就抽了，再后来就上瘾了。也许两个月，也许三个月，我说不准。"

李堂清问："你怎么有钱买？"

潘宏亿脸朝一边转。老潘握紧拳头就要打，李堂清握住，摇摇头。老潘冷笑："不用想，肯定去偷了。我老潘家也出贼子了，哼哼，很好啊，我们家多少代都没出过一个贼子，你算第一个，很有出息啊！"李堂清说："两三个月还不久，你还只是吸，还没打针，现在戒还来得及，看你能不能做到了！"老潘精神一振："可以戒？"李堂清说："要看人，有戒的，但太少了。"陈梅姑又是绝望，又觉得所有的希望都在李堂清身上，祈盼他说出能立即解决的法子来。走出门外，李堂清对老潘说："要随时看紧他，大概每六七个小时，毒瘾会发作一次，我会来给他打针。但打针也是没有用的，一点用也没有，能不能戒掉，还得看他自己。"老潘一拍手："我知道怎么做了。"

陈梅姑煮些稀粥喂给潘宏亿，他嘴巴不愿张，也硬是喂了一些。李堂清再开了些安眠药让他服下，潘宏万就扶着弟弟进房睡觉。所有一切弄完，已近凌晨两点，左右邻居受了骚扰，也跟着痛苦，同时也暗暗替老潘家担心，有的甚至把抵不住睡意侵袭的小孩摇醒，以活生生的例子作为警告。李堂清说今晚他就不回去了，留在这儿看看几个小时后的情况。老潘叫闹了一夜的家人到黑手义的小店吃消夜，潘江担心心神俱乱的陈梅姑，同时也要盯紧潘宏亿的房间，就没去。潘宏万给李堂清的道谢一句连着一句，李堂清听得都不好意思了，老潘听了，心中些许安慰，大孙子读书不成，开车这段时间，倒是学了不少为人处世的道理。

黑手义早从镇上人的口中了解了原委，也就不提任何相关的事，看着这个几十年的旧交，他只有感慨，若是换成自己，还真不能承受得了。小镇上的消夜摊不过几家，黑手义这一家靠近镇上的中国农业银行，农行的五层楼是镇上最高的建筑，其他几家摊子，灯光都昏昏暗暗模糊不定，好像一直在摇动。黑手义知道自己和老潘对小镇太过熟悉，甚至会熟悉到镇上每一粒沙子的圆和扁，这天高皇帝远的地方，平时自得其乐也自得其苦，不会有大事发生，此时见到老潘脸色凝重，黑手义觉得从未有过的陌生。小镇上大多数人都在梦里了，仅有的几处灯光并不能照亮狭窄而幽深的街。

潘宏万想安慰爷爷几句，又因为平时很少有这么面面相对地聊过，也不懂说什么。他这段时间细想了之前的作为，觉得自己浪费了绝佳的读书机会，破灭了全家的期望，虽然晚上常与朋友到永发玩到半夜才归，对很多事情却有了分寸。李堂清最看得开："事情都这样了，多想没用，尽力吧，就看他能不能熬过去，毒品最毒的地方在心瘾而不在毒瘾。"老潘眉头一直紧锁，他叫黑手义多炒三个菜，老潘忽然就来了胃口，也有了多喝几杯的兴头，想想，他都觉得奇怪。

潘宏亿的毒瘾每六个来小时发作一次，他鬼哭狼嚎叫声惨烈，李堂清若无外出就诊便来给他打针，并配了一些口服的镇静药，以备他在外出诊时服用。药效作用几近于无，但也只能这么用着，增加一些心理作用也是好的。潘宏万出车了，家里由老潘、潘江、陈梅姑三人轮流看守，每当鬼叫声响起，陈梅姑无论在哪个角落，都极其灵敏地听到，垂泪不止。老潘和潘江则负责按着别让潘宏亿跑掉，若是按不住，就拿出绳子绑好，陈梅姑看到儿子被绑紧在床脚边，眼泪就来得更猛烈。潘江推掉了一些羊肉生意，他没有太多精力应付原来的生意，买羊抓羊杀羊送羊，都是耗费时间的。潘宏亿的身子迅速消瘦下来，之前之所以样貌不大变化是因为毒瘾不深，他又年轻力壮，加上有白粉在瘾发之前让他获得满足，而现在，他只能在绳子里挣扎不已，身心俱损，脸相极度难看。

陈梅姑按照李堂清的说法，专门弄了一些有营养又不油腻的东西喂潘宏亿吃。潘宏万回车也比往常要快，他要替家里几个大人轮班。很快过了半月，潘宏亿毒瘾就轻了不少，发作起来也不那么难受，叫喊也不再凄惨如被宰杀的羊。陈梅姑的眼泪和潘宏亿的叫声成正比，也在渐渐变少，她心中添了喜乐脸上多了些许笑容，她又在想，若是让儿子好起来，自己拿命换也是值得的。老潘看着孙子，时而犯迷糊，时而心里亮若明镜，想起多年前仿佛自己也有过相似的经历，但明亮仅一闪而过，他挖寻许久，沉在往事水底的落石依然没有浮现。

有一次和黑手义喝酒时候，他装作若无其事问过一次，黑手义的反应是伸手拍得桌子摇晃碗碟碰响："老潘，你脑子是不是灌了糖水，当豆腐脑吃了？自己的事都不记得，还来问我？毒你是没吸过，你倒是想，但哪有啊？你以前赌过，还赌得很厉害。"老潘说："赌？"他有了些隐约印象，记忆的河水起了微澜，水底泛起点点浑黄，却还是没能看清。黑手义抓过老潘右手，把老潘衣袖一捋，肘子处有一个鸡蛋黄大的黑褐色疤痕，黑手义冷笑说："这个疤你记得吧？"老潘说："你怎么知道我这个疤？"黑手义感觉自己在鸡同鸭讲，绝望地说："当时你赌得裤子都要输了，还死不认，人家抓起棍子就打，若不是我和其他人出手拦住，就不只是这个疤了。"老潘继续雾水笼罩。黑手义说："不说这个，不说这个，气人。"

黑手义见到潘宏亿一日比一日好，也替老潘高兴。

他们都没能高兴多久，潘宏亿趁着他们看护的松懈，好好回敬了他们那绑在自己身上的绳子。

事情是潘宏万起来出车发现的。当时小镇还刚刚从黑夜中翻身，阳光还没出来，只有带白的晨色把小镇罩在宁静中，早起买菜的人陆续在七步街上来来往往，人少，小街也显得空旷。潘宏万在家门口被一根松松软软的绳子绊了一个趔趄，他也不在意，站直身子，走向停车的地方。他脑袋轰然爆开，木头为架油毛毡为顶的棚子竟然空空，面包车没在里面。他在木棚前连叫喊都没有，开车以来，那车几乎成了他的命，而此时，竟突然就消失了，他像是钻进狭小的长洞，脑子没法转回。潘宏万雇来跟车收钱的小姑娘杨春玉也依时来到棚前，疑惑地问："宏万，车呢?"潘宏万猛然回神，跑回家门口，弯腰扯开那拦在门前，却连结都没打好的绳子——那是往日毒瘾发作得厉害，用来捆绑潘宏亿的绳子。潘宏万扔掉绳子，朝潘宏亿房间奔去。昨天后半夜是潘宏万守夜的，后来因为弟弟房门前蚊子实在太多，又听到弟弟鼾声正沉，想到自己明天还要出车，他就回房睡觉了。睡前他曾想叫醒爸妈起来接班，走到父母亲房门前，一时心软，他就没叫。难道因为自己一个疏忽，就出事了? 他心惊肉跳，气粗起来。潘宏亿的房间果然已空，被子凌乱，显然是走得很急。潘宏万头一下撞到门上，以前弟弟是跟他学过车，家里还有一把备用钥匙，肯定是弟弟趁家人疏忽，拿备用钥匙开走了面包车。潘宏万越想越后悔，自己往日睡眠浅，有人从屋外走过，丢个烟头吐口痰，他也要翻个身，昨天后半夜怎么就那么死沉了呢？

　　杨春玉进来时，潘家的人都起来了，潘宏万被陈梅姑拉着，他的额头撞得红通通一片，有些肿，杨春玉心里暗暗一疼，多人面前，也不好表示。潘江口中像说着什么，又听不清，表情怪异。老潘没什么表情，木木地说："春玉，你去叫黑手爹过来。"杨春玉跟宏万的车当收费员，两人年纪相仿，又整天窝在一个车厢内，各自心中早已有了异样的感觉，平时听到宏万晚上去永发玩，杨春玉心里有气，嘴角也挂了刀子，句句话带锋；而若有乘客嘴巴不干净，对杨春玉乱扔黄腔的，潘宏万也会憋着一肚子火，下脚把油门踩到底，吓得车上的乘客都伸手随便抓住点什么，杨春玉叫一声："你开飞机吗？"他才会慢下来……杨春玉和潘家老小都很熟了，老潘一发话，她也晓得肯定出了麻烦的大事，不应答不点头，转身跑去喊黑手义。

　　黑手义很快就过来了，他昨夜收店晚，刚躺下没多久，此刻牙还没刷就被杨春玉拉着跑来了。听清大概后，黑手义说："我后半夜三点四点才关的店，那时车肯定还是在的，所以到现在，一定还跑不远。"经过商量，人分两路，黑手义叫上自己的两个儿子，往西边县城的方向赶去，潘宏万和潘江骑着摩托车，顺着去永发镇的路找。一出小镇，除了这条柏油路的主干线，往各个村子的小路纵横交错，但老潘让他们只管朝两边大路找，别管小路。老潘分析的理由如下：主干线的柏油路很平整，往各个村子的土路崎岖不平，往日潘宏亿只开过平整的大路，还没有胆子开小路，更何况，潘宏亿偷走自己家的车，无非是准备快速出手好有钱买白粉，往乡下跑的可能性就更小了，县城和永发镇是最可能去的地方。

杨春玉陪着陈梅姑，一句接一句地安慰。老潘听不得人家多话，木着脸往外走。陈梅姑喊："兄，你去哪儿？在家等消息啊！"老潘没回答，反背双手。今天是镇上的集日，往来的人已经多了起来，手扶拖拉机拉着一车车的人，堆满了街面。陈梅姑以为街上人多声音杂，老潘没听到，走到门口又叫一声。老潘还是不应，他钻进人群，走到对面街，和农用车维修店的大肚成说了几句话。大肚成右手在裤腿上擦了擦，没擦干净，用一手油污拍拍老潘的肩膀，爽朗地笑。老潘转身走回来，陈梅姑和杨春玉不清楚老潘要做什么，也不敢问。老潘坐在椅子上，更像是木头刻成的了。

两个多小时后，往县城去的黑手义家的回来报告说，那边没找到，四处问了人，也没发现踪迹。陈梅姑就焦躁起来，碰来撞去，哭也不是笑也不是。黑手义进来了，一手拎着猪肝粉肠，一手拎着河粉，要给大家开火做早餐。黑手义的小儿子喊了一声："爸，谁还有心情吃啊？"黑手义想想也是，尴尬一笑，手中的塑料袋子滑落到地上。

外头街道很窄，有车开过总要把人挤到街道两边，像钻进密林的人，伸手拨开面前的蒿草。听到有喇叭声响，杨春玉精神一振："回来了，肯定是开车回来了。"她整天跟在这车上，对车的喇叭声自然是熟悉的。众人也都精神提起，跑到门口，果然是潘宏万开着车回来，他找了个缝隙，把车塞到街道边。潘宏万脸色凝重："爸去买早餐了。我们骑摩托车，一直开到快到永发镇的那个小坡处，就看到车停在那里，可宏亿没在上面。我检查了一下，车没油了，也烧坏了气门，就撂在坡下上不去了。"老潘的脸色更加难看，找回车一点没让他兴奋，他更在乎的，是孙子的下落，无数个镇上传说的毒瘾发作的人拦路抢劫被打死打残的事在他脑里绕转。潘江把摩托车靠在门口，也提着猪肉和河粉进来。老潘说："梅姑，你去厨房煮早餐吧。车拿回来就好了，谅他也没胆子闯什么大祸，我有法子找到他。"杨春玉跟着进厨房帮忙。

吃完早餐，老潘走进镇中学，寻到潘宏亿的班上问他的同学，有没有人知道宏亿的下落？回答都很一致，没人知道。老潘又说，若是以后有消息的，请告诉他知道。潘宏亿因为吸毒休学在家，班内早就议论纷纷，也见怪不怪了，他的同学也都笑嘻嘻地说，没问题，没问题，有消息一定告诉你。老潘看到笑嘻嘻的人群里，有一个身影躲在教室后面，面无表情地发呆，是张小峰。张小峰把课本塞进书包，掏出一本武侠小说，却无心翻看。

老潘想招呼一下，又忍住了，走出教室，扭头看了一眼校园西北角那间被遗忘的炮楼，那房子孤单落寞，透出幽深和引力，有只手在拉扯着他。老潘一瞧就目不转睛，甚至步子都停不住，要往炮楼挪去。走了几步，更觉得炮楼长了手脚，可以摇动，在召唤着他过去，他想扯都扯不开。一直到张小峰走到他面前，他才回过神，惊出一身冷汗，一擦额头，炮楼仅仅只是破败的炮楼了。张小峰脸色还是冷冷的，不过他眼中透出一股热，那是两堆火，他说："我不知道宏亿在哪儿。他和班上的同学关系不好，也不可能有人知道。但是有一个人肯定知道，你应该去问他。"老潘抖了抖："谁?"张小峰说："曾……德……华……"老潘长舒一口气："不错，他知道。"

张小峰好像是怕别人看见，一个转身，消失在一棵大树后面。

老潘内心极度想再瞧一瞧炮楼，立了许久，一直没看，有时把脸对着炮楼了，却又害怕自己如若多瞧，便会沉沦进那幽深之地再也出不来——那里是有着让他沉沦的力道的，他知道，他在那里丢过很重要的东西，若他进去了，不能寻回，只怕就要把自己也摔进去了。

白粉初在镇上横行之时，在县政府的统一领导下，曾经严打过，可那些人抓了，送到县里关一段时间，有钱的交钱便放出来，没钱的关到时间了，仍也放出，吸毒者仍旧不减，反复如此，那些吸毒者大罪不犯小错不断，让人头大。每个镇送上的吸毒者太多，县政府要花大笔钱养着这批人，也有很大压力，后来渐渐地就睁只眼闭只眼，从事必过问到少闻少问再到不闻不问，那些在各个小镇上流窜的瘾君子更是私下有交情，形成一些不小的势力，有些人被他们偷偷摸摸拿走了东西的，只要不是钱太多的，也就本着少惹为妙的心理，不去和他们靠近，免得被纠缠上，后患无穷。曾德华是这些瘾君子中的一个，他吸毒早，资格颇老，晓得很多白粉流通的渠道，镇上那些瘾君子就算有钱，也是要通过他的手才能买到那让人腾云驾雾的白色粉末。曾德华住在镇上三角楼巷子里的一个小角落里，据说附近的人从他门口十米开外经过，就被臭气熏得不行。他家原先都住在镇上，后来因为他成了镇上的吸毒元老，败坏完全家的财物，父亲气得一场大病之后，终于放手不管，把镇上房子卖了，全家迁回乡下。曾德华找了一个没人居住的传闻闹鬼很厉害的破败房子住下，平时偷鸡摸狗和转手白粉换取自己的花费。政府抓过他好几次，据说后来连关押他的人都被拉下水，还得白给他饭吃，后来也就放他出来，只盼着他早点毒深横死。

老潘听说过曾德华，也曾见过，是一个标准的吸毒仔，骨瘦如柴风吹欲倒，鼻孔里随时挂着鼻涕，话不到两句，就抽搐，猛猛地吸一口气。老潘忍着他房间的难闻臭味，一把拎起他来。曾德华正在床上睡觉，翻来覆去，抖来抖去，床上散发出死老鼠的味道，只有那时不时顿然一吸气的声音，证明着曾德华还是一个活物。老潘手一抓一扯，曾德华从睡梦中被扔下床。曾德华哼哼着爬起，还没清醒，老潘又踢了他两脚："你个贼八仔，给我起来。"潘宏万没想到爷爷还有这么大的力气，倒是黑手义站在门口，淡淡地笑，好像老潘的所做都在他意料之内。曾德华渐渐看清后，怒不可遏，尖叫起来："你个死老羊，你想死啊？你敢动我，信不信我打死你？"潘宏万要冲上去，老潘却率先再动手，左右开弓，给了曾德华七八个巴掌，曾德华头昏目眩，脸又热又肿，鼻涕更是甩了出来。曾德华哪遇到过出手这么狠的，愣了好久，喊起来："打人了，来人啊！打人了，潘老羊要打死好人了。快来人啊，坏人打好人啦！"握紧拳头，要瞧准时机给老潘一个回击。潘宏万说："有胆子，你就打啊！"曾德华拳头松开，因为他烂命一条，镇上的人被他占了小便宜，忍忍就过去，还怕一出手就过重，把他给打没了，他哪遇见过这种欺负，继续叫："潘老羊全家欺负好人啊，我要告官，见人就打，坏人，坏人啊！"

　　老潘冷笑："你说对了，我今天就是来打你的，你要是做得不让我满意，我把你的皮都剥了。"

　　老潘坐在曾德华床沿上，拍拍他肩膀："我问你话，你老老实实回答。"曾德华眼睛一眨一眨，给镇住了。老潘指着潘宏万："他弟弟从家里跑了，别的我不多说了，你给我把他弟弟找出来。"

　　"我怎么知道他去哪儿了？"曾德华笑了笑，手掌摊开，"你给我钱，我帮你问问啊！"

老潘说："你要钱？"

"没钱怎么办事？现在没钱，哪还能办事哦？"他爬起来，靠在床沿，手继续朝老潘面前伸。

"你把手放地上，我给你钱。"

曾德华手掌在地板上摊开。老潘抬腿，瞄准曾德华的小手指，猛地一踩，咔嚓一声，曾德华尖叫不止，在地上打滚，他左手小手指骨头不碎也肯定断了。老潘说："当初是你给宏亿烟抽，在烟里放白粉，这个账还没算，你还想要多少，我给你。"曾德华顾不得疼，赶紧缩回双手，藏在怀中，在床脚下发抖。老潘说："赶快把他给我找出来！"

曾德华收收神，尖叫："叫我去哪儿找？"

"那是你的事，不过我可以教教你，他肯定就躲在永发镇上。那里是谁在卖白粉，你比我清楚，他要去找人买，你不就知道了？我给你四天时间，要不要找，随你，打不打你，随我。"

"四天？要找不到呢？"

老潘不愿意多话，从曾德华手里扯出他左手，摊开他手掌，握紧他小手指一拉一提，又是咔嚓一声，曾德华又要晕过去，但总算回复原位，大体是接上了。老潘走出去，潘宏万还不相信爷爷真把这镇上最难缠的混混治得无话可说，黑手义则是忍不住了，哈哈大笑，肚皮都笑酸了。

曾德华哭笑不得，小手指疼得钻心。他右手翻着枕头下一个盒子，里面有注射器、针头、打火机，还有很多小纸包，他本想把针头装到注射器上，无奈左手不便，右手握不准，上摇下晃得厉害，只好放下。他从裤袋里翻出一个香烟盒，扯出里层的锡箔纸展开铺平，把外盒卷成一只小吸管，小心翼翼地把小纸包里的白粉倒一些在锡箔纸上，点着了一根蜡烛，两只手勉强提着那锡箔纸在蜡烛芯上烧，嘴角吸紧吸管，朝纸上的白粉缓缓吸过。他仰起头，长长吸气，一刹那，老潘的威胁已远在天外，他觉得身子飘浮起来，神仙不过如此吧？恍惚间，这个阳光一直射不进来以致阴沉潮湿的房子，笼罩在一层朦胧的白光中，连小手指的疼痛，都顿然消失了，那种隐约的疼，其实还是一种不错的感觉，让他沉浸。好一会儿后，他才觉得心中怅然空荡，自己对瑞溪镇空气的味道都可以说十分清楚了，这里是自己横行的地方，政府也拿自己没法子，可今天忽然来了一个自己都不能把握的人，这样的人是不是还有更多？开了一个头，以后会不会还有别的人，继续对他下重手？曾德华觉得一直很熟悉的小镇，因为老潘的那一踩，顿然陌生起来，变得一无所知。这，是一种被挖空的感觉。

离开曾德华经过农用车维修店，老潘又走进去和浑身油黑的大肚成说着什么话。

第一天，没有潘宏亿的消息。第二天，没有潘宏亿的消息。第三天下午，老潘坐不住了，到菜市场买了只鸡回来叫陈梅姑杀了。煮好了，就叫潘江用摩托车载着他回乡下。走进祖屋，把鸡和饭放在八仙桌上，老潘就对着高置的祖先牌位喃喃自语，香烛缭绕里，老潘在祈求孙子平安。潘江知道父亲一向不太信这一类祭祖，过年过节，族里需要祭拜，都是潘江回来。这次老潘主动回来，一是无计可施，二是他近些日子睡梦混乱，时常会见到一些逝去多年的人，需要让祖先替他安妥一下。祖屋又老又破，有些墙壁破败倒塌，祭拜出来，天色昏暗，更显得祖屋的荒芜，老

100

潘心中一抽紧。潘江不敢多看父亲的脸，与父亲同岁的黑手义还壮如铁塔，父亲却身子前倾了。老潘扶着摩托车后架坐上去，手在颤抖。潘江骑车回瑞溪时就特别小心。夜风里浓雾如水，老潘都觉得车太慢，催潘江加大油门。潘江说："好!"车依旧如蜗牛爬，从远处看像一个人拿着手电筒，照开漆黑的夜。

到镇上家里，潘江一愣，眼圈一红。老潘笑了笑："还是公祖灵验啊!"

——潘宏亿正坐在椅子上，鼻青脸肿神情哀伤。

李堂清调着药水，潘宏万在给陈梅姑捶背，只要手稍微重一点，陈梅姑就咳嗽出来。老潘放下装着鸡和饭的筐子，继续笑着："外面没饭吃，回来吃了?"潘宏万说："下午时候，我刚回车，曾德华跑来，说问到他在哪儿了，我叫了几位叔伯一起去，才把他扭回来。"黑手义的小儿子左手拉右手衣袖："他不错，还很有力，我的手都被刮破皮了。他一身伤不知在哪儿惹上的，可不是我们打的。"老潘说："打了，白打。打得好。"说完递给他一碗祭过祖先的饭，说："公祖那么灵，一拜你就回来，你也吃吃拜公的饭，吃了，估计就能戒了。"

当天夜里，潘宏亿发作了一次，没有众人摁扭，潘宏亿双手抓紧床沿，嘴咬枕头，没发出声。李堂清给注射了镇静药后，又开了安眠药给他服下，熬过发作时间，他犹如刚从水中捞出。陈梅姑烧了热水帮他擦掉臭汗，李堂清又开了一些外伤药，让陈梅姑给他抹擦身上的伤痕。忙完后，众人各自歇下，潘江在房内看着宏亿。老潘没睡，他知道只要守过今夜，就一切安顺。小镇的深夜安静得可怕，偶尔一阵无来由的风，更像是某些已亡人的呼吸。老潘就在门口坐着到天亮，这是一种奇怪的感觉，东边不远处，是黑手义店里昏黄的灯光；往西去县城的路没开夜店，一片漆黑，所有的窗户都闭着眼。老潘暗暗叹息，一直以为早已熟知的小镇，在夜色的掩映下，完全看不清，自己活了那么多年，不知还有多少秘密躲在这弹丸之地的暗夜深处？

第二天，老潘叫潘宏万不要出车，一起走进大肚成的农用车维修店，迎面便是一个长宽高各有两米的大铁笼——这是老潘让他焊的。又找来几个年轻力壮的邻居，费了好大劲，才把铁笼搬回来安好。潘宏亿说："是关我的吧？"老潘说："你什么时候戒了，什么时候出来。"陈梅姑要数落两句，嘴唇动了，没出声。潘宏亿嘻嘻笑："以后我结婚，把这铁笼当洞房。"

此后除了洗澡、吃饭、方便，潘宏亿的一切活动就在铁笼里，李堂清有空儿便过来看看。毒瘾每次发作，他都头痛如裂，根本睡不着，李堂清就直接开了一盒安眠药，让陈梅姑叮嘱他按量吃。有一次后半夜，潘宏亿发作得难受，趁着没人，解下裤腰带，朝桌子上一甩，套住那瓶药，拉过来。盒里还有二三十粒，他倒得满满一手掌心。好一会儿后，他手一甩，药粒撒满地，手摁太阳穴，在笼子里无声抽泣——这一次他比以往哭得都更伤心。

张小峰来看过他几次，每次来，留下一两套武侠小说让他看看，不多说话，就走了，下次来时，把前次留下的带走。潘宏亿也不说一句，在同学面前，他根本抬不起头，尤其张小峰还是他小学的同班，尤其，他在铁笼里，像一只被圈养的动物。终于，有一天，潘宏亿说："谢谢了。"张小峰说："你吸毒的事，是我跟你爷爷说的，你还谢我？""就是这样，才谢你。""在小学时，要不是你，我的手估计都被人家打断了，我还没谢过。""你还记得?""还记得。""我决定了,以后我结婚,用这个铁笼当洞房。""你都想那么远了?""也不远啊,很快就到了。你不想吗?""我不想,没什么好想的。"

这一次潘宏亿似乎下定了决心,随着笼中生活的越来越规律,毒瘾发作时间越隔越长,发作也越来越轻。老潘决定把他放出来,他却说:"还是关了好,我怕管不住自己。"如此半年之后,潘宏亿的瘾基本戒除了,但身子依旧很瘦,不能干重活,一发力就觉得骨头疼。之前老潘找校长给他休学一年,后来老潘也听一些人说,瑞溪中学早就贴出了公告,把潘宏亿开除了。老潘并不太在意,只要潘宏亿愿意继续回学校,找个熟人说几句便能解决问题了。镇上就这么些人,低头不见抬头见的,互相间叫出名字并不难,找人去说些好话,也不难。

三

老潘还是去看了镇中学的炮楼,那是在一个下午。当时在里面堆放柴火的音乐老师推开门,抱出两大捆木柴,老潘正好走到破门前,说:"老师,老师,我可以进去看看不?"音乐老师近五十岁,对老潘也挺熟了,他笑了:"里面都是柴火,有什么好看的?又黑,到处都是柴头,别绊倒了。"老潘嘿嘿笑:"我丢东西了。"音乐老师又说:"怎么会,里面都是柴头,你什么时候丢的?要是值钱的,我早捡了,藏了,哪还会给你留着?"老潘笑笑,音乐老师也不管他,就没掩门,走进炮楼边上的一间房子,那是音乐老师的宿舍。楼里黑乎乎一团,除了幽深与蜘蛛网,还有那四处散乱的柴火，老潘没有找到什么，之前那种深深吸附着他的力道，此时消逝无踪。老潘还是觉得自己的东西就丢在此中，却无法寻出，犹如买中了彩票，等发现中了奖却过了兑现期，那不仅是失落，也是失重。炮楼有两层楼高，抬头看着屋顶，却像比实际的要高，向上延伸无边。老潘走出一身灰尘，轻掩上破门，扭头看到音乐老师已摆出架势，二胡摆放在腿上，准备开拉，老潘没打扰，身后阵阵呜咽，二胡声不在调子上。

潘宏亿是在精神恢复得差不多的时候看到潘江被带走的。当时一家人正在吃晚饭，就进来两个穿着警服的人，由一个便衣带着，便衣是镇上派出所的，名叫歪二——那一年的七月初七，发生在黑手义家的一场打闹，最后演变成了多人的斗殴，他冲上去劝架时，被一棍横击，下巴骨都裂了，从医院出来后，脸就再也没有恢复如初。此后他有点破罐子破摔，平常很少穿警服，即使穿，也四歪八扭从不平整，整个人像是被抽掉了骨头，只剩一身皮肉褶皱扭曲。

歪二说："这是县里来的，想问一件事。"老潘暗叫不好，潘宏亿也在冒虚汗。陈梅姑笑了，脸却绷得很紧，只呵呵地发出一些类似傻傻哼叫的声音。年纪稍大的警察问："你们家大半年前是不是买了一辆摩托车？"潘江犹豫了好一阵，看了看歪二，歪二把头扭向外边，不敢正眼对瞧，潘江说："是！买了。"那警察继续说："你买的那辆车是一个专门偷摩托车的团伙偷来的，是赃物，被抓的人承认是卖到你们家来了，所以我们来调查调查。谁交的钱买的车，跟我回县里做一些记录。"潘宏万猛地站起，潘江手上用力，按住宏万的肩膀，啪的一声响，把他压回椅子上。潘江说："车是我买的，钱是我交的，我跟你们回去。"歪二回头扔出一句："我知道是你！车在哪儿？"潘江说："在院里，我去推。"歪二很警惕，说："钥匙拿来，我来推。"

摩托车被装上一辆小卡车，老潘还没回过神来，潘江已随着车消失了。

晚饭散了。

夜里十一点多，潘江还没回来。老潘买了条烟，找到歪二家。歪二起先不肯见老潘，觉得很不好意思，带县里的人去老潘家虽是他工作职责所在，他还是觉得对不起老潘，平日里都在一个地盘打转，都互相知根知底，歪二有种出卖人的感觉。老潘连续跟歪二的老婆说了好多句不关他事不关他事不关他事，那条烟又塞得义无反顾，歪二便只好出来见他。歪二说："县里最近严打，到处扫黄打非，端了不少团伙，那偷盗团伙供认了赃物的下落，所以县里便来人了。要是说话不对头，被指认为销赃，那是要进黑房的。"听到"黑房"两字，老潘脸都黑了。歪二压低声音："买车的，其实是你的孙子宏万吧？江爹争着说是他买的，我就不刺破——我能做的，只有这些。"他的歪嘴在轻闭轻启，老潘后背一凉，无言以对。歪二说："有事没事，就看江爹会不会说话了，我帮不了的。"说完把那条烟塞回老潘手里，老潘如握一截火炭，怅然若失。

老潘失魂落魄，没敢回家，他不愿意看到陈梅姑绝望的脸，颓然坐在黑手义的店子里。黑手义说不出话，憋了好久，泉眼实在堵不住了，他脱口而出："各人有各命，想多没用。"老潘的心像一个无底洞，空得可怕，不断地吸着，塞进好多，却更空，眼神涣散："我是老过头了，老得连灾事都不愿找我了，一个一个，我的孙，我的子，轮着来，什么时候才轮到我？要来，就快点。"他的笑声有些尖刻，显得他脸上的皱纹像是刀子刻出来的，纵横交错边角凌厉。灯光的周围飞着一些蚊蛾，老潘头顶也飞着一些蚊蛾，好像那也是一盏灯。偶有一些撞到老潘脸上，他回手一拍，脸上啪啪，蚊蛾飞绕的队伍就乱了些许，没一会儿，又恢复阵形，缠绕不去，老潘扇自己的脸，啪啪不绝。

第二天，黑手义去县里找了人，回到镇上已是下午。他在老潘家吼叫不止，怒火茂盛。老潘要说什么，黑手义指着老潘大骂："你的好儿子，你生的养的，真好啊！四十多年的饭，他潘江白吃了，雷公劈他头顶，他也不会缩脖子？你说他，是不是吃膏吃多了，吃傻了？人家公安问他，买车的时候，知不知道是赃物？你猜他怎么说？他说，他知道，他买的时候就知道是人家偷的车了。连问他话的公安都直摇头，本来，买辆车嘛，塞住屁孔说不知道，大不了把车没收了罚些钱就是。他直来直去说他是知道的，人家都记录在案了，性质就不一样了，就是替犯罪团伙销赃，罪可就大了，不进黑房，鬼信？县里公安部门正好来了新领导，正是要点三把火的时候，潘江这么老实，真是给人家送了一个好礼，抓了偷盗的，也抓了销赃的，哈哈！哈哈！谁都帮不了他，连问话的公安都替他难过。哈哈！"陈梅姑默然垂泪，捂着心口；潘宏亿咬紧嘴唇，牙齿松开，一条红线；潘宏万挥着拳头狂乱地击打墙壁，杨春玉奋力扯他的手，他捂着自己的脸，号啕大哭；老潘不愿多看黑手义，黑手义直喘粗气，时而急促时而缓慢。

陈梅姑没两天就病倒了，李堂清来打了吊针，她才缓过神来，但脸上总是凝着一股化不开的紧张，从喃喃自语到胡言乱语。李堂清知道她旧病不少，安慰她要好好养病，别操心那么多，只有好起来，她才能照应霉运不断的家。老潘腰间像上了夹板，挺直了许多，但他仍是无可奈何。别人不知，老潘却是知道儿子急于坦白的缘故，潘江定是担心若是闭口不认，县里人继续追查，会把潘宏万也牵扯进去，潘宏万还年轻，一染上污点，这辈子就废了。潘宏万很后悔买那辆车，说应该抓的是他而不是父亲，父亲是替他把罪给顶了。他时不时脱口而出，杨春玉也不顾车上有没有人，就扑过去捂紧他的嘴巴。倒是潘宏亿心绪平静，至少外表看不出他内里的波澜。老潘四处托人打通关系，也没能在县里见到潘江，据说是上头对这次严打中被抓的人看守很严，在最后宣判前，谁也不让见。

潘家收到通告时，潘江已经送往省府海口，关在海口市郊的一个监狱。再托人去问，得到的回答是，买了辆车而已，花钱买的，毕竟不是偷，说罪大就大，说小就小，主要是老潘没把钱花对地方，所以潘江被关个一年两年，也很正常。潘宏万准备把面包车卖了，怎么也要花钱把潘江弄出来。那懂得的人就说，有钱还不行，还要有会花钱的人，没有人照顾，你钱是白花，弯刀砍水而已，没用的。老潘也不同意卖车，潘江一被抓，家里的杀羊生意基本上就停了，只等着这辆车赚取全家人的口粮，卖了车，全家人真的只能伸出舌头晒日头填肚子。乱了个把月，生活恢复正常，潘宏亿跟着老潘杀羊，他的休学期没过，正好在家帮忙。宏万正常出车，出着出着，杨春玉也就睡到他床上了，潘宏亿时时能听到在隔壁哥哥房间传来某种隐忍又放纵的呻吟，那是快乐与苦痛的交织，宏亿心中涌起一股跟毒瘾相似又不同的奇异感。潘江被关的第二个月中旬，一直病没好的陈梅姑哭喊着要去见潘江，她说她梦见潘江在牢里被人一根一根扯掉了头发，满头的毛孔都在冒血。老潘斥她妄想，她也一定要去看，李堂清淡淡地对老潘说："她要去，让她去。看了，心安了，也好养病。"老潘让潘宏万带着陈梅姑前去，在海口海波农贸市场找了一个瑞溪镇的熟人带路，算是见到了被关着的潘江。潘江胳膊还是完整的，脚还在身上，头发也没被拔光。

陈梅姑泪水决堤，号哭连连，宏万拉不住，劝不住，摇摇头。潘江表情还是木讷，说："在这里面没受什么苦，除了吃得不太好以外，其他的，跟在家一样。"陈梅姑极度怀疑他的话是安慰的虚假说辞，声音又高了八度，狱警警告之后，她才渐渐沥沥从高音转为哼唱。其实潘江受的苦倒真是不多，他是轻犯，又无前科，关在一起的不是那种杀人越货不要命的重犯，相互之间有怜惜之意，相处倒都还不错。

潘江交代宏万要照看好弟弟、母亲和爷爷，宏万嗯了一声，才想到，原来自己已经成了家中的顶梁柱，一抽掉，房屋就倒了。潘江说："我的判决已经正式下来了，要关一年，表现好还可以提前出去，你们在外面就不要乱败钱了，没用的，白白送钱给人家花。家里欠了不少钱了吧？能省就省点，省下了，早点还人，不把钱还人，心里总是结着一块硬石。"陈梅姑一听还有一年，又失控，潘江闭上眼睛，叹了一声："你回去打针养病就是，想那么多！不是你想的问题，你也想。我的命硬着，还死不了。"陈梅姑还要再说，狱警第二次提醒时间已到，让潘宏万与陈梅姑离开。陈梅姑赶紧扔出一句："你睡觉要捂着你的头发，千万别让人摸你的头发。"看着老婆儿子走出去，潘江才悲从中来，几欲痛哭失声。站起身时，血液流通不畅，脑子一眩，眼前一花，他缓缓跟着狱警走回自己的房间。陈梅姑的话像是带着引力，引得他的手不自禁地摸着自己的头发，他轻轻挠了一挠，居然扯掉好几根，其中有三分之一闪着银白光，他第一次发觉自己的头发竟花白成了这样。掉了头发的毛孔瞬间敞开、放大，有凉风从毛孔吹进，头顶好像破了几个小洞，风竟似有呜呜的回旋，他随着那回旋打着冷战。

四

老潘重新操刀杀羊，气力已远不如当年了，潘宏亿跟着他一起弄。开饭店的、办喜事的……都来潘家预订羊肉，生意不仅不减少，反而由于老潘重新操刀而略有增加。不知是事实如此还是内心作怪，一些食客议论说老潘杀的羊就是不一样，那味，细嫩爽口，反正没得说，接着三六九地列出等等细微的区别。有些食客见到老潘，就笑着说："怎么你还能有力出刀？"老潘也笑着，故作神秘。

其实老潘多是在一边指挥潘宏亿怎么放血、热水烧到几成热、如何刮毛、如何运刀等，更具体的工作，也由几乎已把毒瘾全部戒掉的潘宏亿来完成。食客的赞扬还是会给老潘带来几许得意，一得意，他甚至会哼唱上几句。他唱的当然不是从港台传来的"你总是心太软心太软"，老潘对挂在镇上小青年嘴边的"心太软"很有意见，他点评说："唱这歌的，声音燥得像羊屎，而且，他估计不是心软，是裤裆某个东西软吧？"点评完了，他开始唱上了年纪的人都喜欢的琼剧："听英台，她把心话对我诉。

我山伯，肝肠寸断心无主。多伤心，狂涛惊散比目鱼。从此去，
南楼双雁落单孤……"开唱时，前面的预声拉得橡皮一般，寸寸
变长，唱完了，后面还延绵不绝跟着一个尾巴，半天没断，声音
清冽冰凉又绵绵温婉。潘宏亿和大多少年一样，接受不了这慢吞
吞的海南戏，听爷爷装模作样唱出，却觉得很有趣。老潘更得意
了："你们青年仔，是没有耳福，只是听羊屎一样的歌，吴多东
你知道吗？陈育明你知道吗？可惜啊，现在不如以前，随处可以
听到了，只有七月初七来之前，才会三日三夜做戏通宵。你们青
年仔是笃鹅，能听懂琼戏吗？"摇摇头，不再哼唱《梁山伯与祝
英台》，脱口而出的是《五女拜寿》。

　　陈梅姑没有老潘看得开，自监狱回来，她觉得潘江所有的坦
然无事都是装出来的，若是不装，他怎么会不鼻青脸肿？不是有
人说过，监狱是完整的人进去单独的零件出来的地方吗？吃饭时，
她想的是潘江是不是在啃石头；睡觉时，她想的是潘江已被头下
脚上倒吊起……这么想的结果是她吃饭如啃石头般无味，睡觉如
倒吊般折磨，本就不好的身子愈加败坏，病得茶饭不思。李堂清
打针开药时，总劝说她别多想。她说："我脑子都坏了，还能想
吗？更别说多想。我的脑子真的坏了，有人在我脑子里挖了一个
孔。"李堂清头摇如钟摆。全家人轮流做她的思想工作，可收效甚
微，她自认死理，别人拗不过她的心窍。如此一个多月下来，一
些长期累积的老毛病同时复发，她卧床不起。李堂清说他能力有
限，该送大医院了。潘宏万就开车把陈梅姑送到县医院，家里的
负债越来越重，老潘的脸像抹了层锅底灰，戏也唱不出口了。县
里的医生说："这些病，说是病，其实也好治得很，把心放开，
吃好睡好，把身子慢慢调养起来，很快就没事了。关键是，好话

都跟她说了几汽车了，她还是那样，吃没吃好，睡不睡下，铁人也顶不住，别说她。"说完，头也成了钟摆。住进县医院后，陈梅姑觉得自己病情加重了，快要不行了，尤其听闻医院里各种病人的噩耗，她就更心惊肉跳，病情反而更重了。李堂清跟老潘商量之后决定把陈梅姑送回家来，他按医院开的药水药品，给陈梅姑疗养。于是住了半个月花了六七千块借来的钱后，陈梅姑病情加重着回到家里。

刚回家的几天，她好转不少，不料只持续了两天，她便掉进无底黑洞，急速地瘦下去，胡言乱语起来，与疯子无异，左右邻居中风言风语已经传开。家里人都慌了手脚，李堂清的药越来越没效果，头一次比一次摇得急。黑手义悄悄跟老潘说："这本是你家的事，我不该多话的，但你慢慢听梅姑的说话，是不是像三角楼刘树球的口气？虽说你不信鬼不信神，其实我也不信，但谁又能保证不是鬼祸了呢？你听她的话，那语气，真的很像的，我听别人传了，再一听，真是很像。"刘树球家住三角楼的老巷里，晚年才得了一个儿子，生下儿子不久，老伴就死了，他把儿子捧如珍宝。儿子结婚后，刘树球跟儿子儿媳一直处得不好，有一年他走路不小心摔断了腿，更成了儿子的负累，儿媳对他的怨恨越来越深。有一天，刘树球在自己家大堂上吊了。之后镇上一直有他闹鬼的传闻，他儿媳更是在他死后不久披头散发半疯了，儿子没办法，扔下闹鬼的房屋，跟着老婆回娘家了。后来，刘树球的儿子多次提出来搬回镇上，被老婆断然拒绝，说她再也不愿回去见鬼。他只好偶尔回来看看，想把房屋转手，因闹鬼的缘故，一直没能出手，那房子就空置着，渐渐荒废了，到后来，曾德华把那废屋当成了自己的栖身处，那房屋就更笼罩在一层迷雾中了。

黑手义一提，老潘留意了陈梅姑的说辞，听着听着，果真有几分昔日刘树球埋怨诉苦的口气，老潘一时手足无措。

老潘决定请有法力的师父公做一场法事。他问李堂清的意见，李堂清是学医的，知道其中的荒谬，又不忍掐断老潘最后的希望，说："做吧！做吧！"法事在乡下的祖屋进行，村中共祭一个祖屋的族人里的男丁都来了。师父公是附近村子有名的法力高强的人物，烧香点烛后（师父公不断嘱咐，先烧香，后点烛，规矩不能乱），师父公挥舞木剑，喃喃自语请来黄大将军林大将军潘家祖先关二爷等各大神小神出来一同除妖，他围着坐在椅子上的陈梅姑又跳又叫。老潘心生存疑，这景象他见过，不料今天发生在自己身上，他不禁苦笑，为了救人，也得信了。很快地，师父公已经抓大米朝大堂各角落撒，口中含的清水也同时喷出，一切与在其他人家的法事无异，急急如律令一番，路数到了，也就收功了。收功后，师父公画了好多张符，叮嘱哪张该贴对方位哪张该叠好给被鬼祸的人戴上哪张需烧成灰泡水冲服，总之不能乱了，出事了他不负责。师父公须发皆白，颇带仙气，说的话也极具权威。之后是给师父公包红包，由于忌讳，师父公是不能开口报数的，他只说："随意！随意！"但很少有人亏待过师父公，据说以前有吝啬的人家，红包少了，被退回，引来了更大的不吉利。老潘也不敢怠慢。

人群散去后，香烛依然在祖屋的大堂上缭绕，老潘静静地站到深夜。全家搬到镇上后，只有逢年过节才回来祭祖，可其实村里离镇上并不远，祖屋是破败，但仍是每个子孙魂灵的归宿，若真有魂，祖屋肯定是魂儿要归来的地方。在自家祖屋，别人家的凶灵，定然会被祖先驱赶，闹不起来的。宏万宏亿带着母亲先回了镇上；族人各自睡去，明天都要早起下田。香烛闪烁之间，或许真是有灵魂的，不然同时点香，为何有的已经燃尽了，有的才烧到一半？风吹着的香是燃得快的，可同一屋子里插在同一个香炉里的香，风的差异有那么大吗？古老的说法中，香火和元宝都是先人的食物，那些燃得快的香，是不是有看不见的先祖回来吃了呢？……老潘在祖屋的八仙桌前胡思乱想了这许多，没一点害怕，他只在心中祈求先祖护佑牢里的潘江、病重的梅姑和刚戒掉毒的宏亿，对了，还有宏万，他和杨春玉走到一起了，也该佑护，不能让他走之前的旧路……至于自己，老骨头了，痛快一点吧，要带走，就痛快点，一点一点把祸事掉到子孙头上，是对他的最大折磨。老潘不知站了多久，烛已烧到尽头，开始闪烁，有风掠过，烛灭了，没燃完的香还在漆黑的大堂中亮着红点，鼻子充溢着香烛的气息，老潘感到前所未有的亲切。

师父公的驱魔除鬼没能挽救老潘家唯一一个女人。她一直卧床不起，有一天，她站起来了，给全家煮了饭，还在宏亿杀羊时，打了打帮手。不料这只是回光返照，当天夜里，她极其镇定，没有胡话没有幻觉。她躺到床上，叫来家人，喊着潘江潘江，潘江潘江，眼睛就闭上了。李堂清曾私下让宏万宏亿做好心理准备，可眼前的一切仍让他们没法接受，尤其宏亿，扑在床头号哭不止。被关在铁笼里的时候，若无母亲的眼泪，潘宏亿很多时候就要坚持不下去了，有一次他发作时甚至差点把吃饭时藏好的筷子插到鼻孔里让一切结束了算了，握着筷子的手不断颤抖，母亲泪流满面的画面渐渐浮现，他扔了筷子。之前奶奶去世时，宏亿还小，没有记忆，也就没有那么伤心，而此时是亲眼看着母亲闭合双眼，他觉得跟丧亲之痛比起来，毒瘾发作又算什么？

老潘表现得很冷静，他搭车往西，到瑞溪镇八公里处的长安镇寻到专门替人埋葬的长安五爹，购置棺木与寿衣。寻好葬地后，一切依照地方习俗，下葬、哭灵、头七请师父公作法（还是驱鬼那师父公，据后来有人说，他在作法歇息间隙，曾无奈地慨叹，你活着，我给你赶鬼，你变鬼了，我还给你送行……），一样不少。这段时间里，老潘如硬石般冷静，好像这事和买羊杀羊卖羊一样，最普通不过，普通到根本不值一提，根本不值得哭丧着脸。宏万宏亿两兄弟都察觉有些不正常了。直到所有的事情办妥之后，老潘才忽然在一次和别人喝茶时失声痛哭。当时几人正聊彩票聊得欢，有人拍桌说下期一定"5"打头，有人觉得应该是"3"，就吵起来，老潘的哭声正是此时发出来的。茶馆里的人都愣了，有人开始劝老潘，有人询问他哭的原因，老潘只是号啕，不管回话，茶馆里二十多双眼睛都直了。最后，茶馆老板赵白眼出来把白眼一翻："老潘，你这么哭，我还怎么做生意？"老潘才停住了，说："我觉得'3'打头更准一点，我觉得是'3'，'5'在这里，根本是不对路的。"

　　很多人对老潘失态的谈论兴趣一度超过谈论彩票。有人觉得是他想到儿媳妇早死，他白发人送黑发人，故而伤心；有人说他伤心，是因为潘江还关着，老婆都死了也没能见上一面，估计还不知道老婆已死……这些说法又一个个被谈论者推翻："安葬陈梅姑期间，老潘连愁都没愁过，他会为儿媳伤心？""你怎么知道潘江不知道老婆死了？你确定老潘能忍住不说？"

　　陈梅姑死后不久，潘宏亿的休学期到了，他本人不愿回到学校，想继续休学，或者干脆不上了。老潘坚决不肯："家里就剩我们仨了，你哥开车，我杀羊，也够了，你还是回你的学校去！"

学校方面一直不愿松口，说是潘宏亿的事在同学间影响太坏，他早被除名了。老潘私下送了些钱给几个主要的校领导。有人提了一句："他虽然吸过毒，但以极大的毅力戒了，应该给他一次重新来过的机会。他的精神是值得鼓励和学习的。"此话一出，附和者众，有些心里别有想法的，就隐忍不发了。潘宏亿短短一年经历了不少事，比起别的少不更事的同学，他过于沉默老成，外号从"吸毒仔"变为"老掉毛"。由于慢了一年，和他同班的，都是之前低他一届的学生，和他很不熟悉，愿意跟他说话的很少。已经高他一个年级的张小峰，有时碰到他，会跟他点点头，他想上去感谢之前送来的武侠小说，没说出口。张小峰也不愿意多说话，对他没有点头之外的多余招呼。

之后不久，老潘去看过潘江一次，两个孙子都想跟着去，老潘怕他们掩饰不住陈梅姑已去世的消息，断然拒绝。潘江显然已经适应狱中生活，他在里面表现良好做事勤恳，多次被评为月优秀狱友，已经减刑三个月，再有一个多月就能出去。老潘不断审度着潘江，犹豫要不要说出陈梅姑的事，斟酌再三，他还是没说出来——他不是怕潘江伤心，早晚要有直面的一天，他是怕潘江伤心过度失去理智，在狱中做出疯狂的事，把当前的大好表现损毁，若是因此加刑，那就更亏了。潘江见父亲犹豫不定，安慰说："兄，刚不说了嘛，很快就能出去，我表现很好的。"老潘嘴唇抖了抖。潘江问："宏亿的毒戒了吗？"老潘的回答让他极度满意。潘江又问："梅姑身体好多了吧？"老潘嘴角一扁："好多了，梅姑没事了，以后都不会有病痛了。"潘江更满意地笑了，让父亲以后都别来看他了，反正不久就要回去了。入狱以来，潘江第一次感觉希望就在不远的前头，家中一切安好，后面的生活值得他去想象。

老潘却没法想象，他想象不出一个多月后，潘江出来只能看到一堆隆起的土的情形。黑手义给他策划了无数个委婉告知的法子，没一个让他满意，黑手义丧气地说："到时候要怎样，就怎样了，在这里猜测个鬼啊！"

五

潘宏万很少再在晚上去东边的永发镇，偶尔要去，为了不留后患，他也把杨春玉带上。潘宏亿落下的功课太多，追赶得很辛苦，他也不强求，只尽力做自己能做到的，可是，他有时拼了命般翻着书熬到后半夜三点，有时又跳起来把课本踩在鞋下，心如死灰神情迷茫。潘宏亿也有目闪灵光的时候，但很短暂，只一晃，就没了。老潘不愿再管他们两个，两人都摔过大跟头才爬起，多说没用，许多事让他们自己去经历才知道个中的酸甜苦辣咸。

曾德华是死后好几天才被发现的。起初是三角楼那条巷子的人闻到了浓烈的臭味，也没注意，忍忍就过了几天，谁料恶臭越来越浓，用鼻子一追查，大概位置在刘树球闹鬼的屋子里，也没人进去看，又拖了两天，终于有人报到派出所。歪二脸上蒙着湿毛巾冲进房子，哗啦啦地，他迅速地冲出来，扯下湿毛巾呕吐不止。曾德华的尸体已在屋内腐烂，味道萦绕不去。歪二带着两个人进去清理现场，因床上凌乱不堪，曾德华的衣服也撕扯破了，地上散落着锡箔纸注射器，加上头部有伤口，墙上也找到与伤口相应的血痕，初步断定为：曾德华毒瘾发作，正准备往自己体内注射毒品，可他身上没有找到，翻开床被也没有，痛苦让他撕扯着身上的衣服，他是想呼喊的，可是涌上来的浓痰卡住喉咙让他发不出声——这也是周围没听到声音的缘故——他乱转之中，把头朝墙上撞去，撞出了血。这一撞是不足以死人的，但是把他撞晕了，人晕了，毒瘾还在发作，牵动着他的身子，他抽搐着死去了。歪二让人去通知曾德华的家人，他的家人就在某个下午用草席把他一裹，用手扶拖拉机拉到某个角落安葬了。死者为大，即便怨恨与心痛交织，下葬死者该有的步骤也一步不少。这一次收拾死尸，成为歪二生命中最难忘又最不愿意想起的第二件事——第一件是当年发生在黑手义家的那场斗殴，那件事把他原来颇引为自傲的相貌毁了，他的生活也因此一直处于隐隐动荡的边缘。他故作无所谓，却恰是最在乎。

潘江回到家的那天，家人都在，之前几天便听到了消息，所以家里都收拾过了，也杀好鸡等着。潘江也算是红光满面，虽然那红光更多是虚的，虽然那头白发比老潘还白，但他眼中的欣喜把一切都压住了，他可以重新自由走动。家人都在，唯独少了陈梅姑，潘江一挠头，问："宏亿，你妈呢？"宏亿顿时失声，接着无声地抽泣。潘江说："哭什么？你妈呢？"说完他翻箱倒柜，把家里每一个角落都翻过了，后院里的鸡笼，他也伸头进去看了看，惹出一头鸡毛鸡粪。筋疲力尽回到大堂，他脸上没有眼泪，没有表情，只是进屋时的红光消失了。他站到老潘面前，淡淡地问："梅姑在哪儿？带我去看看吧。对了，要不要买纸钱和炮车？"

老潘说："在我们村的土仔坡。鸡和饭也煮好装好了，纸钱和炮车也买了。要嫌少，你可以再去买。"

潘宏万开车把家人拉回村里。把潘江带到墓前，老潘点上香，宏万宏亿鞠躬拜过之后，老潘带着两个孙子先回老屋，留潘江一个人在坟前。天渐暗，有人牵着牛从田中回来，看到潘江，远远喊一句："潘江，你回来了？我有几只羊，你什么时候有空儿，来我那儿看看，我想把羊给卖了。"香烛、元宝、纸钱都在烧，土仔坡上的风一吹，到处是灰，潘江一动不动。老潘走在孙子前面，他没回头看墓前的儿子，不用看，不用看也知道，儿子的身子弯成一张弓——那是儿子双手握着墓碑无声地哭，哭得肚子剧痛的缘故。

老潘又回到祖屋去了，在里面点上香烛。宏万宏亿已经找族里的年轻人打牌吵闹去了，吵闹声传进祖屋。天已经很黑，潘江还没从墓地回来，老潘倒不担心他，他只是需要时间去适应，当年自己老伴走时，走出阴影几乎花了整大半年。农村的夜比小镇的夜更加宁静，四公里外的小镇最近开了两家私人的夜舞池，每一夜都有不少人去那里跳舞或者看热闹，大喇叭声震得人耳朵都要聋了。小镇北边就是南渡江，那两家舞池就开在离江水不远的岸边，每到夜里，舞曲会从舞池中传出好远，甚至连几公里外的村子都听到了。夜风把舞曲顺着水面送远，把附近乡村的心也舞动了，小镇喧闹的一面便因此存于很多人的想象中，老潘听到那隐约的舞曲，也想象出另一个完全陌生的小镇。老潘之前一直都对去世多年的老伴记忆模糊，此时整个村子都笼罩在宁静中，风刮着，不大，却很凉爽，风中的舞曲一如心跳。老潘心绪明净如水，老伴的脸在祖屋下越来越清晰，早模糊了的记忆慢慢清晰起来，心底有着的那些疑惑的地方，也随着香烛的烟气缭绕盘旋而去，在存放祖先牌位的地方，在这盘旋着最多魂灵的地方，老潘忽然看清了。他心中好像溢满着前所未有的喜乐，又好像那根本不是喜乐，只是一种从未体验过的宁静，心底空空，什么都没有，什么都能盛下，一股先凉后暖的气慢慢在胸口扩散。

他口中念念有词，闭上眼睛好一阵，转身走出祖屋。

有几条路飞往木桥

"呜呜"和"哇哇"是父亲口中发出最多的声音。那声音如此难以理解，以至于我和弟弟把双手甚至双脚都用上，也比画不出所以然，只能相视摇头。母亲不一样，她有着灵敏的耳朵，眼神也好得吓人，能清晰地分辨父亲吐出的字句长短、喘气粗细、语调起伏……当然还有他石头般僵硬的表情的细微变化。这种被我和弟弟视为不可完成的解读工作，在母亲那里轻而易举。有时我们也会觉得母亲翻译的不是父亲的原意，我和弟弟一致怀疑，父亲说话的语气，怎么会和母亲一模一样？母亲肯定在翻译过程中，加入了个人的创作。有时母亲的耳朵又灵敏过头了，从厕所里拎着裤头，急匆匆地跑到父亲的躺椅前，喊着："他说什么了？"而父亲其实在昏睡。

"那座桥，肯定是要修的……"母亲疑惑了许久，从父亲的口中翻译出这么一句话来。可能是这话太出乎她的意料，她忍不住立即跳出翻译的身份，对父亲强加批判："你都这样了，修桥不修桥，关你什么事？你还能去走一走？你还能爬到桥墩上去？"

嘲讽完，母亲又有些感伤，说父亲变成一棵树也就罢了——至少也得是体谅她的树吧？他此时无视她独自拉扯我和弟弟这两只猴子的辛苦，竟然去关心一座他永远也用不着的桥，这不能不让她心寒，不能不让她觉得他的心也差不多要硬化了。母亲被自己翻译出来的话惹得闷闷不乐，父亲却在木躺椅上一动不动，脸上像笑又不像笑，那是一种凝固的表情。

我几乎记不得父亲是怎么变成这个模样的，他身子僵硬了一半，随时抖啊抖的。但此前毕竟还能走动，这两年则是不要人扶着，就基本上只能躺着了。我问过母亲那是什么病，她丢过来一张发黄的病历单，上面写的字我都认识，却还是不明白到底是哪里出了问题。躺椅占据了父亲生活中三分之二的时间——另外三分之一，是在床上。他刚开始没法走动时，镇中学里的老师时常过来看他，有人还说他命好，说他基本上过着"衣来伸手饭来张口"的美好生活。也有反驳的："谁说王老师衣来伸手饭来张口了？他比这个还要命好，手都不用伸，嘴巴也不张，都得靠旁人伸手好不……"因是熟人，这样的笑话并不能引起母亲的反感，至于父亲，他都成为一棵树了，他的感受自然已被忽略。也有说母亲命好的，理由是，这几年，相邻的镇子发廊林立，很多男人时常往那边跑——镇中学里跑得最勤的，就是校长了——我父亲对我母亲如此忠诚，从没去找那些发廊女，我母亲的命，能不比其他女人好？

父亲早年是镇中学的语文老师，我们家自然也就在镇中学校园里。父亲倒下后，维持生计的任务自然就落在母亲身上。学校里有不少乡下学生，学校没有宿舍，没法住，很多老师就把所居住的房子隔成小间，摆上高架床供乡下学生寄宿，也给学生煮饭，收些寄宿费、伙食费。我们家里就住了十多个乡下学生，整天叽叽喳喳。房子早些年被父亲修了第二层，二楼偏南的角落，是我和弟弟的空间，和寄宿生保持着距离。

我听过关于父亲的一些传闻，说他早些年，即使不算英俊潇洒，在镇中学那一堆矮黑的老师中，也称得上鹤立鸡群。作为镇排球队的主攻手，他还参加过县里组织的排球赛，到县里的大场地接受过无数观众的欢呼。而父亲到底是怎么变成现在这个模样的，一直是纠缠着我的问题。问母亲，她不是话语不清，就是不耐烦地喊："小孩崽，问什么问？问了，你能医好？"而这一切，在弟弟那里，都不成为问题，他对父亲的事不觉丝毫不快，他是家中唯一无忧无虑的家伙，吃饱了睡，睡足了玩。在镇中心小学读书的他，据说已经培养了几个小跟班，整天行凶作恶，有时甚至守在小卖部门口，看到同学拿着冰棒出来，夺了就跑。这些传闻我和母亲并没亲眼见，而是来自前来告状的弟弟的同学父母。

母亲在这时，基本上对打上门的告状不正面回应，而是显示出了某种狡猾，她摇晃着躺椅上的父亲："你起来咯，你起来，把那小贼子打一顿，哪这么坏哦？人家都找上门来了……"她一摇晃，父亲口中就支支吾吾地发出些什么声音，她便侧耳听："你要干吗？你要放尿了？要放尿？刚放半个小时，又要放？……"母亲对着门口的来客摇头苦笑："你先……等会儿，我先扶这棵树去放尿，回来再跟你一块儿收拾那小贼子……"来客的兴趣和斗志已被消磨殆尽，扭头就走——心软的甚至还会安慰安慰，安慰出母亲的眼珠泛红。父亲那被母亲招之即来挥之则去的尿意，帮助我们家击溃了无数强敌。

那场台风是在暑假来临的。镇子就在海南岛最大的一条河流的南岸，在关于这条河的记忆里，有很大一部分是跟洪水相关的。每次台风过后，上游的水库装不了那么多水，就开闸泄洪，河水暴涨，小镇的大部分房子，便泡在浩浩黄汤之中。有些早富之人，修建了房子的第二层，便安然地在二楼窗口，看着其他人在黄汤中手忙脚乱，自豪感倍增。低洼处的房子，往往被浸泡一米多两米，手忙脚乱搬迁家具的人咬牙切齿："一定要赚到钱，把第二层修起来。"

台风夹带雨水，开始了猛烈的袭击。下午，母亲已经从菜市场带回了风雨侵袭带来的变化——菜价翻倍。母亲咒骂了卖菜人黑心肝之后，还是多买了一些菜，并且贮存了面条和饼干。我们的房子在镇中学校园里，依傍着小镇的高地"下村岭"，往年的洪水从来没有涨上过校园。母亲不怕洪水涨到家里来，却还是带领着我和弟弟把不能泡水的东西搁置到高处。每放好一件东西，母亲就哀怨地看着躺椅上的父亲："水要真来了，那棵树可怎么跑？"

天色渐黑，迷蒙之中，校园里的树七倒八歪。母亲从信号极其不好、声音断断续续的收音机里得到新的消息，说还有大风要来，大雨也跟在后头。唯有弟弟十分兴奋："要跑水吗？要跑水吗？水肯定会浸了我们家吧。"他强烈地期待着洪水的到来。雨水随着夜色变深而不断加大，母亲有时会披着雨衣到学校里的小卖部打听消息，回来就宣布，水涨到哪哪哪了。父亲被扶到床上，可他还没睡，嘴里又发出呜呜哇哇的声音，母亲用毛巾擦拭着头发，听了一会儿，骂道："又关心那破桥了。水这么大，修什么桥都没用。这条河，每年不死几个人不甘心。"

一有风雨，父亲体内潜伏的风暴也冒头应和，他手脚抽搐，口中发出呻吟。母亲把门闩死，可没法把风雨声隔绝在外，雨水从门缝渗透，一楼的地板已然湿透了。电早停了，点燃的煤油灯光晕昏黄，我很早就睡了。不知夜里什么时候，我被一种奇怪的声音吵醒。那是从父母亲的房间传来的，隐约听出那是父亲的声音，像是喊痛，却又有着某种旋律，竟像是一首歌。我想挣扎起来去看看，可浑身酸软，屋外的风雨声带着强烈的催眠力度，让我没法站起。

那声音，催我醒来，又催我睡得更沉。

第二天早上，雨小了许多，风时大时小，残枝断叶遍地都是。弟弟兴奋地喊着："跑水了，跑水了。"母亲看着他，要怒未怒。小镇低洼处全都泡在水中，很多人不得不被迫转移到高处，也就是弟弟口中的"跑水"。镇中学已经打好几间教室，让跑水的人家临时住下。父亲竟也起得很早，口中发出某种急躁声。我和弟弟不太理解，问母亲，她没好气地说："他说，扶他去看看那些跑水的人。"这倒是个难题，雨是小了，风可没停，路面全是污水，要扶着他走到教室，那不比带着一块巨石游泳容易。

瞧母亲疏忽，我溜出家门，朝教室跑去。有四间教室都塞满了人，有老有小，热闹非凡，有啃着饼干的，也有呆呆地看着别人啃饼干的。不时有披着雨衣的中年人出去和返回，报告着水位上涨到哪儿了。而其实不用出去，站在教室门口，就能瞧见低洼处的校门，已经有半个人高的位置，浸泡在污水中。跑水的人说什么的都有，不清楚那到底是哀叹倒霉还是觉得兴奋。小孩们都很高兴，已开始玩捉迷藏。

趁着雨小，我跑回家里。在门口，就听到了母亲的呼天抢地，左右邻居都在安慰她，她却没有调小音量的打算。父亲在躺椅上喘着粗气，眼睛瞪得鸡蛋一般，已经僵硬的脸皮，在试图表达某种情绪，却只能组织出一种难以说清的怪异。弟弟沮丧地站在旁边，眼珠通红，很显然也哭过。我不敢说话，悄悄地用衣角擦着头顶半湿的头发——刚刚到底发生了什么？母亲几乎是不间歇地号了十分钟，才渐渐收敛。邻居们劝说多了，觉得没意思，摇摇头各自回去。

屋外，一片极大的乌云压过来，这雨，还得下。

问弟弟发生了什么。他说："爸一定要去看水——妈拗不过他，扶着他出去，没走两步，就在那儿摔了，你看，就在那儿!"他指着门口几米外的一个水洼。整整一个上午，母亲都黑着脸。副校长带来了镇政府买的面条和黑糖，让母亲煮上一大锅，端到教室里，给跑水的人吃。面煮好了，弟弟要抢着吃，被怒气未消的母亲按在门板上打。母亲边打边叫："老的气我，小的也不听话，打死你这个气人精。"弟弟嘴硬得很："你气爸，打我干吗？你去打他！你打他!"

母亲手一松，说不出话。煮好的面条装到水桶里，母亲和我一起抬着，放到三轮车上，盖上雨伞，母亲在车上骑，我在车后面跟着扶。长长一声叹息后，母亲说："阿黑，你要听话点，你也不听话，我就真气死了。"我眼神茫然，看着头顶上直压而来的黑云，不知怎么回答。母亲说："你爸心里想着别的女人了!"我愣了愣："爸那样，动都动不了，怎么会……"母亲说："他心还能动，他心里还想着。"我忍不住笑了："真的心里想着，又有什么关系，他能做什么？也只能想想。"母亲踩车的脚立即停下："谁说他不能做什么？谁说的？他昨晚不还哼那歌了，他不是老念叨着去看桥，他今天不还死活要去看水？"我记起了……哦，昨晚，父亲真是在哼着歌啊……可，这，和看水有什么关系？又和女人有什么关系？母亲又踩动三轮车，像是对我说，又像是自言自语："也是，人都死了，还能做什么？"

我更加疑惑了，这又有死人什么事？

水退之后，整个镇子都铺上一层厚厚的黄泥。被淹的人家都在冲洗墙壁。水返回原位后，岸边青碧的茅草，也染上了层层灰黄。河边围绕着很多人，都是来看木桥的。小镇在河的南岸，要到北岸去，唯一靠的就是这座木桥。早些年还有木船摆渡，有一年，大水泛滥，木船翻了，一下淹死十多人，成为镇上人不愿触及的悲惨记忆。在那之前，镇上也呼喊多年，希望县里修一座水泥桥，这下死人了，不得了了，说是要修了，省里面也拨款了。最终也没修成，那些拨款被用来修建了县城里的一座新桥。此后，小镇上的人每到县城，都会望着那座桥叹息。为了方便，北岸一个村子自发集资修建了木桥，方便两岸人的往来，但需要收过路费，不然木桥没法维持日常的修护。每次大水之后，木桥都会被冲毁。不断地冲毁和重建，使得这座木桥，成了小镇人的念叨。这一次洪水太大，把木桥冲得比较彻底，眼力好的人，才能在若隐若现的水纹下，看出哪里曾埋下过木桩。根据母亲的说法，台风过后，父亲口中支吾着的言语，有百分之七十都是关于这座木桥的。母亲对父亲的喃喃自语，露出强烈的不屑，还带着酸酸的语气。

台风过后，天热得有些过分，热风一起，父亲就有强烈的说话欲望，我和弟弟也在他的反反复复中，慢慢能猜出他的意思。

他反复说，要去河边看看。

秋季开学之前，母亲终于松口了："黑，你和你弟弟扶那死树去看看河水。"我暗暗计算了行走速度，要把他扶到水边，天都黑了。

母亲把父亲扶到三轮车上坐好，让弟弟扶着，我踩着三轮车，朝水边去。

已经有人在修建木桥，木板和木桩，堆在河的两岸。

来到水边，一路上兴奋不已的父亲倒不再发声了。

三轮车停下，弟弟才松了一口气，跳下车，甩着手，说："麻了，麻了。"

父亲靠在车上，他也只能靠着。我试图把他扶起，他脖子硬扭了一下，表现摇头。阳光很烈，劈头盖脸泻下来。还好有些风迎面吹来，带着河水的湿气。父亲眼睛发直，像有千言万语要说。在某一瞬，我觉得他变回了那个正常的父亲，那个我早已陌生了的正常的父亲。我有点心酸，不敢看他的脸。他已经多久没有用眼睛来打量这个小镇？对于腿脚好的我们，这小镇是弹丸之地，吐痰一用力，就会喷到镇外去，可对他来说，这俨然是一片无法穷尽的浩瀚汪洋了。

一个修桥人停下手中的活儿，对着我笑："桥冲坏了，现在过不去了。得等几天。"

——他是以为我要带着父亲到北岸去吗？

那年秋季，我升上了初三。母亲最大的愿望，就是我有一天能考上大学，她幻想着我大学毕业后，她就锦衣玉食风风光光。她对此坚信不疑。她最担心的是弟弟，他的顽劣已是难以管束——母亲把这一切的根源，归结在父亲身上。各种风气吹进镇上来，赌啤酒机的、放黄色影碟的、吸毒的……到处都是诱人的场所，母亲很害怕弟弟到那些地方去。有时半天没见到弟弟踪影，母亲就开始癫狂，翻天覆地要把他揪出来。

我的同学当中，有人吸了粉，被父亲扯回家，扭到了戒毒所。也有的同学，拉帮结派，组成了一个小帮会，横扫一切，校警也对他们避让三尺。更引起议论的，是我班上一个看来最文静的女生，却被发现已经怀孕五个月，而她竟然说不出到底吹大她肚皮的是谁。我心里暗暗喜欢过她的——谁不喜欢她呢？可就是她，竟然大了肚子……这个建圩三百多年的小镇，骨子里有一种古板的东西，这种古板也让它保持着某种硬朗，不轻易为外物所击垮。可现在，很多人都感觉到一种变化正在临近——是什么，都说不上，但此前的硬朗在慢慢地消散。

深秋，学校换了几个重要领导。新的校领导刚上任不久，就把母亲找去，说是有重要的事情商量。母亲黑着脸就去了。按照以往的经验，只要是学校来找，就不会有什么好事。果然，学校是跟母亲商量父亲的事。按照校方的说法，我父亲已有很长一段时间不上课，虽然说当年办了内退，但有一些手续并没有理顺，今天找我母亲，就是商量着把材料补齐，补交一些钱；要不，学校停止给我父亲发内退工资。

校领导问意见时，母亲一言不发。

校领导又叹气又摇头。

母亲回来了。

看着躺椅上嘴角歪斜的父亲，母亲狂奔而出，堵在新校长宿舍门口不休止地谩骂。母亲的这一次出征，完全是超水平发挥，她先把父亲晾出来，占据了一个道德高地，再哭诉她这些年独自带着我和弟弟的辛苦，再接着，她便在地上打滚，滚出满身尘土。我跑去看时，完全被她的气势吓傻了，不敢拉她。弟弟冲上去了："来这里哭什么呢？要哭，也回家去哭，别在人家门口……"围聚的人越来越多。

弟弟伸出手去拉她，反被她扯住，按倒在地，狠狠地揍。在以往，母亲的手还没碰到，弟弟便会鬼哭狼嚎，这一次，母亲手上力道结实，弟弟却一声不哼。周围的人瞧不下去了，上前解救弟弟。话头就多了起来，叽叽喳喳，有人探头往校长宿舍门里看，让他出来说说话。

校长出来了。

这个新校长浑身都是圆的，这使得他说什么话都像是在笑。他笑着说："什么事，好好商量。"我也是好久之后才想明白，他那不是笑，而是严肃、绷紧的谈话。后面的事，就很顺理成章了，母亲以她的哭天抢地，取得了胜利。

当天一直到很晚，母亲还沉浸在胜利的喜悦当中，她表扬弟弟出现得及时，说要不是他去拉，她都想不到法子打动校长呢！弟弟不理会母亲，他偶尔瞧瞧我，眼中射出奇怪的光。我很清楚，他这是责怪我没有伸手去拉母亲。住我们家的那十几个寄宿学生，都在暗自谈论着什么，当我把目光扫过去，他们就都安静了。

在暑假里，给父亲擦身的活儿都是母亲来，开学了，单单料理那十几个寄宿生的伙食都够她忙的，便由我和弟弟轮流给父亲洗澡。

把父亲的衣服脱下，让他在矮木椅子上坐定，我听到父亲嘴里哼了一声。

"说什么？"

"……欧……"

欧？……是黑的意思？他是在叫我。

"怎么？"

停了好久，父亲发出一些密码般的话语："……今……今天，你你你……妈……"

我愣了许久，把温水倒在他肩膀："今天，没什么！"

父亲嘴里又哼哼着什么。我多希望还像之前一样，听不清他的发音，可近来，我发觉自己的理解能力在不断接近母亲，越来越能理解父亲的哼哼叽叽。他的发音带着浓重的浑浊，好像含着一口水，舌头在搅动水波之中，发出迷蒙的词语。听懂他的话，就是从浑浊当中，辨析出原意。说来很难，却也不难，他能说出的词句很有限，和他早些年在课堂上的口舌伶俐，已不可同日而语。理解他的话，当然也得注意观察他的眼神，那眼神看似呆滞，却掩藏着万千变化。我从未想过一个人的眼睛，可以在简单的眨动之间，传达出如此丰富的意思。

我有时只能假装不懂。

我还没把温水浇到父亲的头发上，他的脸已经有些湿了。我拧掉毛巾上的水，用散发热气的毛巾，遮住他的脸，遮住他意义多姿的僵硬表情。

我眼前空了。

听懂了父亲的话，便有了向他证实的兴趣——比如说，母亲一直怀疑他心中想着的那个女人。

说到那个女人，镇中学里的人，都知道，甚至镇上很多人，也都听说过。那是若干年前在镇中学教音乐的一个女老师。关于这个女老师，流传着很多传说。比如说她性格高傲怪异，和所有她教的学生都如同仇人，每节课，她花一半的时间在向学生训话上。又比如说，她当年可算是貌美过人，吸引了镇上无数年轻人的目光，可她一直都是一个人——她是眼睛长在头顶的人，怎么会看上那些二流子？这样的女人出现在一个偏远小镇的中学校园里，难免会引来纷纷议论，难免有许多关于她的花边新闻。她每个周末都上县城，被传成了她跟县里一个教育局领导的周末桃花开。女人们传说这些话的时候，证据确凿："就她那样子，怎么可能不勾搭一个领导？她想调回县里啊！"

传言乱出的时候，母亲就曾听说过，作为镇排球队主攻手的父亲，赢得了音乐老师的芳心。母亲从没亲眼见父亲和音乐老师一起出现过，但她坚信无风不起浪。以父亲保持得很出色的身材，以父亲教语文的能说会道，真要在镇上筛出一个能和那高傲女相配的男人，也只有父亲了。母亲和父亲闹过无数次，父亲都淡淡地说："你哪只眼睛看到？我倒是想，人家看得上？"母亲不依不饶："你果然想……你果然想……"又是一番闹腾。当然，也不排除母亲暗中去查找过证据。

那时，小镇上的男女要见个面，还偷偷摸摸的，有人传说木桥边曾是不少男女约会的场所，岸边齐人高的野茅，为约会者提供了天然屏障。我曾想象，某个淡月迷蒙的夜里，父亲外出了，母亲瞪圆她的大眼，寻遍大街小巷，寻到木桥边，在野茅中翻找，希望能抓一个现行。我问母亲："你去岸边找过吗？"母亲哼哼冷笑："我去那儿干吗？你以为人家真看得上那棵树？"她在冷笑，但语气并不硬。我想，我爸当年还没变成植物呢！母亲冷笑完，也显得有些伤感："唉，那些事，都多久了啊……人也死了……那么久，不记得了……"

音乐老师是投河死的，关于她的死，我就听到很多版本，每一个都蒙着让人心乱的桃花色。母亲叹息地说，镇上那么多张口都在传她的话，谁受得了？被人家传死的。多清白的人，被传这么多，都成了脏的了，她羞不过，才投了河。父亲在躺椅上哼着说要去看木桥时，母亲就嘲笑他："当年和她一块儿到河边快活的，有你吧？是不是想起了，要去看看？"母亲的话总是会引来父亲的一阵笑。其实，那不是笑，他僵硬的表情没法自如地控制笑容，但还是能从他的眼角边，看到一丝笑意。

我向父亲询证的，有两件事，一是他到底和音乐老师，有没有关系？二是他为什么这两年以来，一直想去水边看看？向父亲发问时，我却已经清楚，无论他回答是或者不是，都很难得到一个确切的答案。他僵硬的身体，掩饰了他的真实内心。父亲花了一个上午，才跟我表达清楚他心底的话，他认为，音乐老师根本不是投水死的，只是一脚踩空，淹死了。

我对音乐老师和父亲的关系，充满了兴趣，他们真的毫无交集，我就自己去构思出一个莫须有的故事。已经确证的一件事，是台风夜里，父亲嘴里哼的那首歌，和音乐老师有着莫大的关系。当年音乐老师负责学校的播音室，在傍晚时候，会播放一些歌曲，她的喜好，便强加给了全校的人。下午风吹起的时候，随风飘荡的，常常是一首邓丽君的歌——也就是父亲哼的那首。不仅我父亲，当年校园里所有的人，都在这首歌的伴奏下，开始煮饭和炒菜，开始打小孩屁股和喂猪。

弟弟对我的沉迷幻想，很瞧不起。他越来越有一副老大的样子，指挥着五六个小伙伴，淡定自如。母亲看到他，觉得无比焦虑；看不到，更焦虑。母亲常说："阿黑，你去问问，你弟不会又做了什么事了吧？"我说，近来根本没人上门告状，说明弟弟表现还是不错的。母亲提出了相反的看法，人家找上门的，那还是小事，最怕的，就是他去做见不得人的事。我说，按照你的说法，从没人上门告我，是不是我做了很多很多见不得人的坏事？母亲不屑地看着我："就你？放个屁都没臭味……"

一天夜里，弟弟鼻青脸肿回来，母亲盘问了许久，他也说不上一个所以然。他根本什么都没说。母亲找了一根布带，把弟弟双手反绑，挥舞着木棍打他的屁股。我上前拦，挨了几板子。弟弟不领情，说："拦什么？让她打。"母亲手腕酸了，丢下棍子，掩面抽泣。最后，是家里的寄宿生上来劝说，才给弟弟松绑了。那些寄宿生翻找来刺鼻的正骨水，给弟弟擦拭着身上的瘀青，劝他以后不要这么嘴硬。

母亲指着躺椅上的父亲，手臂颤抖。

——她抽搐的手臂，多像是父亲的。

木桥修好的时候，在北岸的收钱点燃放了一挂鞭炮。父亲不知如何得知了新木桥即将通行的消息，要求我们推他到水边看看，被母亲断然喝止。我去看了，水中已经有两个被冲毁的旧木桥遗迹——被冲毁后，水中残余的木桩若想拔出来，需要花很多气力，修桥者往往便在原址移动两三米，重新打桩。我回去后，和父亲说起了木桥边的情形。他闭上眼睛，静静地听着。

"点了炮，炮炸完了，就通路了……"

"堆……响……波……"父亲发出的声音，在我耳中自然过滤，排除掉浑浊和歧义，排除掉腐肉和杂物，剩下的意思，便是"水深不"？

"可以过桥，不深。"

父亲不再说什么。

父亲不愿提，但在母亲的含含糊糊中，在她的嘲讽、痛斥和心疼中，我还是知道了父亲对木桥的奇异感情。当年船翻淹死人后，镇里组织材料，向县里说明修建一座水泥桥的必要。父亲作为镇中学的语文老师，是镇上一支笔，他挖空心思，把材料组织得情感饱满血泪纵横，总算打动了上头。后来批钱了，可桥却修在了县城里，这让父亲很长一段时间难以接受，他不断怀疑，是他没把材料写好，才导致那座水泥桥飞了。母亲看着父亲，像看着她最小的儿子："你爸就那样，跟他没关的事，也挂心着……现在好了，他变成木头了，拿去插进水底，倒是可以当木桩。"

父亲发病初期，母亲经常以泪洗面，后来习惯了，母亲也变换了另外一副模样。父亲好的时候，母亲是性子和善，父亲发病后，她开始活力过剩，嗓门变大声嘶力竭。父亲发病后的种种事情，开始在我脑海中攻城略地，把此前的记忆驱逐殆尽，好像父亲从来便是躺椅上的这模样，好像母亲从来便是这样的不可理喻。

父亲当老师时的备课本被母亲叠得整整齐齐，好像他有一天还会站起，抖掉上面覆盖的灰尘，夹在腋下，就朝教室走去。我是在家里大扫除时发现这些备课本的，解开绑着的细绳，我像是武侠小说中的主人公在翻开武林秘籍。并没有记着什么秘密，父亲授课时的篇目，和我课本里的所学，有了一些变化，但也有相同的。本子里记着的某篇文章的段落大意和中心思想，和我在黑板上抄来的，没有多少变化。备课本的纸张已经泛黄，蓝色水笔所留下的痕迹让人疑惑，说不出本来颜色就那样，还是时间让颜色彻底虚化。

父亲好像不是太有耐心，每一篇课文的教案，开始时候工工整整走正步，写到篇末，文字笔画脱离引力，开始飞行。翻看那堆厚厚的备课本，我就坐在父亲的躺椅边，他眼角有股骄傲。我知道，那些一次次起飞的文字，是他很长一段时间的记录。这样的记录，对正常人或许意义不大，对他，却不一样。要是没有这些本子，他会不会在日复一日的僵硬中，怀疑起所有的往事？

我想在备课本中发现一些父亲的秘密，若是里面夹着当年的音乐老师送给他的纸条之类，那就更好。倒还是有些发现，比如说，一个本子的末尾那页，写着一首歌，是《东方红》的歌词，歌词顶上是谱。歌词的字，是父亲的笔迹，开始那行，整整齐齐，写着写着，又脱缰跑马了；而歌谱，则不太像父亲写的。另一本子的封三，则只有两根线条直直垂下，是一个长发女人的轮廓。我惊喜地问，这是什么？这歌谱是不是音乐老师写的？你画的这个，是不是她？父亲呆呆地，好像是搜寻了好久，才给我一个说法，说当老师时经常开会，有时听得犯困了，就随手乱涂。我照着父亲的指示，果然，在每本备课本上，都发现了一些乱涂乱写，有画在某篇讲义开头处的街上的挑担人；也有在半页空白处随手记下的胡言乱语。这样的随手记录时时出现，塞满他备课本的各个角落。我想，若是学校抽查他的教案，他会不会觉得脸红？

我正处于擅长幻想的年纪。比如说，我曾暗恋过的那个被查出怀孕的女同学，她有时只是扭头看看窗外，我便觉得那扭头的动作里，饱含着对我的深深思念。她问我一道方程式的解法，被我解读成对我的极度信赖，那个 X 的最终答案，意蕴万千，最终将指向她对我的爱情；她问我有没有看到某某老师，我又心想，她是在跟我表白吗？唉……她，怎么能跟别人弄大了肚子呢？怎么能……哦……怎么说起她了，她退学，我多心疼啊……算了，不想她了……虽然我还是挺想的。我还是想说我父亲。

我的意思是，我其实不断在幻想着，给父亲重新绘出一段被涂去的时光。那些我的幻想，永远不能被证实，却也不会被证伪。就算备课本上都是父亲开会时的乱画，谁又能否定，那首歌，不是他想到了她，想到了她在某次教职工联欢会上的摇曳生姿的歌唱，心有所动，才记下来的？谁又能否定，那长发垂垂者，画的不是她？或许父亲只是不想把五官画出，让人看到他的心事。本子空白处那些零碎难懂的句子，也难说不是父亲内心的密码。就算那个歪斜的挑担人，也像是父亲的某种难以卸下的孤独。

没有在无边幻想中滑行多久，我就被甩回现实。深秋入冬后，天气渐渐变凉，我们家也迅速陷入寒冬。母亲每天早上四点半就起床，去菜市场买青菜、猪肉和粉条，给家中的寄宿生煮早餐。我一般睡到早餐快煮好时，被滚烫的粉条汤的香味熏醒。而这一回，是母亲的凄厉尖叫，让家中的人迅速包围在父亲的床边。母亲已摇了父亲好几分钟，他还是没能睁开眼睛。此时他的四肢都在发抖——发抖是常态，可从没抖得这么厉害，关键是，怎么摇他也醒不来。邻居也围聚来了，有人就跑出去找车。天色没完全变亮的时候，父亲被抬上镇上拉客的一辆小面包车，往县城医院飞驰而去。母亲的哭诉声在冬晨的寒风中，冻得失真。阴冷的冬晨，带着强大的吸附力，吸走了母亲的呼号。一位与父亲交好的体育老师，也随车一起去了。

已有邻居老师家的阿姨，帮着煮好母亲做了一半的早餐。寄宿生们也没怎么闹，大家都心知肚明了似的，不说什么埋怨的话。他们默默吃着早餐，安静得让人害怕。弟弟不吃，一碗热汤粉很快变凉。邻居阿姨摸摸弟弟的肩膀，她的眼圈倒先红了。我对弟弟说："吃了，赶紧去学校吧，中午放学，估计他们也回来了。"弟弟蹲在厨房已经渐渐暗下来的炉火前，双手抱头，肩膀像起伏的浪。我拎着潲水，到屋子后面的猪圈把家里的几头猪喂了。天色已白，校园里传扬着清晨的广播。一首进行曲，曲调铿锵，是早操的前奏。

"哥，爸还会回来吗？"弟弟抬起头，嘴唇冻得有些发青。

母亲要在县医院照顾父亲，就没法给家里的寄宿生煮饭。下午时候，她从医院赶回来，叫来邻居三个阿姨，也叫来家中的寄宿生，把他们分成三组，在我父亲出院之前，他们就分别到那三个阿姨家吃饭，所需花费，寄宿生直接跟三位阿姨结算即可。我和弟弟也被分配给了我们家左边的那阿姨。非常时期，大家也没什么意见，都沉默着，似在等着母亲宣布那个人人最关心的消息。母亲长长舒了一口气："抢过来了，还要留医几天，问题不大。"弟弟说："我想去看爸爸。"母亲扯扯他的头发，把他的袖口整了整："你周末再上去。"母亲交代完，收拾了几套衣服，走进阴凉的下午风，去赶往县城的车。

周六，我和弟弟在县医院见到了父亲，他基本上已经恢复成"那棵树"的状态。在我们看来，这已经是"最正常"的他了。

137

病房里散发着刺鼻的药水味，走廊里吹着酸败的冷风。父亲病床前的桌子上，摆放着不少水果，母亲说是父亲学生送来的。父亲的不少学生，就工作在县城，不知从哪儿听到了消息，就赶来看了。我们进病房时，就有父亲的两个学生正挥手离开。吊着盐水的父亲当然没法说什么，可嘴角却有着一些骄傲。这是他曾当过老师的骄傲。弟弟难得地安静，他绕着父亲的病床转了一圈，在观察着什么。

父亲的眼珠子随着弟弟的移动而移动。从他眼神中，可以看出他对弟弟的爱怜。或许，在他心里，是有着对弟弟的亏欠吧。母亲怀弟弟之时，也是镇上抓计划生育最疯狂的时候。母亲后来跑到一个偏远地方的亲戚家躲着，弟弟生下后，也被寄养在那个亲戚家。弟弟两三岁的时候，性子一直孤僻，话都不多说，见到人就往角落里面躲。我和弟弟见面的机会也不多，每次带着我去看弟弟回来，父亲就连续好几天心情不好。若是母亲去看，则是她找父亲吵闹。有一天，父亲跟母亲摊牌了，他想把弟弟接回来。母亲说："你还想不想教书?"父亲说："这老师，不干也就不干了，饿不死。"弟弟就被接回来了。没等计划生育找上门，父亲便病倒了。但也听说曾找上门过，学校曾多次来商量怎么办，都被母亲给击打回去了。后来在镇上管计划生育的，换成了父亲一个朋友，母亲就去问，该怎么办? 那人想了许久，说，还能怎么办? 就这样。后来也再没人上门问这个事。弟弟也是在家里过了许久，才愿意喊父亲叫"爸"，喊母亲叫"妈"。弟弟已经小学五年级，他现在对此前住在亲戚家的记忆，已经越来越模糊，有时听我们讲起，他以为是我们合伙骗他。他终于长成了我弟弟。

绕完了病床两圈，做完了视察工作，弟弟点点头，说："很好！"

我们正发愣，弟弟又说了："还有两天，就能回家了。"

医生竟真的在两天后同意我父亲出院。

这一次住院好像使得父亲改变了一些，又好像什么都没变。父亲更加沉默了，原来的呜呜哇哇也很少出现了。母亲显得有一些忧虑，她时常站在父亲的躺椅三米开外静静看着，希望父亲能发出什么声音。父亲的眼睛，也愈加空茫，有时整整一天没说话。

冬尽春来，我和所有的毕业班学生一样，把所有的精力放在复习上，关于父亲和音乐老师的故事，我也没闲情去编造了。春天一到，天气一天比一天更热，夏天在望，毕业考试也越来越近了。夏天开始后，父亲潜伏已久的说话欲望又开始蠢蠢欲动，或许是因为太久没发声，他的声音，已经难以理解，不仅我和弟弟说不上个所以然，母亲细心倾听之后，幻想、联系、猜测……所有的招数用上，也没法翻译出一句确切的话。

我能看到母亲的沮丧，连她都听不懂父亲了。父亲终于彻底沉入了他一个人的世界，和我们隔着高高的围墙。父亲的眼睛蒙上一种浑浊的水汽，昏黄、模糊——那不像是活人的眼睛。没法行动的父亲，难道却能自由穿行在活着和死去之间吗？在气温最高的时候，我终于参加完中考，绷紧的弦一下子松弛了下来。那是一九九九年的夏天，即使是小镇上，也在风传着世界末日的讯息。考完试的同学，也不关心考得怎么样，而是到处传阅着一本不知道从哪儿找来的印刷极差的《诸世纪》。他们争执得最厉害的，是末日将会在哪天到来？也不知道是哪个同学说的，说那些不正常的人，都会给我们指示。有一次，有五六个同学叼着冰棒，在高温中来到我们家，围着我父亲，向他询问启示。母亲的脸黑沉得难看，而我，感受到了一种巨大的耻辱，操起一根木棍，就朝那几个同学挥舞过去。母亲拉住了我。那几个同学丢下冰棒，落荒而逃。冰棒在发热的地板上很快化了，我忍不住痛哭。

母亲冷冷地说："你马上要上高中了。到时候去城里读高中，可就要住校了，不能在家，那都要靠你自己了……"由于是暑假，家中没有了寄宿生要照顾，母亲也闲了下来，她让我去找一些同学玩，不要整天窝在家中。当时很多同学轮流请客，邀请伙伴到家里来玩，招待一番。父亲的事，曾是同学的一个谈资，这让我和他们交往时，总是有一些疙瘩，我拒绝他们的邀请，也拒绝邀请他们。

我又翻开了父亲的备课本。

当纸页翻开，躺椅上的父亲发出一种难以说清的怪叫，手脚抖得厉害。母亲赶忙来把我手中的备课本收走，绑好，父亲才慢慢平息下来。母亲把备课本藏到柜子里，锁好了，她害怕我再翻开，把里面的什么东西放出来。而父亲到底是想起了里面记载的什么，才让他情绪大变呢？我任由自己的想象无边放飞。在我的构思中，当年的一个教职工晚会上，音乐老师演唱了，演唱的并非邓丽君的歌，而是那首《东方红》。音乐老师用的是一种深情款款的演唱方式。这首歌罢，现场所有的教职工都沉默了。父亲也是被震傻的一个。本来应该喝彩、喧闹的场面，竟然静了下来。主持人提醒下一个节目开始后，气氛才慢慢缓解。也就是这次之后，学校里很多男老师都开始不信那些关于音乐老师的传闻。他们的理由很简单，一个生活不检点的人，怎么可能唱出这样的歌？而这一结论在女老师那边是不是截然相反，不得而知。音乐老师在学校中说得来话的人没几个，这使得她的课后生活，成了一个不大为人所知道的秘密。父亲后来和她有没有正面交集，那实在是不好说。但我想，两人肯定有过点头相视的时候。比如说，某次校园中相逢；比如说，父亲参加排球比赛时打出一记好球后，回头在人群中看到了她……因为这些，父亲在备课本上那些乱涂乱画，才有一个合理的解释；也正因为有这些，她死后，父亲才一直念念在心，三番五次要去看木桥，看她投水的地方。

我没有问母亲，父亲的病到底发生在音乐老师死之前还是之后。我没有查证的兴趣，我只会去幻想出一个好玩的故事——我不相信父亲向来是一个如此如此无趣的人。在我的幻想中，若是音乐老师自杀了一段时间，父亲才变成植物，那故事可能便是这样的：父亲曾多次在夜里蹑步到河边，望着木桥发呆；此前滴酒不沾的他，也学会了喝两杯。而若是父亲病倒了，音乐老师才死去，那故事又再次变换：音乐老师也曾想象过我的父亲出现在她生活当中，而现在，我父亲的倒下让她最后一丝希望破灭，她投进了水里。当然，若是把故事想象得更加惨烈一些，可能便是：父亲和她相约好了木桥相见，父亲没去，她便……

我很清楚，这些沉迷于自我的故事，和父亲无关，和音乐老师无关，和真实更没有丝毫沾边，但在那个所有同学都在谈论着末日的时候，我更愿意沉迷在这样的虚构里。当时，我几乎把镇上小租书店里所有的武侠小说都翻阅了一遍，有不少的小说，一到精彩的情节，便被撕掉了几页，我只能靠想象来把所有的情节关联起来——也许，我的喜好乱想就是这样养成的。

没想到的是，那个暑假后来发生的事，远远超出我的虚构能力范围。

在热气不断沸腾的时候，我接到了一所省重点高中的录取通知书。母亲左手挥着信封，右手捏着信封里取出的通知书，走完门口的左边，再往右边拐，她在向学校里所有的教职工家属炫耀她的大儿子。

当天晚上，母亲还杀了只鸡，往墙角的婆祖拜了拜，念念叨叨。她还把通知书在父亲面前摇晃，想让父亲也高兴高兴。父亲的反应并不明显，他口中发出几声沙哑的嘶鸣，像是高兴，也像是悲伤。母亲没能高兴几天，很快地，她发觉了，这张录取通知书，几乎等同于一张催款单。通知书上面写着的报到日期，是一个让她心惊肉跳的数字。在烈日下，她骑上了自行车，四处找亲戚筹钱借钱。我说，也没有那么夸张，又不是上大学。她紧绷着神经："要到省城读书了，没钱，能行吗？我得准备好……"在她眼中，我即将沦为一个花钱如流水的败家子。

八月底的时候，台风又来了。风不大，雨却不小。这场雨让母亲也安闲下来，我们几个人，蹲坐在门口，看着外面越压越黑的天，雨已经不能称之为雨了，那是一条江从天空砸落。母亲用手指敲敲我的额头："你考这么好，不让你读吧，哪甘心？让你读吧，读得起？"弟弟在旁边笑了："你就别到处炫耀你的大儿子多厉害了，连卖猪肉的歪嘴昆、开饭店的黑手义，都在传你的话了。"母亲一把扯过弟弟，狠狠在他屁股上拍了三巴掌："你要有你哥哥十分之一，我就笑破肚子了。"瞧了瞧躺椅上的父亲，她摇摇头。

大雨给闷热已久的天降了温，加上停了电，雨声哗哗中，我们都睡得很早。

那几乎是我睡得最沉的夜晚。

实在是太沉了，所以听到母亲发出尖叫，我和弟弟都醒来了，摁开床头的手电筒，呆了足有十几秒，还在怀疑都听错了。母亲的哭声传来，我和弟弟才跑了过去。母亲靠在她和父亲的房门前，表情惊恐。我和弟弟用手电搜索着房间，没发现什么异样。光束再扫了一遍……等等……房间好像空了一些……少了什么？

少了——父亲！

没人扶就根本坐不起身的父亲，竟然消失不见了。

虽是暑假，不需要准备寄宿生的早餐，可后头那几头猪还是让母亲天不亮就得起床烧火熬猪食。电还没来，等前前后后忙了一个小时，听到屋外的雨声好像小了一些，母亲走回房，在昏黄的煤油灯下，竟发现我父亲不见了。我和弟弟扶住母亲，她猛地一震："穿衣服。"我和弟弟把衣服套上，披上雨衣，就赶忙下楼。一阵凉风吹来，楼下的门是开着的，说明父亲就是从这门走的。难道母亲刚才上楼时，竟没发现门已经开了吗？

我和弟弟走进雨中。

母亲敲开了左右邻居的一扇扇门，敲亮了一支支手电筒。

要往哪个方向找？我握着手电筒，指向哪个方向，都是错的。

弟弟却闷着头，不断狂奔，我只能跟着。

身后那些被母亲点亮的手电筒，也四散在漆黑的暴雨中。

弟弟顺着中学校园跑了两圈，我的手电筒一直跟随着他。他跑在手电筒的光圈里。绕两圈之后，他可能觉得父亲的活动范围扩大了，便奔出校园，跑上小镇的街。天已经渐渐泛白，暴雨中，没人在活动。此时，街上的水已经泡到了小腿，想跑得快，是不可能的。而越朝北，水越深。河水慢慢涨上来，满眼所见，皆是汪洋。我脑子全是空的，只能跟着弟弟跑，我只能相信他的直觉。眼前泛滥的水，让我想起了同学传阅着的那本书和末日，这，就是末日吗？这，还不是末日吗？我拉住弟弟，再往北，水就越来越深，谁都不清楚哪个地方会忽然冒出一个吃人的深坑。学校里帮忙找寻的教职工和家属，在翻遍了小镇的街巷后，渐渐会集。消息已经传遍了小镇，帮忙的人越来越多。

天亮了，雨势减弱，披在身上的雨衣已经失去了作用，手电筒不知在何时跑丢了。我每跨一步，都是在拖着一条河，两腿酸软。弟弟没有放弃，还精力十足。两个男老师走过来，一个夹着弟弟，一个拖着我，往学校里拽。弟弟挣扎着，扭动如蛇，他没哭，也没有难过的表情，只是挣扎，不服输地挣扎。母亲也被几个阿姨摁坐在门口那张躺椅上，她一试图站起，立即被摁下去，有一个阿姨手上拎着一根绳子，估计都准备绑她了。两个男老师黑沉着脸，没有商量的余地，就把我和弟弟身上的衣服全剥了，扯毛巾给我们乱擦了两下，接过一个阿姨翻出来的衣服，就往我们身上套。

圆乎乎的校长也被惊动了，他来到我们家，把这当成了临时指挥中心。他让母亲不要着急，他会安排人去找。干衣服套上后，我觉得身上越来越冷，手脚不由自主抖起来——像父亲往常那么抖。弟弟的嘴唇全青了，我的，应该也一样吧？母亲望着弟弟，人都呆滞了。回来的人，不断摇头，校长越来越担心，甚至可以说是害怕了。他来回踱步："怎么可能呢？王老师……他根本都不可能走得动的啊！他连站起来，都不可能的啊……到底怎么一回事？到底怎么一回事？"也叫人到镇派出所报了案，派出所已出动查找，回的消息说，只要我父亲在小镇几公里的范围，那都不可能被遗漏——他肯定已经离开小镇了，水太大，河中没法找。

雨下不绝，有不少人已在议论，是不是又要跑水了，看这雨势，水眼看要淹上中学啊！这场雨，浇灌得每个人都心里发虚。我头痛，不停地想着，父亲到底是怎么离开家门的？他用了什么办法站起来，走出去？……我身上一阵热一阵寒，脑子每每在快要想出答案时，忽然堵死。

——又得重新想。

围聚在我家里的人，议论的重心也转移到我父亲怎么行动这件事上。所有人都想不出一个合理的答案。忽然就病好了？站起就能走了？被鬼带走了？被贼抬走了？……这些可能性荒诞而可笑。可这不合情理的事，随着雨势，不断地冲击着每个人，家里的气氛显得很诡异。

校长抬起脚，狠狠地踢在门上："总不能长出翅膀飞了吧？"

校长安排好人，轮流守在我们家，不让我们跑出去，外面水大，一旦情绪失控，很难说会发生什么。我的两个舅舅两个舅妈，也在下午时分来到我们家驻扎；爸爸的一个堂兄，也带着两个黑黑壮壮的堂哥，在傍晚时分赶到。他们包揽了家中所有的活儿，也不断轮流出去查找，就是不让我们母子三人出去。

母亲的神情越来越木讷。

我闭上眼睛，到底是什么力量让父亲站起，走进雨雾？

是什么？

大水最终没像去年一样泛滥，只是装腔作势了一下，雨变小后，河水很快就退去。之后的好些天，寻找父亲的工作没有停止，可没有任何进展。寻找范围扩大到下游十几公里。倒是发现了一具浮尸，肿成球一样，两个舅舅带着我两个堂兄寻过去。母亲在家中几乎哭死。他们很快就回来了，说那不是我父亲。母亲哭着喊着："你们别骗我，和我说真话！"大舅说："不骗你，真不是。"母亲猛地站起："不行，我得去看看，若真是……"大舅哭笑不得，喊起来："他妈的，那是一具女尸！"

木桥没有被大水冲垮，水退到桥面之下，很快便通行了。在大舅的跟随看管下，我们和母亲来到了木桥。母亲在桥头边站了好久好久，她移步了，慢慢寻找，希望发现些什么。回家后，她买了一只鸡，杀了之后，带上香烛，再次来到桥头边，开始祭拜。她指着一块四十公分高的石头，说："就是那儿，就是那儿。"

她的确信无疑，让她的弟弟——我的舅舅哭出声来。

我和弟弟都知道，父亲是不会再回来了——即使他只是那么样一个父亲，也不可能再有了。母亲时不时木木地问我："你想想，你爸到底是怎么回事？"

到底什么怎么一回事？

到底什么怎么一回事？

我试图为父亲想一个结尾：雨声很大的夜里，我们都睡得很沉——有歌声在雨声中传来，那歌声有催眠作用，我们便睡得沉。父亲不一样，这熟悉的歌声不但点亮了漆黑的雨夜，也疏通了他身上所有的筋骨和血脉，他的手脚竟能动了。歌声越来越清晰，父亲的手脚就越来越活动无碍。等母亲起身去熬煮猪食的时候，父亲竟然能坐起来，不但坐起来，还下床了，还能走动了。他推开家门，顺着歌声，走进倾盆夜雨。歌声响处，闪着微暗的光。微暗，可那是夜雨唯一的光。父亲看到了一头垂下的长发，那长发突兀而动人。父亲越走越快——已经不是走了，是飞，御风而飞，雨水落不到他身上。父亲也终于看清，光的来处，就是那座被泡在水中的木桥。雨水早已淹没木桥，亮光竟从水底射出。父亲知道，那个时候到了。他朝木桥飞去。

我以为这样的乱编，会让母亲十分生气，谁知她竟很平静，她说："若真的去找那音乐老师了，就好了。若真是，就好了。"母亲摸摸我的耳垂，我想，她其实是很清楚我所想到的另外一个版本的结尾的，她不愿说，我也就不讲。那个版本有些残忍，父亲一直念叨着想去看木桥，并非是他真要去怀念音乐老师，而是去查看哪里的水更深，更适合投进去，他知道他最终会死在水中——那是一个隐藏已久的预谋。而父亲之所以在我的录取通知书到来之后离去，是因为他要让母亲彻底解脱——他不想母亲在生活的夹击中彻底崩溃。

我后来问过母亲，那音乐老师是不是长头发？母亲的语气很肯定："当然了，不但长，还直！"肯定地说完，却又纳闷了，又犹疑摇摆了，她说："好像不长，挺短的。有一段时间，我倒是留得很长。"

最让我纠结的，当然还是那些问题，直到多年后的今天，我也没想明白：

父亲是怎么站起来，走出去的？

他是怎么飞走的？

只有飞，才能那么快消失得无影无踪，可他是怎么飞走的？

这问题，远远超出了我的想象，杀死了我所有幻想的能力。这件事不但超乎常理，也超越了想象。二十世纪最后那一年，末日预言没有到来，我却遭遇了我的末日，那些谈着奇怪言论的同学，翻开他们所信服的那本书，也解释不清我父亲的去向。他们轮流请我喝酒，向我道歉，说他们竟去开我父亲的玩笑，很对不起我。我的酒量就是在那时开始练开的。

又一个暑假，母亲清理了父亲的遗物，烧掉了。那扎备课本就在其中。书本着火之时，我想，本子上父亲不断起飞的文字，会记录着他如何飞起来的秘密吗？我拿棍要把那烧着的本子撩出来，最终停在半空。

火光烧尽了父亲的"哇哇"和"呜呜"。

捧一个冰椰子度过漫长夏日

一

"哟呵！"

——海北公调整好椰子的位置，刀光一闪，切下了一层硬壳，露出薄如蝉翼的乳白色椰子肉。椰子被摆放在我面前，用吸管轻轻一触，冰凉的椰子水在体内流动的路线是能感觉得到的，凉意自喉咙而下，荡漾全身。炎炎夏日里，这样的椰子水足以让我出现幻觉，闭上眼睛，强烈的阳光不存在了，身子已经透明，凉意透彻、翅羽轻盈，风有多高飞多高。要让椰子水冰凉，得先把椰子外层的纤维剥离，露出它坚硬的内壳，再放进冰箱。那些夏天里，我和少陵昏昏沉沉，我们的白天永远是夏日漫长，我们的晚上，总是结束于一个海北公的挥刀劈开的冰椰子。

毕业之后，我在省外跑了一圈，终于还是回到这个海岛上，我是无法北移的植物，只能被海岛的土壤所滋养，只能在海岛潮湿的空气里呼吸。我在供职的报社旁边租了房子，是六层的顶楼，三房两厅，便宜倒是便宜，两百五一个月，每月交租都像是一场自我嘲讽。这么便宜也不是没有原因的：一是偏，周围是一片片菜园，只有一路公交经过，走几步路就到了灯光不及的深黑处，一转身，发现夜里的城市像一颗不断膨胀的光球；另一个原因，则是用水十分不方便，时来时不来，房东也不愿修，抱着你们爱租不租的心态，就这两百五，你们还要租什么样的房？

少陵在内地读完大学后，去一个中专当过老师，工资挺高，却还是回到了海南——他也是无法移植北方的向阳性植物，你能想象一棵椰子树移到东北去，还能长出这剑一般的椰子叶？投奔我之后，他有很长一段时间爱在我面前炫耀，之前有一个女学生，总是往他的教师宿舍跑，暗示着要留下过夜，暗示她已经成年，暗示她某些思想不仅属于课堂，也属于客房。少陵手掌一挥，在我面前发誓："你哥哥我，是有师德的，真没碰过那女生。"斩钉截铁地说完，他又很觉悲伤，"我他妈也年轻啊，我他妈肚子里也有火啊，她那不是来折磨我吗？惨！"他的师德让他之后很长一段时间抬不起头，那女生在学校里交了六个男友，其中至少有两个是教师，这六个人都曾隐约听到少陵阳痿的传闻。这传闻到了校领导那里，就变味了，有人到处说他跟学生有一腿，他还被叫去问话，他气得把校长门一踢，拎包走人。少陵讲起往事仍无比沮丧："早知道把她给办了，便宜别人不说，我还落得一身臭。"

那个夏天我们最大的乐趣，是越过这个城市边缘小村落的阴暗巷子，到一个新建起来的超市里坐按摩椅。我们常常一坐就是半个小时，任由售货员对我们恨得牙酸——这售按摩椅的女孩也是嘴巴紧，我和少陵怎么问，她也不肯透露她的手机号。少陵当时心气很高，说只要有了那手机号码，他有绝对的信心把她泡到。我在怀疑，他想把对那女学生念念不忘的恨意转嫁到别人身上来。超市里的大多东西我们消费不起，大学毕业后，我们已经被抛弃了——我们的自得其乐，是不能与外人道的自我怜惜，是穷酸汉的自我安慰和白日梦。少陵几乎每天一大早，就跑到新建超市对面的一家网吧去投简历——接到叫去面试的电话，他会浑身打了鸡血般跳上公交车，恨不能像传销人员一样卷起衣袖、捏拳高喊"我一定行"。可每次都是灰溜溜回来，不是人家看不上他，就是他嫌工资太低、工作太辛苦。"我靠，就那三千块，还要求研究生学历？这活儿和扫地差不多，难道要研究怎么扫地？""妈呀，那办公室就臭，办公环境能好到哪儿去？不把我当狗使？""竟然跟我说实习期一个月五百七？日他娘的，这钱够坐公交？……"这些面试回来的牢骚，也让他开始怀疑之前踢校长的门是一个错误的决定，反正他真没动过那女生，理直气壮把胸脯拍得啪啪响就是了，何必要立即走人？

沮丧有传染性，我也跟着闷闷不乐。

每个周末，我在下午到一家破茶馆空耗半天，喝着一杯又一杯冰红茶，也没能把夏天狠毒的阳光抵御住，喝到最后，劣质茶梗煮出的红色茶水让我喉咙越来越痒，在嘴巴处摁一下打火机，就能表演喷火。我最早是在一个挥汗如雨的下午发现海北公那家卖椰子的小卖部的。租房子的这个村子，还保留着村中祠堂和很多瓦房，很多交错的路成了我无聊时的探寻。而这一回，我显然已经迷失在村中祠堂后面的乱巷中，明明向东的方向，在走了五分钟后，还是绕回了一间老旧的瓦房前——这间瓦房，我分明已经拐过去了三次。瓦房前面有积水，不清楚是哪次夏雨的遗留，繁茂的植物让灰黑的墙壁也散发出某种霉味。番石榴树的叶子从院子里伸出来，喷射出一种腥臭的腐败味。每棵树都是灰黑而潮湿的，连树都长满了青苔？这房子住着人吗？这院子会通向哪里？是不是穿过院门，便可从里头抵达另一个潮湿阴冷梅雨不绝的世界？我感到自己已经走到了荒野，植物遮挡了阳光，我竟然在夏天午后感觉到了寒凉。

再往前走，还是绕回来了。

我的汗已经止不住，所有的力量，都把我往那破败的老瓦房里头推。

我猛甩着头，准备推门。

"哟呵！"有人在喊叫。

我顺着声音跑，在一个拐角处溜了出去，眼前豁然开朗。这是一条做木工的街。钢锯与木头摩擦的声音很刺耳，木屑飞溅；木板在被敲打和刨光，一块块木板，正走在成为木床、沙发和书柜的半途；大妈们在麻将桌上的口角，宣泄着她们体内某种压抑不住的力量……种种凄厉的声音在合奏，为何却传不进祠堂背后那幽深的隐蔽地带？那里竟可以吸光，可以湮没一切声响吗？

我在一家小卖部坐下，店里货架上摆着香烟、啤酒、卫生纸、酱油、食盐等日用品。货架很旧，也很粗糙，实在不该在一条做木工的街上出现——这估计是店家多年前叼着烟头，用斧头随意敲着钉子钉出来的。店家是个又矮又敦实的老人，他正用砍刀剥着椰子，看到他，我就明白为什么货架是那么一副模样了——他长着一副可以敲出那么一个货架的样子。

"给我来一个！"

"黄椰绿椰？"

"绿的！"黄椰子多入药，我他妈又没病，当然喝绿的。

"要冰过的吗？"

"当然。"我才发现上衣全湿了，是刚刚在祠堂后的那块地里绕出来的汗水。日光让我眼前发白，我得深吸三口气才能回过神。三口气后，空气中流淌的锯木头所产生的浓烈灼烧味，也占满了我的鼻孔。我得猛甩头，才能把那味道驱逐。我的心跳还没减慢下来，而刚才迷失在祠堂后面的那片荒凉之地，我完全没发现心跳已经无意间加速了。小卖部前堆着小山一般的椰子，每一颗都浑圆而巨大，像杀猪佬的头。我是第一次见到一个小卖部卖的椰子这么均匀，是挑选过的。"哟呵！"店家喊了一声，刀光闪过，椰子被切得只剩一层透明的肉，摆放在我面前。

店家笑了："你刚刚从那里过来啊？"他嘴巴努努，是我刚才迷失的方向。

"是啊！还得谢谢阿公你。"

"谢？"

"你砍椰子叫的'哟呵'，才让我走出来的。"

"以后你别走那条路了。"

"那里……怎么了？"

"谁能说清怎么了？说不清。我在这附近住了几十年，以前就听说那里怎么样怎么样，能绕着走，我们都不穿过去。以前啊，这一带的平顶房都没建起来，周围都是田啊，有些还是荒地，有些还是坟地，哪像现在，都是楼，只有楼！"

"阿公，你是这里人？"

"不是，我不是海南人，从琼州海峡那边来的——海北爹！呵呵。"

"哪年来的？"

"解放前就来了！四九年来的，我当时只有十来岁，来了一年海南才解放，庆祝那天很热闹，我们都去看了。时间多快，眼睛没眨，几十年就过去了。"

冰镇过的椰子水，被激发出某种隐藏在清澈内里的动力，被日光炙烤得饥渴的肌肤，瞬间就溢满水分，我长长舒了一口气。

不断有人到海北公的小卖部买椰子，他挥舞砍刀：

"哟呵！哟呵！"

"哟呵！"

海北公也在小卖部维修电动车，经常双手油污。和他一起看店的，是他在海南一个农场娶来的老婆，一个瘦瘦的老女人。他四十多才结的婚，生小孩也晚，生了一女一男。他女儿和他老婆一样干瘦，没有一个年轻人该有的精神，有点患肝炎的皮肤涩黄；他儿子更是每天骑着一辆电动车呼啸在这条街上，头发染成奇怪的绿色。少陵说："什么颜色不好，非得顶着一头绿？"少陵也爱跟我一块儿去海北公的小卖部，除了因为这里有颗颗巨大的椰子，还因为海北公的女儿。海北公女儿的貌似营养不良，对少陵来说竟然是一种诱惑力。她有时会帮忙看店，话头一打开，倒挺能说，让人忽略掉她的肤色黯淡。她说到毕业后到处碰壁，少陵频频拍手——他算是碰到知己了。海北公的女儿说她读完大学后，也一直没找到合适的工作，目前正在备考公务员。少陵精神一振："你也报了公务员？我们是同道中人啊！有机会我们一起复习。"两人的话题，便转移到了那些变态复习题和《申论》上面。而据我所知，少陵根本没报考公务员的打算，他是要找一个套近乎的借口。

海北公女儿的出现，让少陵的心情好转了不少，他刮胡子的次数在翻倍，一条破毛巾时不时往黑色皮鞋尖上甩，以保证其油光可鉴，他对着镜子梳头也越来越精细——已经不能用三七分、四六分之类来形容了，他两侧发量比是百分之三十三比百分之六十七。很显然，他计划在这个夏天把海北公的女儿拿下。我说："你也不挑人，她那样子，像有病，那么瘦，摸上去都是骨头，感觉很不好吧……"少陵摇头："你懂什么！我大学时那女朋友，挺胖的，唉，抱一起时，她一动，我就是海上的孤舟啊。瘦有瘦的好，骨感，骨感……你不懂的！我跟你说，有的人看着瘦，一动起来，那完全另外的模样，那种野，那种浪……哎呀，跟你说，你明白？"

租住的顶楼时常缺水，我和少陵只能买来大桶，随时储水。可有时二十四小时也不来水，早上起来，发现水桶是干的，无比痛苦。我们的水龙头基本上不关，凌晨三点多，天地一片寂静，整座城市没人用水了，水终于临幸我们。喷水声让少陵和我都很兴奋，从床上爬起："水来了，水来了！"接满水桶后，我们梦游般在凌晨四点左右洗澡，再接着睡。有时晚上要急着出门，只能到房东住的三楼洗，十分不便。顶楼是有水池的，可房东不愿安装抽水机，水压一小，水就上不来——这就是我们时常断水的罪魁祸首。我们让房东安装抽水机，他拍拍他的大肚子："安装了，还每个月只收你们两百五？"我们说可以每个月涨三十嘛，他还是没安装，他的兴趣点就是和我们炫耀他在海南建省初期的光辉岁月。旁边一个建筑工地的手摇井，成为我和少陵夏夜的最佳去处——井水清凉，可因为是露天的场所，我们得对周围走过的人不管不顾，得对多扇窗口中扫射着我们身上三角内裤的眼睛表示漠然。

我们不愿搬地方，固然有贪图便宜的原因，可更多地，是为了逃避搬家的兵荒马乱。我从学校带出来的几百本书，成为每次搬家时的梦魇。当时我奔涌着一个虚幻的梦，总以为自己能写出一个旷世的故事。我把正在写着的故事大纲讲给少陵听，他当即断定："你不可能写完这个故事。"他的坚决映衬出我的眼高手低和内心发虚。而我之所以还在写，是我发现，当我的手指没在电脑键盘上敲击的时候，内心便阵阵抽紧，躺下来后，一直挣扎几个小时也不能入眠，任由眼前由黑变白，而黑全部转移到了眼圈。这当然已经是某种精神方面的病症，可这病要怎么治？我只能把这当成夏天的附属品，等到这个夏天过去，或许便会好了。

这个城市边缘的村子，建筑杂乱无章，为了尽量多占一点空间，每家每户二楼以上，窗户都紧挨着，恨不得只留一张纸的缝隙。挨得太近也让一些隐私不再成为隐私。有一段，我发现少陵在阳台埋伏着，斜眼往楼下瞧，我要过去探究竟，他却跟我摇摇手让我别过去。事后他才说，他选到了一个最佳位置，可以看到对面楼下一个女租客在洗澡间的活动。他比画着："胸有点垂，但屁股很圆，她把沐浴露往身上一涂……"说着说着，他眼中的欲望再也压不住，当即取出手机给海北公的瘦女儿打电话："喂，是我啊。你呢？你复习到哪一章了？那么快？你出来教教我吧……好的，我在祠堂门前等你咯。别让我久等啊！一会儿见啊！"挂掉手机他就到行李箱里翻找避孕套，翻出两个不知是何年何月的遗留，他塞到钱包里，急不可耐地狂奔下楼。他把楼梯踩得回音不绝，咬牙切齿的声音朝上升："我发誓，今晚一定要把她放倒。一定！"

他当晚果然没有回来。

之后我在海北公的小卖部见到他女儿，她总是低着头，怕我知道什么心事似的。而我则在观察着她的脸，看看她是不是因为和少陵的激情碰撞而不再那么干枯？

我有意逗她："那晚……你……"

"什么那晚……你……什么？"她脸色通红，却紧紧瞪着我——她竟然会脸红了！单单凭这一点，少陵就功不可没。久旱逢甘雨总是喜事，久旱逢甘雨能让人从焦渴当中回过神来，让体内的血液流淌更顺畅。我在汗水淋漓的夏日午后喝冰椰子，又何尝不是一次又一次的久旱逢甘雨？

"哦，有一天晚上，在超市门口，好像看到你，又不敢喊，那是不是你啊？"

她把椰子重重地摔在我面前，目光逼人："不是我。你看错了。瞎狗眼了你！"

我的欲念没有少陵那么直接，没有他的直白高喊，没有他赌气一般要在海北公的女儿身上驰骋，可我也在无数的夜，被折磨得双眼通红，有时只能把欲念射向夜色，想象着漆黑中有亮光闪耀，想象着我射出的欲望能有一个承的人。我大学时也是交过女朋友的，是班上的一个女同学，我们在便宜的小旅馆有过狼狈不堪的第一次，又在不同的便宜旅馆当中有过一次又一次对身体的贪恋。临近毕业之时，女朋友去深圳实习，没到半个月，她就回来提分手，理由是性格不合。"性格不合"是一个万能的理由，可以是嫌弃另一个人丑、没钱或者已经移情别恋。她的所谓"性格不合"的真正含义，我是在和她一同前去的一个女同学口中知道的，她和公司一个人对上眼了，那人有车有房——至少，他们在深圳开房时，不是五十一晚的破旅馆。再之后，虽然没有正经谈过女朋友，却也在一些场合，和不同的女生发生过关系——我在报社编着、写着社会一片光明的稿子，而身体常常和我所说的南辕北辙，滑向难以说清的暗夜。没有固定女友，在这么炎热的夏天，是难以打发掉体内的火气的。

在少陵和海北公的女儿打得火热的时候，有一个女同学来找过我——当初告诉我女朋友"性格不合"真相的那个女生。少陵知趣地先走了，把六楼留给了我们。我却和她谈着不着边际的话，谈着我心中那浩瀚无边的故事，谈着这个夏天再长下去，冬天就被挤成一个喷嚏的时间了。我的口沫横飞直到她的哭声淹没了整个屋子才停止。

她是湖南人，毕业后一直留在海南，工作却不太顺利，她是来向我告别，要回去了。大学同学在毕业后大多没了联系，内地同学留在海南岛上的不多，她几乎是硕果仅存的一个。在无边的哭泣声中，她说她父亲已经病重，而有精神病的母亲，是没法照顾父亲的，她得回去。以前她不愿回老家，是不愿回去看那让她发疯的现实，能在这座岛屿上躲避一天是一天，可现在……她仰起汪洋般的脸："我还能来海南吗？"

"你爸病好了，随时可以来啊！"

"说得容易。"

"是啊，说得容易。"懂了说得容易，就说也不愿说了。

长久的沉默后，她靠了过来。她的唇是热的，在我脸上游走。我伸出舌尖，却吻到她脸上咸咸的泪水。这泪水让我没法把体内的欲望释放出来。她的呼吸急促，皮肤开始渗出汗水。她口

158

中发疯的母亲、生病的父亲也交替在我面前闪现；闪烁着的，还有大学的那女朋友——已经成为了一个女孩的母亲的那女朋友。

"这是中午。"我说。

"中午怎么了？管他的。"

这多不像她，大学时的她，是这样吗？我试图想起她在学校的模样，可脑子一片空白。阳光射进房间，周末的午后，顶楼的风是燥热的，我也开始出汗。我开始回击，把她的衣服瞬间剥下来后，她的身子便窝在我的身体下。淌着汗的身体很腻，一摩擦交错，皮肤就牵扯得有些痛。我准备更进一步，她却忽然间失去了兴趣，用力推着我。我手一松，她趁机把衣服拉过去，盖在身上。

我也从失神中回转过来。

夏天就是这样，一个激灵足以消散我们所有的激情——阳光，是阳光左右了我们的所有欲念与行动，阳光是夏天里所有神志失控的罪魁祸首。

我赶紧说："你等着，我下楼一下。"

穿好衣服，我跑到海北公那里抱回两个冰椰子。

她低着头接过去，长长地吸了一口，马上又从眼角淌出："你说，我还有机会再来海南吗？"

她的话中夹着冰凉的水汽。

少陵无论如何不相信我和那女同学没有发生关系。他认为我是不是憋太久，憋坏了？或许，我此时在他眼中，就像当初他有师德时在那女学生眼中一样。我当然没法和他说，想当初，这女同学一直跟在我女朋友身后，她对我的过去太一清二楚了——对于一个知道自己底细的人，欲望哪是能招之即来、指哪儿打哪儿的？我当然也没法和他说，是我们身上冒涌的汗水，让我们忽然之间兴趣索然。我当然更没法说，欲望上来了，可她病重的父亲、发疯的母亲幻影重重，我所有的动作都在多重目光的注视下。

"你他妈伤了人家！我肯定。"少陵语气坚决。

"怎么又变成伤人了？"

"当然是伤人！"少陵恶狠狠地说，"我算是想通了，当初那女学生想找我，我却装傻拒绝，这是最大的伤害。你说，她会不会因此怀疑自己毫无魅力？她会不会是因为我的拒绝，才疯狂地找所有能找到的男生去放纵？要是我当初没了师德，或许那便是她一段美好的记忆。你那同学来找你，无非是因为她害怕面对她家里不是病就是疯的惨状，无非是想跟你在一次亲热中彻底放松，好有勇气去面对家里的事，你竟拒绝了，你说你不伤人？她或许还抱着一丝留在海南岛的希望，所以才来找你，若是你给了她机会，她以后就有借口再来这个岛，你却屁没干，你这不是堵了人家后路？你还有脸说你没伤人？"

少陵恨铁不成钢，而我的恶人不当也不行了。

"浪费。"少陵十分沮丧，"你那同学……唉，真……浪费。"

二

敲门声很轻，很羞涩。

我开门的时候，海北公的女儿拎着一袋橙子："少陵呢？"

"他出去了。你没他手机号吗？"

"他不接我电话。"

"哦?"

"你们是住这里吗?"问完这句话,她都觉得问题比较无聊,探头观察我们的房间,笑了笑,"这是送给少陵的,帮我转给他。"

"你们……闹矛盾了?"

她沉默了好一会儿:"算是吧。"她把袋子挂在门把手上,转身下楼。

我正要掩门,却听到楼梯里传来少陵尖厉的喊叫:"你来这里干吗?"

"我……送点橙子……给你。"

"我需要你送吗?"

"我……"

"你怎么知道我住这里?你跟着我是吧?是不是我回来的时候,你跟着我?"

"我……"

"你什么?你以后不要来找我了,我不想再见你了。在电话里讲得很清楚了,你为什么还要过来,你脸皮能不能不要这么厚?"

"我……"她的声音带着哭腔。

"走!滚啊!"少陵跑上来,摘掉挂在门把手上的袋子,往楼梯下扔,同时喊道,"你的东西,拿回去。别他妈来惹我!"少陵用尽全力,把门摔得整栋楼都为之一震。摔门声之后,是长久的声音空白,是比喧闹还要拥堵的寂静。少陵脸色狰狞,我想问什么话,却不知从何问起。在我印象中,他们好起来闪电一般快,没想到闹起来也这么雷厉风行。少陵脸红脖子粗,靠着房门直喘气。

敲门声再次打破寂静。少陵几乎疯了："你想怎么样？"他狠狠把门拉开，就要冲出去，我赶紧过去，拉住他的手臂。他没有冲出去，是房东黑着脸站在门前，少陵要是收脚慢一些，已经撞到他身上。房东没说话，轻轻地摸着他的门，把门摸完，又摸摸门框，自言自语："材料比较好。"我和少陵尴尬地看着他，他也不正眼看我们，只轻轻地甩出一句："真摔坏了，你们赔！"他转身就下楼了，没再谈其他事——而正是他留下了这空白，更让我们觉得他高深莫测，更让我们觉得他还有厉害的招数没施展。房门再次关上，楼下的哭泣声也若有若无地传上来，让少陵的烟一根接一根。

哭声在我们这栋楼响了有半个小时才消失。

少陵一直没解释他为何跟海北公的女儿闹掰了，他好多天沉浸在某种不稳定的情绪中，有时甚至半夜忽然爬起，在大厅里转圈，自顾自念着："去他妈的，去他妈的，去他妈的。"我被吵醒，看着他发红的双眼，丢给他一根烟和火柴盒。烟抽到一半，他的情绪才渐渐缓和下来。夏天的夜，一直到了这后半夜，热气才有消散的迹象——今年的闷热无边无际，老是给我错觉，要再这么下去，路边的房子也得晒化掉。少陵丢掉烟头："你是不是觉得我对她太狠了？"

"跟我无关。我倒是担心以后不敢去她那儿喝椰子水了。"

"我也说不清为什么。原来都好好的，也出去了好几回，一直没事，说不清是怎么就一下子这样。"

"年轻男女，都这样。"

"我倒觉得和那天有关系。"

"什么？"

"那天，我们吃完消夜后，要去找旅馆的。我想走近路，要从祠堂后面穿过去，她不肯，说那里太暗了，还说她爸说过好多回，祠堂后面不太吉利。我心急，哪管那么多，就钻进去了，她也只好跟着走。一直绕了二十多分钟才找到出口。那天晚上，在旅馆也很没情绪，后来就再也不想见她了。不瞒你，我刚刚还梦到祠堂后面那破房子了。我在想，是不是真的像她说的，那条路鬼怪多，我进去后，撞邪了？"

少陵的脸在灯光下，散发着某种灰白气，我也有些发寒，想起第一次发现海北公的小卖部前，也曾迷失在祠堂后面。那地方不是荒地，可那里生长着茂密的植被，在这生长速度奇快的水泥钢筋面前，那些树与杂草像是另一个世界的产物，散发着某种颓败、潮湿、阴冷的气息。那间老旧的瓦房，在白天也阴森森的，谁晓得那里面藏着什么？少陵显然也被自己所说的吓到了，只能再点燃一根烟，可手还是抖的。夜终于起风了，风是凉的，带着水汽。憋了那么久的水，终于要溢一些了！

我不愿关窗，让风更大一些吧。

一场热带风暴持续了好几天。天地成了一张嘴，吼叫着，暴雨是嘴中喷出的唾沫。少陵在暴雨之中整天闷着头睡觉。大雨喷射的第三天，我在清晨反应过来，雨水已经从窗缝渗透墙壁，靠着墙壁摆放的书，已经吸水吸得满满胀胀。我和少陵把一本本书在大厅敞开来晾，心情败坏到极点。这些书一直没能找到一个摆放的好位置，跟随着我挪了几个地方，常常是落满灰尘后，被我抖掉；再落满灰尘，再抖掉。可现在吸了水，抖不掉了。天好之后，在阳台上晾晒，它们却都歪歪扭扭，变成另外一副面孔。雨水之后，我只能买来厚麻袋把书都装进去，眼不见为净。

房东一直没来和我们算摔门的账，并非他对此事不在乎，而在于他也陷入了很大的麻烦。在好多天里，经常有五六个年轻仔堵在他门口，高喊着要见他。这几个年轻人要么头发颜色怪异，要么根本没有头发。他们在楼下不断地踢门，地上丢满果皮和纸屑，他们甚至在墙上贴纸，上面用红色油漆写着"欠债还钱"之类的话。为了表达他们的愤怒程度，一楼的墙壁已经被喷射了几个大大的"×"。这个代表未知数的符号，一直让房东躲着不出现。女房东从菜园挑着水桶回来，扑上去就拿扁担追打那几个年轻人。他们也不逃，抢过扁担，在墙角那狠狠一砸，断成了两截。女房东愣了好一会儿，才知道反应不能太慢，立即蹲下来大哭。年轻仔被这哭声扰得心烦，就踱步到巷口去啃甘蔗，眼睛瞪着我们这座楼，口中喷出甘蔗渣，希望守到房东。

　　女房东猛地想起什么，跑上楼来找我们借手机。拨通房东电话后，她喊着："那些死路头的又来了，你别回来，你回来，人家打死你……"为了显得强势，她迅速跑下楼，直奔巷口而去。我们在阳台上纳闷她要干吗，她已经搂住一个小年轻的大腿，号哭不止。那年轻人也有些傻了，对着她的震天哭声，实在是不好下手，反过来求她："你放手，你放手啊！我要回去了。"她却抱得更紧，哭得更撕心裂肺，不知情的人越来越多，都盯着这几个年轻人看。年轻人摇头晃脑，很想从人群中钻出去，却被堵在中间。被抱着大腿的那小年轻更加惊恐了："快放了我吧，我保证不再来了，真的，保证……"他不断挣扎，趁女房东手一松，跳了出去，从一个人缝隙中钻了出去。其他人见势不妙，也顾不得了，纷纷跟在他后面跑了。女房东则立即收拾了哭声，身上的灰尘也来不及拍，立即回到楼下，去撕贴在墙壁上的火红的字，还拿出铁丝网洗刷墙壁上的"×"，可由于没有喷上香蕉水，红色的痕迹一直没散，反倒像是消融进了墙壁里。

那几个年轻人连续来了一个星期，房东就在外头躲了一个星期。房东再次出现时，红光满面，不像出去躲灾，倒像是享受了几天。而我在一个午后和海北公说起房东时，他手指一摇："你说的，是不是那个圆肚子？"房东浑身其他部位不胖，就让他的肚子十分晃眼，尤其他爱扎腰带，肚子更是显得气象万千。

"就是他。"

"那小子，脑子精。吃吃喝喝骗了多少人？人家来找他要债呗！"

"他爱骗人？"我的兴趣被调起来了。

海北公劈开一个椰子递给我，嘿嘿地笑了笑："这附近上、中、下三个村，哪个人不清楚他？看他都跟瘟神一样。"

"怎么说？"

"海南建省那时候，房地产跟什么一样疯狂，有的家伙昨晚还是睡垃圾堆的，第二天已经身家几十万了。那圆肚子当时是个浪子，他当中间人，帮人买地卖地，赚疯了。那时我也是胆子小，屁也不敢放，不然也不像今天这样。有老板想买地，却不是本地人，不熟悉，他就介绍，收中介费；没两三年，据说他就赚了两百多万。他在这几个村里，出名得很，是最早富起来的人。有些人想发财想得眼红，争着要卖地，没门路，也得找圆肚子——他是既赚买家，也赚卖家啊，这中间人两头赚啊。你说他肚子怎么大的？那些年里，他每天吃喝玩乐，能不大？以前还更大，村里人都传说他总有一天，会像气球一样炸掉。"

"他也是很有脑子啊？"

"脑子是有了，但有时也转得快了点，村里被他坑了的人，不在少数。当时他财大气粗，可不管这些，在外面养了几个小老婆，整天不回来，他老婆要问一句，难免被拳打脚踢。他卖的地多了，认识的老板多，现在他那房子的建材，都是直接从那些大老板的工地上拉过来的，一分材料钱不花，就把几层楼改建起来了。唉……"海北公说着，就苦着脸望着小卖部斜对面的一个工地。那是他近期在开工当中的房子，地是早些年就买下来的，却一直没钱修建，近来传闻说城市规划已经到了这里，再不建，若是拆迁队来了，什么也赔不到，难免落得两手空空；当然，还有另一个原因，是他那绿头发儿子已经在外面带着女孩子玩，修房娶亲已经是迫在眉睫的事了——据说他女朋友肚子大过一回，因为绿头发没婚房，她硬是不肯去登记，借钱把胎儿打掉了。海北公钱不足，房子便修得慢，时停时建的，成为他永远挂在心头的事。

"你说他那么有钱，怎么现在还整天被人家追债？"

"像他那么花，印钞厂也不够用。他在外面养的几个娘们儿，哪个是省油的灯？都得拿钱去换。何况，也没折腾几年，房地产死了一大片，好多老板上吊投海，他欠人家钱有什么奇怪？不过，我也怀疑啊，那圆肚子不是没钱，是有钱，但就赖着不还。我跟你讲，越是有钱人，越是欠钱多；越是欠钱的人，越是有钱花。我们这勤勤恳恳的，说得好听是老实，说得难听是傻子。"他又说得有些激动，拿刀狠狠地劈着面前残剩的椰子壳。

在他的刀光闪闪中，我有些迷糊。我时常会犯迷糊，当我把一口冰椰子喝下去的时候，眼睛闭合，深呼吸，会有飘浮起来的错觉。这个感觉短暂而虚幻，当我试图去体验里面的真切时，却又消失无踪了。我想，对我来讲，夏天午后的冰椰子，是致幻剂，能让我在某个瞬间，从眼前的杂乱当中脱离出去，能让我在逼人发疯的炎热当中，感受到阵阵秋凉。由于和海北公的女儿相处又闹腾，少陵也不敢跟我一起到这个小卖部了，甚至在他面前谈到椰子、椰子糖甚至槟榔，也得小心翼翼。在小卖部经常可以看到海北公的女儿，她见到我，不闪躲，甚至还会问我："他怎么样？"

"还好。"

"他是不是有女朋友了？"

"我没发现，应该没有。"

她又低下头，去翻看那些厚厚的备考公务员的书本。在她安静地翻书时，我又狠狠地喝了一口冰椰子水，眼前浮现那个回老家之前来看我的大学女同学，回忆我们因为汗水而无法完成的亲热。有时我也想，是不是因为没有完成，才会让我一遍又一遍想起？但，有时我还是避免不了内心那最真切的想法——若是当时我们在夏日午后互相撕扯出彼此的声嘶力竭，这个无聊的夏日，会不会有一些改变呢？辰光无聊，我总是忍不住希望有改变，但改变是什么，谁知道呢？她若是在我身子下面浑身颤抖，然后哭出声来，那不也是一幅我手足无措又渴求已久的画面？

她前几天给我发来短信，说她的父亲已经救过来了，可她的母亲——那有精神病的母亲，却在一次热风中狂奔向村子外的孤山，等到被村人找回时，已经成了一具僵硬的尸体。她说，她失去了母亲，可她竟觉得轻松，终于摆脱了，那是长达十数年的梦魇——她的复杂感受，我能从理智上理解，我知道一个精神病人对所有家庭都是难以释怀的捆绑，她母亲的死去，给了家里其他人重新去生活的机会。理智上的理解，不代表我能体会到那种纠缠与痛苦，不代表我能分担一丁点。我唯一能安慰她的，就是说节哀，说还有更好的日子在前头。她倒没有表现出某种情绪失控，只是在一个深夜，她拨打了我的电话，没有说话，只是在手机里抽泣，悲伤穿山越海而来。她哭了有半个小时，才轻轻地说："你说，我妈是不是想让我们再活过来，所以才去山里的？"

我给不了她答案。

某一个瞬间，我甚至已经脱口而出："你还……"后面的话是"来不来海南岛"，可我却忽然停顿。她在那头等着我把话说完，我尝试好多回，也没法把话接下去，直接把手机挂了。

海北公的女儿合上书本，闷着头走出小卖部。在喷火一般的午后，她的步子好像不沾地，飘浮在滚烫的地面。海北公猛地把刀一甩："喂，你别从那条路走！"她好像没听到，海北公站起来，高喊一声："我说的，你没听到啊！"他女儿才回过神来，一转身，消失在一个拐角处。海北公慢慢坐下："我这女儿啊，最近不知道是怎么了，老是没魂。还老是要往祠堂后面跑，告诉过她那里不干净，不能去，她闷着头就要去。唉，衰起来，打喷嚏也要掉两颗牙。"我不敢跟他说他女儿和少陵的事，不然很难说他不会提着他砍椰子的大头刀冲上我们所住的六楼，对着少陵展开一番生死要挟。

喝完最后一口椰子水，我再次闭上眼睛，祠堂后面那片不是荒野又貌似荒野的所在迎面扑来。

三

　　房东回家第二天，便是他老婆和他没完没了地争吵。缘由是她在洗衣服时发现了他口袋中竟然藏着安全套，竟然还是连成一串的三个。不是一个，是三个。鬼知道他在之前还用过多少个？这还不算，和套套在一起的，还有一瓶药丸子，她扣留下来，去问了药店后才知道，那是壮阳用的。她骂人的话层出不穷，但大意就是，她守着这栋房子，一个人对付着那帮上门的讨债者，可他竟然那么不要脸，竟然在外头只顾和他的老相好风流；那死鬼，多少年没碰她了，可竟吃了药去养外面的妖精；风流也就罢了，还把痕迹带回来被她发现。

　　噼里啪啦，是碗筷破碎的声音；乒乒乓乓，是铝锅摔到地板上的声音。

　　少陵在阳台那儿探头往楼下看，边看还边预告：

　　"鞋子丢出来了！"

　　"靠，现在是水桶。"

　　"哇，手机也丢了。"

　　……

　　战事升级的后果，是房东不敢马上出门，以免落入又去见妖精的口舌。他只能到六楼来，把门紧紧关住，以便阻挡他老婆摧枯拉朽的哭声。他还替我们考虑："这六楼又没水，还整天有人在门口闹事，我老婆又吵，你们还能住得下？真服了你们！你们还是搬吧，找好地方就搬吧。"虽然刚刚经历过一场不能反抗的伏击，房东却没有任何风度的减损，他的衬衫还是扎在裤腰带里，皮鞋是尖头的，光亮如新，发型纹丝不乱，蚊子踩上去会摔断腿。少陵对他的临危不惧表示佩服，连忙递烟上去讨好。房东也不客气，还让少陵帮他点着，他吐了一口烟气，伸出手指用力地敲着屋门："这声音够清脆吧。那天你这小子那么用力还摔不坏，你以为这是随便什么垃圾门？告诉你们，我这栋楼，都是最好的材料盖的。"

"是，是，房东你有钱，肯定买了最好的材料。"少陵笑着说。

"我还用买材料？跟你们说，你俩小屁孩，没见识。我当年，帮多少老板买过地？这些建筑材料，我一分钱没花，都是从那些工地上直接拉回来的。这些材料都是检测过的，最好的，我没花材料钱，只花了工钱就把这房子修起来了。我对我老婆还不够好？村里几个人有这么好的房子住？我早跟她讲过，让她别种菜，坐着收些房租过日子，她偏不肯，整天泡得跟个泥人一样，身上都是浇菜的猪尿猪屎味，能跟我出去见人？你们看看，我这身衣服，我老婆那样，和我在一起，还搭配？她爱苦命，我也没办法，她不让我有面子，我也只能找别的女人啦！"房东说得激动了，把烟头随手丢了，两只手交叉着抚摸着他气息饱满的肚子。

"是，是，是！"少陵完全赞同。

虽然还叫"村"，村委会配套干部也一应俱全，但无疑这个村子已经淹没在高楼之中。上、中、下，是相邻的三个村子，三个村子多年前是一个宗族三兄弟分枝散叶发展起来的，有同样的祖先，共用着一座祠堂，便也有了相同的向心力。在全岛各地翻修祠堂的风气里，这一座并不恢弘，墙体也有些年头了。邻接着

170

城市边缘，村里人脑子都很灵活，大多都在城里有着生意，祠堂里拜神的香烛便没断绝过。每家每户对财神的敬拜时间也不一样，有人说了："别人都在初二和十六拜，我们也跟着，有什么意思？在别人不拜的时候我们拜，才是虔诚。"祠堂前面的鞭炮灰不曾断绝过，随时都是红红如血。我和少陵在祠堂前徘徊许久，也没想好要不要去祠堂后面那片荒凉之地探个究竟。

我们也已经在村里打听了好久，知道那片地有着一些不太干净的过往。那要追溯到几十年前了，村里大多数人也说不太清楚。有日本人追捕的革命者逃到这片地方，村里有人告密，日本人进村之后，由于无法确认哪一个才是追捕对象，杀了一大批无辜村民。这些被杀的人，被集中掩埋在现在祠堂后面这块地的一个大坑里。时过境迁之后，各家各户想来迁坟去单独安葬，却已然没法在那堆枯骨中认出各自家人，在八音队的吹吹打打中，各自认领了一些枯骨。也有一些没人认领，就又重新就地掩埋。后来便有人说这个地方很玄，而之后几十年，村里人口剧增，原先的宅基地安置不下，这块地也成为住房的用地——可谁愿意住这里？只能抽签，有些倒霉蛋抽到下下签，只能接受上天的安排。海南建省初期，村里不少人发了财，决定重修祠堂，选址时竟选中了这里。村人分成两派，反对派说修祠堂要选风水宝地，怎么能选这种阴森的所在？赞成派则说，正因为祠堂气旺，修在这片地方，可以镇邪，住旁边的人也可以不用整天担惊受怕了。请来风水先生选址，他则在这片"邪地"边上选了一个地方，算是让双方都有台阶下。可祠堂修好之后，其后面的住户，有能力的都已经迁出，在新的宅基地上建房——谁也不愿和村神、境主当邻居。剩下的两三户，被吸光血气一般，显得愈加破败了，他们的瓦房和院落在周围五六层的平顶房掩映下，又成了村人绕行的角落。

"管他娘的，走吧！"趁着日头正旺，少陵率先闯进祠堂后面。

我只能跟过去。

强烈的阳光让一切都无所遁形，树影摇曳之下，闷热之中透着丝丝凉爽。上回有些泥泞的小路，已被晒得发白。各种草在疯狂地长，好像要拼命长到苦楝树上头去。那三间被我们想象得阴森的瓦房，在这个中午散发出某种安静的气息。有一间瓦房还修了院墙，我们凑到院墙边往里看，里面洁净干爽，四棵番石榴树的枝叶把院子遮盖了一般。屋里应该是有人住的。少陵有些失望，他想来寻找的那种说不清的东西，连一点痕迹都没有。他说不清那晚他和海北公的女儿绕到这里到底遇见了什么，而眼前的一切，或许和强烈的日光有关——这么猛烈的日光下，有什么经得起晒呢？

可我第一次在这里迷失，又是为何？

"走吧，去喝椰子。"少陵有些失望，却又双眼放光。

"你还敢去人家店里？"

"为什么不敢？"

后来，少陵才说，和海北公的女儿闹腾后，他有时欲望来了，无处可泄，在夏夜里无比折磨，翻来覆去翻来覆去，翻出一身的汗水津津。他需要到祠堂后面把那迷惑他的东西找出来，然后丢掉。他得再去找海北公的女儿来耗散身上无穷的精力——夏日那么漫长，何时才能秋风起啊？

少陵的自信，再次得到了海北公女儿的回应。他们有时也不去开房了，就在我们租住的房间里，或者压抑着声音，或者放开来叫，完事之后，再每人端着一个椰子喝。那段时间里，他们天天在房间里做爱，不觉疲倦。少陵房间里那种腥味，门都掩不住，简直是在破墙而出。

他们快活的时候，我却在那些夏夜里难以入眠。偶尔睡着了，却被无边无际的梦纠缠不休。在那些梦里，有一部分是和祠堂后面的有关。我总是长时间陷入那走不出的小道中，无论如何也走不出来。到了最后，我总是放弃走出来的希望，盯着那个院子的大门，盯着从院内伸出的番石榴树枝叶——我想翻墙进去。我就翻了，墙上插满了碎玻璃，我坐在上面，觉得很柔软，好像那是草，温润清新。碎玻璃让我在墙上流连好久，我还是准备往院子里跳。这一跳让我一直下坠，没有尽头，坠落到我绝望时，一声"哟呵"才把我唤回来——我躺在床上。后半夜的房间，黑得没有一点光。也是此时，我才想起来，我是不是已经丢失了自己？在夏天里，我一遍又一遍说着别人，却没发现，自己像是在中午的阳光下，影子消失了，只是空无，是一个没有灵魂、无所事事的无聊汉。孤独潮水一般涌动，我再次陷入梦中的那个绝望深渊，可，现实里再也没有一声"哟呵"把我唤醒。

四

房东在一次夜行中，被一群人以麻袋套头，拳打脚踢外加棍棒，他鼻青脸肿不说，右脚踝还被硬生生打折。那群人临走前丢下一句狠话，下次就不是这样了，他们已经准备好刀子，下次要挑断脚筋。据房东后来说，他掏出手机准备报警，发现手机已经四分五裂，就没有报。他很清楚是谁来找他的麻烦，可是没有任何证据，他也不敢把事情挑大，毕竟，他还欠着人家很大一笔账没还。房东老婆在中医院看到他右脚已经夹着厚厚的木板，立即报了警。警察到医院问了一些话，房东顾左右而言他。警察走后，房东一巴掌扇到他老婆脸上。"废物，狗屁都不懂……"房东拄着拐杖，在我们面前恨恨地说。在他看来，他和对手的争斗，才刚刚开始。

而少陵和我，则要考虑另找地方住了——我们是租客，可房东的对手不一定清楚，难说他们不把我们当成房东的儿子、侄子或某个远房亲戚。我们有看热闹的心，却没有参与到热闹当中去的胆。

房东被打断了脚的事，迅速在村里传扬，海北公也在我去喝椰子时，悄悄拉我到一边问个究竟。证实之后，他冷冷地笑："他也有今天！"

"阿公，你跟他……"

"我跟他？"海北公摇摇手，"他早该这样，他做了多少坏事，早该被打死。"

听他口气不平，我也不好多问，可他却自己忍不住了，他指着祠堂后面的那片掩盖在绿色当中的地方："你走过那里的是吧？你看过那里有间院子？"

我点点头。

"建省之前，那里人气挺旺。后来，就是你那房东，带着人来买村里的地。买卖嘛，总有赔有赚，这也正常，可他带着的人，常常在合同上作假，村里种田的人抠文字能跟那些人比？有些人不知轻重，合同一签，吃了很大的亏，钱没拿到多少不说，有些人去打官司，却被判得倾家荡产。好多人祖屋都卖了啊！你那房东不帮村里人，帮着外人来骗，他那张嘴又会说，把胸脯拍得震天响，多少人上当啊！"

我对这个村太陌生，这里不是我的故土，可我知道人从土地上被连根拔起的苦痛。我只能等着海北公继续往下讲——我知道他话匣子一开，肯定就会倾泻完。他从小卖部门前堆着的椰子山中拎起一个，砍刀一斜，开始剥皮，发出一声"哟呵"后，继续讲："后来，有老板看中了这块地，想圈下来盖一个练车场，在你房东的穿针引线下，大多人都签了合同，就有一家没签。没签的那家是村里一个种菜的，母亲很老了，只有一个脑子发木的儿子，两人哪懂一个字，就认死理，说那是他们生的地方，卖了还怎么过活？就是不卖。这事闹了一两年也没停歇，签了合同的人，恨她母子恨得要死。在那两年里，也是怪，那地方经常有人见鬼什么的，晚上还有人在那儿哭。那只闷着头给菜地挑水的儿子，整天被一帮年轻人围堵在菜园之外又是打又是嘲笑，终于有一天，他一咬牙，吊死在院门之外的那丛竹子上。那竹子后来烧了，谁还敢留着？死了人，那可就是大事了，你那房东也不敢逼紧这事了，听说他族里人也在酒桌上给他脸上泼过酒，说做得太过分，以后族里祭拜，他就别回去了。也有些风言风语传出来，说闹鬼的事，是他叫人装扮的，为的是吓那老女人；打笨儿子的那群人，也是他的安排。你说可恶不？人家死了人，他却发了财，这世道啊，就这样。"

海北公拉开冰箱，把削好的椰子放进去冰冻："人一死，村里有些年轻人就开始闹了，再加上准备买地的老板周转不顺，这事就搁了一段时间。后来形势不好，搞房地产的老板死了一批，听说准备买地那老板也在其中，他在西海岸投海的，捞上来时，

175

胀得像一头肥猪。你那房东的中介日子也做到头了，当然，他也赚饱了，他的钱多着呢，欠账却不还，不把他的脚砸了，砸谁的？那个祠堂，是建省后，村里一些人赚到钱后修的，把祠堂选在那里，好啊，你也知道，祠堂一修，可就不能随便拆了，村人都得拜着这地方，把这村子拆光了，祠堂还得留着。要把祠堂也拆掉，花的工夫太多，很多老板不愿意耗进去，往往祠堂边的地，也没人看得上，这下，那种菜的老女人，也就有一份保障了，至少到现在为止，再没人来问那地卖不卖，再过几年她死了，村委会再卖，也跟她没关系了。"

海北公摇摇手，让我凑近，他压低声音："谁都不知道，祠堂选在那儿，是我的主意。我是海北过来的，在这儿不能随便说话，会惹祸，可那风水先生是我介绍给村里的，他选在那位置，其实是我的一份私心——要是祠堂不修起来，什么时候有人看中那块地，那老女人不得跟她儿子一样吊死？"他把头抬起，嗓门变大，"那块地，说鬼怪也鬼怪，不鬼怪的话，住在那儿的人怎么都没个好结局？走过的人都难免流冷汗，我都得绕道走。但是呢，也不是地坏，是人心坏了——你那房东就是。你们还是早点另找地方住吧，再住那儿，难免会惹祸啊！"

五

这一年的闷热一直持续到晚秋。

随着秋意终于抵达，海北公的女儿在我们宿舍出现的时间次数越来越少。当长袖衬衫套到身上后，她终于不再出现。少陵也没有多少焦虑，好像他体内的躁动，已经随着闷热的消减而消减。而天气一凉，有着些许迷幻作用的冰椰子水对我的诱惑也变得微弱了，我不再在海北公的小卖部露脸。才上班没多久，少陵在办公室待的时间越来越多，说是下半年了，公司里忙得很，都在赶业绩。有一天他在墙角翻到两本书，呆呆望了一会儿，就丢到垃圾桶里去了——那是公务员考试复习书。我问："怎么把书丢了？你不准备考了？"

"从来就没打算考过。当时为了追她嘛，装装样子……"

"现在不需要装了？"

"她要找真正的公务员，我这装装的，就算了吧！"

也是在我的好奇心追问之下，他才简单地透露了几句。大意是，海北公的女儿曾跟海北公说，谈了个朋友，是在公司上班的。海北公则表示强烈的反对，说他这些年见人见多了，多少大老板，腰缠万贯，却不得好死，最占便宜的还是公务员，她不谈就罢了，要谈就得找个公务员。"我一没兴趣考，二是大半考不上，那就不谈了呗……"少陵头有些低，"她说是她爸想让她找公务员，谁知道是不是她自己的意思？她怎么想，谁知道？"少陵对此事的无所谓，倒并非是他不介怀，而是他公司人力资源部的一个女的，已经同意和他出去喝茶、唱歌。少陵进这公司，当初就是那人力资源部的女的最先面试的他。在同一个公司上班，那就好办了，虽然办公室的人对人力资源部那女的都不大愿多谈，都觉得她有些刻板，可少陵还是打听到了，她单身。其实，单身与否也是不太重要的，少陵目前心里开始觉得，貌似刻板的人，若是疯起来，那是谁也挡不住的。他想去试一试。而没过多久，他证实了自己的猜测，那女的，果然疯。按照少陵的理论，在夏天里，他需要有发泄的对象，凉风渐起，当然也得有人抱着取暖。

听说少陵和海北公的女儿散伙后，最兴奋的却是到六楼抽烟的房东。他哈哈地笑："散得好，散得好。以前我是不想讲，现在既然散伙了，我也不妨说说，真跟那个排骨精，你不得衰死？"少陵却容不得别人说他的前任，声调高了起来："你说谁排骨精，你说谁？"他就要去夺房东手中的拐杖，我只好拉住他。房东的脸也顿时黑沉沉起来："我也是好心，话听不听，是你的事。我讲的就是那个排骨精，那个海北贼的女儿。"少陵把我一推，抢过房东手中的拐杖："你他妈骂谁贼啊？你他妈骂谁啊？"房东摇摇晃晃了几回，扶住墙壁才站住，他黑沉的脸散开了，嘴角讥诮："那砍椰子的不是贼，还有谁？"少陵把拐杖挥舞得风声呼呼，也没能把房东的嘴巴唬住。

房东等拐杖慢下来后，缓缓说："建省那些年，我帮过这个村里多少人？有些人生病，缺钱，想卖地，求我帮忙；有的生意周转不灵，也找我帮忙救急，我也帮忙了，可换来什么？你们小屁孩懂个屁！我换来的，是臭不可闻的名声。就是那海北贼，当年他见我赚了钱，想跟着我一块儿干，求了我两个月，我都不愿带他，我知道，有些事介入的人太多，就坏了。后来他说他确实缺钱，家里什么人在医院等着救，让我务必带带他，我也是心软，喝了两口酒，就答应了他，给他赚了几回钱。那贼子不感激也罢了，后来还想撇开我们自己做——那就撇吧，他也脑子不笨，还真给他谈成了几回。但他妈的也太不像话了，当初有老板看中了现在村里祠堂后面那块地，我带着老板去看了，双方谈得好好的，他却暗中作梗，说有别人出了更高的价，硬是把这事坏掉了。他出了高价，要真的卖了也没啥，他那是胡吹牛皮，后来那地不一直拖着？硬是要破坏我的生意。"

他面红耳赤，言语中有一股喷涌而出的愤怒，少陵反而静下来了——毕竟，房东现在骂的，并不是少陵睡过的那女人，只是那砍椰子的糟老头。房东见声势占了上风，立即乘胜追击："要不是海北贼的使坏，那块地也不至于变成现在那个样子，路都没人敢走。要是当初卖了，这个村子也不是这个鸟样了。人家那大老板后来因为这事拖着，一下周转不灵，后来倒霉，垮掉了，投海死的；我还没死，现在脚不也坏了？这都跟当年那事有关，我不骂他骂谁？这些年他蹲在小卖部里跟孙子一样，那他活该，就他那德行，就活该没起色，谁还敢跟他做生意？他活生生把他自己的名声搞臭，他还在这一带装好人呢，你们知道他名声多臭？后来祠堂后面那个女人来找过我，因为她的傻儿子伤重，缺钱救济，还不是我出了钱，海北贼出过一分？后来那傻子没救活，但我是出了钱的！海北贼到处说为了保住那块地，暗中叫风水先生把祠堂建在那儿什么的——他真当自己菩萨了？我跟你们讲，那贼人就是心里嫉妒，觉得他没法舔到，别人也别想吃成。你说，我不骂他是贼，我骂谁？你这小子，你和他女儿分开了，是好事，就他那心理，能看上你这样的？"

或许是最后一句话刺激到了少陵，让他不得不想起了海北公的女儿因为他不是公务员而提出分手。他猛地爆发了，把手中的拐杖往墙面丢去，咕咚，反弹回来，在地板上蹦跳着。也是因为他这一掷，我才知道，有些事并非貌似不在乎就真不在乎，海北公的女儿先开口还是少陵先开口，意义是完全不一样的。

房东缓缓捡起那根拐杖，狠狠地敲了敲地板，转身下楼，从楼梯间丢上来一句话："你们，搬家吧。明天就得搬，后天无论这房间里有什么，我都清掉。"

六

"我父亲已经过世，冬天来了，老人一个接着一个，抵不住。我离开了村里。我父母都不在了，这里对我来说，是空荡荡的。我只能离开。"

——我的大学女同学，没有给我打电话，没有给我发短信，只往我的电子邮箱里发了这么一封没前没后的邮件，就彻底消失了。看到这封邮件时，我立即拨打了她的号码，那边已经传来提示空号的声音。连续拨了十三回，我才彻底死心，手机里的声音永远不会急躁、永远充满真诚的耐心，以至于我在一瞬间怀疑起，这个人有没有存在过？我试图想起她的名字，可二十分钟后，才发觉这是徒劳。我问了少陵，他也是在我的提示下，想了十几分钟后，猛地一拍脑袋："哦！是她啊！"再没下文。后来，在一个偶然的场合，我遇见大学时的班长，问起那女生的消息，那班长眼睛瞪得老圆，说我们班有过这么一个人吗？记忆就是这么操蛋，她的消失，让很多事情都变得不是很确定。她当年和我女友什么关系？她真的有一个发疯的母亲与生病的父亲吗？她为何在离开海南岛之前找到我而不是别人？她给我的一封邮件，是不是寄错了，她需要跟我说明这些事吗？

唯一确定的，是她真的彻底消失了，之后再回想起，心中则只剩下一个念头：我当时多傻，为什么不跟她来一回？当然，随着冬日愈深，这种欲念也往往被寒风逼得不敢露脸——我们，也都把头缩进衣领中。经过一个无比炎热的夏天后，海岛的天气来了一个大的颠覆，要报复我们一般。我和少陵搬的新住处，离原来的房子不远——被房东逼走的我们，来不及细想，只在隔了几间房子的地方，租了一个单间，很拥挤，但冬天里正好互相取暖。

也就在春节前的一个月，原来的大肚子房东，在一家茶馆喝下午茶时，被一群年轻人冲进去打倒，他的左手无名指，被一把铁钳当场剪掉，惨叫声传出好远。有人报警后，警车开到现场，房东已被送去医院包扎，茶馆里只留下一摊血。茶馆老板往自己脸上扇巴掌，说每个月的初二和十六，都记得拜财神爷的，只有上个月他去别处吃酒，忘了，立即摊上这倒霉事。在他的店里流了那么多血，他的生意还怎么做？茶馆老板不得不休了两天生意，请来附近法力最强的人到店里驱邪。

据说警察问了大肚房东不少事后，大肚房东把一些事供了出来，他很清楚袭击他的人是谁。对方也没逃，等警察找上门后，他供认不讳，准备迎接即将到来的一切处罚。可是，他同时也写好了诉状，把大肚房东欠钱未还的所有证据列在其后，准备把房东告上法庭。大肚房东的那根断指，成为这个村子冬日中最被热议的话题。女房东显然已经被吓得神经分分，整天拎着一个竹筐到祠堂里祭拜。随着年底的到来，祠堂也显得比以往更加热闹，外头永远都有鞭炮响，永远都散落着一地红色的纸屑。

祠堂显得热闹除了因为春节的临近，还有一个原因。据说祠堂后面出了一位婆祖，就是当年那个死了呆笨儿子的老太婆。这位婆祖也是最近才显出法力来的，她曾教给一个买彩票者四个号码，那人把一些街道卖彩票的都横扫了一遍，中了有六十多万，成为一件天大的新闻，中奖者也给婆祖包了一个大红包。后面就陆续有人去找她求号码，她却不再说了，她把理由说得很坚决："我告诉你们号码，那些卖彩票的不就得败家破产了？"她越是不说，越是引起一些人的好奇，以为她不过是胃口太大，都许诺要给她什么什么的。她一概不理。她倒是更愿意给一些人占卜算卦，教人怎么躲避灾祸。

这个老太婆如何变成了一个通晓天地的神婆，成为一个谜。在很多人印象中，她是大字不识一个的，可眼前她甚至还会掐指算卦，还会在红纸上写下你的运程，还会画出一个符，让你带回家安在某个角落或者烧灰泡水喝下去。总之，她是忽然之间，就成为被供奉的人的。甚至有一度，她门前的香客，比进祠堂祭拜的更多。常常发生的事情是，祠堂前刚刚吊起一挂鞭炮，祠堂后面的那座院子，已经噼里啪啦轰炸了起来，让吊鞭炮的人吓得后退两步。村里很多人固然是半信半疑，却也开始有人拎着菜肉、捏着红包前去探访了。对于村人的问询，据说她知无不言言无不尽，可一个人除外。

大肚房东的老婆也知道她老公以前和这神婆有过节，可眼前的形势，不得不去求人——求神了。她买了一只大猪头，包着够她一个月伙食费的红包，前去请求指点迷津。可刚刚进院子，那个大猪头就被丢出门外，女房东只得快快地捡起沾满土灰的猪头，默默地走了，她也不敢咒骂，她对有神力的，都心惧万分。

少陵也想去问问这个神婆，他的运势什么时候到来。

我笑着说："你也信？"

"试试看嘛!"

他买了一箱饼干,拉着我一起去。

绕过祠堂,眼前却已经是完全不同的一幅景象。冬日阴沉,那些树都病恹恹的,可由于最近来的人多,阳气很旺,杂草已经显出退却的迹象。有风吹过,却不再是阴风,而是夹杂着丝丝缕缕的香烛味。跨进院门,里头的番石榴树依然在招摇。院子里还站着四个人,都是从这个城市的某个角落赶来的,他们已经聊得很熟。神婆模样的人,并不在其中。很显然,还有人在屋里问询神婆。我只能继续打量这个院子,这院子里竟然有着某种奇异的洁净,木叶不沾地,水泥地板不染尘。少陵已经和那等着的四个人聊成了一块儿,他们互相打听着从何处听来的这位神婆的神迹,讲着他们不得不来到这里的理由。

不一会儿,屋里已经有个大妈出来,满脸通红,少陵和那四个人要围聚上去问点什么,那大妈摇摇手,闪身出了院子。有一个秃顶男人立即进门去了。神婆接见竟然还有规律,每人大概只见了十分钟,在这四十分钟里,我坐在一棵番石榴树下,猛然涌出某种奇异的悲伤。这悲伤没有来由,更不知朝何处去。我眼前不断闪现着那个给我发邮件后就消失的同学,她竟然和我记忆中的前女友的脸重合了。她们竟然有着一张脸吗?我又想起,毕业后,到底是什么力量推着我,让我住到这个城市边缘的村子来?又是什么力量让我浑浑噩噩,像一个飘荡的幽魂?我看着这棵番石榴树,眼前一个恍惚,竟然看到上面结着一颗硕大的椰子——我浑身一颤,那颗椰子没了。

少陵拉着我进入屋内。在我们后面,又来了两个等候的人。屋内很简单地摆设着一张有靠背的老椅子,神婆就坐在那儿。她身边的地上，已经摆满了人家送来的礼品。她面前还有一个香炉，边上还有烛台。少陵把那箱饼干放在地上，说："我想问问我春节后的运势。这一年我说不上衰，但也谈不上好，我想知道，春节后，我会不会有转变？"神婆盘腿坐着，头发梳理得纹丝不乱，面目安详，完全不像一个困顿多年的孤寡老人——是不是多年前呆笨儿子在家门口的吊死，也让她顿悟了某些东西？神婆拿出一对占卜的木片，让少陵丢了三回。神婆淡淡地看着，等少陵把木片交回原处，她让少陵把生辰八字都告诉她，她掐指算了好一会儿，淡淡地说："你春节后，事业会有起色，但男女的事，可能不太顺。"

少陵脸色一下子就黑了。神婆还是淡淡地："也不是春节后，你现在就遇到男女问题了是不是？"少陵更是一下子紧张了，双手摩擦着裤腿，他是想起了海北公的女儿，还是想起了单位里那个人力资源部的女同事？少陵赶紧说："你说的事业有起色，怎么说？"神婆说："你适合自己出来做事，不适合在人家下面打工。"神婆说完，就闭上眼睛，再也不搭理他。少陵便掏了二十块钱，塞到神婆左手边的一个功德箱里，招呼我出去。"等等。"神婆又睁眼了，她竟然指着我，有什么话要破口而出，可她终于压制住了。我想要问她，她却又闭上了眼睛，我的话也就缩回肚子里。我只能把她的手指当作某种暗暗的提醒，把那当成她对我的好意，我也掏出二十块，塞进那个功德箱。她的神色一直是淡淡的，既不欢迎，也不排斥。她闭合的眼睛没有再睁开的意思，我们只能离去。

又有一个人进屋来。

老实讲，神婆最后的那句"等等"，确实让我好多天十分忐忑。我不知道将会有什么祸事，正快马加鞭朝我奔来。一周之后的一个深夜，一场雨不期而遇。冬天本该是梅雨，可这场雨却离奇地大，让我和少陵不得不几次醒来。第二天，我才发现雨水从没有关紧的窗户吹了进来，滴进了我放在窗边的电脑主机。进水的主机在我摁动开机后，噗地响了一声，接着便是烧焦的味道——电脑报废了。我抱着主机跑下楼，打的直奔电脑城。维修店的人闻着那还没散尽的臭味，检查了机箱："主板烧了，硬盘也坏了。"

我顿时陷入绝望，这意味着我写了将近一年的那个故事，终将成为一片虚无。那个幻想中的故事能不能旷世已经不重要了，关键是这个故事陪着我长途跋涉了整整一年，是我一年来没有虚度的唯一见证，可它在一瞬间就化为了虚无。这一年的时光，没有留下任何印记。这不是手写稿，手写稿着火了，至少还能存些灰，这电脑一坏，灰都没有。我不知道这是不是就是那神婆所指的事，但这事，确实能把我摧毁。之后的好多天，少陵一直对我很愧疚，他说，要是当初他不说那句"你不可能写完这个故事"，或许不会这么衰。

雨中的冬日真冷啊。

七

春节之后，少陵从那个公司离开了。离开的理由他也不讳言，和他睡过好多次的人力资源部女孩，在私下和经理也有一腿——其实不是有一腿那么简单，在少陵进那公司之前，她就是经理的情人。经理找少陵谈过一次，少陵就识趣地从那公司离开了。他和那女的吃了一次散伙饭，据说她在咖啡馆里涕泪横流。少陵很快找到一个合伙人，一起合办了一家印刷厂，合伙人出钱，少陵负责拉业务。正如神婆所言，这竟成了少陵事业的转折点，他竟开始顺风顺水。而由于印刷厂离我们租房的地方太远，少陵很快在厂房附近租了另一套房，搬离了。

春色萌发的季节，我成了孤家寡人。

春节后不久，天又渐渐变得燥热，这个村子则到处宣扬着各种消息，说是政府规划已经下达，这个村子将要整体搬迁。几乎在一瞬间，村子里布满烟尘，到处都赶着加盖楼层，也有挖土机进来了，开始挖地基，盖新楼。与此同时，则是一些戴着眼镜的人，左手拿着本子右手拿着笔走在村子里，他们是在记录房子原来的层数，为以后的拆迁赔偿存档。而有两个记录人员被莫名其妙地砸伤后，村子里的气氛很快就紧张了起来。按照传说中的规划，这里将会成为一个大型社区，高端奢华。村里那些有头面的人物，天天在茶馆里泡着，商量应对之策，大肚房东作为对房地产深有研究之人，也参与其中——但很显然，此时的他和多年前已经不一样了，他的房子将是被拆的对象，和他多年前靠此赚钱的心境完全不同了。他凝重的神情、一摆一晃的身影，是茶馆里最让人印象深刻的画面。

我所在的报社，由于在春节期间报道了某些官员收礼现象，被上头一个匿名电话打来，说是那些文章里有影射现实里的某个人，对某个在位领导的声誉造成了无端影响，一批编辑被处理了，我恰好也在其中。对于丢掉这个工作，我好像也不是那么焦虑——可能我也觉得目前温吞水般的日子需要一个推力来让我做出改变。我重新走进人才市场去投简历，在折腾了将近一个月后，找到一份网站编辑的工作，那工作有时要上夜班——也就是在办公室的电脑上删掉一些敏感的帖子。我也准备在新公司的附近找房子，避免整天赶在路上。那几百册图书，再次刺痛我，要论斤卖掉，实在不值几个钱，刚好我即将去上班的那个网站上，有人发出帖子，给山村孩子捐书什么的活动，我按照上面的地址，把所有的书寄了出去。物流的车停在楼下，一袋一袋的书被丢到车上，激起阵阵灰尘——而我终于轻松了。

那个电脑，我也论斤卖了。我去年一年，就值八块三。

收拾妥当，已经是三月底，这个海岛已经热了。我忽然想起海北公的小卖部，就踱步到了那里。海北公并不在，只有他的女儿在守着店铺，周围仍然是木工店里传来的锯木声，尖锐凄厉。他女儿看到我，愣了好久，也不说话，默默地从冰箱里拿出一个椰子，刀一劈，摆放在我面前。我闭上眼睛，椰子水通过吸管流淌进我体内，某种幻觉似的画面再次浮现，夏天又要来了。

"他怎么样了？"她终于还是问了。

"早搬离这里了，也有一段没联系了，也不清楚怎么样。"我交给她早就准备好的答案。

她好久才说："也是，没有谁，是完全离不开的。"

小卖部好像布满了灰尘，应该是很长时间没打扫了。我随口问："你爸呢？"

"回老家了。"

"哦？都现在了，还没过来？春节过了好久了。"

"他不会来。他回老家了——死了。"

"你说什么？"我手中的冰椰子顿时着火了，从手掌中滚落地面，椰子水洒在地面上，椰子身上滚上一圈沙尘。

"他身体很硬朗啊！"

"是啊，很硬朗，可一摔，就再也不硬朗了。"她仍旧面无表情，手指一横，指着她家正在修建的房子，竹架还没拆，那房子还是没有竣工，"那房子修修停停，我爸在上楼监工时摔了一跤，从楼梯滚下来。也不见得摔得多重，可他心急，说他打听清楚了，说人家看中这村子了，要赶紧建好，不建好，到时拆迁了，屁都没赔到，一辈子的积蓄就打水漂了。他一心急，伤也没法养，后来就说胡话。我们劝也没用，他说有知道消息的朋友传话出来了，这村子的规划快完成了，他急得整天上火，又发愁去哪儿借钱把剩下的房子收尾，他这么一着急，哪受得了，后来……春节前就走了，当时挺冷的。"

"没想到……"

"我们也没想到。我爸快死时，竟然让扶他去祠堂后面那神婆家看看。他以前老是说那里不吉利，让我们不要从那儿走路，这一次也是鬼怪，主动去。我妈为这事，闹得要上吊，可气都快断的我爸，却坚持要去。最后，我妈认输了，她亲自推着三轮车把我爸送去那神婆家。神婆看了后，也没见好，我爸倒是看开了，说人各有命，说这一回死也好，活也好，都是注定的。他还说他自己早该死了，有些事错得太离谱，能不死？……反正，从神婆那儿回来，最后那几天，没一句话正常的。我妈为此气得不再理我爸，我爸死后，她也不哭，只生气，还咒那神婆，总有一天也不得好死。都是神人，都鬼鬼怪怪……"

她呆呆地坐在我对面。

又过了好久，她才问："你还住这里？"

"快搬了，换了新的地方工作。今天才把我那些书处理掉，可能后天就搬。"

"都走了。"

"都走了!"

"晚上,我去找你?"

"我不住那大肚家里了……"

"我知道你住哪儿,晚上,你在?"

我不能不在。

　　她在十点刚过时,拎着两颗冰椰子来到我的房间。几乎没有任何过渡,我和她就纠缠到了一起。收拾得一片狼藉的房间,根本不适合两个人躺下来,可我们用某种奇怪的姿势,完成了暴烈的燃烧。在那一刻,海北公的女儿,和那个消失的女同学,和我的前女友融为一体,我分不清。其实,怎么分得清呢?她们急促的叫喊、呻吟和呼吸,都差不多;她们身体的扭动,眼神的无望,差不多。当然,在海北公女儿的眼里,我是不是也跟少陵差不多呢?行军到后面,她已经彻底失控,脸上全是泪水,哭喊不绝,好像要趁着这个机会,把所有的积郁倾泻而出。一次倾泻不完,那就第二回、第三回。

　　本就狼藉的房间,更加乱了。我们每人捧着一个冰椰子,任由椰水中的致幻剂在体内游动。

　　夜空中却有人凄厉地喊道:"起火了!"

　　我们从窗口探头去看时,楼下已经有人陆续朝着火的地方跑去。

　　根据深夜里的目测,着火的,竟然是村里的那座祠堂。我说:"我们去看看。"她却拉住我,扯掉我准备穿上的衣裤,把我按在墙角:"管他的,去他妈的,烧光光了才好!"外头的呼喊声越来越大，她也扯开嗓子，把自己的嘶喊融入救火的队伍当中去。我们不管外头消防车的声音，不管外头救护车的声音。她一副准备战死沙场的模样。少陵当初说得没错，她瘦是瘦，可是……一直厮混到午夜一点，她才起身回去了。我不无疲惫地下楼，混迹在拥挤的村人中。

消防车已经把火压了下去，可祠堂东南角也倒了一块，由于火势过大，里面摆放的神像，也烧了好几尊——没烧的，也被强烈的冲水枪冲得七零八落。村人已经出离愤怒，他们面前摆着的水桶大多已被摔坏，有人不断喊着一定要把纵火犯揪出来什么的。在他们的七嘴八舌中，我知道，祠堂边上神婆的那座院子已经被烧塌了，从废墟里被送上救护车的神婆，还不知道能不能救过来。有人则在哭笑不得，那神婆到处给人看命，能算到自己是这个模样？

我挤过人群，走到祠堂后面，刺鼻的烟气仍很呛，让人涕泪难止。那座院子已经烧毁，墙壁倒塌，周围打过来的手电筒的光，一遍又一遍从那已成废墟的屋子上扫过。院子里的番石榴树也烧得不剩什么了，零星的枝叶从坍塌的墙壁中伸出手，像在呼救。我心中涌起的，又是一种自我怀疑，我是否真的在这后面的巷道中迷失过？我和少陵是否真的拜访过里面的婆祖？村里很多人都是看见这块地方就要绕道而行的，可眼前的惨景，激起他们的阵阵悲伤和愤怒，激起他们某些沉睡的记忆。有人说起那婆祖的好，说起她不是婆祖时，曾于何时在河边救过一个落水的小孩，曾怎么把一个受了腿伤的人从路中央移走，躲过一辆呼啸的大货车。以前那形同死去的老女人，随着屋子的烧毁，在人们心中跳跃，她的面孔清晰、亲切，充满祥和，她那阴气森森的房屋，也变成了温和的所在，变成了福地。村里的女人们都很担心，都在议论着，那辆驰往医院的救护车，能否把村里这个近乎完美的女人救过来？

有些脑子灵活的人已经信誓旦旦地说，是不是看上这块地的开发商叫人来纵火的，目的是先把祠堂端掉——祠堂端掉了，根也就断了，后面的工作，就很好做了。当然，这也只是怀疑，甚至连这个村子已经被政府规划好，也还是捕风捉影的事，那个传说中的"开发商"，又哪里露过脸？

村人在猜疑的同时，也都盯着一个人——大肚房东。他少了无名指的左手握紧拐杖，站在已经熄灭了火的祠堂边，站在所有村人的注视里，他的脸色不能不陷入某种难以言说的沉重。他心里是不是想起了多年前帮别人买这块地未果的往事？或者，他想起了他和那院子里的婆祖曾有过的谁都不曾知晓的过往？他握着拐杖的手在发抖，手背青筋暴起。

——所有人都在等着他说出今晚第一句话。

在人缝里，我看到海北公的女儿朝着我笑，她左手捧着一个新砍好的冰椰子，右手在招，我闭上眼睛，某种幻觉又出现了。

夏天已提前到来，哟呵！

海里岸上

岸 上

　　午后三点半，老苏搬着条凳到家门口不远处的木麻黄林中，开始他一天中最惬意的时刻。木麻黄林里吹过来的海风，裹着浓重的腥臭味。这种味道好像能腐蚀一切，海边人家的门窗，若非擦拭上厚厚油漆，就会在其摧枯拉朽之下，锈迹斑斑。有的人锁上房门离开半年，回家时，阳台、窗口的防盗网就会在手掌的揉捏下，碎成满地锈渣。唯一能抵御海风侵蚀的，只剩下海边生长的植物，尤其是木麻黄。木麻黄在海风的梳理之下，针叶根根分明，好像是浮动在空中的有形光线。老苏的工具不复杂，不过是木工用的小斧头、凿子等，加工对象是一块木麻黄树的老根。两年前的那场超大台风，让靠海的地方满眼狼藉，风过后他走在残枝断干的木麻黄林里，内心滴血。一棵被风连根拔起的木麻黄树绊倒了他，爬起后，他望着那团盘根与错节，心有所动。几天后，他借来锯子、斧头，把老树根截断，找来两个后生，抬到院子里放着。老树根在院子里放了快两年，他还没动手，在此期间，他买了木工工具，在很多小玩意儿上练手。真正对老树根动刀，是在大半个月前——他觉得，可以开始了。

他把交错的根须全都除去，剩下光滑的木块。他学会了用铅笔、量角器、尺子等，还开始画图——那是一艘船的造型。他想把那艘记忆中的船，以缩小的方式，用一整块树根雕刻出来。他并不急于完成，每天在这片树林里的时光，是独属于自己的。阳光仍然猛烈，海面吹过来的风是有重量的，但从此时到傍晚，风会越来越凉快。他刻几刀，就停下来，抽一根烟。收拾回家之时，地上丢了半包烟的烟头。他其实很少坐到暮色起，而是在接近五点左右收拾整齐，到镇上的茶馆里喝杯下午茶。镇子和渔村挨着，是海南岛上最著名的一个渔港，多少年来，一代代"做海"的人，从这里扬帆航向广袤的南中国海。穿过村头往北就是港口，但他步子很急，不敢多看那个他离开、回来无数遍的海港。他已经很久没有机会到海上去了。

茶馆里人声鼎沸。说话的人为了压住杂音，只能把声音喊得更高——人人都在嘶喊，却连对面的话都听不清。老苏还是听到了一些，大概是关于这座小镇的。小镇近些年已经完全变样了，早先那个落魄、凋敝甚至可以说被某种悲伤笼罩的港口，显示出某种迸发、昂扬的新面貌，高楼快速建起，还修建了海洋工艺品一条街，引来不少游客。街角那家店，据说生意最好，老板早已是千万身家了。但有人觉得发展的速度还不够快，还得提提速——提速最好的办法，是得到上级部门的重视。

其实，镇里在出方案时，问过老苏意见的。他在会场听着，只是听，一言不发，被问急了，就说："我不出海多年了，脑子又坏，这些东西，哪懂？"后来证明，他的沉默让他保留了一些脸面——和他年纪差不多的老渔民阿黄，中气十足地提了几十条建议，条条言出有据，没一条被采纳。最终的方案，是北京一个文化公司的三个九〇后设计师拍着脑袋作出来的，眼尖的人，可以看出《海贼王》和《加勒比海盗》的气息。但不管怎样，这镇子算是焕然一新了。各级领导在镇上的行程，通过电视、报纸、网络等媒体的报道，把镇子推到了全国人民面前，给小镇带来了很多陌生的面孔。

领导考察之后，镇里尊重阿黄，给他写了一封信，感谢他为小镇的发展建言献策。阿黄把那封信甩在老苏面前，脸变成了彩光灯，各种颜色交替闪耀。老苏说："阿黄，消消气，你也活这么久了，气还这么大？该提的建议你也提了，人家感谢信也给你写了，你还气什么？吃茶，吃茶……"

"我们这些人，就该死在咸水里，不该留下来见这个！"阿黄再拍桌子。

"吃茶，吃茶！"

阿黄不作声了。

老苏年轻时出海，和阿黄从未同船过，但他听过阿黄的勇猛之事。阿黄的水性好到在海里就正常、上岸就发晕，他曾说过，把他四肢捆绑丢到海里，他仅靠耳朵根、舌尖划水，也能安然无恙回到渔村。但阿黄却是同一辈人里最先走下渔船的，五十五岁一过，就浑身不适，海风一吹便骨头痛——据说是他泡在水中的时间过长，寒气侵入了骨头深处。这事也让阿黄在同辈人面前抬不起头，凭什么那些家伙比我在船上多待十几年？他还变得神经敏感，一看到别人低头说话，就觉得是在暗中嘲笑他，脾性愈加暴躁。一暴躁，身上一些关节就发痛，又得压抑着，压出一肚子闷气。他是一名自恨没有死在海中的好水手。

阿黄去木麻黄林里看过老苏的雕刻。他前前后后细细看了十多分钟,越看眼睛越发红:"你在刻那艘船啊?你在刻那艘船啊……"老苏取出一根烟点着:"你能看出是哪条船?渔船不都长一样嘛!"阿黄摆摆手:"哪里一样,不一样,我知道的,你刻的,就是那条船。当年要不是我运气好,生了一场病,没赶上出海,我也随着这船,死在南海了……我该死在海里的……我觉得我是偷生的人,这些年都是偷偷活下来的。晚上睡着,骨头缝里,海风直接穿过去,把人都打散了……"

老苏拍拍阿黄的肩膀:"这真不是给你刻的,我哪知道你心里想着啥,我给自己刻的。闲得慌,手不动一动,人就傻了。"

阿黄也拍拍老苏的肩膀:"你还会刻这好东西,我也有一件宝贝,藏着没给任何人看,来来来,你跟着我,带你去看看!"

"不去,不去。你能有什么好东西。"

海　里

"出海的人,永远不能喝酒,否则你总会在醉后淹死在水里。"——数十年前,老苏的父亲在老苏上船之前,已经无数次这么警告过他。老苏当然是懂得水性的,他三岁的时候,已经能独自在海面划游,在大人们的笑声中玩潜入水中又浮起的游戏。这不算啥,哪个渔家孩子不这样呢?但近海划游与登上渔船出征远海,是两回事。出海,是男人的事,岸上是属于女人的。风浪和噩运,被男人的身躯挡住,女人们则要面对难熬的等待和寂寞的无眠。

出远海之前，老苏所有关于海的记忆，都跟黄昏和月夜有关。

黄昏是酸楚的。通信不发达的很多年里，等待是唯一的联系方式。女人们每到黄昏，就会在岸边的木麻黄树和椰子树下遥望大海，希望铺满黄金的水面上，出现一个黑点。黑点逐渐变大，变成她们的男人以及船舱里的鱼虾。这样的等待，有等到的欢喜，也有颗粒无收的失望——有时是绝望，出海的男人和那艘船，永远留在某一次风浪里了。月夜则是欢腾的。当月夜下有人，说明渔船已安然回来，女人们悬着的一颗心，暂时回归原位。渔获从船上被卸下，在月光下，鱼虾蟹闪耀着奇特的光泽。有些竟然是透明的，月光穿过鱼虾的身体，散发着晶莹的光。这是小孩子的节日。

老苏十三岁第一次上船。父亲是在出海的那天早上，才告诉他这个消息的——若提前告诉，怕他过于兴奋，睡不好，影响在船上的状态。船离开岸边的时候，老苏陷在兴奋里，不去看岸上老人和女人的挥手。船驶向碧蓝深处，兴奋很快化为乌有。四望全是一样的，只有水天，只有单调到花眼的碧蓝色，航向掌握在父亲手里、心中。船行半天之后，老苏已经把该吐的都吐出来了。船员上前帮他捏肩捏背，被父亲喝止了："才刚开始，后面两个月都要在水上，怎么受得了？让他吐！"

父亲不理在船上打滚的他，只顾观看太阳，对照着手中的罗盘，有时会从怀里掏出一个被布裹得严严实实的小包，打开那本纸张灰黄的小册子。那么多年了，识字不多的父亲，已经能把册子上的文字背下来了，可海上航行，马虎不得，还是得拿出来印证一下记忆。小册子上，写着这片海域所有的秘密。翻滚到肚子疼，翻滚到口腔泛酸、泛苦，翻滚到无力呻吟。父亲还是不理他，也不让船员过去。

傍晚时，海面平静，有人给父亲换手，父亲把罗盘交到那人手中。父亲下到船舱里，用毛巾蘸了一点淡水，递给他。他接过毛巾时，手是发抖的，可他眼中的恨意并不消减。父亲淡淡地说："要出海，这一关得熬过去，谁也帮不了你。海风吹了一天了，你用毛巾擦擦脸、擦擦裤裆。风咸，不擦要烂掉。"握着父亲递过来的湿毛巾，他发抖的手抬都抬不起来了。父亲伸手扶住他的后背，用力在他肩膀一捏，又抢过毛巾，盖在他脸上。毛巾掀开，好像揭开了一层厚厚的海盐面具，脸上一阵凉意。父亲把毛巾塞进他裤裆，他挣扎而起，呕吐到一动就肚皮刺痛，也不管了，推开父亲的手，自己擦着裆部——淡水少，不能洗澡，这是唯一要优待的部位。

这一趟出海，父亲没给他安排捕捞的活计，只任他在船上不停地呕吐，只任他学会在海上的第一件事——习惯晕船。

岸　上

老苏生了两男一女，女儿是老二，嫁到别的县去了。老三读完大学，没有回海南岛，留在上学的那个城市，成了市民，虽然时不时会在电话里说想念家里的海鲜什么的，但他每年回来的次数越来越少，他的小孩已在那个城市读幼儿园了，老苏也只见过一回，语言也不通——终究和自己、和这片海没什么关系了。距离最近的是大儿子，就在镇上经营着一间铺面，卖的是砗磲贝加工成的工艺品，还和海水相关，但他已经不出海了，只是从人家手中进货、卖出而已。海上的生活太辛苦，老苏自然不愿儿孙们再继续走自己的路，可……想到祖先多少代人以海为田，儿子这辈却远离了，老苏还是涌起一阵阵怅然。父亲从祖父那里接过《更路经》和罗盘，后来传给自己，自己要递出时，眼前空荡，没人接手。

大儿子在镇上建了四层楼，叫他来一起住，热闹些，他说："住不惯。"倒也不是住不惯，只是老家若是没人看着，几个月后回来，家里的一切估计全都锈为粉末了——只有人的目光，能保护家中一切物品抵御海风的侵蚀。

这一天，大儿子到木麻黄林里找他，在旁边静静地看着，等着他把一天的雕刻任务完成。望着那一地烟头和被挖下来的碎屑，大儿子默默地帮着父亲搬椅子、锯子、斧子。

老苏问："有事？"

"不就是想回来跟你喝两杯嘛！爸，你不愿到镇上跟我们住，我不放心你。"大儿子笑了。

"别绕弯弯。"

大儿子不再嬉笑："爸，你也知道的。还是那事，正式通知已经下达，砗磲不让卖了，我的钱全压在里面，若是这些货出不了手，我下半辈子全丢进去，也还不了人家的钱……"

"当初我就跟你说过，这东西不能卖，你偏不听，怪谁……"

"谁料到会这样？当时镇上的店铺都卖，也不是我一家。何况当时镇上也是鼓励卖的，一艘艘船远赴南沙、西沙，把砗磲捞回来，有厂子加工，我们不卖，别人也要卖啊，发财的人多了去了。前两年上头领导来，镇上不也还卖着？若不是你当年挡着，我早点进去，早赚到大钱了。我进去太晚，你看，才搞了一年多，又说不让捞、不让卖了，这不搞死人嘛。"

"砗磲是海底的灵物，你们捞上来卖，这是什么？出海的人，不干这种事的，你们……我早讲了，这事不能持久的。"

"爸，这时再说这个，没用了嘛，我就是想把损失减到最小。"

砗磲加工产业在镇上发展了四五年，大批人以此为生，镇里也曾出了相关规定鼓励砗磲加工产业的发展，可最近，省内出台了《珊瑚礁和砗磲保护规定》，要求两个月后，禁止对南海砗磲的开采、加工，这使得兴盛了四五年的小镇，陷入一片哀号。禁卖时间快要到了，那些囤货多的，忙着要把货出手，买家手头捏着钱，就是不愿说个爽快话，砗磲价格一路下跌。老苏的大儿子看着堆在库房里的货，倒数着禁卖的时间，急出了通红的双眼和满口腔的溃疡。

"你想怎么办？我又不认识什么老板，哪有本事帮你把东西卖出去。"

"爸，其他的事，你别管。有个记者朋友，姓宋，他听说你是老船长，通过朋友找到我，想来采访采访你。我知道，妈过世后，你现在越来越不愿见人——连我们这些子孙都不想见了——你也不愿谈那些船上的事，但我不是没办法嘛。宋记者说了，他认识一些想收砗磲的老板，你就配合他做一下采访，他认识的人多，后面他给我介绍点生意……"

"就是说说话？"

"就是说说话！"

宋记者在三天后来到渔村。大儿子安排他跟老苏相见后，就急匆匆返回镇上去了，有人打电话给他，说要去看货。宋记者三十多岁，矮墩墩的，几个相机挂在脖子上，简直要把他压趴下。腰间的包里装满各种镜头，显得更矮了。他说："您忙自己的，我先拍拍照。"老苏只好在木麻黄林里，雕刻着自己的那艘船。在老苏的雕刻下，船的造型已经显现，他正在专注的，是那些细节，他要刻出船身上的纹理和气息，他还想刻出海水在渔船上留下的斑驳感。宋记者把相机镜头靠近木船，拍下了木屑飘落的画面，也拍下老苏对着木船的凝视。宋记者对构图有着极端的敏感，他甚至觉得，是老苏的目光而不是刻刀把这艘小船雕刻成型。宋记者拍摄新闻图片，也拍摄一些永远上不了报纸的图片，他觉得，老苏是一个让他不断摁下快门的拍摄对象。

老苏一根烟接着一根烟，脸藏在烟雾后面，宋记者拍了不少他嘴角叼着烟头的照片。忙了有半个小时，宋记者说："老苏，可以拍拍你的罗盘和那本书吗？"老苏把烟头丢到脚下，鞋底一划："你是我儿子带来的，我就直说了，罗盘你随便拍，那本书不行。你们采访有纪律，我们渔民也有纪律。不是我们小气，确实是上面来过一些领导，告诉我们，没有采访介绍信的，不能给看。我们的渔民在南海活动千百年了，这些书是我们在海上活动的证据，不能乱传。"宋记者说："我理解的，这是我的记者证，你看看，这次下来得急了一些，也没想到会需要介绍信……"老苏说："那，不好意思了！"宋记者着急了："你看……老苏，我答应了，给苏伯介绍些生意的，我这次来，并非我个人的事，是省里的日报，要做一期关于南海主权的专题报道。你也知道，有的国家近来跟我们在南海闹得厉害，我们拍你这本书，是要在报纸上登出，是宣示主权的正能量行为，不会拿来乱搞的。"

老苏就沉默了好一阵说："我信你。但得答应我，不能全拍。

封面封底你可以拍，其他的，就不行了。"宋记者慌忙点头说：
"好。"老苏站起身，朝院子里面走，宋记者跟在后面。院子很
大，侧边小点的房子是祖屋，里面供奉着牌位。老苏时间多，又
是闲不住的人，这间祖屋被他打扫得一尘不染。祖屋高处是神龛
和牌位，下面是八仙桌。老苏并没有直接去取他的罗盘和经书，
而是取了几根线香，燃点起来，插在八仙桌上的香炉里。老苏拜
了几拜，念念有词，这才走到八仙桌前，从腰间取下钥匙，插进
八仙桌侧面的一个柜锁里。拉开柜子，抱出一个木盒子，老苏
说："出去看。"

　　木盒子摆放在院子里的条凳上，呈黑褐色，已经看不出原先
是什么木头了，外面刷了一层光亮亮的天那水，用来防潮。木盒
并没有锁，把盖子揭开，里头还垫着一层布。布掀开，就看到了
一本纸张脆黄的册子、一个古旧的罗盘。老苏正要把册子和罗盘
取出，宋记者说："等等，我这样拍一张。"罗盘有一个盖子，打
开后，一个圆盘被"甲寅艮丑癸子壬亥乾戌辛酉庚申坤未丁午丙
巳巽辰乙卯"瓜分为二十四块，黑褐色的罗盘上，字刷着白色的
油漆，指针随着罗盘在老苏手心的抖动，不断变化着方向。册子
则是以毛笔字抄就、手工订成的一本书，这本书装订得不平整，
书脊以一根早看不出原来颜色的线穿透、捆紧。纸张脆黄，甚至
有点黑褐色——任何老旧的东西，好像都不得不被黑褐色掩盖。
书的页边也有些翘起，封面上三个字歪歪扭扭——更路经。

　　宋记者拿着相机的手有些抖："这东西，怎么用？"老苏指着
罗盘："罗盘上这二十四个字，代表各个方位，每个字之间的经
纬度是十五度，转一圈是三百六十度，是整个地球，行船都要靠
这个指引航向……哎，不说这个，现在没人用了，现在都用卫星

导航了。这本《更路经》，得结合罗盘来用，上面记载着南海上的各个礁盘、暗沙和岛屿，记载着它们之间的距离和方向。我们以前出海，都要依照上面的记载，算好船的速度和方向，海上茫茫，得绕开礁盘和暗流；风浪来了，得依照这本经书上的记载，找到最近的小岛来躲避……总之，若没有这两样东西，出了远海，即使全程风平浪静，也会迷失方向，没法返航……唉……不说了，不说了，你拍，你拍。"老苏随手一翻，展开《更路经》的一页内文。他话一多，就忘了刚刚跟宋记者强调过的只能拍封面封底的话，宋记者赶紧摁下快门。

老苏展开的这一页，用毛笔写着：

自大潭过东海，用乾巽驶到十二更时，驶半转回乾
巽巳亥，约有十五更
……
自三峙下石塘，用艮坤寅申，三更半收
自三峙下二圈，用癸丁丑未，平二更半
自三峙下三圈，用壬丙巳亥，平四更收
自猫注去干豆……

这一行行犹如天书般难解的文字，让宋记者头昏脑涨，他收起相机，掏出纸笔，说："老苏，你讲些在海上的遭遇吧。听说你经历过各种惊险，跟我随便讲点什么，我写下来，一定很吸引人。"

"讲什么？"

"什么都行。"

"渔民嘛……就那样，有什么好说呢？"

老苏把《更路经》和罗盘重新放归盒子，抱进祖屋锁住。八仙桌的抽屉关住的瞬间，老苏脑子里电光石火，闪过一些片段。一九五〇年之后，老苏刚刚上船不久，那时基本不去南沙，而随着船在西沙和中沙捕捞作业。二十多年以后，响应国家战略的需要，他踏上了前往南沙的征途。南沙的气候比西沙、中沙更加变幻莫测，需要船长有真正过硬的技术。老苏带着船员，以一本《更路经》和老罗盘，躲过一次次生命中的劫难。当时的老苏和船员，每发现一个小岛礁，就做一件事：捡起岛礁上的石块，垒成一座小小的"兄弟庙"，烧香祈盼顺风顺水，行船平安。祭拜兄弟庙之风，始于明代，其时有渔村一百零八人出海遇难，渔村之人便在海边建庙祭奠，既为招魂，也是祈愿。这一百零八位"兄弟"的亡魂，在渔民们的纪念之中，逐渐变成了渔民们的保护神。岛礁小而荒凉，不像在渔村里，可以把庙修得高大气派，甚至在庙门上写下"孤魂作颂烟波静，兄弟联吟镜海清"的对联。几块礁石垒成的小洞，便足以安放渔民们的恐惧与不安。若登上的是被别国侵占了的岛礁，老苏还会取出早就准备好的木牌插下，上有大红油漆文字：中国领土不可侵犯。来年再登岛，木牌往往不见了，只好把字刻在礁石上。下回再来，刻了字的石头，同样不见了，不知道是被海风、海水磨光还是被别国的人丢了。那些年里，捕捞不仅仅是捕捞，也是凭着一股中国人的热血，在自己的海域巡游。数十年的海上生涯，他被抓去越南蹲过监狱；也曾登陆某个小岛后，被岛上的外国驻军拿枪顶着肚子；他甚至在海上遭遇过某国士兵的持枪扫射，当时他冷静地指挥船员以装着大米的袋子堆在船舱边挡子弹，让船员躲进船舱，他依靠对罗盘、《更路经》和风向水流的谙熟于心，掌舵闪躲，没有让船员成了新的"兄弟亡魂"。他和穷凶极恶的海盗有过生死搏斗，当然也曾遭遇淡水箱破漏，喝自己的尿解渴救命……这些记忆重叠、堆积、纠缠，在祖屋里的这一瞬，搅成一团糨糊。

老苏走到院子里，宋记者递过去一支烟："讲讲出海的事嘛！"

"出海？"

"是咯，现在跟以前条件不一样，以前出海，很辛苦啊。"

"世上哪有不辛苦的事？对了，你知道不？以前我们出海，遭遇了不测，要怎么办？"

"遭遇不测？指什么？"

"唉，到底是年轻。渔家每一次出海，都走在生死边缘。风浪大了，连人带船，都找不到痕迹了，硬生生，全部吞没了，丝毫不剩啊。"

宋记者脸色严峻，取出录音笔，调到录音状态。老苏继续讲："死在风浪里，倒还省事。有人死了，其他人找到他的尸体，水路那么远，把尸体运回来，那才叫辛苦。船在海上航行多天，尸体就摆在船上，又热又潮，腐烂得很快，你说，要怎么运回来？"

宋记者嘴角泛酸，胃里在翻滚。

"得用盐腌。像咸鱼一样，把海盐覆盖在尸体上面，吸收水汽。从不晕船的船员，也会被臭味熏得胆汁都吐出来……"

宋记者手一抖，录音笔掉落地上，他没去捡，用双手捂住嘴巴，也没能捂住胃里翻涌上来的腥臭，录音笔被秽物覆盖了。宋记者不知道录音笔坏了没有，但他知道，不用录音笔，他也会清楚地记得老苏讲出来的每个字。

海 里

从初登船到真正自己掌舵，老苏用了近二十年。如果不是一场意外让父亲瘸了右腿，这个时间还得往后延迟。经过最初的不适期，适应船上生活之后，老苏去了别的船当船员。这是渔村的规矩，父子兄弟不能同一艘船出海，以免遭遇不测的时候，全家灭绝。在别人船上的那些年里，每次在岸上，父亲紧紧叮嘱，让他背熟那本《更路经》、学会看罗盘。对他来讲，学这两样东西比在海上晕船呕吐还难受。但又不得不学，这也不是谁想学就能学的，《更路经》版本不一，却都是各个船长的珍贵私藏。父亲手头这本，传了几代了，已难以说清。在渔村的很多传说里，最初的《更路经》还与明朝的郑和船队有关，他们相信，下西洋的郑和，曾因为一场风暴，停靠在渔村，尝到了渔村最鲜美的鱼虾，并留下了一部最初的《更路经》。之后，一代代的渔村先民，用一次次惨痛的代价，完善、增补着这部小册子——这是一部附着无数海上亡灵的册子。

一位船长，不仅需要掌舵，也是一个记录者，随时记下海上发生的一切。航行路线附近的水况、最新发现的鱼群位置、岛礁的位置……甚至云层也是观测的对象。云天的变化，很少记录在《更路经》上，那是出海人一种口口相传的骨血经验。白天，可以通过瞭望水面的颜色来判断海水的深浅，判断附近是否有礁盘——有礁盘的水要浅一些，日光下，是一种翡翠蓝；没有月亮的夜里，那些经历了生死的老船长，通过云层的反光来分辨岛屿、珊瑚礁以及水下的鱼群。对于老船长来讲，每一次出航，也是验证和矫正《更路经》的过程。

父亲出海多年，在一次大风暴中，他完整地把所有船员带回来了，甚至连捕捞到的海产，也没有多少减少，但是，他付出了一条腿的代价。他严阵以待，顶住了无数次海浪的迎头碰撞，但一次的不留意，他的腿瘸了。伤好之后，父亲萌生退意，老苏很不理解，因为父亲虽然有些微瘸，但在风平浪静的时候，影响并不大。父亲很坚决，他说："你不是我，你不知道情况，但我知道。这一次放过了我，我再下海，就回不来了。"父亲立即下船，不再掌舵，家里的船交给了老苏。

老苏用了三年的时间，才摆平了自己、船员和那片海域。他指挥着航线，不仅关系到能不能满载而归，还关系到一船人的性命。在之后的好多年里，他的船大多数是满载而归的，但总免不了有失落的时候，白忙一个月，船舱空荡荡。最大的损失，当然是有人把命丢在了海里。比如说，那一次疏忽，老苏船上最好的水手曾椰子，就把命丢在海里了。看到曾椰子的身体浮出水面，船长老苏才想起父亲无数次的告诫："出海的人，永远不能喝酒，否则你总会在醉后淹死在水里。"一直到多年以后，老苏还为此惭愧和自责。

当了船长的老苏，一直严禁船员带酒上船，但还是会有些船员悄悄塞着一点，当夜色笼盖，舌尖舔两舔，躺在船板上，遥想茫茫大海尽头处渔村里的家人。若没一点酒，很多人会在咸腥的海风中，洒下饱含盐分的泪滴。

那日，天已亮，曾椰子跟老苏招呼过后，就带着氧气瓶潜到水中去了。在下水之前，老苏闻到了一丝米酒的味道，还没来得及说话，一阵水花溅起，曾椰子已在水中了。这一带是海参出没之地，而海参是此趟出海最重要的目的。老苏不停地盯着手表，希望曾椰子在氧气用尽之前浮上来。老苏等到的，是曾椰子抽搐、扭动的身体，在海面上翻滚。老苏和其他船员把他捞上船来没多久，曾椰子就断气了，眼耳鼻甚至肌肤，都渗出鲜红的血。这般死法，突兀而让人惊骇。老苏没来得及细究他遇到了什么事情，就得在船员六神无主的哭声中，想好怎么把曾椰子的尸体运回渔村。

船员的作业都停歇了，他们只要看一眼曾椰子的惨状，就忍不住剧烈地呕吐。老苏让人把捆在曾椰子身上的氧气瓶脱下，解开他的衣服。又让船员到舱里取来淡水，他一点一点擦拭着曾椰子渐渐变得僵硬的尸体，一边洗，一边扇自己巴掌——他想起了曾椰子下水前闻到的那丝酒气，想到了父亲持续多年的告诫。父亲那么多年的苦口婆心，也没能阻止惨剧的发生。洗净身体的曾椰子，比下水前瘦了一圈——老苏已经知道他是怎么死的了。

干净衣服换上，曾椰子总算有了点人样。天气炎热，在往渔村赶的过程中，要怎么保存这具尸身，成了最大的问题。船上有装淡水的桶，可太矮，没法把那么高的曾椰子装进去。最后，老苏让船员把一艘挂在渔船上的小船抬上甲板，把曾椰子放了进去。再把海盐取出，覆盖在曾椰子身上。海上作业，时间久，有些鱼没法活着运回到岸上，每艘船都备了大量的海盐，用以腌鱼。曾椰子就像咸鱼一样，被盐覆盖在小船上。老苏让船员用铺在船上睡觉的木板，把小船盖住，曾椰子就像一具木乃伊，被封住了。再取来绳子，把木板盖住的小船死死捆住，防止一丝丝的泄漏。本来应该烧在某个海礁上祭拜一百零八兄弟公的线香，插在小船上，被海风吹拂，烧得很快。

船全速返航。

封不住的尸臭开始渗出，起先还很微弱，后来则是汹涌而来。所有人都吐了，连喝水也变成巨大的折磨。五天四夜的漫长航行，船才回到渔村，当眼前的碧蓝中冒出椰子树和木麻黄的一线绿色的时候，老苏松开船舵，轰然倒在船头——他这几天几乎没有闭眼过。

上岸后，尸臭味几乎在他鼻孔里萦绕了一个多月。而后来很多年里，每逢压力大，老苏就做着变成曾椰子的梦……在那个梦里，氧气瓶压在老苏的身上，潜入到十几米深的地方，所有的肌肤、血肉都挤压着骨头，或许，是早上的那点酒，让他失去了往日的警惕，只专注着眼前的海参。他忘了，氧气瓶已经快要用完。当呼吸开始急促，他慌乱了，忘了要缓慢升起以卸掉沉重的水压，而是一转身，匆匆往水面上射去。这一浮太快了，浑身每寸肌肤上的水压顿时消失，造成体内压力比体外大得多，血管爆裂，鲜血渗出……

曾椰子只死了一回，而老苏则在梦中，一次次这么死去，又活过来。

岸　上

一个十字路口就把这个小镇的格局划定了，所有的铺面都沿着十字生长。在统一的风格之下，每家店铺都花尽心思摆放各种器物以吸引游客的目光，有的摆放着一只巨大的船锚，有的则摆放着一堆珊瑚礁，有的甚至把一艘木板深黑的小船斜放在门口……在砗磲生意无比热闹的时候，总有游客摆着各种姿势，在店铺门口立起剪刀手拍下照片，传到朋友圈。而此时，店铺依旧，却由于少了游客的光顾，平添了萧条慌乱之感。老苏大儿子的店铺在东街的中间，他找来一块石头，在上面刻出一个罗盘的模样——照着老苏的罗盘来刻的——取了一个颇为霸气的名字"望海楼"，立即有了一股在海上指挥若定的气势。

儿子的店铺半掩着门，老苏没有在儿子的店面前停留，而是直接到了阿黄家。阿黄因为下船早，也是渔村里较早搬到镇上的人，由于先发优势，他家占据了一个很好的位置，处于镇上唯一的十字路口处。阿黄当年买下的地还不小，他的房子除了铺面之外，还留有很大的一个院子。阿黄的房间在后院，即使闷热，窗子也紧闭着——阿黄已吹不得海边过来的风。他瘫坐在房里的沙发上，还裹着一条薄薄的被单，面前摆放着工夫茶的茶具，已经泡好了颜色金黄的茶水。

"会享受啊你！"老苏说。

"我倒是想到茶店里喝，跟人聊聊天，但哪出得了门？风一吹，鼻涕跟水龙头似的。我这病，那么久了，吊针打了好几回，也不见好……"阿黄的鼻音很重，声音沙哑。

"你这样了，还能喝茶不？"

"我不喝，泡给你喝的。我喝水。"

"我自己来，不然你传染我。"

"也不是你想传染就能传的。"

老苏拿起一小杯，一饮而尽，茶水已经没有那么烫了。阿黄等了多久呢？茶水是不是一遍遍凉透，又一遍遍再添？阿黄又裹紧了身上的被单，身子缩到软沙发里面去："过来的时候，看到镇上那些铺面了？"

"看到了，好多都清空了。"

"谁说不是呢？那些砗磲生意，我总觉得做不长久。千年万年的砗磲贝才能玉化，就这么拿来加工卖了，也是罪过啊……"

"生意人只认钱，哪懂得什么是海？我那儿子，我为这事，才不想搬去跟他住。看着那些砗磲被加工成那样卖掉，心疼啊。"

"……唉，老苏，我找你，是想跟你商量个事。这事我也犹豫了好久，我自己做不来，得你一起才行。我知道你这些年不愿意跟人打交道，不喜欢抛头露面，但这不仅仅是我们自己的事，有时也是不好推掉……"

"镇里找到你的？"

"不仅仅是镇里，还有市里，据说省里领导也很重视。刚才也说到的，镇上这些店铺不让卖砗磲，这不也是好事吗？你也不想看着南海被这么挖吧？可是，不让卖了，镇上这些人，包括你儿子，他们干吗去呢？大家总要吃饭啊，那么多人，总不能说把店铺关了就完事。有些人得分流回渔船上，也有些人得引导去做别的事，上面想在镇上发展旅游，今年渔季开始之时，想举办一个开渔节。上头问来问去，也找不到人来主持开渔节的祭祀仪式，我倒是很有心参与，但很多东西，我也不懂，我没当过船长，手头也没有一本经书和罗盘，这活儿，我是做不了的，得你来啊……"

"阿黄，你有热心我知道，但那种场面，我哪里把握得了？还得是庆海爹才行，我哪懂这些……"

"庆海爹不都走了三年了嘛，去挖他尸骨来主持吗？"

老苏也哑口了。庆海爹还在时，每到开渔之前，渔村的人都会提前商量好祭拜的程序。海风灌涌的港口上，聚满渔村老少。锣鼓敲响，祷词念出，人人都点香烧烛，祭拜大海，也祭拜那些丧生在大海中的人。很多年里，庆海爹都是那个事无巨细、把握着一切流程的人，他比老苏大十几岁，是南海上最好的船长。他被当作最好的船长，并非他的船渔获最丰，而是数十年中，他的船员从未有一人把命丢在大海之中。甚至有人传说，那都是因为庆海爹熟悉祭海之俗，能够和那些海上亡灵交流，每当风暴与危险将至，他都能提前获得信息。依靠手中的《更路经》、罗盘和船舵，他把船驶出一条曲折隐秘的线路，避开了风浪，毫发无伤地回返岸上。庆海爹宣布不再继续担任船长的时候，还曾在渔村引起一阵动荡，少了这么一位定海神针式的人物，村人就慌乱了。还好，每年的祭海仪式，庆海爹还出席。庆海爹过世前五年已经行动不便，换他的儿子来主持，村民的向心力便弱了很多。庆海爹一死，仪式等于取消了，各家只在出海之前，各自烧香点烛、轰炸一下鞭炮，算是走了一下过场。

"庆海爹儿子不还在嘛，那套流程，他懂……"老苏说。

阿黄哼哼冷笑："提那败家子？他倒是懂得照着念，但他眼中只有钱，每件事得多少钱，那是丝毫少不得的，哪请得动他？……何况，那年他为了钱，硬要把罗盘和经书卖掉的事，你又不是不知道。这样的人，哪还能找？"

"这事，应不下来，我这人，话都不会说。我还是刻刻我的木头吧……"

阿黄把裹在身上的被子一抖，滑落地上，他站起来："老苏，我这身体若还可以，我还想撑着试试，硬着头皮上。实在是没办

211

法了，开渔的时候，我还能不能站直都不好说了。我们这些老的，走的都差不多了，你不应承，还有谁啊？"

"真不行……我再想想……"

老苏告别阿黄后，还没回到渔村，就在街角处被大儿子接到了他家里。当时他脑子一片混乱，差点被一辆摩托车撞倒，儿子从店铺里冲出来，把他往自己店铺里面拽。店铺的货架已经接近清空，地板上一片混乱。不同的袋子里，有的装着砗磲手链，有些则是打磨光滑的整块砗磲贝，还有一些是完全没有加工过的大贝壳——有些人爱在家里摆这原生态的贝壳，说那是自然的味道。几个小工忙得一团乱，绑好的袋子，分别移到店铺里的不同角落。灰尘沾满了整个店铺，老苏简直无处下脚。往店铺后面走，也是一片慌乱。这些海里的宝贝，曾让这个小镇无比热闹，此时却让整个小镇陷入慌乱。

大儿子很高兴："爸，宋记者跟我说了，说你那天很配合。他的文章写得很好，你看，报纸也登出来了。你还没看到吧？"他从柜台抽出一张报纸，递给老苏。柜台上堆着五六寸厚的一沓报纸，都是同一期的。这是省报的一期特刊，介绍渔民与南海的故事，展开的第三版上，老苏看到了自己的照片，他捧着经书、罗盘的画面，被毫不吝啬地排了三分之一的版面那么大。还有一篇文字，是关于老苏的采访，介绍着他的一些经历。老苏脑子一蒙，平日里，在报纸上出现的都是大领导、大老板，自己一个渔民，被排了这么一张大照片，到茶馆里遇到熟人，还不得被天天挂在嘴边议论？老苏立即把报纸合上了，实在不敢看报纸上的那张老脸，更不敢看记者的文字。

到了楼上坐下，儿子笑呵呵说："爸，那宋记者是很有本事啊。他回去之后，打了个电话来，说他问到省里砖碟研究会的一位副会长，是位书法家，也是个大老板，他胃口大，说我这里那些品相好的货，他都能拿下。你也看到，店里乱成那样，就是要把货分好，他中午要来看货。"

老苏松了一口气："挺好嘛，麻烦解决了。"

"是很好，是很好。其实，钱也是压在那些品相好的货里，那些差的，不值几个钱，只要这批货一出，就算是缓过来了。爸，你也在店里待着，别着急回去了，晚上咱们父子好好喝几杯……"

"我哪喝酒的？"

"那就待着，吃点马鲛鱼。爸，你就在这儿吃完饭，我开车送你回去。"

马鲛鱼……老苏吞咽了一下。海里的东西他吃了多少年，马鲛鱼是永远吃不腻的，那种鲜味，能掩盖所有的烦恼，从舌尖溢散全身，瞬间把人包裹在风平浪静的海水里。老苏有时候也会想，出海那么危险，一代代人把命丢在水里，却还要去，其实和这水中之物的味道关系极大，当舌尖触到一块煎得略微焦黄的马鲛鱼，所有海上的历险，都那么值得。

马鲛鱼……平静的海水……人泡在水中，轻轻摇晃……

老苏只能答应下来。

二楼的阳台，可以看到街面，东边不远，就是港口，渔船正在那里停靠。目前是休渔期，但离开渔已经不远，很多人已经在做着各种准备。儿子把二楼阳台改成了一个喝茶的地方，吹过来的风，让老苏有些打哈欠。他翻开报纸，从大标题里可以看出，这期特刊全是和南海有关的。近些日子那个与中国相邻的国家，在南海上折腾不已，在国际上发起了什么南海仲裁案，省内报纸搞了这么一期特刊，也是在宣示南海的主权。特刊从专家、官员、收藏者到渔民，都进行了采访，讲述了南海的不同侧面。由于自己被刊登在第三版，老苏没太有心情去细看报纸，他叠了叠，塞进口袋，心想，他娘的，还用得着证明吗？不说别的，我们一个小渔村，这些年就有多少人葬身在这片海里？我们从这片海里找吃食，也把那么多人还给了这片海，那么多祖宗的魂儿，都游荡在水里，这片海不是我们的，是谁的？

书法家穿着一身中式衣服，脸很圆，手腕肥嘟嘟，左手戴一条粗大的砗磲手串，颜色通透而乳白；右手则是黄花梨手串，深褐色的斑纹鬼脸，好像还会眨眼。这些珠子都很大，可在他肥硕的手腕映衬下，显得很细小。书法家低着头，每个袋子前都蹲下来，细细看着里面的货。作为收藏者，他知道物以稀为贵的道理，现在这些店家慌乱出手，正是低价进货的好时候——禁止交易的规定很快生效，但那是对公开买卖的店铺的要求，真正好藏品的交易，都是私下里进行的。他藏品量惊人，但他从不嫌多，当然，他只收真正的好货。他不时从每个袋子里挑拣出一些次品。书法家挑好后，立即叫来他的司机，跟老苏的儿子一起清点货物，列出清单。书法家拍拍手上的尘土："宋记者的采访，我看了，写得好，故事感人。我想见见你爸，不知道方便不方便？"

老苏的儿子笑了起来："刚好我爸就在楼上，平时他在渔村里，今天刚好在。我叫他下来。"书法家微微点头，不一会儿，书法家就看到满脸铜锈色的老苏。老苏的褐色上衣，塞进黑色的裤子里，腰带有一些脱色。老苏的头发很稀疏，额头光亮，从额头左侧到下巴处，则布满星星点点的黑色斑痕，他的手背犹如长满毛刺的老树根。书法家伸出右手，老苏犹豫了一下，他斑驳的手，握住了书法家肥滑软嫩的手掌，感觉到书法家的手抖了抖，老苏赶紧把手松开、缩回。

书法家笑着说："我看到你的采访了，很佩服，想认识认识你。"

"呵……"

"那报纸，我买了很多份送人了，这期报纸做得好啊。"

"呵……"

"我今天来跟你儿子要货……"他指着那些被他挑选过的袋子，"那些，我都要，这货，值不少钱啊。我跟你们镇上不少店家都是老朋友了，他们都急着出手，都在找我。宋记者极力推荐了你儿子，我确实是佩服老苏你，在我们的海上出生入死，维护了我们的主权……我是专门到你儿子这里来要货啊……"

"呵……"

"感谢……感谢！"老苏的儿子在一旁说。

书法家收起笑脸："老苏，我是直白人，不绕弯子，这次，除了跟你儿子进货，我就是专门来找你的。"

"找我？"

"是。我这人，爱收老东西，连当年古代沉船的海捞瓷都不少，我这次来，就是想找老苏你，能不能把你手头的东西转让给我？"

"我这人，哪有什么东西能让你瞧得上的？"老苏挠挠头，左脸那些斑痕一跳一跳的。

"我想要你手上的《更路经》跟罗盘！"

老苏愣住了，回头看看他儿子。儿子表情紧张，眼睛充满祈求，手捏成拳。老苏尴尬地说："这东西，不算有多贵重，眼下出海，是用不上了，可这是从我爸、我爷爷、我爷爷的爸……一路传下来的，这东西现在到我手上，哪能卖了？"

"老苏，我知道！你看，我这不是跟你儿子做了很大一笔生意嘛。他目前遇到困难，需要出手这些货，我帮他收了那么多，你看……"书法家指着那一个个袋子。

"爸——爸——"儿子喊了两声，把老苏拉到一边，指手画脚，低声说着什么。老苏只是摇头，他儿子头上的汗不断涌出。

"这样吧！我干脆点，老苏，你只要愿意出手，价钱好说，你自己开。另外，我也不挑了，你儿子剩下的这些货，我也给他全拿了。这样，你儿子立即资金回笼，想做点什么，也就宽裕了……"书法家的这句话，把老苏的儿子也惊得愣住了，他唯有看着父亲，不停使眼色，就差跪下了。

老苏长叹一口气，说："你跟我儿子做生意，我感谢你。要是别的什么，卖了也就卖了，但这两样东西，也不是自我手上才有的……"

"你看，你看，老苏，你也是不好讲话，你留下这东西，以后也不是要传给你儿子吗？"书法家指了指老苏的儿子，"你以后也是要传给他，他也是能做主的，现在出手，能把他的资金全都救回，他也能赶紧做别的事情去，这不是挺好的事嘛。你这……"

"爸……"儿子抹脸，汗水淋漓。

老苏的语气愈加生冷："以后我死了，他要卖，是他的事。实在不行，我死前烧了。"老苏脸色黑沉，知道今晚的煎马鲛鱼是没的吃了，迈步跨出店铺。

"老苏——老苏——"书法家喊着，老苏并不应承，他只能转头对着老苏的儿子，"你爸这么不好说话。我想，你还是去做做他的工作，这些货，等你谈定了，一起算吧。我先去老曾那店里看看，他也给我留了些货……"

海　里

天色还没暗透，海面上出现了海螺大小的漩涡，白天波澜不惊的海面，此时变得怪异。老苏的心中紧张起来。这是大风雨即将来临的征兆——可这是十二月底啊，春节已经不远，这一趟之后，很快就要返航过年了，这个月份，按常理讲，是不应该有台风的。渔船的位置，在永兴岛、西岛、浪花礁之间，老苏心里很快作出决断，准备前往面积最大的永兴岛避风。船员中有反对的，说老苏太过胆小，这个月份哪会有台风？这一片海域，并非只有老苏的一艘船，从海南岛来的不少船只，最近都聚集在这片海域。这片海域，前些时候有一艘外国的大轮船经过，触礁沉没了，满满一船的货物，全撒在海里，附近知情的渔民们很快围聚过来打捞，反而没再去留意鱼虾。白天，各艘船散开打捞货物，夜里，亮着灯，各艘船一起停靠在附近一个小小的岛礁。

一看到水面起了漩涡，老苏喊起来："大家也看看，是不是要起风？"

各家船长都走出船舱，细细观看水面，脸色凝重。

老苏说："我看风是要起，这里太小，风要来了，怕是没处躲，还是得提早去永兴岛。"

老苏让船员起锚，掉转船头，朝永兴岛的方向而去。二十世纪七十年代以前，大多是木帆船，而此时是一九七三年了，大多是机船，发动机带动船桨，哗啦啦打着水花。七八艘渔船，也跟随着老苏的船，一起前往永兴岛。渐渐黑起来的海面上，一串亮灯的船队，像一条在海面上流动的龙。

"老苏！老苏！"声音来自一艘逐渐靠近岛礁的船。

老苏缓慢把船停下，那艘船也慢慢地移靠过来。那是一艘新造的大吨位渔船，船长是位中年人，前些时候，那艘船才从渔港下水。那船长老苏也是认识的，两艘船基本上同时出发，沿着相同的航线，但大船速度快，比老苏要早抵达这片海域。

"老苏，去哪儿啊？"对面船高，中年船长的声音压下来。

老苏指着海面："水面奇怪，怕是要来风浪，去永兴岛躲躲！"

"哈哈哈，老苏，出海多年了，哪听说过十二月有台风的？也太胆小了。"

"满船的人呢，哪能开玩笑？海上找吃的，不靠赌气，不靠胆子肥，得小心啊。"

"老苏，这气我就赌一把！"那艘大吨位船立即加速，把老苏的呼喊抛在海面上。

对渔民来讲，永兴岛是茫茫南海中最安全的地方。它的面积足够大，有渔民在岛上盖了临时的房子，也有部队官兵驻扎在这里。从永兴岛上岸之后，船员都分散住到那些临时搭建的房子里，老苏听到了船员们的埋怨。船员在牢骚中睡着之后，老苏还在翻来覆去。他踱步到小岛的岸边，观察着水面的变化，他更把目光放长，希望能从海面上看到有一点渔火出现。那渔火一直没有出现。

风终于起来了，在接近凌晨四点的时候，原本轻拂的风，显示出了猛烈的气势，海浪开始翻滚，不断击打着岸边，抛锚定好的渔船也被浪拍打得噼啪作响。雨的到来要缓慢得多。先是洒下一些小点，大半个小时后，倾盆大雨才追赶过来。老苏不能再在岸边待着了，他回到屋子里，浑身已经全是水了。因岛上缺少水泥和砖石，这些房子都用木头搭建，覆盖着铁皮、油毛毡，在风雨中有随时被刮走的感觉。撑了没多久，这些房子全被掀垮了，渔民们匆忙到岛上水产公司的加工房躲避。因为返航回海南岛比较遥远，这家国营的水产公司把加工部门设到永兴岛上，方便捕捞之后，就近加工，再运输回海南岛。这些加工房把钢管打进土里，要牢靠得多，可仍然在狂风暴雨中摇摇晃晃。

渔民们聚到一块，也没说话，安静地听着外头的风雨交加。

"唉，还好我们躲上岛来了，还好……"终于有人从哪个角落说了一句。

"那艘大船，回来了吗?"

又都沉默了。

暗黑之中，有人压抑不住，抽泣起来。

几乎所有人都没怎么睡好，天色发白之后，呼噜声才相继四起。

这场罕见的冬季台风，竟然刮了整整三天。其间最大的风浪有十多米，巨浪吞没着一切，连这永兴岛好像也不安全了。在这三天里，每逢风小一些，老苏就要冒雨去岸边查看渔船，他担心锚和绳子也没法拉住他的船。

台风过后，天空如洗，一切恢复平静，岛上一片狼藉。老苏决定休整两天再出海。有些渔民已经跃跃欲试，准备出海收拾还在风浪里惊慌失措的鱼虾。水产公司的渔民出去后，第一天就有了收获，竟然捕获了好几条大鲨鱼。老苏出海，从未动过捕捞鲨鱼的念头，听说那些海中霸王被拉回永兴岛的时候，老苏也跟着躲风的渔民去围观，还吸引了一些岛上驻扎的士兵。捕获的鲨鱼有六头，有大有小，很显然，这些鲨鱼在被射伤之后，再被粗大的网捆住，拉到永兴岛，已经全都死去了。它们巨大的身躯，还是把老苏给震撼了，浑圆的肚子像打满了气。

老苏穿着拖鞋，走到沙滩边上，伸腿踢踢那些鲨鱼的肚子，鲨鱼弹性很足，把老苏的脚打滑到一边去。人都围拢过来。加工人员脸上笑开了花："先挑一头最大的看看，吃了什么东西，肚子这么圆！"锋利的大刀划过，把鲨鱼肚子剖开。猛烈的腥味有着巨大的推力，把围聚的人给推开了。刀继续划开，划开鲨鱼的胃，有圆滚滚的东西掉出来，也有条形的东西掉出来，浓烈的腥臭味更加强烈了，围观的人又退缩了几步，有人受不了这强烈腥臭味的刺激，就蹲下来呕吐。加工人员皱起眉来，他用长刀推了推那圆滚滚的东西，滚动了几下。

尖叫声响起来："人头！"

是人头，正面朝上，脸上黏着鲨鱼胃里的黏液，可没被胃酸化完的样子，还能看出那是一张人脸。那人眼睛暴凸，瞪着所有围观的人。

尖叫声此起彼伏，老苏也再次往后退。那加工人员也吓得手中的刀掉落了下来。大家这才注意到，刚才掉落的那些条形的东西，是人的手脚。

——这些鲨鱼，是被人喂饱的。

在大家的惊慌失措中，围观的士兵们主动上前，接过刀，把剩下的几条鲨鱼也都剖腹了。无一例外，鲨鱼肚子里，全都是人头与残肢。

士兵清洗那些残骸后，老苏和船员从还没被腐蚀殆尽的四个残破的人头中，隐约辨认和猜测，应该是那艘大吨位渔船上的渔民。那艘船上可是有着三十多人啊，马上又要过春节了……所有的渔民都号哭出来。

哭声是永兴岛的另一场台风。

岸　上

那一天风小，阿黄想下楼走走，刚上街，就摇摇晃晃，昏倒在地。家人叫来了救护车，先送到了市里，还没办下住院手续，市医院就联系了省医院，直接送到了省城。省医院正好有京城专家前来坐诊，把阿黄浑身检查之后，给他家人作出了"不建议手术"的诊断。阿黄把家中儿女叫来，儿女都唯唯诺诺，阿黄绷着脸："是不是癌?"沉默，等于说出了答案。阿黄说："待在医院有用吗?"又是沉默。阿黄说："回去吧，医院里味道重，我待不惯。"是肺部的问题。得知阿黄是老渔民之后，医生貌似很确定地说，可能是当年海上捕捞，长期在水中憋气，对肺部造成了很大的损伤，应该是老毛病了，不过是到了现在，才集中爆发了。

阿黄有个女儿嫁到广东，夫家很有钱，她从广东飞回之后，强烈要求把阿黄送去广东就诊，说岛内医疗技术不行，得到广东的大医院。她在医院里把所有的兄弟姐妹都数落了一番，说他们纯粹是舍不得钱，又说既然这样，医疗费由她出。她的话惹得一家人在病房里争吵不休。阿黄冷冷地喊了一声："不去广东了，我要回家。不是钱的事，我不想被割成碎肉。硬要叫我去，我就从这病房窗子跳下去。"阿黄轻描淡写中，藏着斩钉截铁。医院开了止痛药之后，阿黄回到镇上来了。阿黄家离镇卫生院不远，阿黄就待在家里，由卫生院的护士上门给他换药水。

老苏来看阿黄的时候，他正斜靠在一个厚厚的枕头上，手臂上扎着吊瓶——自医院回来之后，这药水每天都要输送到他的体内。他曾抗议说不打了不打了，可汹涌而来的剧痛，要把他撕成碎片，他不得不让针头扎进体内。剧痛的袭来，会让阿黄有一种在海水中挣扎的窒息感。很多年里，他在海水中作业，穿梭如游鱼，那种摆动身姿的自由，让他觉得自己应该属于大海而不是陆地。他当然也遇到过在水中快要溺亡的时候，还不止一次，浑身扭动、挣扎，却毫无用处，逐渐陷入更深黑的海底。阿黄曾想，千万种死法里面，溺亡在海中，一定是最惨烈、痛苦的那种。因病而带来的剧痛，若不靠止痛药压制，阿黄就得一次次经历溺入海水的绝望——他得依靠止痛针，一次次从水底返回岸上。

老苏捏了捏阿黄的右手，没有任何反馈的力道，只有穿透掌心的凉意。

"我就该死在水里。"阿黄嘴唇动了动，老苏得静静地听，才能听到那浑浊、带着粗气的话。

阿黄惧怕着海水，又渴望着死在水中。

老苏摇头苦笑。

阿黄忽然想起什么："老苏，那事，你答应下来了吗？"

"什么事？"

"开渔节的祭海啊……这些年……呵呵呵……"

"这事，我答应不下来啊！"

阿黄猛地坐直，就要从床上翻身下来。老苏按住阿黄："你坐下，你坐下，起来干吗呢？"阿黄不理他，伸手去抓挂在床头一个铁架子上的药水瓶。阿黄的手一伸出，浑身就抖动如电击。老苏只好一只手扶住阿黄，一只手取下药水瓶。阿黄摆摆手，往阳台边去。阳台外，日光猛烈，海风也很大。阿黄拉开门，有风灌进，他的抖动更加剧烈，老苏害怕他会摔倒。阿黄靠着阳台的栏杆，老苏只能扶着他。

小镇的街巷上烟尘滚滚，人人貌似很慵懒，但很多人都因为禁卖砗磲的最后期限即将到来而手忙脚乱。不仅仅是店家，镇上的有关部门也很茫然，禁令来得很突然，与这个产业有关的数千人要分流到其他地方去，并非一件容易的事。大儿子到渔村里找过老苏几回，没怎么说话，就静悄悄地站在他身边，看着他刻那树根。老苏不说话，他也就不说，站到暮色将起的时候，他转身离开。老苏知道大儿子的心意，知道大儿子内心的焦躁和无奈，知道大儿子没能开口提出的那个要求……可他能怎么做呢？真的要把《更路经》和罗盘卖给那个书法家？若不卖，那堆货砸在儿子手中，儿子一朝欠人家一屁股债，今后怕是父子也没得做了。

阿黄的脸色愈加蜡黄，他的气息是不规律的："大家靠海吃海，但现在没人祭海了，大家都信仪器，不信仪式。一门心思只想着钱，渔村没有了……没有了……"老苏不知道该怎么回话，只好不说，他拍拍阿黄的肩膀。刮过来的海风越来越大，怕阿黄身子承受不住，老苏把他强拉回房间里。

老伴的坟墓离渔村不远，却是一块背着海风的地方，老苏心烦意乱时，会到那里坐坐，想一些事情。慢慢算下来，出船那些年，老苏一年中没多少时间见到老伴的。女人不能上船，是渔村多年的习俗了，因为女人上了渔船，导致渔船如何出事的传说，从未绝过。年轻时，出船一两个月，颠簸劳顿倒不是最苦的，最苦的是对女人身体的渴望。白天还好，在水中、烈日下搏斗；夜里，躺在船板上，星光满天，船随风轻晃，体内的欲望都被摇出来了。每次船回渔村，老苏和其他男人一样，在船头看到岸上的女人之后，内心的焦灼和渴盼达到了顶点。但，还得先把所有的渔获卸下船，再洗一顿痛快的淡水澡以后，才开始在女人身上驰骋。女人也憋久了，好奇地问起老苏海上的遭遇，老苏顾不上回答，只是横冲直撞，女人淹没在老苏的狂风暴雨之中。年纪渐大以后，需求少了，老苏会花很多时间，说起海上的遭遇，激起自己女人的阵阵惊叹与尖叫。每次到了最后，女人总会在一阵哭泣中睡去。睡去之前，女人会讲到她在岸上的担惊受怕，讲到她如何照看家里到处野的孩子。老苏知道，在岸上的女人，并不比出船更轻松。

有一回，掌舵期间，老苏的手抖了抖，一股莫名的感觉从水中渗入他的体内。他没跟任何一个船员讲这话，他还需要把他们安全地带回岸上。返回之后，他内心和当年瘸了腿的父亲一样坚决，第一句话就是告诉老伴："以后，不出海了。"老伴说："手抖了？"老苏点点头。多年前父亲就说过"大海养人也埋人"的话，手发抖，就是海上的亡灵给他提了醒。回到岸上，他和老伴之间的话多了起来，他一次次说起数十年在海上的各种细节。在这样的讲述中，他不断重返大海之上。这样的重返，随着老伴的过世而结束了。床头空出，老苏每夜睡觉都少了说话的人。

从船上退下来之后，老苏的渔船在渔港边搁置了许久。儿孙都不再出海，不再经营船上的捕捞，老苏想把船售出去。渔村里，并不好出手，最后，是另外一个县的一位海鲜店老板买去了。并不是买来捕捞，而是变成了移动餐厅。海鲜店开在海边，有一些包厢在岸上，也有一些包厢在一些渔船改成的船上，客人点餐之后，渔船离岸，在水上摇摆着，客人一边大快朵颐一边吹着海风，有种天上人间的错觉。

船卖出去后，老苏有一次思念那艘船，悄悄跑了几个县，找到那家海鲜店，寻找自己的船。海鲜店有三艘可以开出去包厢，外面都涂上统一的亮丽油彩，挂着一盏盏灯笼，老苏辨认了好久，才找到那艘曾很熟悉的船。看到渔船变成了这模样，老苏内心悲凉，想转身离开，却被那老板拉住了，非要让他上自己那艘船看看。老板给这间包厢取了一个名字——老船长号。老板让人把船开动，带着老苏转了一圈，老苏越来越难受，竟然有些晕船，让赶紧靠岸，低着头就走了。

他再没去看过那艘船。

他后来一直后悔把船卖给了海鲜店老板，他宁愿把它放在岸边，让它在海风中坏掉。

海　里

从船上退下来之后，老苏也上过几次船的，都不是远海，只是那些在近海的小船，早上出去，傍晚便会回来，他就是到船上过过瘾。船家撒下渔网之时，他便在一旁看，要前去帮忙，船家也不愿意，怕他手慢，耽误了。船家倒是会问他意见，哪片海域鱼虾多一些，他观察了一下方位和波纹，指着一个地方，船家便在那里下网，果然拉网的手觉得沉甸甸的。

船员忙着网鱼之时，老苏有时也会取下一个救生圈，绳子绑在胸口，跳进水中游泳。船员也不理他。渔村的人都水性好，谁有时兴趣来了，都会到水里游一阵。老苏双腿划动，仰着头，看着日头强烈地射在水面上，光线刺眼。他总是用仰泳，双手双脚缓慢地踩水，便会浮在水面上。这是最放松的时候，手脚酸了，还可以抓住救生圈，连踩水都省了。游累之后，朝船上招呼一下，便有人丢下一个软梯，他顺着梯子爬到船上。上船之后，他打两瓢淡水冲冲身子，把身上的盐分勉强冲掉。

但那一回之后，再也没有船家愿意让老苏上船了。那次，他踩着水，浑身越来越舒坦，就抱住了救生圈。还是觉得很舒坦，他竟然有了昏昏欲睡之感，他想着睁开眼睛，可更大的困倦压合他的眼皮，他双手竟然松开了救生圈，人就朝水里潜去。耳鼻一淹入水中，他就有些惊醒过来了，可他却并没有立即浮出水面。日光照射进海里，离水面四五米处都可以看到，可更深处的碧蓝，一无所知。幽深的水底在一瞬间，强烈地吸引了他。他主动往深处潜去。胸口绑救生圈的绳子阻碍了他，他竟然拉松了绳结，继续往深处去。身上的水压越来越沉，呼吸也越发急促了，老苏很清楚，继续往下，就会永远留在海里了。他明明知道后果会怎样，可海水更深处，还是对他有着强烈的吸引力。他眼前不再是碧蓝的水，而是闪亮的光，是金碧辉煌的海底宫殿。

无数已经消失在海上的面孔，就在那宫殿里欢迎他。站在前面的那个年轻人，没看错，是曾椰子。那个当年浑身毛孔冒血，被用海盐腌回渔村的水手。老苏想，曾椰子当时是不是也看到了眼前的景象，才越潜越深呢？曾椰子身边那一群人，应该是那次冬天风暴里葬身鲨鱼肚子的那些，站在前面的，就是那个中年船长。他还是一脸傲气，那年的台风和鲨鱼，并没有把他的傲气吞下去。老苏的父亲，也在。父亲本来是死在岸上的，怎么会也在呢？但那不是他，又是谁呢？父亲紧盯着他，不知道是欢喜还是悲戚。他想起父亲过世之前，曾留下遗言，让把他的尸体烧成灰后撒进海里，老苏并没有遵照父亲的话来做。把父亲埋进墓地之后，老苏倒是把父亲的衣裤等烧了，撒进海里。此时父亲为什么是那样的神情呢？他是在怪罪自己吗？

更多的面孔，是他见所未见的，甚至有很多位穿着古代衣服的，那是传说中的一百零八兄弟公吗？海底的宫殿有光，光是黄色的，还会变化，变成橙色，接着变红变紫。那些光不能看，一旦直视，便目眩神迷。晕眩让他更想睡了，可他奋力看着眼前这些人。这么多人拥堵在宫殿的门口，是在欢迎他吗？身上的水压、鼻腔里水的堵塞、体内的缺氧，并没有让他觉得难以忍受，他感到了前所未有的安详。他继续朝宫殿潜去，快速扑向那变化中的光。

可他没法潜了，他的两只手臂被抓住了，他本能地扭动起来。一扭动，辉煌的宫殿消失了，宫殿里的人也消失了。安详也消失了，只有缺氧的痛苦，他浑身扭动，直至昏厥过去。

醒来后，已在船上。

是船上的两个年轻人救了他。船上有人看到老苏脱开胸口的绳子，立即报告了船长，船上水性最好的两个人，立即绑着绳子跳到水中救人。船上的人看着两个年轻人钻进水中，每一秒都那么漫长。当三人浮出水面，船上人赶紧拉收绳子。老苏被压出满口满口的海水，才醒过来。船长一直在船板上跳："老苏，你这是要害死我，你这是要害死我……老苏，你说，你跟着我的船出来，却把绳子解开，是想干吗？你不想活了，还要把我一船人也都拉下水吗？老苏，你……"老苏又能说什么呢？他一言不发，他也不明白刚才怎么鬼使神差就要往深处去。刚才眼前所见，又是怎么一回事呢？老苏坐起来，海风吹着，他觉得冷了，日头猛烈，但寒冷刺入骨髓一般。船长用力跺脚，高喊："回去！"

那一回之后，老苏再未有机会出海——所有的渔船，都拒绝他的靠近。一个惯于水上生活的人，只能远远看着渔船，再也难以登上。

他只好用一块树根，刻一艘独属于自己的小船。

岸　上

大儿子躺在床上，右腿绑着绷带，呻吟不断。儿媳妇跟大孙子，都在旁边看着。绷带里是跌打损伤的药，散发着刺鼻的气味。绷带上，有一团一团的污迹，那是血凝结后颜色可疑的污块。老苏来到儿子家，看到这景象，问道："怎么回事？"大儿子闷着头，不作声。儿媳妇推了推大儿子的手，他还是摇摇头，不说话。儿媳妇憋不住了："还不是欠人家的钱欠的，再过几天，估计这腿都要给卸下来了。"大儿子的头更低了。接到孙子电话的时候，老苏已经大概问出了什么事。那些积压在手中的砗磲，让儿子最近资金周转出了问题，追债的人多了，就有人在夜里堵着他，来了一顿拳打脚踢的警告。最近镇上这类事情越来越多，尤其是之前陷入困境而去借了民间高利贷的。

大儿子猛抬头，喊："你跟爸乱讲什么讲？出去！"

儿媳声音更大了："我说什么了？我说什么了？这不是事实吗？"

孙子也说："妈，你少说两句。爷爷都清楚。我跟爷爷讲过了。"

她仍旧没有放低声音："反倒是我的不是了？当时人家那老板要把这些货全部收走，要不是爸不肯把那个……出手，事情早解决了。我们何至于把这堆废物压在手上？"

大儿子抬头猛瞪着他老婆，想说什么，却又把头低下了。

老苏坐到儿子床边，摸了摸儿子腿上的绷带，儿子发出些微呻吟，老苏问："医生怎么说？"

"也没什么，皮外伤，擦擦药膏，休息几天就好了。"

老苏点点头："那些货还是没人收？"

"有收的，价格很低。"

"我倒打听到，有些人开始按住，不出手了。他们说，现在砗磲不让捞，以后肯定价钱还会更贵，面上说不让卖，只要是好货，私下里卖给藏家，估计没法查，价格也保证。"

"爸，话是这样说，但我耗不起啊。还有，万一有人举报呢？主要是，我现在手头空了，外面债务追得紧，要是手松，我也就任那些东西丢那儿就是……"

老苏沉思良久，伸手拍拍儿子受伤的腿，站起来，盯着上了高中的孙子："你跟我回家一趟，我把东西给你，你带来给你爸。"

"爸，那是……"大儿子有些哽咽。

"人最重要。要是人都没了，留着那东西也没用。卖给懂行的人，可能保存得比留在我们手中还好。《更路经》比人活得长，我早想清楚这事了。"

老苏昂着头走出去了，他孙子盯着父母的脸，犹豫着要不要跟上去。儿媳妇一直眨眼，床上的伤号点点头，孙子才跑出去。儿媳跑到二楼的阳台外，探头看着她儿子和老苏走远，兴奋地跑回丈夫身边："这下成了。"

他把脸藏回床角。

她埋怨道："要早听我的，也不至于那么麻烦，不至于拖到现在。你一会儿就给那个书法家打电话，东西早点给人家送去。早点把钱抓自己手里才是正事……"

他的脸仍旧藏在阴影里，看不出是什么表情。

她伸手摇晃着他的肩膀："这事……总算……"

"少废话！"

"什么？"

"滚！"声音撕心裂肺，带着哭腔。

一直劝老苏去主持祭海仪式的阿黄，并没有见到祭海仪式。老苏把《更路经》和罗盘交给孙子一周后，阿黄就忽然从家里消失了。家人在早上去看阿黄，发现他床上空空的，还剩一半的盐水瓶放在枕头上，针头滑落到地上，人已经不知去向。全家人四处找寻，并没发现任何踪迹。去派出所报了警，镇上不少人也都出动，还是没找到。派出所人员问阿黄家里人，他行动不便，又是半夜出门，你们竟没人发现？家里人哑口无言。

老苏听到消息时，并没有多大的震惊。他悄悄到了海边，对着起伏的潮汐，燃点香烛，对着大海拜了拜。永远有波浪不断涌上，又立即退去，所有的痕迹，在水的面前都是暂时的。阳光泛着金黄色，把海水映照出不同的蓝，靠近沙滩处的水是泛绿的，越往深处，越变得深蓝。沙滩边，长着一排排野菠萝，接着是一排排椰子树，再远一些，是木麻黄林。很多年里，这里都是很热闹的。翻晒、缝补渔网的人，在夕阳下留下剪影，再被夜色覆盖。

天色亮得花眼，老苏眼前却仿佛一片漆黑。就像当年瞬间就感知到曾椰子是怎么死的那样，老苏也理解了阿黄独自离去的心情。自己不是也要扎身潜水，去往那个海上亡灵的宫殿吗？老苏好像清晰地看到，昨晚后半夜，阿黄在思前想后的内心搏斗之后，终于义无反顾拔掉针头。下定决心的他，有着回光返照的镇定，有着最佳水手的充沛精力，他躲开家人的一切眼目，悄悄走出房门，穿过小镇的街巷。他悄悄解下一艘无人注意的小木船，用尽所有的力气，往大海更远处划去。月虽不圆，但月光铺满海面，小船沿着水面上的月光之路划远。最后，阿黄这位当年最优秀的水手，翻了一个身，投入了海水之中。一直念叨着应该死在水中的阿黄，不愿在一场绝症中变得人模鬼样，就钻进大海，寻找那些把身体和魂魄都留在海水中的伙伴去了。

老苏又想起当初阿黄说有好东西给他看，他没去，那是什么

231

呢？是那艘他给自己准备好，要划出去的小船吗？老苏让阿黄的家人在附近的海域搜寻一下。阿黄的家人半信半疑，却也没了法子，到处打听有没有哪家人丢失了小木船，却只得到一阵阵的摇头。不少年轻人驾着船在渔港附近的海域搜寻了两天，也没有任何结果。倒是有人发现了半艘破旧的船板，离海边也不远，集中人力搜寻了半天，水性好的人还带着氧气瓶扎入水底，毫无痕迹。所有的搜寻都徒劳无功。虽然还没放弃希望，但阿黄家的人，已经准备好依照渔村的习俗，像安葬那些葬身大海的人一样安葬阿黄。

祭海仪式在小镇的渔港边举行。

砗磲的禁售令已经生效，镇上的店面清空了。有的改成了卖烟酒的杂货铺，有的改成了小饭馆，也有的准备改装成民宿，更多的店铺则还空着，店家尚没想好要经营什么。开渔季来临，市里准备把开渔节打造成一个旅游节，邀请了不少游客、媒体和上级的领导。小镇上人山人海，老苏从未见过镇上这么热闹过。一想到还要表演，穿着长袍的他，浑身的汗就淋漓而下。附近的渔船全部聚集在渔港这里，排好了队，只等着开渔节之后，千帆竞发，往南海而去。老苏也没见过这么大的出海阵仗。当年开渔也是多艘船一起出航，可哪有眼前这种政府部门组织的这么声势浩大啊？

渔港边搭了一个主席台，彩旗飘荡，围聚的人带动了无数小生意的到来。主席台前拥挤不堪。十点半，仪式开始了。先是领导讲话，大概讲了今后将如何以旅游带动小镇的渔业发展，如何让渔业成为小镇旅游的新特色，还计划推出近海捕捞的旅游项目，由旅游公司出面打造，游客可以随渔船出海，体验真实的海上生活。当然也讲到了，要如何引导小镇转型……后面很多话，老苏没听进去，也听不懂。按照安排，领导讲话之后，就轮到他了，他在后台，坐着也不是，站着也不是，脚都是发抖的，在海上突然遭遇台风，他也没这么紧张过。他朝旁边的工作人员一招手："给我拿点白酒。"工作人员有些纳闷，以为仪式需要用到，赶紧跑步去买。老苏接过白酒之后，拔开瓶盖，狠狠地灌了一口，酒气上涌。从不饮酒的老苏，为了制服心中的惊涛骇浪，咬着牙把怪味吞了下去。

领导讲话完了，主持人喊了一声："开始！"

老苏拍了自己两巴掌，拍出两口酒气，终于安定心神。他缓缓走到主席台前的红布旁。此时，所有的目光都注视着他。所有的紧张已经没有了，老苏手中捧着两张纸。在此时，老苏觉得自己已经不是老苏，而是过世的庆海爹——他走路的样子，都有点像庆海爹了。老苏点点头，有人给他递上一个话筒。老苏高声喊道："祭海仪式开始！"声音在人群中回荡，那么多人，都屏住了呼吸，只有海风摇晃着渔港上的船帆和主席台周围的彩旗。老苏道："各家船长，上前领香。"各家船长走到老苏边上的祭坛边，各自领取了一支线香，按照此前排好的位置，前后站定。

老苏喊道："念《祭海文》！"

船长们低头作揖。老苏念道：

海南省某某市某某镇，叩请恩光香河主众宗亲、五姓孤魂、一百零八兄弟。

山川银露，男女神畅，保佑祖国领土、海洋完整。

渔民远到三沙生产，求财财到，求利利来，好人相逢，恶人走背。

东方财源到，西方财源也不停，南方财源广进，北方财源接接来。

利禄宏开，生产安全，蚌盒变珠宝，渔乡笑呵呵。

兄弟公保佑渔民精神饱满，满载而归。

子孙给尔祭海仪式。

出海生产！叩首，再叩首，三叩首！

老苏带领所有船长，向着大海的方向跪拜。场边有些渔家的人，也跪了下来。这篇祭文，并非传自庆海爹，而是老苏按照庆海爹当年祭海的零星记忆，加上自己想的几句话，找来村子里稍懂文字的人，写了下来，也不管是否通顺，先念了再说。

《祭海文》念毕，老苏喊道："念《除妖文》！"

所有船长仍旧列队恭听。

天最神，地最神，人离难，难离身。

南无法、南无佛、南无观世音菩萨

阿弥陀佛、蓬莱仙、象天地、仙真人

三官五雷神、兵统领神、兵竟西方万名古佛明圣经

亨前汉末清，归于无大道；乾元亨利贞，乾元亨利贞

吾捧太上老君火，急急如律令。

伏发伏发！

234

念完之后，仍是向着大海的方向跪拜。

第三个项目，是敬拜《更路经》、罗盘。祖传的《更路经》和罗盘已卖给了书法家——这本是他自己多年来断断续续手抄的备份，罗盘则是一个新的，已经用玻璃罩扣住，摆放在祭坛之上。因为这两件都不是老旧的东西，老苏有些心神不定，害怕有人指出，害怕露馅，也害怕若是哪天出海的渔船出了啥事，会有人怪罪是因为这两件新东西镇不住。他还想到阿黄最介怀的，就是庆海爹的儿子，把庆海爹的经书和罗盘卖了，可自己不也是卖了吗？老苏强压住混乱的心绪，凝神静气，把还萦绕在喉舌之间的白酒的味道，当作自己的镇静剂。老苏也刹那闪过一个念头：要是用来祭海的，是自家的那两件老东西，该多好啊——即使要卖，祭拜了再卖，也行啊……但……唉……这事，没得假设了。老苏涌上对父亲、祖父以及更久远的先祖的愧疚，手不禁有些发抖，他越是用力镇定，手越是抖动得厉害。旁边的船长，并没有觉得有啥不妥，他们甚至因此觉得是老苏全身心投入。随着老苏的指挥，所有船长在祭坛面前，向《更路经》和罗盘敬拜，祈祷保佑海上顺风顺水、平平安安。之后，燃放鞭炮、燃烧纸钱，各种气味向老苏口鼻涌来，呛得他几乎要流泪。后面所有的喧闹，就跟老苏无关了。他脑子一片空白，所有人潮的涌动，他都闭眼不看。一阵阵喧闹以后，好几位领导在主席台上，用剪刀剪断一条彩带，之前讲话的领导高喊一声："开渔！出发！"

渔船开始鸣笛，离岸出港。

老苏坚持要抱着自己刻好的那艘船出海去，让它随自己去吹一趟海风。

那艘船上漆之后，油光闪亮，渔船上该有的部分，一概不少，抱在手上，沉甸甸的。祭海仪式之后，老苏随着市内、镇上的相关领导一起上了一艘大船。组织者是旅行社的负责人，也邀请了周边的一些老渔民。他们是要给新规划的旅游线路踩线，说是开拓什么海上新线路、拓展未来海洋旅游新方向、给热爱出行的人带来更极致的新鲜体验……都是一些老苏听不大懂的话。停靠岸边的时候，船有点随波轻荡，抱着自己雕刻的木船踩上甲板，老苏竟然有了一点晕船。老苏赶紧把小木船摆放在甲板之上，自己伸手扶住船身。

船离开岸，往大海深处而去，船上、岸上尽是欢呼的声音。那些老渔民也是欢呼的，尽管出海几十年，但这一次他们是前所未有地放松，可以谈笑风生，可以指指点点，可以不理船怎么开、会不会遭遇风浪，这是他们第一次卸下担子出海。带着咸味的海风迎面而来，老苏晕船的感觉更重了，他忍不住嘲笑自己，还算是一个出海几十年的老渔民吗？他的脸色迅速苍白起来，喘气都有些急促，甚至喉咙泛酸，有呕吐将至的感觉。看到他神情不对，两个年轻人赶紧过来，把他扶进舱内，安排了个位置让他坐好。坐着，也并不能减轻一丁点儿晕船之感，若不是船已经开出老远，或许他会要求上岸。当然，上岸的念头只是在心底一闪而过，他为自己冒出这个念头脸红。他只能强忍着，尽量让自己去看船舱外波光闪闪的海面和飞溅而起的浪花。恍惚之间，老苏回到了当年第一次随父亲出海的时候，回到了曾椰子的尸体被腌在船上臭味难忍的时候，回到了想潜入深海留在那个海底宫殿的时候。亲手雕刻好的木船，就放在脚下，好像那并不是一座雕塑，而是自己当年驰骋海面的那艘渔船。这艘小木船，跟真正的船一样，也有一个船舱，揭开一块板，里头空空的，这是老苏留给自己的位置。他想着，哪天要过世了，会叮嘱儿孙们，把他烧成灰，装进这艘船里，放到海上，让它随着海浪漂荡，沉在哪片海域都好……这个念头他不敢深想，他知道，即使交代了儿孙们，他们也未必会按照自己的想法去做——他当初不也没听父亲的交代，没把他撒进大海里吗？这个家族，总是出一些不听父亲话的逆子。但即使完不成这心愿，老苏也愿意随时摸着这艘小船，像当年从海上归来的夜，抚摸着自己女人的胸脯。

晕船感在开出大半个小时之后才减轻。旅行社的一位导游，前来扶着老苏到船长的驾驶室内。老苏交代道："把我的船看好！"那导游笑了："老苏，没人动你东西。"老苏回头看了几次，才跟着进到驾驶室内。船长立即站起来，是一位四十几岁的中年人，他伸手跟老苏握了握："苏爹，您好！这次，还得麻烦您帮我们费心看看。到时要是有游客来，当然得让那些客人玩开心了，水下得能钓到鱼才是；还得麻烦您一起帮着我们找一找，哪片海域比较适合海钓，哪片适合深海潜水。"

老苏说："多年没出海了，陌生了，陌生了。"

"别这么说，海上的路线图，都刻在您脑子里呢。现在仪器很先进，我们就缺少经验，以后还少不得请你们老渔民帮帮忙呢！"他的手一划，"看看，这就是我们现在的驾驶室，跟你们以前的掌舵行船，差别可大了。"老苏看着眼前的一片仪器，各种仪表闪着光，还有面积不小的显示屏，显示着卫星定位导航，显示着离岸边多远，显示着船航行过的路线。老苏赞叹道："这些东西，得学多久才会使啊？"船长笑了："比您学那经书容易多了，您到前面来看看，观察一下这片海，看看怎么样？"

老苏走近玻璃窗，外头的海面清清楚楚，但不会再有海风直扑而来，不会有海风给他浑身涂抹上一层厚厚的海盐。当船头的海水像要迎面扑来的时候，他的晕船也就消失了。他挺直了腰板，直愣愣地看着外头的水纹变化。他知道，当年所有沉睡的记忆已经在此刻复活，天空、水面出现任何一丁点颜色、形状的变化，他都能立即知道，那貌似如常的海面之下，隐藏着什么样的鱼虾、奇景或危险。腰板是怎么挺都挺不直了，但老苏知道，只要站在船身的最前面，毫无疑问，他就还是那个指挥若定的船长——这艘船上，唯一的船长。《更路经》里记载的千百条线路图，在他的眼前交错，缓缓铺展开来。海面上纵横交错交通繁忙，海面上绝非一无所有。老苏忽然指着一片海面，中年人赶紧过来，想听听他说什么。老苏没有说，他本来想说的话，硬生生吞了回去，葬于肚腹中的汪洋，那句话他不会给任何人说。那句话，他早已用自己歪歪扭扭的毛笔字，记在手抄的那本《更路经》最后一页："自大潭往正东，直行一更半，我的坟墓。"

去听他的演唱会

"去不去？"

"什么？"

"演唱会。"

"谁的？"

"躲山里了？张学友啊。"

隔着电话，隔着大半个海岛，信号没被风吹弱、没被太阳晒化、没被山林阻挡，小孟几乎看到了曾翔脸上的鄙夷，看到他竖着标志性的中指，看到他嘴角没变而眼角一跳一跳，像是里头潜着一只迷路的虫。小孟不知道怎么答，最近，微信朋友圈热闹得很，连门口卖农家猪肉的油漉漉大叔、修电动车的非主流小弟或者有着标准发型定制表情的公务员同学也都沸腾了，张学友演唱会开始售票的消息让很多跟"粉丝"两字不搭边的人纷纷涌出，朋友圈阵阵神仙混战。就更不用说小孟那个小圈子里的人了，海南岛上，搞原创音乐的就那么几个人，一听说"歌神"降临，恨不得拎着香烛、纸钱、鞭炮和一只泛红油亮的烧猪去膜拜。小孟又没瞎、没聋，他在朋友圈的发言是越来越少，可偶尔还是会用拇指刷一刷的，每看到一条相关的消息，耳边就响起"一路上有你""你知不知道知不知道"什么的，赶都赶不走。这种感觉特别恐怖，尤其是在编曲的时候，张学友这病毒般的旋律毁了他所有的努力——本来想出一段极好的旋律，哼着哼着就跑偏，拐到"一路上有你""你知不知道知不知道"上去了。这段时间，每到写曲之时，他只能关掉手机。照目前这形势，关机的时间会越来越长，因为他接了一个活儿。他的一位高中师兄，目前官运亨通，成了省城一个区的区长，前几天约他见了一下，准备叫他写三首宣传歌曲：一首反映这个区的历史文化、一首献给青年志愿者、一首定位广场舞神曲——让大妈们轰得蚊虫失魂落魄、轰得大爷们心神不宁。无论如何，张学友的声音，对他那三首还处于构思阶段的歌曲都是一种毒害，对曾翔邀约一同买票，不好直接拒绝，他只能甩锅给基站："现在信号不好，听不清，挂了。"

　　小孟不知道自己还能不能叫"小孟"——喊"老孟"为时尚早，但那个"小"字也让他心有戚戚焉。黑发辞别镜子，白发不约而至，而且荒漠化形势严峻，发际线迅速后移，若在清代，已经不需给前半球剃发了——这情况还能叫"小孟"？有一次，跟陈慕喝茶，陈慕望着他的头，以新闻主持的腔调念道："我们一次次追逐，不过追逐满头稀疏的落雪。"小孟后来回想多次，"满头""稀疏""落雪"，这些词全是恶毒讽刺，却讽刺得诗情缓缓，比较高级。没办法，很多时候，他还得跟陈慕见面。陈慕嘴巴恶毒，人却很好用，早些年，每当小孟和曾翔出了新歌，陈慕都是最先而且唯一一个给他们写乐评的。陈慕常说："我给别人写文章几块钱一个字，给你们白白写了几万字，相当于送你们一间小户型首付了。"陈慕的"好用"不在写乐评，而在写歌词，小孟接了什么"任务"，一筹莫展的时候，找上陈慕，他往往能写出最合客户心理的歌词——他的尖刻里有着可怕的洞察力。别看他讽刺别人头发白也能说出"我们一次次追逐，不过追逐满头稀疏的落雪"这样愁肠百结的话，他正能量起来，是标点符号也符合社会主义核心价值观的。小孟能忍受陈慕，还有一个隐藏的原因，他没跟别人说过，那是属于他自己的彩蛋。大学刚毕业回省内的时候，他跟曾翔一块儿租房住在一个城中村的旧房子里，两人把各自的音乐设备一凑，成了一个简易的录音棚，工作之余便是埋头写曲编曲，那时他内心慌乱，估计曾翔也一样——虽然曾翔把心事隐藏在两撇不知何时又冒出来的小胡子背后，像一个发福版的陆小凤。在那兵荒马乱的时间里，陈慕有时过来串门，看出了点什么，临走时，不经意冒出些话来："海南小地方，也有小的好，无论做什么，熬着熬着，就跑到前面去了。很多事情，排队也会排到我们。"这毒鸡汤让小孟很多次展开手指尖的白发时，还能洗洗脸，挺着黑眼圈出去见人。

　　——这话当然也在某种程度上，害了他。

　　想起来，小孟跟曾翔认识很早了，那还是网络论坛时代。读大学时，有大把时光需要挥霍，两个从海南岛到不同省份读书的人，在网上遇到了，都有玩音乐的爱好，竟然远隔千里，合作写歌。现在回听，那些歌当然是幼稚的——现在可能也成熟不到哪里去——但那打发了他们很多不眠之夜，消耗了大量多余的荷尔蒙。配乐设备买不起的，就在网上找各种破解软件，模拟各种乐器的声音，歪来扭去，竟也编出了一首首曲。两人毕业回海南，在一个城中村租房住一块儿，接过不少商业歌曲的活儿——比如一些房地产的歌，整天在电台上播放，他在公交车上听到前奏响起，猛地站立，差点跟乘客们宣布："这……我写的!"租住的城中村全是村民的自建房子，街巷犹如迷宫，走着走着，就回到一片荒野。很多次，小孟还在那村里发现一片巨大的菜地，菜地边上有茂密的竹子、啃草的牛，这一次次篡改他的时间感和空间感。小孟和曾翔，窝在房间里写歌，在一个桌上吃饭，就差睡到同一张床上了。陈慕过来后，眼神怪异地看着他俩，说："我要写篇小说，《两个男人的城中村》。"

小孟没想到，很快地，他和曾翔都搬离了那个城中村。曾翔到省内一个门户网站上班，而他，先是到电台去，在一个工作室负责录音；后来他跟人合股创办了一个专门推广农产品的文化公司，这文化公司解散之后，他成立了工作室，拍起了短视频，接一些宣传片的活儿，档期闲置的时候，他把人拉出去练兵，拍一些行将消失的人与物——所谓的"记录民俗与文化"。而曾翔依靠家里的支持，凭借在媒体工作的敏锐嗅觉，在海南房价飙升之前，买了好几套房，当起了寓公。曾翔目前最大的兴趣，就是查询东南亚的各种旅游路线，时不时在微信上晒出他晃荡在那些国家的身影。小孟也在匆匆之中结婚、买房，有一次开车路过那个城中村，看到那里已在城市建设当中沦为一片废墟，心有所动。他停好车，专门去寻找了当年的菜地和竹丛，那被轰炸过似的工地，掩盖了一切。回到车上，他想起当年陈慕那篇《两个男人的城中村》，里头一些陈慕胡说八道的虚构，有时会入侵他的记忆，让他记不清哪些真实发生过，哪些又属于小说家的不怀好意的冷笑。比如，小说中，住在城中村的两个男人，曾有过四

242

手联弹——小孟想起来，他们根本没有钢琴，哪来这么矫情的联弹？可小孟又迷糊了，钢琴没有，便宜些的电子琴倒还是有的。小说的结尾，其中一个人走丢于城中村的那个菜地，被茂密的竹子遮盖，另一个遍寻不见，这无疑是小说家的故弄玄虚——可小孟仍然有些迷糊，他当年确实走进去过那片菜地，被竹子隔开了一个真实世界，确实有蒸发的错觉。

视频工作室成立后，他第一时间就想起去拍那个城中村，可面对那片工地，村民四散了，唯有一间空荡荡的旧祠堂无人光顾，落满灰尘、遍布蜘蛛网和各类蚊虫，没法下手。他只好带着队伍去拍了另外一个被规划、即将被拆迁的城中村。片子倒是拍完了，也在公众号上发了出来，引来了一些怀旧者的掌声，可他却备感尴尬。按照之前的政府规划，这个村是很快就要被拆迁完的，可传言并没有最终落实，抓了几个负责拆迁的官员之后，赔偿款一直没落实到位，那个断手断脚的村子还顽强地不肯断气。这就让小孟的片子，失去了某种力量——他所有的表达，需要一个城中村的消失来垫背。

小孟不是一个会应酬的人，那天师兄叫他去见面，安排在一个环境安逸的咖啡厅，他还是觉得不自在，又不得不去。视频工作室折腾了一年多，停掉之后，他干回老本行，跟一个朋友合开了一家音乐工作室，给人写商业歌曲、办儿童的音乐培训。培训班只能保证不饿死，还得接一些商业的活儿。这个成了区长的师兄，张口闭口正能量、价值观，小孟极力想跟上他的思维，发现并不同频，只好放任自己胡思乱想。师兄的精神倒也不难领会，他们要求写的那三首歌，曲是没什么好审核的，曲子不会有什么不得体的表达；而歌词，则要给他们看，上会通过后，就可以谱曲了。这师兄不知道是在练铁砂掌还是什么的，说两句就拍拍小孟的肩膀，离开的时候，小孟觉得自己矮了三公分；一会儿又觉得不对，应该是高了三公分——肩膀肿了。跟师兄的会面，让他一直走神。他得在脑子里回想某些旋律，才能从师兄的口沫横飞里坚持下去。

县城的KTV里，空荡荡的。人都走光了，只剩他一个。一起来的，都是舍友。他们住的，不是学校的宿舍——这座县中学，竟然没建学生宿舍。很多家不在县城的学生，只好寄宿在校园周边的民房里。有些民房能塞下三四十号人，像一个大的养猪场。这一次，是一个爱买彩票的舍友中奖了，请舍友出来唱歌。唱到一半，那些人鼓动着，离开了KTV，找地方按摩去了。就剩下他一个，面对着所有人点下的二十多首歌，一首一首往下唱，像开一个人的演唱会。

他从未这么奢侈过。

一种人去楼空的奢侈。

这是独属于他自己的回忆，可在一次闲聊之后，陈慕就把这一段刻录了，塞进了那篇《两个男人的城中村》里。当然，后续的事他没说，陈慕也就虚构不出来：他隐隐约约记得自己唱了半个小时后，就被返场的舍友拉走了，强行把他塞进KTV隔壁的按摩院味道暧昧的小隔间里。在舍友们的起哄中，一个衣着暴露的女子在他身上抚摸起来。女子还问了一句能不能把牛仔裤脱了，裤子太硬，没法按。隔着衣物，他整个身体，在女子的手指尖摁掐下绷紧。他忍不住痒，说了一句让舍友喷饭多年的话："你能帮我按按鼻子吗？我有鼻炎……"这话一出，相邻床上，一位陷入某种癫狂之境的舍友从迷醉中笑场，几乎要摔到地上。

　　他们四手联弹，他们的手指在琴键上跳动的时候，不会撞到一起。他们的手总是在最适宜的缝隙里穿插，他们带起空气的震颤。有停顿，在迟疑，像忽然涌上岸来的潮水，像一声又一声的叹息——他们是在那时那刻暂时屏住了呼吸吗？昏暗的房间里，并不存在的第三者，似在期待他们的手握在一起。就像并不存在的第三者，在期待着，他们一起走入城中村中间那片菜地，消失于一个迷雾重重的早晨或一个晚霞落满的傍晚。或者是，在一个漆黑的夜，如一点雨掉入长河。

当年陈慕把这篇小说丢给他们两人看的时候，他们恨不得把陈慕捆起来，丢到城中村那片鱼塘。可静下来的时候，小说里写到的一些画面，时不时冲上来，搅乱了小孟的脑子。陈慕文字里的带偏能力，让小孟后来在搬离那个城中村的时候，几乎是迫不及待——好像急于证明他跟曾翔特别清白。

……

小孟得不断在脑海中重复这些画面，师兄的口沫横飞与洋洋自得才能被拒绝与屏蔽。师兄的每一句话，都应该在庄严会场的主席台上讲出，都应该是对着日报记者的采访才说出……这并没有什么不对，只是容易被带偏的小孟，需要在心里修建一个充满弹力的世界，才能保证自己在听师兄讲完后，他仍是自己。小孟说："师兄，我回去做个方案，发你看看，你认可了，我们就开始？"师兄伸出肉乎乎的手掌，又给了小孟肩膀狠狠的一击："你啊，什么都好，就是话少……这样，对你拉业务很不利啊。"小孟苦笑："所以，还得请师兄照顾啊，不然得饿肚子。"

师兄走后，他最迫切的一件事，是找个药店买瓶跌打油，抢救被师兄拍残的肩膀。

歌词是陈慕写的。师兄那边，召开了会议，讨论了歌词的初稿，提出了修改建议，需要把很多政策性词汇塞进去。陈慕呵呵呵冷笑，花样吐槽喷往小孟的师兄，有的庄严肃穆，有的荒诞滑稽。小孟说："能不能少说两句？毕竟是我师兄，就算不是师兄，也是客户，得根据人家要求来交货嘛……"陈慕嘴上带刺，该做的修改，他毫不含糊，改到最后，他总结道："我明白了一个道理，改到我不愿意署写词的是我，肯定就通过了。"前后折腾了两周，师兄终于发来两个字："通过。"小孟长舒一口气，所有压力都转到他头上来了，他得给这些词套上旋律——望着那些磕磕绊绊拔苗助长的词，他不得不承认，无论是阅读还是哼唱，修改后的歌词都不太顺畅，像给高速路铺设了减速带——陈慕嘴贱，得理不饶人，确实是因为他"得理"。陈慕真的不愿署本名了，他取了个笔名"小力"。

如何给"小力"的词套上旋律？小孟哼唱、哼唱、哼唱……无论如何哼，最后都以一句张学友结尾，小孟把额头撞到墙上。小孟怀疑自己的音乐工作室迟早也干不下去。早先的农产品包装设计公司，没做多久就解散了，后来总结经验，他发现并不是做得不好，而是一些理念太超前——他想把农产品当文艺产品来卖，可海南岛上有这种品牌意识、品牌影响力的公司还不存在，包装很好、宣传也很精准，可产品就是卖不出去，急得那些老板拉来一箱箱产品，堵在他们工作室门口。关门三四年后，类似的包装和营销倒是越来越多，甚至形成了某种风气，而那时，小孟正拉着自己的视频工作室在拍片。小孟发现，自己把视频工作室也经营得不像在做生意，闲暇时候，把队伍拉出去拍摄一些关于民间技艺的纪录片，花费在自娱自乐的纪录片上的时间比拍广告片的时间更多，视频工作室倒闭也就成了必然的事。之后一年多，很多微信公众号，开始流行各种小纪录片，带动流量的同时也有了不少的广告收入——他又抢跑，被判出局。重新做回音乐后，陈慕刻薄地嘲笑他："你以为你之前老失败，是因为理念太超前？不是，是你太文青，或者说太假文青，生意不当生意做，偏要玩情怀，该死。"所以，他咬着牙，也得把师兄那三首歌里的个人想法摒除，顾客至上嘛。

可，怎么又胡乱想起了张学友？

"歌神"张学友的巡回演唱会每到一处，之所以会引起轰动，不仅是因为他的歌唱得好，更是因为几乎他每场演唱会，都有各种逃犯在现场被逮。这种"神迹"，在互联网引起了奇怪的效应，很多人点开相关的新闻，不是看他唱得好不好，而是关注又有什么逃犯被抓住了。小孟想过何以会出现这种逃犯效应：当年张学友的歌曲环卫工人般横扫大街小巷的时候，卷走了多少人的听觉记忆，这其中也包括后来成了各种逃犯的人。当张学友全国巡演，那些逃犯也忍不住要去一睹少年时的偶像，即使网上传出的各种逃犯被抓的消息，也未能掐死他们的愿望。甚至，越是警察出没，有些人越是怀着赌博般的快感——本来不一定要去的，更得去了。小孟因为接了师兄的活儿，害怕被张学友的旋律洗脑，有意排斥听觉干扰，可越是闪躲，关于演唱会的消息越是袭来，张学友的声音越是阴魂不散。他一坐在工作室里，面对着那堆乐器，张学友就闭着眼睛、翘起兰花指、喉结抖动：

"你知不知道，你知不知道……"

当年住在城中村，经常有些圈内的朋友来看小孟和曾翔，有不少人还邀他们登台跑场。数学好的还给他们算过，坚持一两年，可以赚下多少多少钱。小孟和曾翔也不是没动过心，两人花了很长一段时间，把省城的娱乐场所都跑了一遍，就是想看看哪里更适合。谁知道这一阵跑下来，两人越来越沉默。曾翔问："接不接？"小孟说："不是太想……"曾翔说："虽然我们没身价，也觉得跑这些场有些掉价。"两人便没再想过这事。也不乏当年一块玩的哥们儿，有后来大红大紫的，或者是参加了国内的某个选秀，或者是在网上踩中某个点成了超级网红。最神奇的，是有一个家伙，参加一个节目获奖之后，小孟发短信祝贺，那边回了俩字："谁啊？"这人声名鹊起之后，开始卖弄叛逆人设，几乎每场表演都砸吉他甩头发，后来在网上发布一首涉嫌地域歧视的歌曲，被相关管理部门重罚不说，还吊销了他的表演资格。他最低潮的时候，小孟在几个酒场上见过他，他总是眼睑乱闪。小孟低声告诉他身边的朋友："看好他。"没过多久，那家伙还是酒后开车撞天桥，虽没伤到他人，但酒精度太高，还是把自己赔进去了。出来之后，那人脑子就开始不太正常，圈内朋友都躲着，偶尔谈到，都心照不宣地跳过。那人最崇拜的歌手就是张学友，之前在KTV里，把张的每首歌都唱得几可乱真。小孟有时心想，他会去看张学友吗？

最让小孟觉得惊奇的，是H也随着张学友的演唱会出现了——小孟想起她都不敢直呼其姓其名，只敢用陈慕所命名的H来代替。其实，H和他已经有好些年处于失联状态，失联的原因小孟都难以启齿。两人在高中时候，相处过一段，大学天各一方，各有际遇，分手是自然而然的事。有一年暑假，H和他约好，各自从学校返回海南之后，两人见一见，把事情好好谈谈。H先回到的省城，订好了酒店，他半夜匆匆赶到，忙完所有杂事之后，两人躺在床上，他竟完全没有跟她更进一步的欲望。是的，两人都赤身裸体，一左一右四眼相对，却谁都没有下一步动作，太怪异了。他准备跟H好好谈一谈这事，一直没开过口。也就是从那之后，两人再未联系过，不知多久后，手机号码也删了。

当H加他微信，他花了很长时间去想她的脸，徒劳，想不起……他只能想起两具相对无欲的身体，疑惑那晚漫长的尴尬到底是如何度过的？H在微信上发了个笑脸表情，说："我买了张学友演唱会的票，两张，要不要一块儿看？"小孟愣了好久，手指在表情符号那儿东奔西跑，也没选中合适的。她又说："如果是别的人，我也不去听了，张学友，就想叫上你一起。"他想起了高中时候的事：她父亲因病过世，几乎把她击垮，她很长一段时间精神状态很差，班里很多人轮流盯着她，他只是其中一个。可自从有一回她抱着小孟痛哭之后，一切都不一样了，两人经常用同一个随身听听磁带，张学友的歌声，就是那个时候，通过一条耳机在两人一边耳朵响起。每次拔下耳塞的时候，他都觉得那只耳朵是麻木的，他当时没在意，心想那就是青春。这些回忆扑来的时候，他也就没法拒绝了，摁动键盘上的"H"键，出来的第一个字就是"好"，他发送了过去。

很快回了一个字："嗯。"

小孟就没法安心给师兄的那三首歌编曲了，无论怎样，张学友不断回响耳边，而且，只是当年听耳塞的左耳。他终于忍不住，跟H约了个地方见面，本来挺正常的事，他却心跳加速，地点换了两三回，就有了偷偷摸摸的紧张，还是把地点放在市郊的海边。车停下之后，他远远就看到了她，好像多年没变，却又那么陌生。不知道怎么打了招呼，两人在沙滩上逛了十几分钟，他说："上车吧。"她默默跟在身后。他驱车驰骋，几分钟后，速度降了下来，他指着一座雄伟的建筑："张学友的演唱会，应该就是在这里开吧？"她说："嗯。"他说："叫我看演唱会，你不后悔？"她说："可能会。但不叫肯定更加后悔。"他不说了，呆呆望着那座运动场，好像可以看到一周后，熙攘的人群把那里塞满，灯光从运动场的顶上射出，把夜空割得破碎。

提前预演这画面的时候，小孟有些怅然。两人钻进车里，H握住他的手，两人在椅子上靠得很近，小孟闻到某种气息，车厢的封闭让气息瞬间膨胀。小孟准备向前，准备靠近，想象……他眼前有些恍惚，是不是当年那一晚的按兵不动延续到了眼前这一刻？跳跃的时间感，撩拨着他的呼吸，他指尖的动作加快，像是编曲时弹奏电子琴的黑白键，他正要用力……他知道，这力气一旦使出，洪水便会决堤。水位即将淹过警戒线，她浑身触电，猛然缩身；小孟也一震，像是酒醒了，停住了……被撩拨起来的欲望瞬间退潮，当年那晚的无动于衷的倦怠感再次出现。在此时，让人兴奋的气息也成了某种不好闻的腥膻味。他赶紧坐到驾驶位，来不及整理衣衫，把车发动，车子渗入夜色。两人无话，直到下车，她才问了他一句："演唱会还看吗？"他望着她，好久之后才说出一句："微信上回你。"可几天了，他没回，她也没问。那几天里，小孟在家里看到妻子，内心愧疚，好像自己出轨已成事实。

陈慕满脸瘀青地出现在小孟面前，小孟没想到那竟然是他。陈慕虽说不会把自己收拾得油光可鉴，但他有些轻微的洁癖是毫无疑问的，他常常翻着书，就去洗一下手；聚餐时，上来三包纸巾，最后发现全被他扯出来擦拭，在对面堆成一座小纸山。而眼前的陈慕，显然已经无暇顾及脸上形象，或者说这已经是他打理后的最佳形象了：左嘴角和右眼角黑黑一团，额头正中央还有一个鼓起来的包。小孟还没开口，陈慕就说："知道你想问……这是被打的。"小孟更好奇了："被打？"陈慕说："有个写东西的，说我一篇小说里影射他，找我理论，我解释说不是也没用，最后就动手脚了。不过，他脸上黑得不比我少。"小孟笑出来："你们文人……干脆叫武人好了……"陈慕说："猪脑袋，我都说了写的根本不是他，他认死理……"小孟说："你真的没一点影射人家的意思？"陈慕憋了好一会儿，把话咽回去了。小孟说："老实说，我也不信，毕竟，你是有先例的，当初你写《两个男人的城中村》，我和曾翔也想把你装麻袋，丢鱼塘里喂塘鲺鱼。"陈慕眼睛圆了起来："你们也较真儿？"小孟说："主要是很诡异，我和曾翔两个大男人，本来没啥，被你写之后，见面都有些尴尬……用现在的话讲，本来挺直的，被你掰弯了。"陈慕笑了："我看不是掰弯了，是把你们拆散了。"瘀青在陈慕的笑脸上绽放，小孟恨不得一拳头挥上去，给增加点灰度。心中闪过陈慕那小说的一些片段，小孟有些惆怅，他竟中

251

毒般地念念不忘：

　　巷子曲折，即便住了三个月，返回这个村子的时
候，他还是会迷糊，常有没法穿越迷宫的烦恼。无计可
施时，他只能拨打电话。话筒里传来熟悉而略带嘲讽的
声音："又要带路？"接着，那声音会问他，左边或者右
边竖立着石头还是竹丛，再之后，就很简单了，电话里
的声音是精准的语音导航，让他几步左拐几步朝右，最
后，笑嘻嘻地说："往三点钟方向看，对，看到那面墙
没有，断了一半的那墙，走过墙，就是巷口……"看向
那堵不知道修建于哪个年代，又不知道倒塌于何时的断
墙，好像电话中发出声音的那张脸会笑着从断墙的缺口
处浮现出来。

他真的有几回在那些巷子中迷路，打电话给曾翔问询过，并
被在饭桌上谈笑。也就是说，陈慕并非全是虚构，但那张从断墙
中浮现的脸是什么意思？恐怖片还是爱情故事？

　　时间不是均匀流淌的，而呈块状——假若不是这
样，往事被回想时，便不会磕磕绊绊，一件事跟另外一
件事之间相隔好久，得跳跃着才能接上。
　　他想起上次同学会见到H的情形，她躲在一群欢
腾的人背后。是的，无论是在什么样的学校读过，无
论哪个班级几个人，总会产出一两个特别热衷组织聚
会的人，他们像渔网一般，有本事把散落各地的人捞

出来。若是知道H会来，他会不会还有勇气来？但还是来了，他想起两人那次躺在一块儿却没有任何进一步动作的画面，尴尬滚雪球般变大。他的屁股不断位移，在同学们的鬼哭狼嚎中，他接近她。她当然看到了，身子象征性地晃了晃，并未移动。他从啤酒味飞扬和杂音交错之间穿过去，和她一起靠着——他返回了旧日子。

临近高考的那一段时间，校园里发生的任何事，都有可能引爆敏感的他们。比如说：初中部的一群学弟，冒着夏天的雷雨，在操场上踢足球，雨水的冲刷让他们激情燃烧得更旺，他们的喊叫在绵密的雨的缝隙里穿梭，可一道闪电劈下来，把南边守门员劈成一块黑乎乎的炭，所有的声音也被劈没了。之后几天，守门员的家人在操场上烧香点烛，把那当成了坟地，同学们又是悲伤又是后背发冷。比如说：高考前最后一次模拟考的时候，全校的高中生都上街了，他们举着横幅标语，抵制当时从国内各省蜂拥而至的"高考移民"，同学们的声音响彻县城的上空……由于高考逼近，这些事在他心中一次次引爆，在H那里，更是这样。击垮H的，是高考前一个月，她父亲病逝了，那段时间里，班上的同学轮流盯着她。又轮到他盯着她了，正是同学拥上街的那天，他按捺不住，眼神注视着人流，这或许是他这辈子离某种"传奇"最近的日子。口号从同学们口中决堤而出时，他却只能盯着她。她看出了他的蠢蠢欲动，说："你去吧，我没事，我不会寻死。"他几乎是逆反般地说："你怎么知道我想去？我才不去。"她说："那，你就好好看我吧！"两人在三楼教室的窗边，看着校园里涌动的人潮——他忽然觉得，没去也很好，至少，除了他俩，没人以这样的角度，见过这场景吧？再之后呢，已经是高考之后了吧？聚餐后集体唱歌，四大天王的歌是热门，尤其张学友，他的《吻别》被好多同学点，被唱了好几回了吧？他和她是什么时候吻上的呢？是在张学友的歌声催发之下吗？嘴唇轻触，他想到那个被雷电击中的学弟——原来，通体触电是这样的？

　　……

　　他靠着她坐下来，这些块状的记忆此起彼伏。这是他在和她那次无欲的尬躺之后的再一次相见，他想了好久，不知道第一句话该说什么。他的嘴唇挣扎许久，只说出："我住××村，你知道那地方吗？"声音那么吵，也不知道她听清了没有。他再次想到那城中村里的迷宫小巷，那从博尔赫斯小说里拎出、铺设到这里的分岔小巷，尽头是一堵断墙，断墙边上竹林生风。谁的笑脸等在断墙的缺口处？

　　这些段落让小孟差点拎酒瓶去找陈慕，他怎么能把一些喝酒时讲的胡话，添油加醋写出来？而且，这并非草稿，是发表后的样刊，一种白纸黑字的确证，一种经过编辑、校对、排版和印刷的郑重其事。她当然不叫H，她有她的姓名，可自从被陈慕写下之后，她就不能不是H，她怎么可能不是H呢？即使小孟喊着她的名字，心中还是一愣一愣地想到"H"——这被陈慕的文字重新建构的H。现如今，也没几个人读文学杂志了，她大概率不会读到这故事，可一想到这些段落已在一本杂志上出现，那永远是一颗埋而未爆的雷，他如坐针毡，万一，她真的读到了呢？万一别人读到了，传给她听呢？更为可怕的是，本来，陈慕写的这些，有着大量的虚构，可小孟已经越来越没法分辨哪些是事实、哪些是虚构，他变成了没法从虚构里挣脱而出的人。小孟不得不对着陈慕的鼻青脸肿叹气："她约我看演唱会了。"

"她？"

"H。"

"哦？这事还有下文？续集啊……"

"我跟你说，不能再编这事了，否则……我让你没法敲键盘。"

"你们……你……你也是搞音乐的，艺术的虚构，你分不清了？"

"是你分不清。"

停了一会儿，小孟问："对了，曾翔最近怎么样？好久没他消息了。"

"你没听说？"陈慕吐出的字、皱起的眉头，意味着某些事已把小孟远远抛弃。是的，曾翔已经有好一段没出现在朋友圈了，他那些满世界跑的照片也好久没更新了。曾翔出国不少，可跑的都是东南亚，他说那些灰秃秃的热带城镇里，抵达的时候，不是在异域，而是返回了海南岛的二十世纪九十年代——曾翔的出游，是时间旅行，是和以前的自己相遇。

陈慕说："他最近麻烦很多，处理不好，就会引火烧身。"

"啊？"

"这两年市里很多地方不都在改造嘛，他老婆那边一个舅舅，有一栋房子处于被拆范围。据说赔偿没谈好，一直处于僵持状态，他舅舅的茶馆老有人来砸场什么的，曾翔的老婆让他出面，他没法子，拍了照片、写了文章，利用自己的媒体人身份，把这个在网上曝了出来。事情闹得不小，不少自媒体更是瘟疫一般传播，失控了。因为这事，他被单位停职了，据说他的照片和文字，很过激——我也没看——反正给区里、市里带来很多麻烦……他的事怎么处理，不好说……"

"啊，我怎么不知道？"

"你闭门写歌嘛。"

小孟忽地一跳："曾翔舅舅房子在哪个区？"

陈慕苦笑，沉默好久，说："不是冤家不聚头，你师兄当领导那个区。"

想到曾翔身陷泥潭，而他还得给师兄写欣欣向荣斗志昂扬的歌，小孟浑身燥热，耳边响起当年曾翔在电话里为他指路的声音。陈慕看出了小孟的心事："你只是编曲而已，歌词可都是我写的。我乱取了个笔名，但总还是出自我之手。我总觉得我是叛徒，背后给插了一刀。接个活儿不容易，大家都得先活下来，我脸皮厚，无所谓。这活儿你接的，后面要不要继续做，你决定。真要做，你最好也取个笔名……"

陈慕掏出一瓶跌打药水，倒一点在掌心，就往自己脸上的瘀青涂抹，紫黑色的瘀青上，覆盖了一圈的深棕色。这药水味道刺鼻，可呛到一定程度，又变得很好闻了。陈慕也不像是在涂抹了，一掌一掌，对着脸上的瘀痕下狠手——那张脸若不是他自己的，他就有谋杀的嫌疑。有几句什么话涌到小孟的嘴边，又退回去，他不甘心，翻箱倒柜，想把这几句话再找出来，可它们越过围堵消失无踪，他唇边只留下空荡荡的颤动。小孟和陈慕点了满屏的歌，都没拿起话筒，任由歌手在那哼哼哼，"背景音乐"成了"主唱"，撬开的啤酒也没喝几口，没一会儿，冰凉消失，酸涩加重。

从什么时候开始，主旋律的歌和流行歌曲之间，出现了重大的裂痕？小孟不是音乐家协会的领导、不是某个大型音乐公司的高管，可他有时也会蹦出这样的疑惑，更可怕的是，他竟然还冒出某个妄念：这两者能弥合吗？比如说，给师兄那个区里写的三首歌，是不是能借鉴一点张学友式的流行曲风呢？在为那三首歌谱曲的时候，他忍不住，再次刷起了朋友圈。H没有再主动联系他，曾翔也未再出现，陈慕则是时不时晒着文学杂志的封面和目录——那是他的样刊，那些从他眼前闪过的人，都会在他的眼睛里留下剪影，被他揉捏、变形，成为某篇小说里的人，在一个由文字组成的世界里重生。张学友的演唱会只剩下两天了，"歌神"在朋友圈的热度再次升温，他携带着那些金曲和旧时光，让以往一有公共事件就撕裂的朋友圈，出现了和谐共处的感人画面。

手中的那张票是那天H下车时留下的，她当时落荒而逃，像后头跟着一只鬼，高跟鞋也没能减缓她奔跑的速度。在车里看到她跑得像醉酒客，小孟苦笑不已，何苦要出来把残存的好感全都打碎呢？

这张票摆在手心，他不能不在演唱会开场前出发——他没有跟H确认要不要去。保留悬念吧，直接凭票进场，到时相邻的位置有人坐着还是空荡荡，便成了薛定谔的猫。其实，他是担心，一旦确认了，无论她亲口说出"去"或者"不去"，都会熄灭他前往的勇气。前往演唱会现场的路，远远地就各种管制，小孟打开了手机导航，计算着和目的地的距离，只要在步行范围内，他就停车，走过去——他不会把车开进那黑压压的人山人海，天旋地转。

车停好，沿着海岸线向前，随着灯光的变亮，人越来越拥挤。当然还是年轻人多一些，可若细看，人群中其实散落着不少中年的面孔，他们肌肤松懈面色黯沉，可这一切都被藏在夜色里。"……我们一次次追逐，不过追逐满头稀疏的落雪……"他几乎是哼唱出这句陈慕的嘲讽，他给这句话谱了曲、录了音，他的嘴角时不时会自动滑出。排队安检之时，他想到了那些逃犯在张学友演唱上落网的网络消息，今天会有逃犯被逮吗？他想：那些逃犯，挺可爱的，冒着那么大风险，也要来见偶像，也要在旧日金曲中返回当年的街头……这些逃犯，也是多情的人啊？他故作轻松，眼神却四窜，想打捞H的身影。朋友圈里那些晒票的人，曾满屏满屏地冲刷他的眼，而此时呢，全是陌生面孔。前面的队伍猛地乱了，一群人围聚，传来阵阵争吵，不知道发生了什么。

不少人要硬挤上去，潮水荡漾。

凭票找到位置，右边还空着，那便是H的位置吧？她还会来吗？小孟觉得有些荒诞，到底是什么，让她曾残存某些幻想？而到底又是什么，让她幻想破灭，再次逃开？这其中一定有什么不怀好意的细节决定着这一切，可到底是什么呢？有什么事情就发生在眼皮底下，却又全被忽略了呢？耳边全是喧闹，眼前全是人影，不少人还领了荧光棒，开始挥舞，也有点亮手机屏幕来挥舞的，甚至有人打开了手机的"手电筒"，一束束光，切割着运动场的上空。小孟一直注视着右边那个空空的位置，一有人要挤过来，他就凑过去："不好意思，这里有人坐的。"挤过来的人，眼神狠狠，闪开了。小孟一直没留意演唱会是怎么开始的，除了开场时安静了一会儿，可以听到张学友的开场白，后面就被杂音给淹没了。

前奏开始，张学友开唱了，那些歌太熟悉了，观众们没有不懂的，全都跟随着喊。这就苦了小孟，他只想好好听歌的——倒也是听到了，只不过是鬼哭狼嚎的大合唱。张学友卖力地在台上演唱，音响也好得出奇，可没办法，大合唱就在耳边，张学友被消音了。听不到也就罢了，前头的人都在摇来摆去，灯光闪烁的舞台上，张学友的身影也被遮挡了。他干脆拿出手机，刷起了朋友圈，网络拥堵，好一会儿才进去。朋友圈里已经满屏全是这个演唱会的现场——那些"朋友们"躲藏在眼前这些陌生人里面，用照片、视频和文字，直播着眼前的一切。

有曾翔，他没有多说话，就拍了一张舞台上的灯光，也不配文字。他又发微信了，他的麻烦解决没有？

有陈慕，他传了一张门口的拥堵照，文字是："逃犯出现了？"

甚至也有区长师兄，他的照片明显要清晰得多，舞台上的张学友，也拍得比较大，他的文字是："位置不错。"

甚至有那个酒驾后就精神不太正常的岛上歌手，他发出来的照片分辨率不高，配仨字："见偶像。"小孟在他的照片里找半天，也没找到他的偶像在哪儿。

……

他翻看好久，没看到H的朋友圈出现，他不甘心，点进去看，原先的信息也没有了——他被屏蔽了。H忽然出现，给了他一张票，继而彻底消失了。他不得不在记忆中翻检，那天两人见面，到底是哪个细节，让她要把他剔除殆尽？他倒不是还对她有什么想法，只是单纯觉得，自己一定有某种失败透顶在她面前完全暴露了，他得找出这"失败"。张学友又唱又跳，那不是卖力，是卖命——网上传言他股票大亏，所以才用那么多场全国巡演来"续命"，倒也不是没有道理啊。

全场忽然就沸腾了起来，本来的大合唱，变成了阵阵欢叫。原来，舞台上的大屏幕，正播放着现场观众台上的画面。摄影师把镜头对准了一对对情侣，当情侣们发现自己出现在大屏幕上，又是错愕又是惊喜，情侣们很快地互动起来，他们拥抱、接吻甚至流泪。画面切换着一对对貌似"情侣"的人，接吻一次次在大屏幕上呈现，每一次拥吻，都激起现场的欢呼。此时，张学友正在唱着《她来听我的演唱会》，这首歌成了现场情侣们"发情"的催化剂。也有害羞的，互相盯着好一会儿，亲不下去，镜头就一直不移开，直到他们终于在全场观众的见证下，亲到了一起。最让人沸腾的，则是镜头对准一对男女的时候，他们还没反应，旁边两个男的，已经紧紧地拥抱在一起，手指在对方的头发间穿插、出没。小孟不得不望着自己右手边的空荡荡，望着H留下的空无——如果她在，镜头会不会扫到这里？如果镜头对准，他们会不会拥吻？

他忽然想到了那一直没给师兄完成编曲的三首歌。在此时，曲调一点一点冒涌，抗衡着张学友的哼唱，也抗衡着现场的闹腾。他起身，说："抱歉，让一下，我出去一下啊……抱歉……"演唱会现场最热闹的时候，他直接退场。背后是燃烧的人海，眼前则灯光渐暗、海风渐强，他走向自己的车。他等不及了，掏出手机，打开录音，哼唱起来，不是唱张学友，是陈慕改了无数遍以至于满是补丁的歌词。此时，这些歌词缠绕成曲，从他口中争夺而出。在此前，他为这些歌词配过无数种曲子，可怎么唱都有一些词过于碍眼，像是粉嫩的脸上一颗弹珠大的黑痣；现在，他好像找到了安放它们的旋律。走到车前，也没开门，他倚着，对着手机唱，声音虽低，也是在开演唱会。

歌词满是口号和大词，而他唱得缠绵悱恻。

停车处灯光暗淡，演唱会现场则像一颗巨大的光球，夜风把张学友的声音轻微地送过来——在此时，张学友的嗓音压住了所有的杂音，只为他一人演唱。倾听张学友，果然还得一个人。风从海上来，咸味在此变弱，他坐到车内，打开了内灯，从左车门内侧翻出了一个信封。从信封里掏出一本杂志，书页翻卷，是吸了水又晒了光后的不平整。这是陈慕丢给他的一本样刊，上面就有陈慕把小孟、曾翔和H揉碎、注水、重塑而写下的那篇《两个男人的城中村》。他有时恨陈慕恨得牙痒，这杂志倒一直没丢，翻到熟悉的页面。小说开场，陈慕写下：

物流车抵达村口，巷子太小，没法再开。就地卸下，行李竟堆积了那么多——毕业典礼后，东西能卖的卖、可丢的丢，剩下的竟还有这么多。他轻松地乘飞机回来，这些纸箱慢慢颠簸而至，可他终究要把省下来的力气，在此时全都挤出去。这个市中心的村子，建有祠堂，每有一点水泥覆盖不到的缝隙，就有竹子长出，气焰嚣张。他开始犯晕。没办法，得打电话叫一同租住的哥们儿来帮忙了。此时的他，知道自己将会很累，可他满怀信心，纸箱里有他买的一些音乐设备，都是心爱之物，他将用它们奏响乐曲，走到灯光聚焦的舞台中央。

乌云之光

　　高速路两侧的荧光标志牌，被车灯扫到，瞬间亮起，犹如通电。车身向前奔驰，荧光牌又暗淡下去。标志牌明明灭灭犹如记忆，某个点刚被燃亮，正要细细辨究，迷雾扑来，立即又身陷于四顾茫然。我把身子陷入后排皮椅的柔软之中，困倦不断袭来。我不会开车，在同龄人中已经是一个笑话，并非买不起，而是真没兴趣去学。我几乎失去了同龄人该有的所有爱好——他们爱聚会，而我不断缩小活动的范围；他们爱在灌酒之后，换个地方喝茶，讨论红茶绿茶白茶黑茶的口感与功能；他们压低声音，说起某一回艳遇，说跟一个上午才见第一次面的异性晚上就躺到了一起；他们说起黄花梨的木纹鬼脸与沉香手串的摄魂之气；他们说起某位中医的回春妙手，两针下去，剧痛的颈椎顿时舒缓……我总是逃避这样的聚会，并不是因为我有什么优越感，恰恰源自我的自卑——别人口若悬河，我一言不发浑身瘙痒，只剩没完没了的尴尬。

　　"陈慕，你怎么不学车？开车后，活动范围会大好多……"

驾车的程培冒出这话，又是这个无数次回答过的腻歪话题——我倦意更盛了。程培在深夜驱车带着我离开省城，是要回到我们成长的瑞溪镇，在那里吃一份据说味道数十年不变的炒粉。我已经不碰任何消夜了，可被他胁迫怕了，只能跟来。作为初中同学，我和他已经好些年没联系，去年在一个同学群里加上之后，在几个没法推辞的局上见过几次，可也没什么深谈——时间挖开了足够深的鸿沟，拉出了足够远的距离。最近他打了七个电话约局，我都找各种借口推托，有时说我在外地，有时说等等我在开会，有时随便嗯嗯嗯几声即挂掉……他含含糊糊说拜托我件事，我根本没给他机会说出来——有人"拜托你"，跟挖坑给你跳没啥区别。程培也不再打太极，直接赶鸭子上架，夜里十一点开车来到我的小区门口，说我不下去，他不走。我让保安帮我盯着，半个小时后，保安给我发信息：他还在。我苦笑，只能下楼，上了他的车。

我的"冷漠"在同学群里"有口皆呸"，大部分的聚会我都不参加，即使去了，他们都能喊出我的名字，而我支支吾吾，直到散场也认不出三两人——"贵人多忘事啊""趾高气扬""哎哟，难怪混得这么好……"等帽子便扣在我的头上，我便更加不敢参加了。对我自己来讲，这并不是所谓随着年龄渐长的做减法、断舍离和缩回舒适区，而仅仅是记忆的遗忘，是和过往岁月的相望无言。省城离瑞溪镇也并不远，近三十公里的高速，下高速后七八公里，就回到那段近乎凝固的"旧时光"。高速口到小镇的路，并不平整，两侧种满庄稼，田地过去，是沃野间闪着零星灯光的村子。早在个人记忆里删除的一些零碎画面，从这曲曲折折颠簸不平的路面上浮现——多年前，我曾在路边的哪棵树下，看过月色从枝叶缝隙间漏入地面。多年前，我是不是也曾背着一把竹剑，沿江岸一路朝东，想直达江水的尽头？这样的夜，容易让人心变得柔软，变得没那么容易拒绝人。我终于知道程培为什么驱车跑这么一段，他是不是要借助这环境，把我的防备卸下来？——看透了这一点，我暗暗发狠，把防护与戒备重新套上。

程培太熟这段路，估计闭着眼睛也能把车开回镇上。灯光逐渐亮起之后，我们抵达瑞溪镇，回到我们的少年。很多视频博主最近流行鼓动大家半夜离开省城，到各个小镇上觅食，这其中，瑞溪镇是一个热门打卡点——而我在瑞溪镇上成长，熟悉那里的任何一道缝隙与皱褶，知道那里的哪棵树为什么会长歪，不愿别人以掠夺般的方式去讲述它。车靠着镇上街边的一个炒粉摊子停下，程培的目的地，果然跟那些小网红推荐的打卡点一样。而我，当然对这摊点是熟悉的，摊主跟我们年纪差不多，当年我们在镇上读初中，摊主还是他的父亲——而他的父亲，年纪不算大就死于一场怪病，发作起来神志不清，看到谁都喊妈妈，让人既尴尬又悲伤。父亲死后，起先只会骑着嘉陵摩托狂飙的他，接手了这个摊子，一个风驰电掣的骑士，浑身裹满了油烟。二十世纪九十年代中期，我们在镇上读初中，最羡慕的人，就是这个消夜摊的摊主了，他们家的炒粉不知撒了什么料，吃过两回就有瘾，每回从摊子边路过，鼻子和胃部压不住地颤动，同频共振，远山回响。

这家炒粉摊数十年的柴火灶，顽固的旧味道，再加上小网红们的助推，不少陌生面孔不时出现，生意是挺火爆的，但估计是被最近不时反复的疫情冲刷，让这里显得萧条。黄灯冷寂，我有瞬间回到二十多年前的错觉。摆上来的炒粉和只漂浮着两片叶子的酸菜汤还没尝，但味蕾的记忆，已从舌尖返场，鼻尖和胃部好像又动起来了。我吞咽口水，说："开车这么远带我回来，不会只为了这一碗炒粉吧？"程培说："专门来吃这碗粉的，多了去了……不过，我当然有事求你帮忙。"我喝了一口酸菜汤："就知道东西没这么容易吃。"程培说："你自己也做短视频，你看过我们商会的那个视频号没有？上次我转给你，你看过没？"我说："看了两条，大概知道是怎么一回事。"程培说："我们县的老板们，在省城成立了一个商会，这是那商会在做的一件事，由我负责。当然，你也懂，我这人，露不了脸，适合做幕后。我们想采访从本县出去的一些有影响的人物，挖掘他们的故事，鼓励我们县那些做企业的后辈……"我说："挺好的事！找我是……我不做生意，也没啥社会影响……"程培说："想请你帮我们采访一个人……"我夹起一筷子粉："你们不是有个女主持吗？"程培说："不是谁当主持的事！我们问了好几回，人家不愿接受采访。我想，你去帮我们问问。如果有一个人能撬开他的嘴，那个人只能是你。"我感觉到了不妙，把炒粉塞到嘴里："你们想采访谁？"程培手一抬，指向这条街黑黢黢的尽头，话像是飘出来的："老沈！你肯定还记得，当年在街角处开租书店的老沈。"

　　——我当然记得，在镇上读初中那会儿，老沈那个摆满武侠小说的破烂租书店，是我向往的天堂；每一本残破不堪的书，都是一扇时空之门，翻开就可以进入另一个世界。看来，程培拉我回来镇上，真的是蓄谋已久、精准投喂——他是要让过去的时光，成为劝说我的催化剂。我不知道如果答应下来会遇到什么困

266

难——更何况在动不动就寸步难行的疫情时期——我没应下也没拒绝，只说："再说吧。"这些年里，老沈早已成为省内文化界的一个传奇人物，我跟他倒是在一些场合见到，但也保持着合适的距离，从不越过那条自我设置的分界线——老沈保持着自己的某种"神秘"，我也对别人的试图靠近特别警惕。我们有熟悉的部分、重叠的阴影，但都没到掏心掏肺的程度。

镇上小街拐角处老沈当年租书店的位置，已荒草蔓蔓。当年那场大火后，老沈没有在那块地上重建，也没有把其卖出去，任墙壁倒塌，荒草虫蚊入侵。随着周边房子越来越新越来越色彩斑斓，老沈的破败房子就越加碍眼，有人找到过老沈，想让他转让宅基地，他一口回绝。据说镇领导也找到他，说他那地块这么碍眼，像润白脸上的带毛黑痣，像羊脂般肌肤上的一个脓疮，像一锅热饭上的老鼠屎……破坏了小镇的整体形象，让他要么转让，要么回来盖间房——反正他也不缺这点钱。老沈对喷来的连环比喻无动于衷，只淡淡地说："我乐意，我就想这样放着。"镇领导无奈，每逢上级到镇上检查、调研、采风、与民同乐或者节假日，还得喷一大块彩绘，崭新的照片、标语夹带刺鼻的油漆，挂在那破败的房子前，略作遮挡。

我说："你不知道，他老婆身体不好，他平时极少见人，怕把病毒带回家，传给有基础病的老婆，你们一大帮拍摄队伍，他哪会答应？你们采访谁不好，偏偏盯上他？"程培苦笑："哪是我想做？我那老板，是他的小迷弟，听说过他的一些故事，不把他拍一拍不甘心。说真的，你若不帮我，我这活儿也没法干了……我们老同学了，也不瞒你，疫情到现在，快三年了……眼下这就业情况，你懂的……这事完不成，我就得滚蛋。"我喝了口酸菜

267

汤："所以就把这球踢给我？"程培说："反正不管咋样，我是厚着脸皮把球传给你了，帮不帮这个忙，你自己定。"他低下头，和碟里的炒粉、碗里的酸菜汤较劲。我起身，沿着街巷往前走，程培也站起身，跟行两步，又退回，坐下。我走到街末，再往外，就是镇外的田地，植物的气息汹涌弥漫。

当年，老沈那间简陋的租书店，给我灌输了一个个光怪陆离的世界，也养肥了我的想象力——我不知道那是幸还是不幸。站了好一会儿，眼睛才适应夜里的黑，我拐到老沈当年那间租书店的废墟面前，焚烧倒塌多年后的铺面，在暗夜中散发出来的，不仅是荒凉，也有恐怖。夜风携带着一阵浓重的霉味扑来，也灌过来几个巨大的谜团：那场让小镇人心惶惶的大火，到底是谁点的？为什么老沈在大火之后，毫不犹豫就离开了小镇？为什么老沈飞黄腾达后，不愿意回到镇上，把这间房子盖起来？……

这些念头跟程培一样不怀好意，撩拨、煽动着我的好奇心。但我仍旧紧闭嘴巴——答应别人自己吃苦头的事，我已经历过不止一回……我绝不能自己给自己戴上枷锁，绝不能自己戴上枷锁后，还把钥匙交到别人的手中。程培驱车离开小镇返回省城时，我们不再讲话，那座好像永远不变、永远不会变的小镇，就是腐烂污浊的泥潭，泡进去，再拔出来，我们就都披着一身洗不净的淤泥。

高速路上的荧光标志牌又闪闪灭灭。

要想引起老沈的兴趣，你不能跟他谈他满架子的海捞瓷，别谈他手头各个历史时期的徽章，别谈他时时点燃沉香供养的那颗舍利子……而要跟他谈音乐。其实，也不是谈，而是有求于他家的音响："老沈，怀念你那音响了，想去听听。"在多年的古物收藏之后，老沈迷上了黑胶唱片，房里墙面顶天的大架子上，是他全球收罗的几万张黑胶唱片。他的播放机和音响都是豪奢之物，连接音箱的也是装修时留出的一条专用电线——那线自然也是价格不菲。据说有人问老沈到底值多少钱，他脸色不变，不吭声也不摇头，而消息灵通的则悄悄说："那根线，够你们买房时还二十年贷。"谁人看到老沈架子上密密麻麻的黑胶海洋都会犯迷糊，可你把网上抄来的曲子名报给他，他也不细看，手指在黑胶碟片盒的侧面一划，停下，一抽，大数据定位般精准。收藏是有瘾的，他当然只听过其中很小的一部分，很多连包装膜都没撕，可满世界飞的时候，他还是忍不住带回一些在其母国也极为小众冷门的唱片，在网上输入演奏者和唱片名都搜不到什么消息。

　　一般来讲，在他那博物馆般的收藏室里只能待不到两个小时，他就从起初的松弛变得紧张兮兮，我瞧他眼神不对，准备辞行。他站起来，说："今天就这样，改天再来，我得到楼下去。"为了放下他那海量的藏品，有一年，在卖出一批海捞瓷后，他一口气买下顶楼的两层，下面一层居家，上面那层摆放藏品。他面带愧色："不好意思，我家那位，要吃药了，我得下去看看，改天再来，改天再来。"他老婆的身体这两年急剧垮塌，已经坐了轮椅，而在这新冠病毒不知藏匿在哪个角落的慌乱年月，老沈根本不敢把她推出门。老沈甚至把原来一个帮衬的阿姨也辞退了，他实在没法保证那阿姨在进入家门的时候，身上会潜伏着多少病毒。那阿姨觉得自己会因此生计困难，立即就哭了出来——老沈被坐在轮椅上的老婆训斥半天，他赶紧走进房间，包了个大红包给阿姨，才安抚了过去。老沈被网上的信息吓到，担心一旦被新冠病毒袭击，有基础病的老婆挺不过去，只能把心狠起来。阿姨一走，所有的事都得他自己来了，每天买菜做饭，定时提醒老婆吃药。他每次出门后，得先返回顶楼，对自己全身喷酒精，确认不会有任何病毒能存活之后，他才敢到下面一层去。我有时想，他老婆睡下之后，夜深人静之时，老沈会不会上楼来，以目光抚摸这满屋的收藏品？这么多的收藏品，被一代又一代的前人所观看，现今，它们被老沈的目光所摩挲，老沈眼睛发出的光，会不会透过这些旧物和前人的目光相碰，火花四溅，魂魄飘浮？

　　我有自己的工作，闲暇时经营一个自己的短视频号，我做的内容极为冷僻，和所有热点绕道而行。我想不到自己那个视频号有一天竟因为其中的一期节目而火爆了一阵。那是我去年春节在老家拍的，拍守着一家祠堂的孤独老者，他每天准点准时打开祠堂大门，收拾打扫，夜里也准点准时把门关上——由于他过于勤恳，那祠堂过于干净，他挥舞扫帚，并没扫向落叶和尘土，而是扫向虚无的空气；他开门，无人可迎，关门更无人需要防。他每天固定劳作，时钟般精准的仪式感，显示出了某种神圣感。即使是冬雨不停，祠堂院子的地面有水，他也仍然没有停下扫帚。这个视频莫名其妙被某个名人转发后，带来了不少粉丝，竟然也有广告跟了过来，还有人后台留言提供拍摄线索，还说真去拍了肯定能让我更火。工作、视频之外，我还悄悄写东西，我有一个和本名差别巨大的笔名，不会有人在文学杂志上看到那个名字所写的东西，将其跟我的视频联系起来；更不会有人把那些文字和标点组成的阵列，跟我的工作联系在一起——当然，各个刊物在公号上宣传文章的时候，都会配发作者的照片，但我每次转这类文章的时候，都把朋友圈里分类清楚，不会让同事看到。

最近，我非但不更新视频，打开电脑也没法敲下任何一个字，对工作也变得沮丧与恍惚。我很想找到缘由所在，可怎么说呢……我就像那个准时准点挥舞扫帚的老者，每次只扫到空无。我想了好久才明白，所有的变化，来自口罩——疫情之后，我们把脸缩在一个个口罩的背后，人与人保持着距离，我意识到了人们情感的变化，可到底是怎么变的？这种变化如何让人物言语慌乱、动作无措？这些新的变化，要在镜头里、文字中怎么呈现，我还想不出更好的法子……面对新现实，如此无力的写作，有啥意思呢？眼下的事没法写，那往前吧……回溯到没有电力的古时，让夜色洇染每一个月光照顾不到的缝隙。写个武侠故事吧，一切自由，让自己的思绪飞扬……而我仍然没法构思一个完整的故事，没法说服自己去写一场仇杀、一段逃亡、一次悬崖下的奇遇，我闭上眼睛，眼前浮现的只有一个画面：荒郊野外，破败屋院，夜雨倾盆，火光微弱……这场景驱赶不去，有很多回，我几乎就去往了那个现场，夜风夹杂着水汽，凉意沁骨，我期待着某个人的出现、期待着某段故事的开启，可那人是谁、那故事如何，我不知道。我总觉得我曾写过这么一个故事，总觉得有些厮杀、逃亡和江湖路远，曾在我笔下铺展绵延，然后戛然而止。某一个夜里，我呆坐在电脑屏幕前，对着一堆凌乱的视频素材，不知道该往哪里剪，不知道哪段画面要配上什么背景音乐，才能把画面激活。键盘的左手边，堆着各类蓝色、粉色、黑色的口罩，有全新的，也有用了没丢的，好像不是用来阻隔那看不见摸不着的虚无病毒的，而是嘴巴的锁、言语的囚和遮脸的布纱。遮脸……夜行衣……一群戴面罩的人，在不知真正敌人是谁的乱局中厮杀——这画面犹如电光浮现，是的，这场面曾出现在我少年时的笔下，在那故事里，人人被困，渴望破城而出，但那故事并未完结，那故事与我的少年时代一同终止。那写了半截故事的硬皮本遗失在我中考之前，故事里的细节也从我的记忆里逃逸。

那是二十世纪九十年代的中期，老沈的租书店是我的向往之地。出了小镇上最高学府——镇初中的校门，往南曲曲折折，在一个分岔口处，是一个文具店。说是文具店，也是杂货店，各种小零食、烟酒、鞭炮、香烛都能买到，老沈坐在货柜后面，双目空茫，不知道在看什么想什么。有人觉得他魂不守舍，神不知鬼不觉拿了点什么往自己怀里塞，却总会在即将得逞之前，被突然伸来的铁钳般的手掌钳住，老沈的身影猛压而至，那人还来不及反应，身子已经被拎起，往门外一丢。被丢那人哇哇哇爬起，顾不上身上的灰尘和疼痛，伸手在怀里一摸，空的，他准备偷走的货品已经被老沈不知何时取回，重新放回货架上。老沈哼哼冷笑，右手食指中指从伸缩的状态弹直，有什么已经直射而出，那人感觉耳垂一疼，赶紧伸手去摸，没有破皮流血，但耳垂疼得好像被切下了一块，而他的身后，掉落下一长方形的纸片——扑克牌。老沈又恢复了双目空茫的模样，他说："走吧，下次再这样，信不信我给你丢一把刀子？"那小子捂着耳朵，脸色惨白，他完全没看清老沈是怎么把扑克牌掷出去的，吓得跑丢了一只鞋也没注意。老沈飞纸牌的绝技，是镇上年轻人的一个未解之谜，各种猜测层出不穷。有说他深夜研究香港赌片，从某个赌神还是赌王身上学会了飞牌；有说他不断研读租书店里的武侠小说，从某部小说里提到的秘籍中发现了玄机，修炼成功，他就把那本载有秘籍的书私藏，不再摆出来；也有说他翻看各种杂志，在小广告里，发现了有出售武林秘籍的，便以邮购的方式买回了一本……但他怎么练成的，已经不重要，重要的是他小试牛刀之后，镇上的少年们沸腾了。有的人怀揣好烟去他店里塞给他，让他再露两手，他头都不扭："你小子，上学去，别来惹我。"小子们盘桓不去，他竖起右手掌，所有的目光都盯着他的食指中指，想看那里是不是夹着纸牌，啥都没有，他的手伸到耳后，挠了挠。很多人不甘心，暗中观察他是如何练成绝技的。有人说得像模像样，说他常常在江边摆一块木板架子，月色盈满之夜，他会对着那木板投掷筷子、牙签，练习准头。有人问他有没有这回事，他不说是，也不说不是，还是目光空茫地看着文具店门外，从鼻子里哼出："要买东西就买，要租书就租，少废话！"

老沈租借的书，摆在后头，穿过所有的杂货架，跨过一个小门，光线暗了很多，只有屋顶瓦片的一块玻璃投下昏暗的光线，三个书架排成一个"凹"字形，上面摆满了被翻软翻烂的武侠小说——也是很多年后，我才知道，那些可能都是盗版书。但在尘土飞扬的二十世纪九十年代，那几乎是我眼中的天堂，那些武侠小说全是我渴求的宝藏。租书是以天数算的，一本书押金三块，第一天收费五毛，之后每延长一天多收三毛，但几乎不会为哪本书付出超过五毛——一是因为那时零花钱太少了；二是那些故事太吸引人，在如饥似渴的追读状态下，不会拖拉太久。为了省钱，我们想出了各种方法，比如说，和伙伴商量好，你租上册、我租下册，交换着看，花一册书的钱看两册书；比如说，在选好书之前，假装挑选许久，却是以极快的速度翻看，把一册追完，再租走下一册……从屋顶玻璃上投射下来的那点昏暗光线，是唯一光源，却让我灵魂出窍——是的，在快速翻看那些陈旧、疲软甚至有缺页破损的书的时候，我的身子还在那里，但我的魂魄已经进入书中江湖。也有绝望的时候，就是翻看到高潮之时，竟然被撕掉了好几页，不知道是哪个租借人被那故事迷得神魂颠倒，伸出了他罪恶的双手。我顿时返回现实，绝望无比，喊起来："沈哥，怎么这本也不完整了？"老沈的声音飘忽不定地传进来："每一次还书的时候，我都检查了啊……"是的，他已经足够目光如炬了，可总有漏网之鱼，总有一些故事的片段，从他锋利的眼角处逃遁。被截断的故事，能让我在好多天内提不起精神——当然，还有最后一个办法，我把缺损处给老沈看一看，由他口头把那缺漏的情节连上。我几乎没看到过他在店里翻看那些书，可他每次都能把撕得七零八落的故事连缀成一个圆满的整体。我有时很怀疑，那些情节他根本没看过，他纯粹是张口就来，以他的胡编乱造来平息我的不甘，可我又找不到他讲述里的任何破绽，只能信了。很多年后，互联网无比便捷，我购买其中一些旧书回来翻看之时，完全是看新书一般的感觉，到底是我已经遗忘太多，还是存留在我记忆中的，根本是另外一个版本的故事——一个老沈说完即飘散在风中的故事？

有时老沈口头连缀的情节太过离奇，我便质疑："这是你编的吧？"老沈嘴角一歪："这不重要。很多故事，都不是一个人讲出来的。你以后会懂……对了，你天天看这些书，不会自己也写吧？"我脸一烧，心虚地往后一退，假装没听到。老沈是怎么看出来我也准备写武侠故事的？我买了一个崭新的硬皮本，备了几支用得顺手的圆珠笔，当夜深人静，在出租屋里完成所有功课之后，我端坐在摇摇晃晃的书桌前，准备把心中的故事，从笔尖流出，凝固在那硬皮本中。这是我最私密的领地，从不敢对人言，老沈是怎么知道的？我躲回书架边，不时抬头观察货架后的老沈，他若无其事，好像没有问过那句话，也并不期待我的回答，只茫然看着店外——或许，刚刚只是他无心地随口一问？我忐忑许久，热气仍未从脸颊退去。

或许是我的错觉，或许老沈把我当成他的缩小版，我总觉得老沈对我比其他人好——有时我在书架边蹲守、翻看到屋顶那块玻璃光线昏暗，暮色犹如上涨的海水淹没了小镇，老沈也并不驱赶我，甚至走过来，伸手在某个角落摸索半天，一拉，一个五瓦灯泡发出黄色的光，书架边变得更有安全感了。我自己先不好意思了，赶紧拿起一本书，交押金，让老沈登记。老沈翻开一个硬皮本，写道："×月×日，下午×时×分，××，《乾坤残梦》(下)。"此时，小镇街巷的灯光渐次亮起，有人拎着一桶一桶的凉水到自家门口泼洒，想让白天晒得发热的地面降降温；卖椰子和清补凉的人，也开始把桌椅抱到路面上，电视机摆出来，录像机的连接线也插好，租来的录像带码放整齐，只等营业时间到，便开始播放那些香港武侠片。我觉得自己站在一场巨大无边的梦幻中，还未从小说中把头伸出来，又即将被那些噼里啪啦的武打连续剧和荡气回肠的插曲勾走目光。我踩在水汽蒸腾的路面上，小镇的灯光之外，笼罩着一个巨大无边的世界。

最爱的是周末，尤其是午后，尤其是下雨的午后，那样我就有足够的借口窝在老沈文具店后面的租书架下，不管不顾地翻书。那时，店里往来的人也少，老沈仍是目光空茫，望向阴暗天色中的迷茫雨水。他也不跟我说话，那几排书架全是我的，雨水声隔绝了所有杂音。其实，不管什么时候，不管我在那几排书架前待多久，老沈从来没有开口驱赶、提醒过我，他有时把目光掉转方向，朝文具店后头扫一扫，但并不停留。夏日的倾盆之雨，大起来很大，要消失也很快。我拎着书离开时，老沈也顺势起身，在门口处朝街上看了看，又坐回原位置。他的坐姿太固定，以至于若有哪天他弓着身子在店里收拾，进入店里的人都感觉特别不习惯。除了租书店里来历不清的武侠小说，邮电局门口的报刊亭上摆放的《江门文艺》《佛山文艺》，也都连载着内地作家的武侠新作；再加上每一家消夜摊都把电视机摆到街边，每晚五集六集地播放武侠影视剧，少年们被撩拨得心神摇曳。有人削竹当剑；有人跑到学校不远处的山坡上勤练拳脚；也有人拉帮结派，风虎门、群龙堂等也在小镇上兴起——有一个帮派的头子还是一个女生，她有十几个膀大腰圆的手下。在小镇上，她有一股让人不敢直视之美，在某些瞬间显得柔弱的她，是如何让那么一大群凶神恶煞的家伙服服帖帖的，一直是一个谜。我在脑海里把看过的武侠小说翻滚了一下，找到一个她的模板——《流星·蝴蝶·剑》中指挥着一群顶级杀手的"高大姐"高寄萍，莫非，她也读过古龙那本孤独入骨的《流星·蝴蝶·剑》？我也会和伙伴们聊武侠小说，但真正深入的交流几乎是没有的——可以说说哪段火爆的情节，但能跟谁谈一谈书中那种铺天盖地的茫然情绪？我有一次猛地冒出一个念头，能跟"高大姐"说说古龙吗？这个念头一出现就再也没办法消失了，每次路上碰到她，我总是心跳加速，连瞥一眼的勇气都没有，赶紧低着头离开……或许，她会把我当作对她和她那群手下的胆怯吧？当她走远，我又远远望着她的背影，山高路远，怅然若失，我好像感受到了老沈望着门外的空茫。帮派一多，小镇上就变得很不安，少年们在某个山坡江岸约架的消息不时传来，有时我们正在上课，校领导来到教室，跟讲台上的老师低声几句，某个同学就被喊出去了。那老师继续若无其事地上课，上着上着，憋不住了，开始苦口婆心："你们啊，好好读书，不然以后有什么希望？也要跟那×××一样，要天天在外面斗殴吗？是不是哪天也还要吸白粉？"×××就是刚刚被校领导喊走的那同学。那个时候，人人谈之色变的，则是在暗处流行的白粉，谁都不知道它到底是从哪个缝隙流到小镇上的，但却有不少人，已经被它耍得家破人亡。

吸毒的人一多，镇上也不安起来，某些瘾君子专门拥堵在偏僻街巷，让路过的学生们把口袋翻开，有零星纸币的，尽皆拿走；有支支吾吾不配合的，一巴掌扇过去，要是敢哭敢叫，扇的力道就更重了。我也遇到过。那是一次晚自习，我回去得晚了些，走出校门没多久，路灯愈加黑暗。路灯好像不是来照亮街巷，而是作为背景，把那些灯光未照到的地方映衬得更加暗黑。就在我走过那盏明显更加破败的路灯时，有一个声音从黑压压里传出来："同学，停一下。"那声音中气不足，每个字之间夹杂着浓重的喘息。我加快脚步，可黑暗中猛地伸出一只手，扯住我的书包："叫你停一下。"好像用力压住，那喘息也就没那么重了，一股怪异的酸臭味从身后涌来——我从未闻过那样的味道，那是被白粉击垮身体的人，才会散发出的味道。我手上用力，书包往前拽，书包竟然把后面那人带倒了——据说，那些人在毒瘾发作时，浑身无力——我趁机往前跑。摔倒之人喊了起来："拦住那小子，竟敢反抗！"不知道什么时候，有几个黑影把我围住，多条手臂挥舞，我身上砰砰砰地不知道挨了多少拳。好几只手压住我的双臂，还有手伸到我的口袋里，翻起来，我浑身扭动，便有人不断以拳头招呼。我喊起来："打人啦，抢钱啦！"从我口袋里没翻到什么，又有人把书包一倒，书本文具噼里啪啦掉落一地，有人推开手电翻找，边找还边骂："这小子还真干净，一毛都没有。"压住我的那些手臂不断在我身上抢。我想招架都不知道朝哪儿伸手，只能狂叫，不知道挨了多少拳，感觉自己快要痛得晕眩过去的时候，那些围着我的影子全都倒在地上了，一个尖锐的声音喊起来："又是你这租书佬，老是这样，改天，把你店给烧了……"这话一落，一巴掌招呼到他脸上，老沈那仍然懒洋洋的声音说："快滚，再废话，小心我报警，把你们老窝给端了。"几条黑影知道惹不起老沈，借夜色掩住了狼狈，慌忙逃遁。我的脸肿成了猪头，随便摸到哪个位置，都疼得牙齿崩碎。老沈左手的打火机亮起来，他的身影蹲下，右手一本一本捡起我掉落地上的书本、一件一件捏起我散落四处的文具，全都塞回书包。老沈愣了一下，从一个角落拿起最后一本书，微弱的火光中，我看到那正是从他店里租来的一本《圆月弯刀》，他把书塞进书包里。

老沈说："走，我请你吃消夜。"也不管我怎么说，他已经把那书包挂在他肩上，拉着我往前走。在炒粉摊坐下，老沈跟老板说："一份炒粉，加肉、加肠子。"那个五瓦的灯泡，能照亮的范围很小，小镇上也有一些零星的灯光，迅猛的黑色张开了它巨大的嘴，一点一点吞噬着它能咽下的一切。浑身的疼，也阻挡不住炒粉的奇香——我此前当然也吃过消夜摊上的炒粉，也正因为吃过，对那几乎刻入骨子的美味才魂牵梦萦，那是什么味道啊，那是怎么炒出来的啊？可从村里到镇上上学的我，哪有资本吃这些，每天晚上从街边的摊子走过去，被扑来的香味突袭，内心挣扎，无比痛苦。而此时，一盘刚刚出炉的炒粉就摆在面前，而且，是加了肉加了肠子的，美味翻倍。身上的痛、眼前的粉以及那碗清淡的酸菜汤，让我百感交集。老沈自己不吃，只给我点了一份，他在旁边看着，好像在看着他的过去或未来。第一筷子的炒粉夹到嘴巴里，所有的味蕾被调动，在那一瞬，身上的疼痛消失了，不知不觉间，眼角决堤，泪水涌出。

　　老沈从我的书包里，翻出那本《圆月弯刀》，封面又卷又残破，内里也有缺页了，那故事我看得并不完整。老沈捏着书，挥向前、挥向后、挥向左、挥向右……他说："你看看……这镇上……"我从吃了几口的那碟炒粉中抬起头，眼珠被泪水所模糊，不知道他想说什么，不知如何回话。他又以那本书指向炒粉摊不远处的一个清补凉摊，天热，那里坐了二三十人，人人都点了份清补凉或炒冰，盯着店家摆到街上的电视机看。今晚没有播放武打片，而是放着一部时装片，但香港电影嘛，还是那样，打打杀杀，不过，背景换成了摩天大厦……那里无边繁华。老沈的手停住，指着电视机，他说："你啊，以后，还是要走出这个镇，千万不要留在这儿。你看看……人家生活的地方，那样……得出去看看。"沉默了一会儿，他继续说，"这些书，你还是少看，多看看课本，才有机会出去。电视上的那个世界，要是不看一看，这辈子就白过了。你别学打你的那些人，他们这辈子已经毁了，你千万别跟他们一样。"……我记不得后来是怎么散的，我甚至觉得，那些话是他说给他自己听的，而我，不过是他说出那些话的引子。

　　老沈后来离开小镇，不知道是走投无路还是破釜沉舟。很多

279

人认为，他的离开跟那场大火有关。那场火是在后半夜忽然烧起来的，周边邻居和后来从县城赶来的消防车，只"救"出满地狼藉和污黑遍地，店铺里的东西几乎全都焚毁。老沈租书店的宅基地是他父亲买下的，简单修建成瓦房，老沈自己用木工搞了几排货架，就成了后来的店铺模样，一场大火，让这租书店从小镇上彻底消失。那场火之后，我找过老沈几次，但他好像忽然消失了。听说他回到了村里，我在中考后的那个暑假，还去老沈的村子找过，我骑自行车穿过那被绿树围裹的小村，走到村人指认中他家显得破败的瓦房，并在他们祖屋门前暴长的茅草间站了好一会儿，没有他的下落——他已经出走，他们家族没人知道他去了哪里。在村口一棵气根缠绕的老榕树下，有几个村里的老人，七嘴八舌地说："哦……那小子啊……""他很聪明一个人，是村里不算最早考上大学的人，后来啊，不知道怎么回事，说是在学校折腾啥的，书也没读下去，回来了……""现在，镇上也待不住了，房子也烧没了，人也不见了……""老毛病了，狗改不了吃屎。"……我知道，换成我，也没法在这样的闲言碎语中活下去。

小镇上的人，对那场火的议论没几天，可那店面的废墟，一直存在了二十多年，人们的感受也从突兀变成习惯，接受了那地基上长出的茂密野草——那里，当然也成为野猫野狗的最爱。那间租书店着火的时候，我已经是初中三年级的最后时刻了，之后不久的盛夏，我考上高中，经过一个记忆里处处焚烧的酷暑，我离开了那个小镇。那几乎是彻底地离开，后来每年假期，我还会回去，但和小镇已经有了隔阂，物是人非无法融入。我甚至也不能再躺到楼顶上——夜风和夜露会让脑袋疼痛欲裂。

后来老沈如何在省城发家，一直是一个谜，我与他再次相见，已经是新冠疫情暴发前几天的一场展览上。那时他已经是省内收藏界的一位大佬，也在省内的美术界耕耘多年，其南方山水与现代观念的融合画法，一直饱受争议。但老沈也很少对那些关于他的事做任何回应，他好像成了一个隐士，你很难在公共场合碰到他，你甚至不知道他有什么深交之人，想要曲折地打听点有关他的事，问到谁都摇摇头："不太熟。"那是一个海南岛上老物件的展览，省内多位收藏家都把自己的展品拿了出来。展览前言上罗列了十二个名字，我看到了那个让很多往事翻涌的名字：沈郁澜。在以往，我见到过无数次这个签名——每一次，我把书还回租书店，老沈翻开登记本，用一根横线把登记栏的那本书划掉，写下返还的时间，最后他便郑重地签下这三个字。我当时并不明白，他生于二十世纪七十年代初，也就比我们大个十余岁，可为什么几乎没人喊他的名字，而全都喊他"老沈"——是因为在那个小镇上，他的名字太过生僻、太过文艺了吗？难道说，他本来就不叫这个，这是他后来自己改的名？我还不得不多想一想，回到镇上开店铺之前，老沈在做什么？我在展品标签上细细查看，看到老沈展出的有三件：一件黎族人的龙被、一件做工精细的椰雕、一件品相绝佳的海捞瓷。我不太懂这些藏品的价值，纯粹是被老沈的名字吸引过来。其时，我偶尔在视频上介绍一些文化活动，参加这次展览，是一次例行的"工作"而已。我有点失望，就算那三件藏品都很值钱，但总感觉有些"老气"，跟老沈的名字对不上。展厅里人声嘈杂，我准备离开，正在此时，有人从旁边伸手打个招呼。那人戴着一只口罩，我不知该怎么回应，他手往外一指，示意我们到展厅外。出了展厅，到走廊处，那人把口罩一拉，露出那张我熟悉又陌生的脸。是老沈，他两鬓有些发白，眼角有皱纹，神情疲惫，可只看他的眼睛，又觉得很年轻。那只浅蓝色口罩挂在他的下巴处，特别怪异。我说："你……大明星啊？怎么戴着口罩？"

老沈笑了笑："最近在外头跑得多，听到些传闻，不好说……你最好也准备点口罩，人多的时候，戴一戴，保护自己的安全。"当时尚是疫情之前，我并没有意识到后来将改变很多人的危机已经不断迫近，只是笑笑，不知如何作答。老沈把手机划开："我们先加微信，后面多联系……"我立即把他加上。有进出展厅的人，从我们身边走过，老沈很是警惕，口罩一提，盖住自己的下半边脸。我觉得他太过夸张，一下不知该说什么，老沈扬扬手机："有了联系方式，我们后面聊。"我只能点点头。老沈转身，把外套的帽子一提，罩住头部，离开展览馆，把自己丢入冷起来的冬日。四天后，关于新冠肺炎疫情的新闻传出，人传人的景象让人惊恐，口罩成了稀缺物，我想起老沈那"夸张"的动作，知道那是深谋远虑，是先见之明，是江湖高人的未卜先知。疫情一起，人心惶惶，我和他自然也没有几次机会见面，只是在朋友圈里，靠拇指的点击，互相了解近况，并往前推算那消逝的二十多年。

疫情开始，人人都像带壳的蜗牛遭遇了危险，迅速退回自己的安全地带。老沈在朋友圈里出现的时候不多，他并没有更新个人动态，只是偶尔转发一些关于书画展、艺术访谈的文章，我才逐渐知道，消失的这些年，他已经蜕变为省内收藏界的一位大咖，也是省内一位颇具影响的画家——被截断了那么多年时间，我无法把当年那个守着租书店的老沈，和戴着口罩再次登场又在朋友圈里保持着某种神秘的老沈，当成同一个人。当他再次出现后，我有意识地搜索他的过往，但能找到的资料并不多，他尤其不愿在省内的媒体上亮相，他甚至极少参加省内的活动，有些人把他这一行为视作高傲。而我，也是无意间在一本省内的画册上，看到了他的专访。那画册叫《海南水墨五家》，汇集了海南五位优秀国画家，老沈是其中之一。这本画册，汇编了五人各二十张代表性作品，每人的作品背后搭配一篇访谈。关于老沈的那篇访谈，题目叫《墨底乌云》。

　　沈郁澜是画家，也是收藏家——当然，他不愿这么自称，他只是把自己当作一个时光的收藏者。和大多从小学画、有着漫长专业背景的画家不一样，沈郁澜拿起画笔入行较晚，可短短几年内，他的独特风格已让人过目难忘；这种风格自然也引来了争议，被某些较为传统的画家视为叛逆——对传统的背叛。他画水墨，可他的题材却极为当代，他在题材、技法方面都极为大胆。沈郁澜此前很少谈及自己的创作，若非因为本书的统一体例，沈郁澜也不太愿意接受编者的访谈。其实，沈郁澜曾多次拒绝他的作品被收入本书的。后来，采访者也是通过沈郁澜的一位未算正式却于他有恩的老师，才让他松口了。

　　问：沈老师，您好。来之前，我看了您不少作品，感觉很奇特，您画的是水墨，但您的题材却很有意思，并非传统的花鸟、山水等，您竟然画热带密林里疯长的植被、画海底巨鲸、画炫彩高楼……甚至也画了不少一看就是想象中的画面，水墨和这些题材的碰撞，产生了很奇特的效果。不知道您是有意还是无意，您为什么选择这样的题材？

沈：并非有意这么选，纯粹是我想画点不一样的东西吧。有些人一辈子画虎、画马、画牡丹——并常常自诩画虎第一人、画马圣手、牡丹之王之类，我不愿干这种事。如果连艺术都画地为牢，变得这么僵死，那也太没意思了。

问：您此前并非学画出身，对于海南的画坛来讲，您有点横空出世的感觉，很短时间内，一下子被很多人注意到。而且，我感觉到，您很多时候有点有意躲避着海南，您在外省搞过不少展览，但几乎从不在省内搞个展，和省内的画家也极少交往。可以问一问，您是怎么开始绘画的吗？

沈：我确实非专业出身，事实上，我大学没读完，毕业证没拿到，专业也不是这个，算起来只有个高中学历。从学校离开后，我啥都做过，什么人都见过，有些心灰意冷，后来，我回到镇上，我爸在镇上置了个小房子，也做不了什么，我把那里改成个租书店。我在镇上混了几年时间，每天守着那店面，有大把时间可以挥霍，除了看各种杂书，我也乱画一点，当然，那些画都不能拿出来见人。我后来离开那个镇子，到省城来，也做过不同的事。碰到我老师的时候，我在一个出租车公司当司机，那时老师从广东到海南来写生，海南这边的画院对接，刚好租了我们公司的车，我有十来天一直跟老先生在一起。途中，和老先生也相识起来。你可能想不到，我跟老先生变得熟络，竟然是因为武侠。

问：武侠小说？

沈：是的。我以前在镇上开过租书店，读了大量武侠小说。没想到老先生也感兴趣，还读过不少，一说起来眉毛都跳舞，还说起了武侠小说大宗师金庸先生。作为岭南画派的一员，他一直居住广州，往来香港极为方便，有几次在粤港文化交流会上，《明报月刊》的查先生也来了——查先生便是金庸，金庸先生本姓查——金庸先生有些板正，好玩的还得是倪匡、蔡澜等人，一开喝，喷胡话。金庸先生从不喝多。老先生手头有金庸先生送的签名本，他则还了一幅画，在那幅画里，金庸先生不再是板正的西装革履，而是长衫飘逸，宗师气度，老先生在画的右侧题字：浙江潮水入香江，身世飘零岂堪查。句内点了金庸先生的姓，也含了其出浙江、定香江的身世流离。金庸先生看了画中题字，为之黯然。我从没想到，眼前这老先生，竟和一些传说中的人物关联在一起，不免深感唏嘘。有些话我没跟老先生说起，就是我离开小镇后，也曾去过香港，到《明报月刊》的办公场所外看了看，时代不同，物是人非，和想象中差很远，从香港回来后，我才在海口扎根。出车之余，我也乱画一些画，我厚着脸皮拿一些画稿给老先生看，他大感惊奇，多次指点——当然，我知道自己基础差、学识也不够，从没让他收我为弟子。那之后，老先生多次再来海南，我们也都有联系，或许因为武侠，因为我从未谋面过的金庸先生，我们的距离近了许多。我能看出，老先生有好几次希望我能主动提，但我从来没提——一是源自我的骄傲，我不愿求任何人；二是我觉得，学习不拘泥于形式，真正变成师徒之后，很多时候反而绑手绑脚。在绘画和带入门上，先生帮过我很多，先生前几年过世时，我反问自己，若是真拜入门下，真正投入一些精力，我会不会画得更好？但这也只是一闪念，我也并不后悔自己那"沉默的拒绝"，其实，我内心是拒绝那样的关系的，作为一个当代人，我觉得自己处理不好"师徒"这样的关系，那就不为难自己了。先生开的一些书单、需要看的一些画册、需要学习的技法，能找到的，我都找来看了，能够练的技法我也都自己学，这样也好，适合我的心性。其实，我是很清楚先生为什么多次要开口收我为徒却又忍住不说，他知道我终究和他非一类人，他对我此前的画有一些欣赏，但我们并非同路人，作为一个欣赏者，他可以毫不掩饰他的欢喜，可若是有了关系的羁绊，他就得背负着我画风出格的压力。何苦呢，保持距离，也保持自由，多好。

问：对于很多人来讲，有这么一个机会可以跟老先生建立关系，肯定都极力争取，想不到您竟然以这样的方式，保持着距离。

沈：老先生在鼓动我参展，鼓动我创作方面，还是提供了很多便利的，若不是他的催促，很多时候我都几乎放弃了绘画了，甚至说，我不会变成一个绘画者。

问：您是怎么会想到，要把水墨变得那么当代的？以油画般的热烈灿烂，去绘画此前几乎没有水墨画家表现过的热带雨林里的各种植物——传统的笔法里不会用这么多色彩；以一种摄像机仰拍的视角，画一头游过的巨鲸，人好像是躺在海底往上看的角度——这完全是当代艺术的做法，绝非古典水墨会关注到的。但又可以看出，您的那些笔法、那些水墨晕染的技法，仍有传统之源。您自己怎么看？

沈：事实并没那么复杂，并非我有志突破什么的。可能所有这一切，恰恰因为我并非专业出身，没有那么沉重的传统包袱，想怎么画就怎么画。此前，传统水墨里，画的多是北方的山——毕竟海南历史上几乎没有过像样的画家——海南当代的国画家在题材、技法上，是没有多少东西可以借鉴的。传统大家笔下的植物，跟海南的热带植物没什么关系，你见过哪位大家画过椰子树的？所以，一切都得自己摸索，既然都要自己来，那不如彻底一点，在色彩上也大胆一些，不自我设限。所以，我有一系列的画，注视着那些植物的根部，那些繁茂的、错综复杂、像藤一样缠绕的状态，反而很适合笔墨的线条，就像书法中的草书。在枝叶、花果的表现上，色彩也尽可能大胆一点，不知道你能不能明白，传统水墨，偏淡、偏冷，这种淡和冷，要表现热带的繁茂，好像有着天然的相悖，没有办法把我们海南强烈的阳光感体现出来。我觉得，要画好海南，色彩特别重要，色彩中阳光般的金黄色，特别重要。

问：那您怎么会想到画海底的题材呢？您也有二十多幅海底的题材了吧？尤其那头巨鲸，让人过目难忘，您肯定知道，不少人对您的绘画有看法，但我也私下打听过，即使那些对您特别有意见的，也不得不承认看到您用水墨画出一头潜游的巨鲸时候的那种冲击。您自己怎么看？

沈：那幅《乌云之光》？

问：是的。

沈：这事，说来还话长。

问：可以简要说一说？

沈：这跟前面谈的那老师也有关系。你也知道，他除了画画，也收藏，什么老东西都收。他后面来海南多次，我都陪着，陪着他找各种老物件。有时还随船出海，捞那些海底的老东西。那时，那些东西没什么人要，也没什么人懂。他不知道从哪儿打听到，有些渔民发现海底有些瓷器，他就找人去帮他打捞，有多少他都收。我有几次也跟他一起跟着船出去，才知道那是古时沉船掉落海底的瓷器，现在都叫"海捞瓷"。可那时没人懂，就是些破烂旧物件，没人要。那些瓷器本要从海上丝绸之路出去，远抵欧洲，摆在欧洲贵族甚至宫廷的宴会之上，可却因风浪等海难而被击沉，覆上沉厚泥沙，再被海水封印，不见天日。海浪与时光冲刷，什么都会朽烂，唯有这些瓷器，被捞上来，仍旧光洁如初——海捞瓷是时间的死敌。我好几次学着下海、潜水、捞瓷，在海底，什么珊瑚、各类鱼虾都见过，巨鲸我没见过，但一群群密密麻麻的鱼从头顶过来，我见过；也见过很大的不知道是什么鱼从头顶漂过，不断压迫而来，那情景我过目不忘，后来画画，想不起那到底是什么鱼，又总要具象化，就把那大鱼画成鲸了。

问：您后来也收藏，是不是也跟这段经历有关系？

沈：当然。

问：那，您怎么会把这么一幅画海底的画，叫作《乌云之光》呢？

沈：你们这些人，就是想得太多……你想想，水面上有日光照下，并不黑暗，那么一头鲸漂浮在你的头顶，有些背光，像不像一朵移动的乌云压迫而来，叫这么一个题目，不过是最简单明了的"看图说话"吧！

……

这篇访谈，共有一万多字，后面还有很多关于具体作品的讨论，我却想在这些作品之外，找到老沈变成今日之沈郁澜的蛛丝马迹。无论如何，一个人侦探一般想挖掘另一个人的过去，总显得居心不良。有好几回，老沈邀请朋友去他的工作室看他的藏品之时，也不时把我叫上。每一回，他总是先挑选一张古典黑胶，让房间里萦绕着近乎完全陌生的曲调，藏品在此时亮相，好像被音乐加成，覆上一层神秘的光泽。有一次，我在他工作室的展品里乱看之时，在一个墙角处，发现一个架子上，摆放着一堆磁带，满满当当，估计也有数百盒。随手翻看，全是香港歌手的老专辑，许冠杰、谭咏麟、张国荣、四大天王、梅艳芳等，都有，只要一看到歌名，你耳边就瞬间响起歌声甚至歌手换气时的气息颤抖。我有点呆滞，他收藏了满架子的黑胶，想不到还有一个角落，堆满这些曾到处传唱的流行歌，堆满这些少年时代的笑与泪。我有点迷糊，当年，老沈的租书店里，是不是也曾卖过音乐磁带？这些，是不是他当年店里的存货？可是，当年那家店，不是早被付之一炬了吗？我的记忆愈加混乱，当年，我在租书店的书架上翻着书的时候，一本又一本印刷糟糕残破不堪的武侠小说从我的指尖划过，老沈是不是在一个录音机上，播放着眼前这些磁带？老沈当年是不是在歌声中摇头晃脑黯然失神？

初中时，我写的那部没有完成、最终消失无影踪的武侠小说，叫《破城谱》。那时，那些打打杀杀的小说看得多了，在枯燥的功课之外，我也想写一本——当时我还不懂，在某种程度上，写作比阅读还让人沉迷。我不经世事全无积累，所谓的阅读也就老沈那些破破烂烂的书，所有的经验就是自己上学的记忆，能怎么写呢？我把小镇上见到的一些事，全都幻化，放到一个武侠世界里，比如说，那些耍勇斗狠的少年帮派，自然转化成了一个个江湖门派；那些入侵到小镇上的白粉，就成了江湖中迷人心智的奇毒；少年们的争斗，便是一场一场江湖厮杀；老沈守着租书店，那在小说里，就是一位神通广大的绝世高手，人人都没能注意到他，他仍然是一个开小店铺的人，可当所有人纠缠难解之时，他便出手轻易化解……而所有这些人，都因为一个谜团，被会聚于一座边城里，人人都想着往外走，都想着从城中杀出一条血路，到更广阔的江湖里看看。要往外走，并不那么容易，每一步都头破血流，每一步都杀机四起。我先写了两万多字的开场，以不断收缩的方式，把从各处出场的人，逐渐会聚一处，城中便热闹起来。每个人都感到了城里要出事，每个人都知道有一场大阴谋正快马奔腾而来，但却没人能够提前制止，每个人都面对着莫测的命运，没有谁知道自己能在这里活多久。有几个胆小的，受不了那让人窒息的压迫力，想迅速逃离，却在出城后尽数被诛，尸体被马匹送回城里。当然，并非这座城已经封死，并非所有人都不能正常出入，那些非江湖客的普通人可以随意进出，并没有发生什么意外；那些一身武功心有所图的，则是寸步难行。每个人都能感觉到，仅仅是分辨出江湖中人和普通人这个工作，就需要耗费多少人力物力，所以背后到底是哪个人在指点江山，就成了最大的谜团……当我逐渐把故事铺展开的时候，我也还没想清楚，故事的全貌是什么样的。

这个故事只属于我自己，我不敢拿给任何人看，怕被笑话。而当遇到第一个坎跨越不过去，憋得太久了，我才发觉，当写作没法进行的时候，作者会变得无比痛苦。就是在那一刻，我感觉到了某种孤独，我知道这孤独很奇怪也很矫情，但还是抑制不住。我犹豫许久，才拎着那个本子找到老沈——在这个镇上，我不知道要找谁，不知道还可以跟谁聊写作这种事。我几乎是颤颤巍巍把本子递给老沈，嘴巴更是被堵死了一般，微张好几次，也没能说出话来。犹如从高处往深渊跳，我加速说："我写的东西，你先帮我看看，明天我来拿。你可不能跟任何人说。"没等他说话，我就跑了。当天夜里，我没办法合眼，我很后悔把写的东西给他看了，那是脱光光站在街上任人注视指点的感觉——我甚至想，要不要连夜去找老沈把本子拿回来？第二天，我鼓着浮肿的金鱼眼，在街角的一个角落里盯着，老沈才刚拉开铁卷门，我便已经冲过去，支支吾吾，想问却又不知道问什么。老沈淡淡一笑："我看完了……"他没有任何评价，我也愈加紧张起来，浑身颤抖。老沈从挂在肩上还没来得及放下的挎包里翻了一下，把本子递还给我。我很想立刻消失，又脚步凝固，期待老沈出声。
老沈说："你写得很好，我很羡慕。我也想写东西，但写不了，没那个本事，两句话都说不顺。假以时日，你肯定能成为一个作家……"他竟然用了"作家"这个词，多么遥远、多么神圣、多么辉煌，又多么虚空……我的脑袋如遭重击，甜蜜的重击——我知道他的话里多是鼓励和安慰，但我愿意饮下这有"毒"的甜酒。老沈说："不过，武侠小说，不算很高级的东西，你多看其他的书，我住的地方有不少，什么时候你过来，那里我有不舍得拿来租的书，你看看，对你有帮助。你的文字很好，但武侠小说，毕竟是消遣的东西，还得看看其他的东西，眼界才会上来……"我不知道他所提到另外的书、另外的眼界是什么，但我感觉，有一个更加广阔的世界，正在向我打开——眼前乌云密布，可乌云背后，已经有光透射而来。老沈说："不过，你马上中考了，不着急。一来，你这小说不着急写；二来，那些书你也不着急看。等中考完了，你到我租住的地方，好好看一个暑假、写一个暑假，你的小说，肯定会一鸣惊人。等你写完，给《江门文艺》《佛山文艺》投投稿，那些杂志发武侠小说，搞不好你投过去，就给发出来，你可就能赚到稿费了。"稿费……什么稿费，我沉浸在被认可的甜蜜之中，还没想到那么远……老沈继续说："你的《破城谱》里，是不是每个人都想着到城外去？"我点点头。老沈说："所以，你也一样，你也要到我们这个小镇之外去。《破城谱》里的每个人，都是你自己，那些人都想着往外走，你也一样，你也要往外走，要到更大的世界去，我们不能一直在这镇上当土鳖。你没见过外面的世界，我上过半截大学，是见过的——我好像通过一扇窗，看到外面世界的模样，可我还没下楼，窗户又给我关死了，但我已见过，我总要下楼，门不给出，就把窗给砸了，跳窗而下。最迟，过完这个暑假，我就出去，再赖在这个店里，一辈子就毁了。"我把硬皮本放回书包，感觉自己成了孙行者，双脚踩着云一般，飘着去到学校。

离中考还有两个月的时候，天气越来越热，雨水也越来越多，中考不像高考那样压力大，但能不能上一个好的高中，仍是改变命运的关键。在那时，有一些同学已经分流，有的去学美术、学音乐，准备考中师；有的准备考中专，想早日出社会赚钱；没有人跟我讨论过，但我铁了心要读高中、考大学。临近中考，老师给的压力也很大，我当时写《破城谱》，也不过是想在那窒息般的密不透风里，可以喘一口气，老沈让我知道，写东西、读闲书都可以慢慢来，我得直面逼迫到眼前的一场大仗。当时，我的成绩在同年级里，是比较靠前的，从没跌出过前三。在离中考还剩两个月的时候，班主任跟我们宣布了一个消息，学校将会组织最近一次摸底考分数前十的学生，再进行一次小范围考试，选出三位同学。这三位同学可以参与省内一所重点高中的提前选拔——如果通过考试，可以在中考到来前，被那所重点中学录取。毫无疑问，能够在这样的考试中被选中的比例是极低的，我们这座小镇初中，以前还从没有人被提前录取过，但无论如何，这都是一次难得的机会，我当然得争取一下。当时传闻，说副校长的孙子、一位老师的女儿，也都在本校读初三，他们的成绩本就不差，再加上这层关系，三个名额，他们已经占了两个——我得和其他七人，一起争那最后一个提前选拔的名额。现如今，见到那几个有了竞争关系的同学，再打招呼，都投来凌厉的目光，我的身上快被扎满数不清的小洞。又是暴雨的一夜，我躺在那间只有我一个人居住的房间内，无比慌张，一种快要和熟悉的旧日子告别的慌张——当时，我爸妈尚在村里，在镇上又没什么亲戚，上初中之后，他们租了一个房间给我。起初，他们轮流跟我住，但田里的庄稼抛不下，他们在家里养的猪、养的牛更抛不下，逐渐逐渐地，那房间就单独属于我一个人。他们对我很放心，并不担心他们的儿子会被小镇上风起云涌的新事物侵蚀。事实上，即使他们偶尔来这出租屋居住，也不会跟我说什么话，他们只是沉闷着，和所有的父母差不多。当雨声在屋外哗啦啦地响着，我好像进入了《破城谱》里的荒乱江湖，对我而言，眼前的考试，就是一场厮杀，"十选三"变成了"八选一"，我愿意不愿意，那都是一群对手。雨声让熟悉的小镇变得如此陌生，缓慢的时光加速起来——我在以前所未有的速度远离眼下的日子。

校内选拔考试前一周，我变得无比勤奋。虽然即使争取到去参加考试的名额，要真正考上还是难，但我不想放弃试一试的机会。校内选拔考前两天，我晚自习到夜里十点半，回到我一个人的出租屋时，却感到隐隐的不妙。那是只有一层的平顶房，走到门前，发现本应锁死的木门，却在深夜的风中晃荡不止——门竟然开着。我拉开电灯，发现门锁已经被撬开。我房内就一张床，衣服堆在床头；一张摇摇晃晃的简易桌子，一张塑料椅子，是我学习吃饭所用；桌子上堆着我的课本、文具。此时，我的衣服已被丢得到处都是，连床上的竹席也被掀开——很明显，遭贼了。家里给的生活费，我都随身带着，屋内并没有什么可丢的，可我还是内心慌张，不知道什么东西已经被拿走。我蹲下身，慢慢整理着房间，把所有的东西归还原位。边整理边细想，到底少了什么？到底有什么东西被偷走了？什么都没少，内心的不安却一直都在。我把门反锁，躺到床上，直到快要入睡时，我才想起到底丢了什么——那本没写完的《破城谱》。那是我从心底一个字一个字挤出来的，可对别人来讲，那纯粹是一沓废纸，有谁会要偷走它呢？我翻来覆去到第二天也没法睡。到学校之后，我仍旧提不起精神，程培凑过来："怎么了？"我摇摇头，没说话。他说："你精神很差。"我忍了一会儿，说："我被偷了东西。"他说："什么？"我压低声音："我写小说的本子，被偷了。"程培说："我还以为什么事呢。"我没法跟他解释那是我从骨血心梦里挤出来的文字，那对我有多重要。

又一天，上学时候，我在课桌底下，发现了一张纸条，上面的字歪歪扭扭，写着：拿走你本子的，是黄惠芬。这所谓的"黄惠芬"，正是有十几个男生跟着、被我当作《流星·蝴蝶·剑》里的"高大姐"的那位。我脑子一轰，不知道谁给我写的这句话，那张纸条米黄色，皱皱巴巴，不知道是从哪个本子上撕下来的，是谁在给我指路？真是"高大姐"拿走了我的本子吗？好不容易熬到放学，我再也忍不住，朝老沈租书店对面的游戏机室走去——每天，她有很多时间耗在那里。游戏室是小镇少年的向往之地，一个一个游戏币塞进去，就可以从游戏机里复活，开始一段冒险，很多人沉迷在那个游戏世界——也有些人爱赌，就玩跑马机。我没进去过，怕自己会被那些游戏机所迷惑，在门口那犹豫了好久，不断有人掀开门口悬挂着的那块布帘，我已经听到"高大姐"的欢呼声，还从别人掀开布帘时，看到她的身影混杂在一群男生之中，左手摇着游戏机的摇杆，右手狂拍着游戏机的按钮。我内心忐忑，不知道单凭一张纸条，该怎么进去质问她？我一直在门口那里等着，快二十分钟后，有人掀开布帘，我看到，她玩的那台游戏机周围，只有她一个人在摇头晃脑，嘴里骂着些什么。我立即走进去，站在她身边，她没有回头，我等了有半分钟，她手掌一拍游戏机的摇杆，粗话从嘴巴里喷射而出："奶奶的，死了！"她扭头，眼睛一瞥，扫了我一下："你要玩？旁边等着去。"我没有说什么，把那张纸条递过去。我闻到某种若有若无的味道，不是臭，也不是香，一股不知道怎么形容的气息，我头有些晕、有些醉。游戏室里的所有喧闹瞬间消逝了，由于靠得比较近，她的脸冲到我的眼里——我是第一次这么近看她，那双眼特别圆，嘴角带着一丝不屑，什么都不在乎，而正是这种满不在乎，充满致命的诱惑。我本是带着些怒气来的，却在此刻心跳加速。她鼻子一哼："呸，情信？也不看看你自己？"她还是接了过去，我的脸在烧，好像递过去的真是情信。她看了一下纸条，"哦……原来是你啊！"我挤了半天，支支吾吾挤出："……是……不是你……拿……的？"她说："我叫人去撬你门的，还没看完。"我喊起来："还给我！"她根本不理我，食指中指缝隙中不知什么时候已经夹着一枚游戏币，正要塞进游戏机的塞币口。我手一挥，打在她手上，那游戏币掉落，一滚，不知消失在哪台游戏机底下。她喊起来："你小子，找打！"她的话音一落，有好几个人顿时从各个角落冒出来，很多双拳头不知道从哪里击打过来——都是她的手下吗？我没有选择，也顾不得了，用尽所有力气，还击着那些挥打过来的拳头。

我几乎是以找死的方式在和他们对打。那些人经常打架，也强壮得多，可我以豁出去的方式还击，完全不觉得疼，倒是他们，在不断呼喊不断后退。有人试图抓住我的手脚，可我找死般的力量竟出奇地大，没有人能抓住。敢上前和我对打的，越来越少了。游戏室里至少塞着三四十人，却没有人再盯着游戏机，而都盯着眼前这场打斗，也没人敢过来拦。我伸出双手，抓住一双打在我后背的手掌，奋力一扭，竟然听到咔嚓一声，一声巨大的喊叫夹带着哭声，我松开双手，那看不清脸的家伙，蜷缩着手指折断的手掌，往门帘外头奔去。我用尽力气喊道："有种，你们全上来啊！""高大姐"和她手下，没有人再敢上前，他们都颤抖着发白的脸，不相信我一个书呆子，怎么敢跟他们玩命？有人悄悄扭头，往外头跑，有一个跑了之后，跟着"高大姐"的那些人，都纷纷跑了，游戏室里的人顿时少了三分之一。"高大姐"缓缓挪到边上，瞪着我看了好久，长舒一口气，也撩开门帘出去。他们散了之后，我浑身每一个位置，开始疼痛，类似针刺的、类似重物锤击的、类似割裂的……不一样的痛感，几乎把我撕碎，我后背靠着一台跑马机，浑身瘫软，滑在地上。游戏室的老板，那个一头卷发的中年胖子，走到我面前，右手食指一直指着我："……你……你……你……"他说不出别的话，只把我扶起来，我每跨一步，都特别沉重，伸手掀布帘的力气都没有了。老板撩开门帘，扶我走出去。老板松开手，退回室内，布帘落下，带起的风让我伤口的疼痛加剧。夕阳染红了小镇的街，像刚刚经历一场大战的荒野。

从对门走过来的老沈，铁青着一张脸，像有千言万语，终究一言不发——他是对我太失望了吗？老沈默默转身，走在前面，我跟在他身后。我们走进他的租书店，他拉过来一张椅子，说："你坐下，你那本子，我去帮你要回来。"我蹲守在租书店里，眼看着小镇的天色渐渐变暗，街巷亮起昏黄的灯，灯光照不到的地方，更加深黑。过了多久呢？可能快两个小时了吧，老沈背着双手蹑步而归，他还是毫无表情，瞪着我看了好久，缓缓地说："那本子已经没了，黄惠芬丢了，拿不回来了。你也别再去找他们了，我跟他们谈了，他们以后也不会再找你麻烦。你们就当没发生过这事……"我不知道他刚刚干吗去了，不知道他跟那些人谈了些什么，但如果连他都拿不回来，那就真的拿不回来了——我写下的几万字，已经灰飞烟灭，内心有多少不甘，都得吞下去。

我还没来得及为遗失的小说哀悼，又有让人伤心的事袭击而来。第二天，我脸上青一块红一块去到教室的时候，班上的同学都盯着我——小镇那么小，他们都听说了我的事。我还没来得及坐下，教数学的班主任进来教室，拍拍我的肩膀，头往外一甩，他就出去了。我跟在他身后，走到教室外的那棵苦楝树下。班主任说："这本来是你的机会，我很看好你，很想你能多一次改变命运的机会，可你……在这个关键时刻出这种事。到处都在传你打架的事，你本是个好学生……可你……我跟校长争取了好久，放心，不会处理你，但那个选拔考，你不能参加了。可惜……"他有点哽咽，好像破碎的不是我的希望，而是他的。我能说什么呢？苦楝树上的苦楝子都还挂在枝叶上，却又像一颗一颗掉落在我的头上，甚至一颗一颗塞进我的嘴里……真给我考，我未必能……可是，我被取消选拔考的资格了。

几天后，校内选拔考试，公布选出的即将出征省重点高中的三个名额，果然有那副校长的孙子，也有那老师的女儿——传言都是真的。第三个名额，是别班的一个同学，在以往的排名里，他从没排在我前面过，而现在，他考进了前三。所有假设都没有意义，我自己毁掉了那转瞬即逝的好机会。我还没有开始悲伤，程培倒先哭出来了，因为没有在选拔考中考到前三——他也是参加选拔的十名同学之一。整整两天，他一直伏在课桌上，悲伤得抬不起头，我很想安慰他，伸出的手，总拍不到他肩膀上。我唯一能安慰自己的是，就算那三人去那省重点高中参加最后一战，也未必能被录取——后来，他们确实没被录取，仍然需要参加残酷的中考——可有时我还是忍不住想，他们没考上，可要是我去了，会不会有机会呢？这个自我制造的"可能"，让内心刺痛。

老沈跟着那个岭南画派的老先生学画，也跟着收藏一些老物件，这改变了老沈后来的命运。很多若有若无的传闻里，老沈被说成一个极有城府之人，比如说，他当年带着老先生去找海捞瓷，还专门学了潜水，并非是要帮老先生打捞那些瓷器，而是在给自己铺路。他潜入水中，却没有把那些真正的好货捞上来，落入老先生手里的都是成色极差的。等到老先生欣喜若狂拿着残次品离开后，老沈择日重新返回打捞现场，把那些最好的瓷器，收入自己囊中。有人说，老先生后来听到这个传闻，跟老沈彻底决裂了，他没想到视为弟子的老沈，竟然就在他眼皮底下，借着海水的阻隔，让他成为了大冤种。甚至有人目睹一般，说老先生临终前交代家人，不能让老沈前往拜祭。除了那篇收在《海南水墨五家》里的访谈，老沈很少在公众面前露脸发声，他越是悄无声息，在那些画家和收藏者的口中，关于他的各种传言就越多。我知道人心之深，也知道相隔多年，我不能再以当年那个蹲守在小镇上的租书店店主的目光来看他，更何况，即使当年，也有着太多我所不了解之处。比如说，他的飞牌绝技怎么学来的？他是怎么做到那些小镇上的烂仔都对他退避三舍的？他的租书店那场后来困扰了小镇上人好多年的大火，怎么引燃的？甚至，为什么他当年只读了半截大学，就没法继续，只能返回镇上？……

他总是心事重重，在疫情肆虐的眼下，他每天那么谨慎地出入，害怕把病毒带给患病的妻子。二〇二二年年末，天气一切如常，可我跟很多人一样，陷入慌乱。那时，防疫政策开始转变，除了发烧、头痛、浑身无力等症状外，身边的人还出现了各种奇怪的症状，有人抑制不住一直眨眼，有人烧了一夜之后发现脸歪了，有人则堵都堵不住喷射连环屁，而网上还有学生阳后特别热爱学习……熟悉不熟悉的老人永别的消息也不断传来。我在中招之后，极为嗜睡，怎么样也醒不过来，那几乎是我好多年里最痛快淋漓的睡眠。从沉睡中惊醒的时候，房子空空荡荡，房子之外也空了，这个世界犹如只剩下了我一个人。那种空无感让我恐惧，我好像感觉到了从很多书上看到的"顿悟时刻"——很多武侠小说上所写的武功修炼到紧要关头，也是这样的吧？在这时，要么更上层楼，要么走入岔道。外头的世界被某种席卷一切的力量所裹挟，我是要因此飞升还是走火入魔呢？

刷手机变成唯一能做的事。有一天，我有气无力地面对着手机，看到老沈发了一条朋友圈："今天，送别了妻子。"配的是他自己的一幅画，密林寂寂，一种空荡荡的虚无感。我握着手机的手有点发抖，没法点赞，也没法说出"节哀"——那也是凌厉冰冷的匕首。他小心翼翼两年多，以各种方式隔绝病毒对他妻子的入侵，可终究没能阻挡。我没有给老沈打电话、发短信，任何形式的询问，都只能加深他的悲痛。我在大半个月后，才逐渐缓过来，又过了两周，病毒已经不再被人们提起，那些排着长队等待一根棉签伸进喉咙的日子也遥远而恍惚——人们的忘性真大。春节前的某一日，我接到了老沈的电话，不知道是深冬的寒气还是手机音质变异，他的声音听起来特别微弱："什么时候有空儿，见一下？"

我回了一个字："好。"

我又来到了他摆满各类藏品的家里，一切没变，可总觉得跟记忆中的画面不太相同，想了好久，才回过神来——此时播放着的，不再是那些不知道从哪个国家收来的陌生专辑，不再是那些貌似"高雅"却没法在内心激起回响的名曲，而是香港的粤语老歌。播放的也不是黑胶唱机，而是老款录音机。听多了手机上被"净化"过的声音，盒装磁带的歌声自带复古感，加上谭咏麟的声音款款深情，很多记忆汹涌而来。是了，我记得，他当年倚靠在那间租书店的玻璃柜台里，嘴巴里哼着的，好像永远是谭咏麟。谭咏麟的歌声，让他这个家庭展览馆变得有些陌生，我还闻到了一股油烟味。他看出来我的疑惑，说："我现在就在这儿住着，吃饭也在这儿。"有收藏癖之人，把藏品视为比生命还珍贵，更要远离火光的，尤其是老沈，他本就居家在楼下那层，现在怎么会把放满藏品的地方用来居住，还在这里生火做饭呢？老沈指指地板，说："我已经有一段时间没到楼下那层了，不知道变成什么样了。"看出我在期待着他的答案，他说，"老婆不在了，每次我下去，总是没法睡。翻来覆去，老是觉得她的身影声音还在，太折磨人了。我只好到这楼上来。我有一段时间没下去了，也不知道里头是不是住满老鼠蟑螂。"

这个时候，谭咏麟不合时宜地唱道："……如痴如醉，还盼你懂珍惜自己……"老沈指着那录音机："我老婆熬不过去年底那一阵，送走她之后，我整理她留下的各类东西，也顺便把楼下和这楼上，都翻了一遍，把这录音机和那些磁带翻了出来。最近我也一直在恍惚，我手头收了这么多藏品，其实，哪里守得住？物比人长久，眼前这么多古物，它们被古人摸过，现在传到我手上，也不过是那么几个瞬间在我手掌停留，在很多年后，它们终究会被后来人所抚摸……想想这一点，挺让人虚无。我老婆走得那么突然，让我明白人生有很多偶然，我有时会想，若我哪一天也突然走了，这些东西，怎么处理呢？我已经在做出售或捐献的准备。我得换一种活法了，这些年，我画画、收藏，每天跟这些玩意儿待在一起，现在想想，真不是人过的生活……"我笑了笑："卖掉？捐出去？你舍得？"老沈看了看那些摆满藏品的架子，不知道在想什么。我知道，不管舍不舍得，只要老沈下定决心，他一定会想办法清空，重新换一种生活。或许，他最后连这两层房子都会卖掉——当年那场焚烧掉他的租书店的大火后，他离开小镇，不就是再也没有回去在原址上重修吗？

老沈说："对了，不聊这个。今天喊你来，不是要说这个的，是有个东西要还给你。"

"还给我？"我从未记得，我有什么东西在他手上。

他转身，从一个货架上取来一个大牛皮纸信封，递到我手上。信封没有封口，看起来也比较新，落款处还有老沈的一幅小画和他家的地址，显然，刚刚装进去不久。我能感觉到里面好像是一本什么东西，迟疑了一会儿，我右手探进信封，手指传来硬皮本的硬度与弹性，我一抽，眼前有些发黑。那硬皮本封面上印有布纹网格，已经特别陈旧，我的手有些抖，还没翻开，我就知道，那是我初中手写武侠小说的本子，那消失的《破城谱》。老沈说："我最近整理老婆的遗物，各种挑挑拣拣，不知道从哪个角落翻出来的。当年我帮你拿回来，这些年辗转在外，和你再没相见；你这两年和我重新交往，我本来想把它找出来，可一直没找到……有些东西就是这样，平常摆在架子上，可你就是看不着，某一天，却又突然地出现……"我摆摆手："等等，等等，我记得，当年，你帮我去取，告诉我说已经被'高大姐'丢了，没拿回来……"老沈长长叹息，沉吟许久："你当年一个读书的好料，最后要面临中考了，我帮你拿回来了，怕你又再次沉迷进去，就骗了你，准备等到你中考完毕，再还给你。可是后来，发生了变故……你还记得吧，后来，我那店烧了，我也离开镇上，我本以为这本子已经随着那店烧了，后来才在随身的物件里发现了它。这些年它不知道躲在哪个角落……若非这一次清理旧物，或许它就再也不会出现了。现在，是物归原主的时候了。"他又望着那些展架，说，"清理这些藏品，我也不知道还会清理出什么来。"

我拿着硬皮本的手抖个不停："当时，你从哪儿拿回来的这个？"老沈笑了："不就是从黄惠芬的手上吗？我去找了她，让她取出来，她还不愿意。后来，我给她露了一手，她就乖乖地取出来了。"我说："露了一手？"老沈点点头："不过，不能告诉你露了啥，反正我有法子制住这小太妹。"我说："后来你的店着火了，是不是他们这些人给半夜点的？"老沈愣了许久，摇摇头："不是。"我随手翻开硬皮本，纸张泛黄，污迹混杂其间，看到了当年歪歪扭扭的字迹，那是蓝色圆珠笔的字迹，已经在时光的打磨中变淡。

那是没前没后的中间一段：

……到城外去，最危险又最诱人。小马拎着三坛酒，找到春风巷口的小乞丐猴目，一直到三坛酒下肚，猴目还不甘心，不断闪着他的眼，伸出手掌。小马丢过去一块碎银子，猴目才笑嘻嘻地点头，两只手举起来，弹开七根手指。每座城池，都有一些人，平时看不到，可他们清楚每一个角落里发生的每件事——猴目就是其中之一。他既然竖起七根手指，那最近因为出城而暴毙的江湖中人，就不会是六个，也不会是八个。小马问："依你看来，最近那么多人聚集到这城里来，到底什么缘由？"猴目没有哼声，一是小马这话太宽泛，二是没见到好处，他连鼻子哼一声都觉得亏了。小马盯着猴目，"最近来的人，是不是都接到了一封信？"猴目还是没任何反应，但小马还是从他的若无其事里，得到了想要的答案。小马说："信封外头，是不是画有……"猴目脸色一变，低下头。小马也不再问什么。这时候，春风巷外，响起了嘈杂的喊叫，间有惊恐的尖叫。不用往人群聚集的地方去，小马已然知道，暴毙的第八个人出现了……

前头的故事，我已记不太清，后头故事朝什么地方发展，我也不再记得，这故事真的出自我的手笔吗？老沈笑着说："那天翻到这本子，我又把这故事温习了一下，别说，还挺吸引人，你拿回去，接着写，我还挺想知道后面的故事的，你会把它写完吗？"我的脸又有些热，别人当面评价自己的文字，总是让我不好意思。老沈说："当年，黄惠芬那小太妹，为什么要找人偷你这本子？"我摇摇头："我想了很多年也想不清楚，按理说，她从来不看小说的，怎么会……"老沈说："我当年，帮你问了原因。她也说了。"我没继续问，他既然已经开场，就会把话说完，他说："有人告诉她，说你这小说，写的是她和她那些手下的事，说你这小说以她为原型，所以，她就想看看，你怎么歪曲了她。她看了后，还挺失望，里头根本没出现过一个女的。我问她，是谁告诉她的？她说她也不知道，有人给她课桌留了纸条，她也不清楚是谁……"

纸条……我心一抽紧，却又不知这感觉从何而来。老沈站起来，到展架上取来一个木盒，拿到我面前，展开，里头是一个茶杯，我不知其年代、不识其工艺。杯身上勾勒的线条，是青色，杯身之上，草长莺飞，牧童骑在黄牛身上放纸鸢，弥漫一股春日里万物复生的欢快。我不懂古物，也觉得这杯子非凡品。我好像看到，当年制瓷之人以手指的点石成金让泥坯成型，窑火的焚烧又如何让泥坯瓷变；我看到瓷器装船后，出港前的千帆竞发；我看到大海中央的风浪翻滚，驾船之人想靠近海南岛，却在离岛不远时被掀翻，沉入水底；我看到海浪日复一日的冲刷中，沉船和装载物被泥沙覆盖；我还看到，老沈身穿潜水服，把这一件瓷器捡起，护目镜后，他的目光变得幽深又呆滞，似被吸走了魂儿；我最后看到，老沈在无数的夜，从自家展架上取出这件瓷器，目光和指尖在瓷身上抚摸不止。在这一刻，我有点理解老沈的收藏癖，他并非迷恋器物本身，而是试图让隐藏在旧物背后的时光再次复活，他迷恋的是消失的记忆。老沈说："这是我的海捞瓷中的一件。这些年，我把这些东西看得太珍贵，却忘了还有更多的事情需要去做。刚刚我也说了，这些东西，要么卖掉，要么捐出去，我送你一件当留念。"我说："那么贵的东西，我可不敢拿。"

老沈说:"我那展架上,全都是,几百件,这东西,说值钱也值钱,说不值钱,也就是个喝水的杯子,一个念想之物,你就拿着吧……其实,我是有点愧疚,当年我自作主张,把你这本子留在手上,一留就二十多年,像是剪掉了你一段人生,真是太不好意思。你就当我赔礼道歉就是,拿着!"在那一刻,我眼前的,不再是丧妻的憔悴中年,而是当年小镇上的那个守着租书店的青年——他说出的话,总要兑现。我还是不愿接下那个盒子,他指着房间里的展架:"你看看,那么多,全都是……全都是我自己捞上来的。我专门去学了潜水……好几年没潜了,这些年啊,都过得人不像人了。"我知道没法拒绝了,只好把盒子接下,盖子盖住,也把我的硬皮本压在盒子顶上,放在了茶几上。老沈苦笑:"我花了那么多心思,收了这么多玩意儿,总是想抓住点什么,哪抓得住啊,到最后,都是空的……有时想想,当年小镇上的一把火,把什么都烧得干干净净,挺好!"

中考结束,夏天更热了。失去参加那所省重点高中选拔的机会,我没多少时间哀伤,立刻投入中考的准备之中。随着中考临近,爸妈有时也会从村里上来,带来半只鸡、两条鱼什么的,让我考前吃些好的。他们本都是木讷的人,对着我,也说不出什么鼓励的话,我反而焦躁起来,干脆说:"爸,妈,我在备考,你们最近就不要老是到镇上来了,我得复习了。"他们油黑的脸,淹没在灯光的背后,不管有多少爱,不管内心汹涌多大的浪,他们总是木讷着,说不出几句话。母亲从贴身的口袋里,掏出一把被她的体温焐热的零钱,一张一张整整齐齐叠好,塞我口袋里:"拿着,要考试了,需要什么自己买,不要那么节俭……"两人又趁着夜色，回村里去了。

真正的考试到来了，说是紧张，却也那样，很快就过去了，答题并不完美，但也基本上发挥出了自己的水平，复盘试卷的时候，不狂喜也不沮丧。考完之后，我做的第一件事，就是没日没夜睡了两天，等我从饱足的睡眠中醒来时，是午后，外头热得地面都要沸腾。整个世界都空了，往日喧闹的街上，在那一刻没有任何声响，我觉得自己被整个世界抛弃了。我浑身汗湿漉漉推开门，暴烈的太阳下，街上一个人都没有。我走完一条街，拐到靠近镇上菜市场的时候，才开始看到有人走动，但也像要在暴晒中蒸发掉一般。我来到老沈的租书店，他还是倚在门口处的玻璃柜上，姿势永远不变，他随口问："考完了？"

"考完了。"

"怎么样？"

"就那样。"

"没问题了！"

他不再说话，而我，钻到他的后屋，在几个书架的破旧武侠小说面前坐下，随手抽出一本，翻开，打打杀杀开始了——世界恢复正常了。后屋这里成了我一个人的天地，考完的同学，撕掉、烧掉了他们的书本，相约到别处狂欢去了——我是最孤独的人。街上更加安静了，不知不觉，天色变暗，老沈也不到书堆里催我。下午的凉风，穿过门窗的缝隙吹到书架边的时候，街上猛然传来一阵嘈杂声，还带着撕心裂肺的哭声。一瞬间，便有很多人从各个家门里钻出来，朝那声音的生发处聚拢而去。我没有出去，过了几分钟后，老沈出去了。他在大概二十分钟后回来了，我从未见过他的脸色那么难看，极其哀伤，眼角竟然还有些泛红。他径直走到后屋来，说："你知道刚刚发生什么了？"我摇摇头。他说："有几个小年轻，争那黄惠芬，打起来了，有人受了重伤，浑身血，动了刀子。叫救护车往县医院送，顶不住，半路上咽气了……"

——咽气了……莫非，今天午后感觉到的那种空前的寂静，就是死亡不断逼近的感觉？

我和老沈都愣着。天色愈加黑了，我们都没想起去拉店内的灯。我们两人的脸，都隐入黑暗中，他幽幽地说："走吧，我们吃饭去。"我们来到三角楼下那间饭店，他随便点了些肉和菜，有白切猪头肉、卤猪脚、炒水芹等，他还叫了几瓶啤酒——那是我第一次喝啤酒，当那又苦又酸又说不出是什么味的酒水顺着喉咙灌下，我的少年时代离我而去。这一日之内，我觉得周遭变得无比陌生，任何事都不太对，却又说不上那是什么——当时，我还不明白，那就是成长，成长不是一点一点让你接受，而是忽然袭来，逼迫你咽也要咽下去。

我们两个人几乎不怎么说话，只默默地倒酒、夹肉，也不碰杯，各喝各的。起初，那酒很难下咽，几杯之后，封闭的喉咙被打开了一般，我想起武侠小说里的那些江湖客，他们每个人都在一杯杯酒的浇灌里醉生梦死。小镇的街上亮起了灯，卖冷饮、炒冰的人开始了张罗，很快地，店外面就坐满了人，人们借着一杯茶或一碗清补凉，闲聊着各种酸甜苦辣——今天少年斗殴的事，肯定会被聊到最多。我两边脸颊都湿了，嘴巴里的酒更酸了。老沈也还是不说话，他朝饭店老板挥舞一下手掌，老板又从冰箱里拿来五瓶冰啤酒。一直到最后，我们都一言不发，只是饮酒。因为第一回饮酒，我很快就觉得身体、理智不属于自己了……饭店对面那家店的电视已经开始播放录像，不是武侠片，竟然放了一部言情片，周润发和钟楚红在谈可望不可即的恋爱。我们好想一脚跨进电视机，踏入那一栋栋高楼森林，踏入另一个世界里的新生活。

我不知道是怎么回去的。

闷热一直没散去，迷糊糊地冲凉之后，我拿着竹席、被子到楼顶上去，准备在楼顶上睡。那年代，空调是稀罕物，整个小镇也没哪家人在用。白日里被暴晒的屋子，到了夜里，热气升腾，更像蒸馒头一般，血气方刚的少年，不躺在楼顶上，简直没法度过一个个漫长夏夜。起初，楼顶的热气还未散尽，到了午夜，才逐渐凉快下来。我看着夜空浩渺，不知身在何处；有时又站在楼顶的边缘，细数小镇上微弱如萤的光点。正当我要在迷迷糊糊中睡过去的时候，猛地看到西南边有火光亮起。小镇上的房子都不高，有二层三层的，但更多的都是一层的平顶房，在黑暗里，很难判断着火的地方有多远；有时觉得可能几百米，有时觉得只有几十米，甚至觉得热气燎掉了我脸上细细的绒毛。我顿时从酒意中醒来，嘈杂声从各个屋顶响起，有人发出尖利的口哨，伴随着欢呼声——镇上的生活犹如死水，太多人渴盼着意外、渴盼着突如其来。在酒意的催发之下，我也兴奋起来，站着看了有大半个小时，随着火光变小，我才躺下。

第二天，我才知道，昨晚着火的，就是老沈的租书店。在人们的交头接耳中，我跑到店外，看到只剩一片废墟，烧焦的气味，到了第二天仍然汹涌。我手上还拿着他一本书的中册，永远都没法还回去了，那中册永远成为孤零零的存在，没法和上册、下册团圆了——那些书，也都在大火中烧完了吧……被消防车上的高压水枪冲出来的狼藉里，还有一些书的残迹。我扇了自己两巴掌，觉得自己太无耻了——昨晚看到火光时，我竟然会有些许兴奋。关于那场火，后来有各种传言，有说是店里电线老化导致失火；有说一根烟头是一切的根源；也有人说老沈多次惹了那些帮派的小子，那天少年们斗殴致死，有人迁怒于他，趁着后半夜，前来点火泄愤……起火的原因，镇上派出所也来查过，但也就是象征性的，他们猜了几个理由，和人们嚼舌头的说法没什么区别。时间连绵延续，不会有清晰的界限，可这场火的点燃与熄灭，就是我少年终结的闭幕式。我的中考发挥还算可以，可还是以两分之差，和省重点高中失之交臂，最后上了县中学的尖子班，之后高考、上大学、毕业、工作……我并不比别人更好，也不比别人更差，我逐渐接受自己成为一个庸常之人。

我并非有意遗忘，但若非程培来找我，很多少年之事确实已经不再被我想起。程培起初迫切地要让老沈坐到摄像机面前谈一谈，他把这个"重要"的任务给了我，可最后他反而从人间消失了一般，没有再提起这事。有一次，我忍不住给程培打了个电话："你之前说要采访老沈，那事……"

"什么？"程培的声音满是疑惑。

我的话就接不下去了。过了好一会儿，程培"啊"了一声，说："那事啊，缓缓再说吧。现在，那视频号也不更新，会长原来的想法，也变了……啊，麻烦你了，老沈答应了吗？……"看不到对方的脸，可我还是能感觉到自己的尴尬。老沈经历了最为痛苦的时刻后，充满了倾诉的欲望，到了最适合采访的时候，可……现在倒变成我拿热脸去贴人家的冷屁股了。好一会儿后，程培说："不好意思，商会会长前些时候阳了，很重，一直缓不过来。身体恢复了一些，可元气大伤，人瘦得不像样。他转阴后，心性大变，对什么事情都觉得没劲，原来想的很多事，都不做了。对了，我跟你讲过的吧，他在国外买了一座岛，本来只是钱多，买下来放在那儿，还没想好怎么用，最近，他想去隐居，当岛主去了……"挂掉电话后，我的脑海里浮现出那会长躺在一座私人小岛上晒着太阳的情形，犹如传说一般的事，真的在身边发生了？程培提到的这个商会会长，年纪跟我差不多，他的发家史，被传得玄乎其玄，也不外乎在房地产最疯狂的那些年，他下了最大的赌注——他赌赢了。他成了本县出来，在省城最为怪异的一个人，他一方面在商业上极为成功，一方面又很爱跟文化界人士交往，还时时说："我浅薄了，万般皆下品，唯有读书高……"阳之前，他对老沈充满兴趣，阳了后他万事倦怠，到底是遭遇了什么？老沈也一样，他要把藏品都清出去，是不是也要找个地方隐居起来，当一个无人能寻的隐士？

隐士……那本《破城谱》中，最后会有隐士吗？阅读少年时的文字，头皮发麻，可我还是忍不住把歪歪扭扭的两万多字重新读了一遍。我明知底色之幼稚，可还是有一些情绪，让眼下的我触动。在那两万多字里，人物不断汇集到城中，不断有试图出城之人被杀，谜案越滚越大，主人公小马抽丝剥茧，却在每一次试图接近真相时，选择退缩。因为好像所有的谜底，都指向他深信之人，他不愿那便是最终的真相，总觉得再看看，还会有一个终极之敌出现。当然，这个故事最终会朝着哪个方向而去，我不知道——我早已遗忘了二十多年前的构思。或者说，二十多年前，我也根本没想清楚整个故事，这本就是一份记忆的残卷、一件残破的海捞瓷。我也不免幻想，以眼下经历世事的我，要把这个故事完成，那得怎么写？至少，原先最大的设定会发生变化，那就是：所有人会聚到城中，源自一个大阴谋。我会在续写中改变这个设定，起初确实是有人设了局，但仅仅是一个别有用心的谣言，后来所有的杀机、所有的死亡，并非有一个能力超群之人在幕后操纵，而是一个个有私心之人的小算盘造成的连环恶果，也就是说：不同的人，故意把自己的杀戮，隐藏在那个似有似无的谣言之下，不同人私心的合力，让谣言成真。也就是说，没有人要阻止所有江湖中人出城，是每一个人的私欲，阻止了自己出城，也导致一场场死亡陆续降临。主人公小马慢慢揭开这一切，他发现熟识的某个人，曾是杀死另一个人的凶手，而杀人者又死于另一个人的背后出刀……这血腥的循环没法终止，最终落到了小马身上。他将要面对的，是一个杀死他至爱的恶魔。但只要他出手，这场游戏便没法停止，便没人能破城。极致的痛苦中，他试图终结这一切。要讲完这么一段故事，绝非三言两语，我没有勇气开启一场至少二十万字的漫长旅程，仅仅是在心中把故事大体过一遍，便觉疲惫不堪，没法接着二十多年前故事暂停之处往下写。但我却压不住涌动的心潮，直赴终点，写下了故事的最后一段：

此时，百余位江湖中人，皆站在迎风楼前，听小马梳理了前因后果。并没有一个神秘帮派或朝廷的公公幕后策划，谣言犹如一块石子丢入水中，涟漪圈圈，是不同人各自的仇恨，是一个一个独立的仇杀，组成了这场大杀局。这些江湖客对小马有了愤恨，他们的希望落空，他们起初认为的大敌并不存在，这让困城显得如此可笑荒谬。可他们又幸灾乐祸，因为，现在站在小马面前的，是他的多年好友长衫客，小马要怎么终结这一切？四天前，长衫客出手，小马深爱之人惨死。现在，所有人都很想知道，长衫客和小马，到底谁的剑更快？长衫客成名多年正值巅峰，而近三个月来城里发生的事，也让这些江湖中人知道，小马不但武功卓绝，也心智超群——这两个人的对决，将会惊天动地。不管谁胜谁败，这场困城之局仍将继续——即使小马已经揭开了这一切。长衫客胜，把小马视若亲儿子的迎风楼掌柜蓝玉必将约战长衫客；小马胜，长衫客的七星门将会倾巢而出，也是一场混战。

小马微微一笑："谁先来？"

长衫客道："我欠你的，你先。"

小马道："不客气了。"

场外所有人都屏住呼吸，他们将会见证一场顶尖对决。小马满脸笑意，神情轻松，把在场所有人都吓了一跳，他的笑意背后，必是足够的自信与实力。长剑不是握着，而是被小马拇指和食指捏着，剑尖下垂。长衫客纹丝不动，不敢有丝毫松懈。场外的人，好像被某种气息所逼迫，不自觉后退两步。小马的手动了，他并没有向前，而是反手一挥，剑光滑向自己的脖颈儿。剑锋刎颈之前，小马淡淡道："不打了，破城吧！"长衫客大吃一惊，纵身一跃，想夺去小马手中剑，可他身法再快，也快不过花开——盛开的血花，迷住他的眼，在他的长衫上灿烂。场外的江湖客也开始惊叫，他们设想了一万种场上的变化，却没人想到小马会挥剑向自己，让那一场又一场纠缠难解的仇杀，瞬间化解。一声悲戚的呐喊从迎风楼上响起，是掌柜蓝玉的声音，他撕心裂肺口音破损，场上很多人都没听清楚。好多人为蓝掌柜的那句话打赌，争得头破血流，他们不敢去问悲愤的蓝掌柜，只好到无所不通的猴目那里。花了重金，众人还得忍受猴目破烂衣衫上的恶臭。猴目冷冷地从嘴角挤出三个字：

"破城了。"

结尾一写完，我忍不住从微信中把文字发给了老沈。好一会儿之后，老沈回了几个字："原来，是这样的。"隔着屏幕，我看不出老沈的态度如何，但我觉得，我总算对那本在他手上存了二十多年的硬皮本，有了一个交代。又过了一会儿，老沈发来几个字："你什么时候有空儿，来我这儿坐坐。随时都可以。"是的，丧妻后，不知道是顿悟、绝望还是孤独，老沈对一切都不再在乎。老沈本来准备花三四个月去处理他的藏品，可当他分门别类罗列那些藏品的时候，望着那密密麻麻的本子，他有些头大。他把本子甩给我："你看看，我给自己修建了一个什么样的牢笼？"这并非他的矫情，收藏本是他赖以生存的手段、是他的爱好，可当妻子去世，当痴迷的藏品变得索然无味，那一个个暗藏着无数光阴的藏品也就变成了镣铐、变成了一颗颗撒在跑道上的图钉，让他寸步难行。他花了很多时间，把家里的摆设完全变了个模样，一是清理出那些需要处理的藏品；二是要让家里为之一变，以免见到妻子留下的痕迹，伤怀难抑。一个多月后，他的家完全改变了模样。

他神神秘秘地邀请我再来，说让我看看他刚刚整理起来的几个展架。而那哪里是什么展架？那不过是几个陈旧书架，并非什么好木头，海南岛上常见的菠萝格；架上摆着的，是一些陈旧不堪的书。等等……这些旧书，是一些在市面上已极其少见的武侠小说。我上前翻看，果然是，不但年头够久，也难以辨别是不是正版——那个年代的印刷品，即使是正版，排版、用纸、印刷也极不讲究。这些书已经太久没收拾，纸张吸收了空气中的水分，软得很奇怪；再加上灰尘落满，每拿起一本，都能摸到满掌灰，像在和旧时光握手。书架的摆设当然跟当年老沈的租书店不一样，书也并非完全一样，但当这些摆到一起，就碰撞出时光的缝隙，瞬间把人拉了回去。金庸、古龙、梁羽生、柳残阳、卧龙生、萧鼎……还有金庸巨、古龙新、金康、古尤……掌上的灰，重建着旧日。

老沈说："你看看，有没有当年租书店的感觉？我也是最近整理藏品，才把这些东西给翻了出来。当年租书店烧掉后，时常想起那些书，有些心疼。后来互联网起来了，买东西方便，我陆陆续续把能想起来的旧书，都拍回来了……起初随手塞在纸箱里，最近翻到，就找了几个老旧书架，摆了起来。"我望了望他屋子里仍旧海量的藏品："你真能把这些都处理掉？"他也望了望："尽量……我到了需要做减法的年龄。"安静了好一会儿，他说："我真是一个念旧的人，性格里就适合收藏旧物，很多没用的东西，也带身边很多很多年。记得的事太多，人就忘了怎么活。疫情三年，直到我妻子过世，我才猛然惊醒一般，我是不是耽误了很多时光?"他如此孤独,那么多的藏品,像是他恨不得早点丢弃的旧玩具。我鬼使神差地问:"你们怎么也没要个小孩?"老沈愣了一下,苦笑:"倒也想要。老怀不上,后来也就不再想这事了。起初,我老婆很内疚,觉得是她的问题,看了不少医生,熬了不少药,调养,没怀上。我看她都要抑郁了,告诉她不要折腾了,是我的问题。其实,我身体是没问题的,却真的看开了,有时想想,真有个顽劣小儿,在这满是藏品的屋里奔跑攀爬,估计我得患心脏病……"我苦笑:"你能看开,也厉害了!我们海南人,逢年过节都要回宗祠、拜祖宗,没生个男娃,简直没脸见人,被族人喷死……"老沈也苦笑:"我爸走后,我跟老家也几乎断了根,好些年没回了!也好,不用面对族人的七嘴八舌。当然,我也没那么超脱,但面对我老婆,有些事,我做不来……"沉默一会儿后,他又说:"我和你再次碰面后,疫情已经开始,你好像从没见过她?"我点点头:"没见过。"老沈说:"我有时挺雷厉风行,有时也挺随波逐流。当年,我跟画家老先生出海打捞瓷器,老是租船,我老婆就是一个船老大的女儿。本来,按风俗,女子不让上船的,她却整天在船上,幸好老先生也不忌讳。我后来自己去潜水,去捞瓷器,也租她家的船,她父亲没空儿时,她跟我一块儿驾船出海。一来二往的,后来她就成了我老婆。一下海,万事莫测,有一回,若非她反应迅速,我都死在海里了。有朋友劝我再找一个,我并非没想过,可一想起她从水下把我捞上来过,这事我做不来……"

我看他神情越来越悲伤,赶紧望着他那些已经清理但远远未完成的藏品,转移话题:"你怎么收了那么多东西?"

老沈苦笑:"我都搞不清……回想这么些年,我就一直出藏品、买藏品，啥事没做，人被物给奴役了。"

我说："有件事，不知道该不该问？"

老沈说："程培跟你提起过的？"

我没说，默认。

老沈说："是不是说当年我老师带我入门，而我却骗了我老师，把藏品收入自己囊中的事？"

他怎么知道要问这个？不过，也不奇怪，类似的话，估计很多人跟他问过。

老沈说："跟别人，我从不解释，并非心虚，而是怎么说也无效。既然你提起，我也就回答一下，从来没有过这种事。当年老师带我入门，我那时不熟潜水，也就是跟着别人潜一潜、学一学，根本不敢动海底的东西。你也知道，一旦有人盯上你，各种传言就来了，有人就是想让老师跟我决裂，才编造了很多话。老师后来的疏远，我能感觉到。一旦间隙产生，怎么解释都是无效的。那些人还说，老师过世前都不见我，这是鬼话——老师在去世前两年，跟我有了联系，只是那时他已经腿脚不便，不再出门；后来，老师的遗像，就是他临终前嘱咐我画的。但闲话是永远没法跟别人解释的。事实上，就是那些人的编造，才让我赌气一般，后来把潜水技术学得很好，所有的海捞瓷，都是我自己去打捞上来的。那些人越是编造，我越是要让他们吃瘪。被海水所包裹，你不得不想，这艘船当年经历过什么事，才最终沉没于此？它是不是当年郑和船队的一艘，它是不是曾随着浩浩荡荡的队伍一同出发，却最终落单，在风浪中挣扎许久，可最终只能被海水所覆盖。经历过生死挣扎，自然是无比痛苦的，船上之人，只能接受这宿命。船沉之时，船上的一切都溺亡了，可拉长来看，那些没遇到意外的船上的人和物都已经从这世界上消失，反而是这沉没的船，还如此完整地保存着——你会感觉，是'意外'和'海水'哄骗了时间，保护了这些古物。你可以从某件瓷器上，听到郑和或者更早的古人存储其中的声音。你不知道，潜水捞这些古物，有时真的特别孤独。有很多次，在海泥覆盖的旧物边上，我想到时间流逝、万物虚无，不知道自己在做什么，就在水下抱膝发呆，待氧气耗尽，才不得不浮出水面。有一次，消耗时间过长，真的缺氧了，想上浮已来不及，脑子昏迷，手脚麻木，我就要在海底断气了——是当时还没成为我老婆的她背着氧气瓶下来，把呼吸器塞我嘴里，我才回过神来。我们不断交错着呼吸她背后的那小瓶氧气，慢慢浮出水面。她后来在船上骂我想害她，若我死在水中，她百口莫辩，一辈子也得毁了，幸好她算准我氧气消耗的时间，下水捞我。我没法跟她讲我独坐海底的场景，只能说，看到一些好瓷器，忍不住，忘了时间。她说，你也是我的瓷器，不能埋海里了……"

我没潜过水，没法理解整片碧海压在身上的恐怖、孤独和致命诱惑，只能想象老沈遇险时的惊心动魄。老沈说："好几次我有冲动，很想摘掉氧气瓶的呼吸器，把自己留在海底。真的，心再狠一点，这事也就成了，可终究一想她还在船上等我，实在不忍，也就把呼吸器咬上，浮上去了。"回忆里的海水好像让眼下的他有些缺氧，他不再说话，也不再看我。为了缓解这突然到来的静默与尴尬，我把注意力放到他的房间里。重新整理过的展架稀稀拉拉，显然还没想好如何收拾和摆放。朝东北角的一个房间，在以往是关着的，而此时，门打开了，灯光射出，眼光一扫，可以看到里头摆着大桌子，桌子上堆满了笔墨纸砚——那是他的画室吧。

我走进去。

各种颜色冲击而来，有不少装裱好了，却只是随意摆在某个角落。这是老沈的画吗？我并没留意落款，只从那画面流露出来的风格，也能看出这些画出自同一人手笔。挂在书桌正前方的一幅大画，占据着最显眼的位置。我没有办法不被这幅画所吸引——那是一头巨鲸。虽然只是以水墨绘就，但那头鲸气势逼人，由于画幅过大，猛一看，会以为那就是挂着的一头巨鲸标本。那是真正的一鲸落万物生的气吞万里——更何况，这鲸尚没有"落"的打算，它尚在浮游。画面里的那头鲸，犹如一团乌云笼罩头顶，每一个观看此画的人，都像站在海底仰头——这是让观画者后颈一紧的一幅画。你甚至会感觉，绘画者这么摆放这头鲸，是想掌控观画者的姿势，让他们集体仰望吧！这是他那幅代表作吗？可为什么，这画仅以一张宣纸的方式出现……没装裱、没落款，并不完整。

老沈不知何时也进入画室来，静静站在一边。

我说："《乌云之光》？"

他点头，又摇头。

"不是最初那幅，这是我最近重新画的。"

我更疑惑了。

"最初的那幅，没了。"他沉默一阵，"说了你也不会相信……那幅原作，我烧了。"我浑身一震，据我所知，艺术家对自己的代表作都极为珍爱，即使高价卖出都会心神交战不舍得，更何况亲手烧掉。他淡淡道："理由其实很简单，我妻子好像比较喜欢那幅画——严格来说，她一个渔家女，没读几年书，不懂画的，也从不理我画的啥，之所以说她好像喜欢这幅画，是因为她有一次问我：'你潜水捞瓷，往水面上看的时候，我在船上，那艘船是不是就像这大鲸鱼一样？'或许，这只是我自己多想了，但她能这么看这幅画，把这画烧去陪她，挺合适的。说实话，我对这画也有些偏爱，就想着再画出来，可……感觉全不对。外人看来，或许没啥区别，我自己知道，没一笔感觉是对的。这是赝品，一文不值。"

老沈站在我身后，自带秘密，我觉得他变得越来越遥远，脸色远山淡影般无比陌生，我内心的好奇也顿时涌上。他当年在镇上开租书店，风平浪静，可镇上人七嘴八舌，到处都是他的传闻。有说他读了大学，却没毕业，不知道在学校闹了啥事，书没让读完，灰溜溜回到了家里，他父亲怒火冲天，本要拿刀劈了他，可听他说了几句什么话，也就认了这事，好酒的父亲即使喝多了，也从不跟人提起老沈大学时候的事。也有人说，当年镇上的很多文艺青年甚至中学里的美术老师英语老师体育老师们，常常私下去找老沈，不仅在他那里讨论武侠小说流行歌曲什么的，更是从他那里打听外面的世界，那些年轻人心比天高，却从不喧闹，总是悄悄讨论，有些词很大——世界、市场、娱乐至死、全球化……那不是小镇上的年轻人应该提及的问题。更有传言，镇中学里那个花边无数的女音乐老师，也跟老沈有些不清不楚的关系……但不管传言什么样，几乎没人对他回到镇上之前的那段时光有确证的了解——那是被粗暴剪掉的一段。转念一想，岂止他回到小镇上的那一段，他离开小镇后的经历，又何尝不是如此？我所知的那些浮光掠影，哪能拼凑出他的生命轨迹？

此前，程培带着那个老板的任务来找我，说想让老沈谈谈过往，其实，我又何尝不对老沈充满好奇，很想细心留意，可……他到底……经历过什么？我忍不住了，说："有些事，我想问问你……"他望着那幅重绘版《乌云之光》，神色悲伤："关于我的？"我点点头。他说："你也跟程培一样爱八卦？别问了……"是的……问什么呢，如果过去太悲惨，提起会被二次伤害；如果过去很美好，也会刺痛眼下的不堪……当老沈潜在水中，是不是也想跟那些被泥沙、海水掩盖的瓷器一样，只愿四周无人，海水寂静？老沈说："程培让你找我，我一直没答应，因为我觉得自己成为了时代的逃兵，很多时候，我只能躲起来，逃避记忆的追杀。当然，程培比较令人讨厌，也是一个原因！我实在讨厌他……"

"讨厌？"

老沈说："你也能感觉到，我对程培总是有些冷淡。他闪闪躲躲，还得绕一圈，让你来找我。我不想在背后说别人，但对于老朋友，我还是想提醒你，你最好少跟他接触。"

"我跟他没什么交往。"

"有些旧事，不知道你有没有想过？"

"什么？"

"初中的时候，你在硬皮本上写武侠小说，没几个人知道。有人写纸条告诉黄惠芬，说你在小说里各种编排嘲笑她，她才叫人去把你的本子给拿走的——我们先不管你小说里有没有写到这些事——那，是谁把你写小说的事告诉黄惠芬的呢？还有，你还记得吧，你说过，你的本子丢失后，有人在你课桌里留纸条，说黄惠芬找人拿走了你的本子，那个人又是谁？"老沈的话犹如闪电，一瞬亮起，照到了某些东西，我来不及看、来不及想，闪电又消失了。可是，很显然，我嗅到了闪电劈中某件事物的烧焦味道。我的心跳瞬间加速，这些年里，我并非没有想过这个问题，很多时候，我觉得自己快要摸到那个答案了，便立即停步不前。老沈在这一刻，摁了开关，我不得不直面他撕开的光，当然，我还有疑惑，我不得不问："可是……为什么？总得有个理由。"

老沈苦笑："你还是老实，把别人想得太好。你忘了，你们学校有三人可以去参加省重点中学的选拔考试。有两人基本内定，剩一个名额供八个人来争，你本来是最有竞争力的那个。有人担心考不过你，没招了，想击垮你、毁了你……一句话说，考场上考不过，就在考场外折腾一下，让你被学校取消考试资格，或者只是扰乱你的心神，他也就赢得了一个机会。当然，那人考得不行，后来也没争上。"当年程培因为没能把握住机会，在教室里哭了——那时我觉得他是为考试失败而哭，现在想想，他的哭声里，是不是也夹杂一些内疚和负罪呢？

我说："这只是你的猜想。"

"当年你跟黄惠芬他们打架后，我去帮你取回那个本子的时候，绕了一圈，问过这事。我犹豫好久，也知道这是一面之词，打算把这事葬在肚子里。我担心你若是真听到这事，情绪崩溃，再闹一番，你中考废了，你一辈子就毁了。你以为程培为什么不敢直接找我，还得绕一大圈，让你来找我？我猜他知道我当年打听过这些事，怕自己来找我，我跟他提起跟他求证，他不得冷汗直流？"老沈走到他的书架旁，随手抽出一本陈旧的武侠小说，手指一扫，从书页上迅速滑过，"有时回想，过去的时光挺美好的，不过，也仅仅是距离的误会而已，当真的对视，真的拉近距离，很多事，我们是不忍心看的。"

"当年那场火之后，你就消失了。我后来外出读高中、读大学，每次假期返回镇上，都会找人问你的消息，而你人间蒸发了。当时，你去哪儿了？"

"要说我当时先去了香港，你相信吗？香港回归之后，我第一件事，就是要去那个在录像带上看过的香港看看。不去不行，那里装满我对全世界的想象。老实话，我去了几天，挺失望，我觉得自己被电影给骗了。香港的现代片，美化了香港，真正踩在那土地上，我有点梦碎。我后来回省城海口，一直待到今天。为什么即使我后来手头无比宽裕之后，仍旧不再回镇上，把当年烧掉的房子再建起来？我是担心，一旦建好了，对世界失望的我，又再次缩回镇上，继续当一个井底之蛙。"

我脑子宕机好久，不知要说啥，随口挤出一句："那你最后清楚是谁烧掉你的租书店不？"

几乎是五分钟之后，他才缓缓道："没人要烧我的租书店。"

我后脊梁一阵寒意滑过，我知道，他估计又要丢出一个惊雷。

老沈从书架边离开，走到一个长桌前，从一个盒子里取出一根沉香末压成的线香，插在底座上，用打火机点燃，香气缭绕开来。他说："那天，我和你喝完酒，你回去后，我一个人在租书店里待了好久。我一根接一根地抽烟，烟头随手丢到书堆里，我是眼睁睁看着火慢慢变大的。并没有人报复我，只有我自己知道，这是我自己下的手。我并非主动点的火，烟头把一本书引燃之后，我酒劲上头，才眼睁睁看着火势烧大的。那时，我母亲已过世多年；这镇上的房子，是我父亲用多年积蓄买下来的，留给我的大礼——可你不懂，这礼物越是重，也越是生命的牵绊。你初三上学期的时候，我父亲骑摩托车，在上一个山坡时摔倒，荒郊野岭没人注意，暴晒了好久，后来被人发现，送到医院，撑了大半个月就过世。我成了孤零零一个人，每次回到村里的老房子，空荡荡，我一个人都不敢住。我又哪里都去不了，有好几回，我跟家族里的老人提起想出去闯闯，都被他们一巴掌拍死：'你爸不在了，你不能瞎折腾……' 父亲留下的那间租书店，是我最沉重的镣铐，只要它在，我就永远被锁在镇上。在此前，我幻想过很多次很多次离开小镇，到更大的地方去，否则我一辈子都完了。我试过很多次，却总是在快离开的时候，放弃了。那晚，在烟头引燃书页的时候，酒劲塞满了我的心，我那时豪情万丈，失去了理智——你记得电影《新龙门客栈》的结尾吗？得一把火把客栈烧掉，才能解开所有人的心结与过去。我眼睁睁看着火势烧大，我在破釜沉舟自断后路，我要毫无顾忌地往前走，就得把捆绑着我的租书店烧毁于那根烟头。我知道，只要有一点犹豫，我会立即后悔，会立即伸脚踩灭那团火。我转身跑出租书店，在那条街的尽头，眼看着火光爬上屋顶。镇上的人到处喊我，我都听到了；他们拎水桶、接水管救火，其实，我就在一旁看着。后来，消防车来了，火熄灭了，我才走到店铺前，那里几乎成了废墟。好多人安慰我。我哭了，只有我自己知道，我那哭声有多复杂。一切都没了，我不往外走也不行了。我是置之死地而后生。后来，镇上派出所的民警来问我，有没有跟谁有什么矛盾。而我只能假装回忆好久，说没有跟别人有矛盾，估计是电线破皮之类导致的意外。他们见我都不以为意，也乐得清闲，不再追查。那么多年以来，从没人知道，这场火，源自我自己的烟头，源自我被烟头点燃的无边冲动。从我自己来讲，我感谢这场火，它不烧，我跟镇上的那个杀猪佬一样，还仍旧得在镇上待到今日。现在没人租书看了，我会在镇上干啥呢？"

　　不知过了多久，老沈开始笑。笑声在他这间有些空荡的房间里回响，听起来好像跟他没什么关系，而我却忽然想到，我很少听到他的笑声——甚至，我很少看到他有情绪波动。笑了一会儿，他说："过了三年的非正常日子后，我老婆在最后关头没熬过去，现在整个世界又只剩下我一个人。我知道，得开始新生活了，这些藏品跟那间租书店一样，又成了我的镣铐。我得解开，我得清理掉它们，跟一把火烧掉租书店一样。"我很想问他今后的打算，可这些话哪能问得出口，他并没回头，却清楚我的疑惑，提前回答了："我不知道。"他伸手去扇一扇那沉香散发出来的气味，迷醉其中，我注视着他张开的右掌，总感觉他的食指、中指一屈一弹，便会射出一张纸牌或一把飞刀。灯光下，沈郁澜的剪影深黑如墨，好像只要我眼神稍稍恍惚，他就将翻身上马，走入茫茫秋野，消隐于他某幅画上的一片荒凉密林。

图书在版编目（CIP）数据

心海图 / 林森著. -- 北京：作家出版社，2025. 5. --
（中国文学新力量丛书）. -- ISBN 978-7-5212-3332-2

Ⅰ. I247.7

中国国家版本馆 CIP 数据核字第 20257AM030 号

心海图

作　　者：林　森
责任编辑：李兰玉
装帧设计：赵　璐
出版发行：作家出版社有限公司
社　　址：北京农展馆南里 10 号　　邮　　编：100125
电话传真：86-10-65067186（发行中心）
　　　　　86-10-65004079（总编室）
E-mail:zuojia@zuojia.net.cn
http://www.zuojiachubanshe.com
印　　刷：唐山嘉德印刷有限公司
成品尺寸：142×210
字　　数：237 千
印　　张：10.625
版　　次：2025 年 5 月第 1 版
印　　次：2025 年 5 月第 1 次印刷
ISBN　978-7-5212-3332-2
定　　价：49. 00 元